Pour le bonheur de Lily

Un printemps à Wolff Mountain

CAT SCHIELD

Pour le bonheur de Lily

Traduction française de
MURIEL LEVET

PASSIONS

HARLEQUIN

Collection : PASSIONS

Titre original :
THE HEIR AFFAIR

Ce roman a déjà été publié en 2018

HARPERCOLLINS FRANCE
83-85, boulevard Vincent-Auriol, 75646 PARIS CEDEX 13
Service Lectrices — Tél. : 01 45 82 47 47 - www.harlequin.fr
ISBN 978-2-2804-9520-2 — ISSN 1950-2761

Composé et édité par HarperCollins France.
Imprimé en août 2023 par CPI Black Print (Barcelone)
en utilisant 100% d'électricité renouvelable.
Dépôt légal : septembre 2023.

FSC www.fsc.org MIXTE Papier issu de sources responsables FSC® C159065

Pour limiter l'empreinte environnementale de ses livres, HarperCollins France s'engage à n'utiliser que du papier fabriqué à partir de bois provenant de forêts gérées durablement et de manière responsable.

- 1 -

Kyle Taylor était assis à côté de son associé et meilleur ami, Trent Caldwell. C'était Thanksgiving. Sur l'immense écran de télévision, un match opposait les Lions de Détroit aux Vikings du Minnesota. Mais Kyle ne suivait pas l'action. Son regard était rivé sur Melody, la sœur de Trent.

Avant le début de leur relation, il n'avait jamais souffert de sa solitude. Il lui semblait même plus facile de vivre sans la gêne que peut occasionner la présence physique ou émotionnelle d'une autre personne. Il avait été choqué de découvrir qu'il avait besoin de Melody.

Désormais, il avait du mal à s'endormir quand elle n'était pas à ses côtés. Il accomplissait mécaniquement ses activités quotidiennes et professionnelles, sans enthousiasme ni passion. Ses câlins lui manquaient. Ses taquineries aussi. Depuis qu'il était arrivé à Las Vegas pour reprendre temporairement la direction du Club T's, il avait maigri, arrêté le sport et perdu dans les casinos une somme conséquente d'argent.

Trent lui mit un petit coup de coude dans les côtes, le ramenant brusquement à la réalité.

Arrachant son regard de Melody, il se tourna vers son associé.

— Quoi ?

— Va lui parler.

— J'ai déjà essayé. Mais on dirait qu'elle cherche à m'éviter.

À son arrivée, ils avaient échangé un timide « Joyeux Thanksgiving » avant de se serrer maladroitement dans les bras.

— Rome ne s'est pas faite en un jour, mon vieux. Réessaie.

— Elle est au téléphone.

Trent soupira et se retourna vers l'écran, renonçant visiblement à lui faire entendre raison. Il avait son fils de un an sur les genoux, et à chaque fois qu'il criait d'enthousiasme devant une action, le petit Dylan tapait des mains. De son fauteuil, un peu plus loin, Savannah les regardait avec une telle tendresse que Kyle en était tout retourné.

Des rires s'élevaient de la cuisine où Nate Tucker, le troisième associé, rangeait les restes du dîner avec Mia Navarro, avec qui il sortait depuis peu.

Thanksgiving était une fête familiale. Une occasion de célébrer ce que l'on avait. Nate avait Mia. Trent, Savannah et Dylan. Kyle, lui, était rongé par la déception.

Il aurait dû être en couple avec Melody. Sauf que cinq mois plus tôt, les paparazzis avaient immortalisé la jeune femme sortant d'un club new-yorkais avec le célèbre DJ et producteur de musique Hunter Graves. Le sourire qu'elle échangeait avec son ancien amour avait tourmenté Kyle nuit et jour, tant et si bien qu'il avait fini par accuser Melody de le tromper. Elle avait nié, mais il n'était pas parvenu à la croire.

Car n'avait-elle pas été amoureuse de Hunter au point d'être prête à faire quasiment n'importe quoi pour qu'il l'aime en retour ? Y compris échafauder un plan complètement fou visant à lui faire comprendre qu'elle ne lui appartenait pas ? Pour le rendre jaloux, elle avait prétendu être amoureuse de Kyle. Et son plan avait fonctionné.

En constatant qu'il avait un concurrent, Hunter avait pris conscience de ses erreurs. Mais il y avait un problème que ni Melody ni Kyle n'avaient vu venir : ils s'étaient épris l'un de l'autre. Kyle se souvenait encore parfaitement de cet instant où ils s'étaient retrouvés tous les trois dans l'appartement de Melody à attendre qu'elle choisisse entre les deux hommes qui l'aimaient. C'était sur lui qu'elle avait jeté son dévolu.

Et il aurait menti s'il avait prétendu que, dans les mois qui avaient suivi, il ne s'était jamais demandé si elle ne regrettait pas sa décision.

Il la regarda et sentit son cœur se serrer. Elle était sur la terrasse et paraissait radieuse. Ses grands yeux bleus pétillaient de joie, sa bouche sensuelle dessinait un beau sourire.

Était-elle au téléphone avec Hunter ?

Furieux contre lui-même d'en être aussitôt arrivé à cette conclusion, il se tourna vers la télévision et se força à se concentrer sur le jeu. Mais il avait beau essayer, il ne voyait que des taches violettes, blanches et bleues sur un fond vert.

Tomber amoureux de Melody avait été l'expérience la plus merveilleuse de toute sa vie. Aucune femme avant elle n'avait autant captivé son imagination, aucune femme ne lui avait procuré autant de plaisir au lit. Le problème était qu'il avait du mal à s'abandonner totalement à ce bonheur, et surtout, il ne parvenait pas à chasser les doutes qui empoisonnaient son subconscient : la crainte qu'une si belle chose ne puisse durer éternellement.

Il s'était donc préparé à la perdre rapidement. Mais les mois étaient passés, et les choses entre eux n'avaient fait que s'améliorer. Il avait commencé à baisser sa garde, à se confier davantage à elle. Puis elle était partie en tournée, et leur séparation physique avait ouvert en lui un vide émotionnel auquel il ne s'attendait pas.

Cette maudite photo d'elle et Hunter était arrivée à un moment où leur trop longue séparation avait révélé la fragilité de leur relation naissante. Aucun d'entre eux n'avait suffisamment confiance en leur couple pour affronter une situation si lourde émotionnellement. Une vive douleur lui traversa soudain la tête. Machinalement, il se massa les tempes.

Il reçut un nouveau coup de coude dans les côtes.

— Elle a fini de téléphoner, lui dit Trent.

— Merci.

Il se leva d'un bond et se dirigea vers la terrasse. Il sortit avant que Melody ait eu le temps de rentrer.

— Écoute, si je suis venu ce soir, c'est pour que nous puissions parler, dit-il sans préambule.

— Je croyais que tu étais venu pour les talents culinaires de Nate.

Comme il n'avait pas même souri, elle poussa un petit soupir de déception. Il savait qu'elle détestait qu'il se replie sur lui-même, mais il avait appris à bâtir des murs autour de ses émotions pour se protéger de la douleur et de la déception. Malheureusement, comme le lui avait fait remarquer sa psy, cela l'empêchait également d'accueillir le bonheur.

Il avait commencé à voir le Dr Warner quand sa carrière de joueur de base-ball avait brutalement pris fin, quelques années plus tôt, après une série de blessures à l'épaule et au coude dont il n'avait pu se remettre totalement, malgré plusieurs opérations. Ce besoin de voir un psy l'avait empli de honte et d'embarras. Il s'était d'ailleurs enfoncé dans une profonde dépression avant de se décider à prendre son premier rendez-vous. Mais il avait vraiment besoin d'aide. Son métier était à ce moment-là tout ce qu'il avait.

Son père aurait dit qu'un homme, un vrai, réglait seul ses problèmes. Dans le monde de Brent Taylor, les hommes ne parlaient pas de tout ce qui touchait aux émotions. Ils prenaient des décisions, et s'ils commettaient des erreurs, ils les réparaient. Kyle s'était souvent demandé si son père pensait que les hommes, les vrais, n'avaient pas de sentiments.

— Il faut que l'on parle de ce qu'il y a entre nous, dit-il en l'attirant vers le bout de la terrasse pour s'éloigner des oreilles indiscrètes de leurs amis.

— Tu peux préciser ?

— Tes affaires sont toujours dans ma maison de Los Angeles, mais tu n'y es pas retournée depuis la fin de ta tournée. Comptes-tu y revenir ?

— Je ne sais pas.

— J'ai l'impression que tout est fini.

— Cela t'arrangerait ? répliqua-t-elle d'une voix dure.

— Non. Mais je ne peux pas non plus rester dans l'incertitude. Nous devons soit aller de l'avant, soit nous arrêter. C'est à toi de décider.

Cet ultimatum ne faisait pas partie de son plan. Il n'avait d'ailleurs aucune intention de se disputer avec Melody. Mais les mots étaient sortis tout seuls de sa bouche.

— Il faut que j'y réfléchisse, murmura-t-elle.

— Ta tournée s'est terminée il y a deux mois, dit-il sans essayer de dissimuler son impatience. Tu as eu tout le temps de réfléchir.

— Les choses sont un peu plus compliquées qu'elles n'y paraissent.

Elle ne chercha pas à développer. Il fut une époque où

elle parvenait à lui parler de tout. Désormais, on aurait dit qu'elle le connaissait à peine.

— Je ne vois pas ce qu'il y a de compliqué. Veux-tu être avec moi ou avec Hunter ?

— Hunter ? répéta-t-elle d'un air médusé. Mais qu'est-ce que tu racontes ?

— C'était lui au téléphone tout à l'heure, non ?

— Non. C'était ma mère qui m'a appelée pour me souhaiter un joyeux Thanksgiving, expliqua-t-elle avant de s'interrompre pour le regarder d'un air plus incrédule encore. Qu'est-ce qui t'a fait penser que cela pouvait être Hunter ?

— Il veut te reconquérir.

Elle laissa échapper un petit rire dépourvu de gaieté.

— C'est ridicule ! Comment as-tu pu te mettre une telle idée en tête ?

— C'est lui-même qui me l'a dit.

— Tu lui as parlé ? demanda-t-elle d'un air irrité. Quand ?

— Après que vous vous êtes vus à New York, répondit-il en serrant les poings. Je l'ai appelé pour lui reprocher son comportement. Apparemment, ce soir-là, tu lui as dit que la distance avait détérioré notre relation. Pour lui, c'était la preuve que nous ne nous remettrions pas ensemble. Et il m'a dit qu'il avait l'intention de te reconquérir.

— Il ne le fera pas.

— Tu veux dire que c'est impossible ? demanda-t-il, le cœur battant.

— Oui, c'est impossible, répondit-elle en évitant son regard. Parce que je t'aime toujours, précisa-t-elle d'une voix peu assurée.

— Tu n'as pas l'air d'y croire, lui fit-il remarquer.

Sans répondre, elle se tourna vers les portes vitrées. Et en suivant son regard, il s'aperçut que quatre paires d'yeux étaient rivées sur eux. Quand ils comprirent qu'ils avaient été découverts, leurs amis indiscrets, de façon parfaitement synchronisée, tournèrent vivement leur tête vers la télévision.

Melody se couvrit le visage de ses deux mains et soupira.

— Ils ne veulent que notre bien, affirma Kyle.

— Je sais. Mais je préférerais te parler en privé. Pourrais-tu me raccompagner chez Trent ? On pourrait poursuivre notre conversation là-bas ?

La seule chose qu'il voulait depuis des mois, c'était qu'elle lui parle. La seule chose ? Peut-être pas. Il aurait voulu que la tournée n'ait jamais eu lieu. Il aurait voulu que Melody n'ait jamais retrouvé Hunter dans cette boîte de nuit. Il aurait voulu ne pas se laisser gagner par la jalousie. Il aurait voulu qu'on lui permette d'exprimer ses émotions dans son enfance.

La liste de ses regrets semblait s'étendre à l'infini.

Mais pour l'heure, il était content que Melody et lui communiquent à nouveau. Même si ce qui allait être dit pouvait faire mal.

— D'accord.

Après avoir pris congé de ses amis, Melody laissa Kyle la raccompagner jusqu'à la petite maison de trois pièces que lui prêtait Trent pendant son séjour à Vegas.

L'air tendu, celui-ci serrait le volant entre ses mains, lui jetant de temps à autre un coup d'œil anxieux. Elle n'avait pas l'habitude de le voir si crispé. Le Kyle qu'elle connaissait depuis l'enfance était du genre taquin et souriant. Bien qu'elle soit la sœur de son meilleur ami, il l'avait toujours traitée comme si elle avait de l'importance à ses yeux. Un peu comme une sœur. Jamais elle ne s'était imaginé qu'il éprouverait un jour du désir pour elle.

Quand il lui avait confié que ses sentiments pour elle avaient changé, il lui avait fallu presque six mois pour cesser de s'émerveiller de la nature nouvelle de leur relation. Connaissant son tableau de chasse, elle s'attendait sans cesse à ce qu'il la quitte pour une autre. Elle n'aurait donc pas dû être surprise quand les choses entre eux étaient devenues tendues.

Peut-être n'auraient-ils jamais dû franchir cette frontière. Son cœur se serrait quand elle y pensait, mais leur incapacité à communiquer et à résoudre leurs problèmes au cours des mois passés semblait prouver qu'ils s'étaient engagés trop vite dans une relation pour laquelle aucun d'entre eux n'était vraiment prêt. Mais ressentait-il la même chose ? Avait-il les mêmes doutes qu'elle ?

Elle étudia son visage, mais ne parvint pas à lire quoi que ce soit sur ses traits.

Elle resongea aux regards inquiets de leurs amis quand ils étaient partis. En dehors du petit Dylan, tous connaissaient déjà son secret. Un frisson glacé lui parcourut le dos. Cela n'allait pas être facile…

Environ trois mois après le début de sa tournée avec les Free Falls, le groupe de Nate, elle avait commencé à se demander si le fiévreux désir qui les avait animés durant les premiers mois de leur relation, Kyle et elle, était une fondation suffisamment solide pour bâtir un avenir commun. Ils n'étaient en couple que depuis neuf mois quand elle avait pris la route pour assurer la première partie des concerts du célèbre groupe de pop. Les longues semaines de séparation, entrecoupées de rares week-ends de retrouvailles à Los Angeles, avaient créé entre eux un fossé que les textos et les appels sur Skype n'étaient pas parvenus à combler.

Si son expérience avec les hommes avait été plus

développée, peut-être aurait-elle eu davantage confiance en ses capacités à captiver l'attention de Kyle malgré les milliers de kilomètres qui les séparaient. Mais elle s'était immergée dans la musique dès son plus jeune âge, sans jamais s'intéresser beaucoup aux garçons. Naturellement, elle en avait connu plusieurs, mais jusqu'à Kyle, ceux par qui elle avait été attirée ressemblaient beaucoup à Hunter, et plus encore à son père : c'était des hommes égoïstes et peu prévenants.

Et puis il y avait le fait que, avant elle, la plus longue relation de Kyle avait duré à peine quatre mois. En qualité de joueur de base-ball professionnel, il menait un train de vie grandiose qui attirait les femmes. Des femmes toutes plus belles et plus célèbres les unes que les autres. Melody avait donc savouré le temps qu'ils avaient passé ensemble en pensant que cela ne durerait pas.

Mais sans même qu'elle s'en aperçoive, six mois s'étaient écoulés, et Kyle lui avait proposé de s'installer chez lui. Alors, sans réfléchir, elle avait fait le grand plongeon.

— Pourquoi est-ce que tu m'évites depuis la fin de la tournée ? lui demanda-t-il soudain, coupant court à ses pensées.

— Il fallait que je réfléchisse à beaucoup de choses.

— Comme quoi ?

Vaste sujet… Avant le début de leur relation, elle ne le voyait que comme un homme drôle, sexy et gentil. Il ne paraissait jamais anxieux, ne révélait jamais le moindre signe de vulnérabilité. Son père l'avait modelé à son image, lui demandant durant toute son enfance de contrôler ses émotions. Rien d'étonnant, donc, à ce que son instinct l'ait poussé à se replier sur lui-même au moment où les problèmes avaient commencé à survenir entre eux.

Et pourtant, c'était elle qui avait fait un immense pas

en arrière après le premier grand déballage d'émotions. Quand il lui avait demandé si elle le trompait avec Hunter, il était en colère et blessé. L'intensité de sa réaction l'avait poussée à refréner ses propres émotions.

Une idée qui ne manqua pas de lui rappeler sa relation avec son père, un homme dur, misogyne, arrogant et égoïste, qui, bien des fois, lui avait déclaré son amour avant de se lancer dans des critiques qui laissaient entendre qu'elle n'en était pas digne. Ou plus précisément, qu'elle n'était pas digne d'être aimée.

Si Kyle ne ressemblait en rien à son père, ses accusations avaient fait renaître en elle ce sentiment d'injustice dont elle avait tant souffert petite. Comme elle l'avait fait avec son père, elle avait donc pris ses distances avec Kyle.

Ce qui ne l'avait néanmoins pas empêchée de continuer à l'aimer.

Comme elle n'avait toujours pas répondu à sa question, il insista.

— Comme quoi ? Hunter ?

— Non ! rétorqua-t-elle en secouant furieusement la tête.

— Tu es retombée amoureuse de lui ?

— Non ! Écoute, tu pourrais passer à autre chose ? C'est avec toi que je veux être.

L'expression de son visage devint plus dure encore.

— Ce n'est pas ce que tu m'as laissé entendre au cours des mois passés, marmonna-t-il.

— Les choses entre nous ne sont plus les mêmes que quand j'ai commencé ma tournée.

— Je suis d'accord.

— Il faudrait peut-être essayer de comprendre nos erreurs pour pouvoir repartir à zéro ?

Mais était-ce vraiment possible, compte tenu du secret qu'elle lui cachait ?

— Et si on n’y arrive pas ? demanda-t-il.

Elle ne répondit pas, et la conversation s’arrêta là.

Tandis qu’il passait le portail de la résidence où se situait la maison que Trent lui avait prêtée, elle sentit son ventre se nouer. Pour essayer de retrouver un peu d’assurance, elle prit une profonde inspiration.

Elle avait recouvré un peu de son calme quand Kyle se gara devant la grille qui protégeait la maison principale de Trent ainsi que la petite dans laquelle elle logeait en ce moment. En descendant, elle tapa le code pour ouvrir le portail qui menait au jardin.

Une fois devant la porte, elle sortit ses clés d’une main tremblante. Voyant qu’elle peinait, Kyle lui prit le trousseau des mains et ouvrit, effleurant au passage son corps du sien, réveillant tout le désir qu’elle avait pour lui… Elle était à deux doigts de se jeter dans ses bras puissants et musclés quand il fit un pas en arrière.

— Après toi.

— Merci, répondit-elle en ravalant un grognement de déception.

Aussitôt entrée dans le séjour, elle sentit la vive odeur des roses fraîches lui chatouiller les narines. Le gros bouquet de roses rouges occupait le centre de la table. Il lui avait été envoyé au studio d’enregistrement dans l’après-midi, accompagné d’un mot, bref, qui l’avait surprise.

Merci d’être là.

Pas de signature, et elle n’avait pas reconnu l’écriture. Le mot avait peut-être été écrit par le fleuriste. Mais cela ne changeait rien au problème. Qui le lui avait envoyé ? Elle ne pensait pas que ce soit Kyle.

D’ailleurs, tandis qu’il l’aidait à retirer son manteau, il ne sembla même pas regarder les fleurs. Ce qui l’amena à se demander si elles ne lui avaient pas été offertes par Hunter. Si tel était le cas, les choses allaient encore se compliquer, entre Kyle et elle…

— Tu veux boire quelque chose ? lui demanda-t-elle.

— Non, merci. Qui te les a offertes ? demanda-t-il soudain, le regard rivé sur le bouquet de roses.

— J'avais espéré que ce soit toi.

— Ce n'est pas moi, non. Il n'y avait pas de carte ?

— Si, mais elle n'était pas signée.

— Ce ne serait pas Hunter ?

— Ce n'est pas son style.

— Mais les gens changent, fit-il remarquer d'un air tendu. L'as-tu appelé pour lui demander ?

Il prit la carte qu'elle avait laissée à côté du vase.

— « Merci d'être là » ? lut-il en fronçant les sourcils. Qu'est-ce que ça veut dire ?

— C'est Thanksgiving, répondit-elle, irritée. Quelqu'un a dû penser que c'était un message approprié.

— Quelqu'un ?

— Je ne sais pas d'où viennent ces roses, Kyle, rétorqua-t-elle sèchement, pour mettre un terme à cette stupide et inutile conversation.

Il fallait désormais qu'elle trouve un moyen d'en lancer une nouvelle, de lui expliquer, par exemple… qu'elle était enceinte.

— Tu es sûre ? Cela me semble bien personnel pour un mot écrit par un étranger. As-tu demandé à Trent et Savannah si ce n'était pas eux ?

— Oui. Mais ils ne sont pas au courant.

— Les roses rouges sont un symbole d'amour, murmura-t-il comme pour lui-même, en tapotant nerveusement la carte contre sa main. C'est une chose que les hommes envoient quand ils sont amoureux.

Et c'était là la raison pour laquelle elle aurait aimé qu'elles viennent de lui ! Car malgré leurs neuf mois de relation et le fait qu'il l'ait invitée à emménager chez lui, il ne lui avait jamais vraiment déclaré sa flamme. Il avait toujours été du genre distant avec les femmes. C'était lui qui décidait quand commençaient et quand s'arrêtaient les choses.

C'était d'ailleurs ce trait de caractère qui l'avait fait hésiter à porter son choix sur lui plutôt que sur Hunter. Elle avait eu peur de mettre un terme à une relation où elle ne se sentait pas vraiment en confiance et en sécurité pour se lancer dans une autre où elle aurait été plus vulnérable encore. Mais au bout du compte, suivant son instinct, c'était vers Kyle qu'elle était allée. Et en dépit de leurs problèmes actuels, elle ne pensait pas s'être trompée.

Il se tourna enfin vers elle et la fixa d'un regard dur.

— Pourquoi n'as-tu pas appelé Hunter pour lui demander ?

Elle soupira. Au cours des cinq derniers mois, elle avait bien souvent eu l'occasion de regretter d'avoir retrouvé Hunter dans ce club new-yorkais et d'en être partie au même moment que lui. Tout avait pourtant été parfaitement innocent. Une foule s'était rassemblée devant la boîte de nuit, et Hunter l'avait prise par la main pour éviter qu'ils ne soient séparés alors qu'il la raccompagnait vers le taxi qui l'attendait. Malheureusement, comme les médias étaient obsédés par la vie amoureuse de Hunter, ils s'étaient emparés de l'affaire, présumant qu'elle et lui s'étaient remis ensemble.

— Tu ne pourrais pas oublier Hunter deux minutes ? répliqua-t-elle.

Depuis l'incident, Kyle avait plusieurs fois insinué que sa relation avec Hunter ne s'était peut-être jamais terminée. Rien ne pouvait être plus éloigné de la réalité, mais il était vrai qu'elle partageait avec Hunter beaucoup de choses, notamment sur le plan professionnel, qu'elle ne partageait pas avec Kyle.

— Il y a une chose qu'il faut que je te dise, dit-elle en posant sa main sur son bras.

Il la fixait toujours, et elle retint son souffle. Son regard était de glace, son visage de marbre. Elle aurait aimé pouvoir disparaître. Elle n'avait aucune idée de la façon dont il allait réagir quand elle lui aurait dit ce qu'elle avait à lui dire.

Cela faisait longtemps qu'elle avait envie de lui annoncer sa grossesse, mais maintenant que le moment était venu, elle avait du mal à se lancer.

— Kyle, tout à l'heure, je t'ai dit que les choses étaient compliquées. Je… Je suis enceinte.

Les traits du visage de Kyle, jusqu'alors impassibles, reflétèrent soudain l'angoisse.

— Enceinte ?

— Oui. Je comprends que tu sois choqué, et…

— Tu vas avoir un bébé ?

Comme s'il cherchait un objet auquel s'accrocher, il jeta un coup d'œil autour de lui. Son regard finit par s'arrêter sur le vase de roses rouges. Et au même instant, son corps se crispa.

— Et le père ?

Bouleversée, elle secoua la tête et fit un pas en arrière. Avait-elle bien entendu ?

— Qu'est-ce que tu veux dire ?

— Le père, répéta-t-il en pointant du doigt les fleurs comme s'il s'agissait là d'une explication. Tu sais qui c'est ?

- 2 -

Melody étant devenue blanche comme un linge, Kyle comprit qu'il venait de commettre une erreur. Il sentit son cœur se serrer. Il n'avait jamais voulu lui faire du mal, et pourtant, depuis quelques semaines, on aurait dit qu'il ne pouvait pas s'en empêcher.

— Ce que je voulais dire, c'est...

— C'est toi, le père, l'interrompit-elle, la voix pleine de déception et de colère. Comment as-tu pu penser autre chose ?

— Les fleurs, répondit-il en se tournant vers le vase pour éviter son regard. C'est exactement le même bouquet que celui que Hunter t'a envoyé l'année dernière, après que tu m'as choisi, pour essayer de te faire changer d'avis.

— Hunter et moi sommes amis, affirma-t-elle sur un ton qui ne laissait pas place à la contestation. Rien de plus.

— Mais on aurait pu dire la même chose de nous avant que nous ne nous mettions ensemble.

Pendant quelques secondes, elle le regarda en silence, le jaugeant de ses beaux yeux bleus. Et quand, enfin, elle se mit à parler, les mots qu'elle prononça s'enfoncèrent dans son esprit comme si elle les avait martelés.

— Je n'arrive pas à croire que tu aies pu penser que je t'avais trompé avec Hunter ou qui que ce soit.

Il eut envie de la prendre dans ses bras, mais il y avait

entre eux tellement de ressentiment qu'il ne pensait pas qu'elle l'aurait laissé faire.

— Ce n'est pas le cas, dit-il.

— Alors pourquoi m'as-tu demandé si je savais qui était le père ?

— Je me suis égaré.

Mais dans un coin de sa tête, il avait toujours l'image d'elle et Hunter, main dans la main…

— Je ne crois pas, non, répliqua-t-elle. Ce que je crois, c'est que cela fait des mois que tu cherches une excuse pour rompre. Alors je ne vais pas te retenir plus longtemps. Tout est fini.

S'il avait redouté ce moment pendant des mois, il ne se sentait pas prêt à ce que les choses se terminent entre eux.

— Quoi ? Comme ça ?

— Tu viens de m'accuser de porter un enfant sans savoir qui était le père.

— Ce n'est pas ce que j'ai dit. J'ai parlé de Hunter.

Il regrettait ses paroles, mais il avait besoin de lui faire part de ses peurs et de ses doutes. Il n'y avait que comme ça qu'ils pourraient avancer.

— Je ne veux pas poursuivre cette conversation, affirma-t-elle en pointant du doigt la porte. Va-t'en.

Pris de panique, il regarda son ventre, où, maintenant qu'il savait, il n'avait aucun mal à détecter une légère rondeur.

— Tu n'oublierais pas quelque chose ? demanda-t-il. C'est mon bébé que tu portes.

— Alors maintenant tu en es sûr ? rétorqua-t-elle en le regardant avec des yeux froids comme des saphirs.

S'il voulait sauver leur couple, il fallait qu'il surmonte les doutes qui obscurcissaient son jugement. Il l'aimait, et ils allaient ensemble fonder une famille. Il l'avait déjà volée à Hunter une fois. Il pouvait très bien recommencer. Il ferait tout ce qu'il faudrait.

— Certain.

L'air déterminé, elle croisa les bras sur sa poitrine.

— Et je devrais oublier toutes les terribles choses que tu as pensées de moi et m'estimer heureuse que tu aies tout de même décidé de me croire ?

— J'ai commis une erreur.

— J'aurais dit *plusieurs*.

Elle soupira et, d'un coup, sa colère sembla se dissiper.

— Je ne voulais pas que les choses se passent comme ça, murmura-t-elle.

— Comment aurais-tu souhaité qu'elles se passent ? demanda-t-il en faisant un pas dans sa direction.

Mais comme elle secouait la tête, il s'arrêta.

— Je ne sais pas, avoua-t-elle. Je m'étais dit que les choses se régleraient peut-être d'elles-mêmes, comme par magie.

— Nous avons été séparés trop longtemps.

— Par ma faute.

— Non. C'est moi qui t'ai dit de partir en tournée. Et si c'était à refaire, je prendrais la même décision. C'était la meilleure chose à faire pour ta carrière.

Il devait par ailleurs reconnaître qu'il ne se sentait pas préparé à la force de leur lien. Il était toujours surpris par la rapidité avec laquelle ils étaient passés du statut d'amis à celui de couple vivant sous le même toit. Et pourtant, sa cohabitation avec elle lui avait semblé être la chose la plus naturelle du monde. Elle n'avait nécessité aucune modification significative de ses habitudes ou de ses convictions. Le passage du statut de célibataire à celui de compagnon lui avait semblé facile et gratifiant. Ce n'était qu'au moment où elle était partie pour sa tournée qu'il avait remarqué que des pensées dérangeantes commençaient à s'infiltrer dans son esprit.

— Depuis combien de temps es-tu enceinte ?

— Douze semaines.

Il fit un rapide calcul. Soit depuis la dernière fois qu'ils s'étaient retrouvés ensemble. Le week-end avait été sulfureux.

— Et depuis quand le sais-tu ?

— Depuis mon retour de Sydney.

— C'était il y a un mois et demi, fit-il remarquer sans chercher à dissimuler sa déception.

Pourquoi avait-elle mis tant de temps à lui faire part de cette nouvelle si importante ? Avait-elle eu peur de sa réaction ? En ce cas, ne venait-il pas de prouver… qu'elle avait eu raison ?

Sous ses yeux ébahis, Melody pointa brutalement un doigt accusateur dans sa direction.

— Je t'interdis de faire ça !

— De faire quoi ?

— Me faire culpabiliser pour ne pas m'être empressée de te dire que toute ta vie allait changer.

C'était donc ça. Elle avait eu peur de sa réaction. Et elle avait eu raison. On ne pouvait pas vraiment dire qu'il avait accueilli la nouvelle en poussant des cris de joie.

— Excuse-moi, marmonna-t-il.

— Pas de problème, répondit-elle, bien qu'elle paraisse profondément vexée. On est tous les deux encore un peu abasourdis à l'idée de devenir parents. Mais on a encore six mois pour s'y habituer.

— As-tu commencé à réfléchir à ce que tu comptais faire ?

— À quel sujet ?

— Par exemple à l'endroit où tu vas habiter. Tu veux rester ici ?

— À Vegas ? C'est une possibilité. Il y a Nate et Mia. Et Trent, Savannah et Dylan reviendront dès que le tournage sera terminé.

— On dirait que tu n'as pas très envie de retourner à Los Angeles.

C'est-à-dire de revenir à lui. Car c'était à Los Angeles qu'il vivait. La résidence qu'il avait louée en périphérie de Las Vegas n'était pour lui qu'un logement provisoire. S'il avait proposé d'assurer temporairement la direction du Club T's, c'était pour deux raisons : être plus près de Melody pendant qu'elle terminerait son album et libérer Trent pour qu'il puisse accompagner sa femme à Los Angeles.

— J'ai l'impression d'avoir beaucoup d'amis et de soutiens ici, précisa-t-elle.

Le sous-entendu était clair : elle ne comptait pas sur lui.

— Mais Trent et Savannah ne sont pas là, pour le moment.

— Certes. Mais ils reviendront dès que Savannah aura terminé son film. Et tu es ici.

Une faible lueur d'espoir s'alluma en lui.

— Alors tu veux de moi ?

— Évidemment. Je veux que l'on soit une famille.

L'idée lui paraissait merveilleuse mais, du coin de l'œil, il pouvait toujours voir le bouquet rouge qui se détachait sur le mur blanc comme un signal d'avertissement.

— Mais est-ce vraiment possible ? poursuivit-elle. Tu crois que l'on peut reprendre les choses là où on les avait laissées avant ma tournée ?

— Je n'en suis pas sûr.

Ce n'était sans doute pas la réponse qu'une femme enceinte aurait espérée du père de son enfant, mais il se devait d'être honnête avec elle.

— Je veux dire que je ne suis pas sûr que l'on puisse

revenir en arrière, expliqua-t-il. Je suis désolé. Tout cela m'a un peu pris de court. Je n'ai jamais imaginé que j'aurais un jour des enfants.

— Nous n'en avons jamais parlé. J'avais un peu peur de soulever le sujet, connaissant ta relation avec ton père.

— Ou plutôt notre absence de relation.

— Mais tu n'es pas comme lui, dit-elle en haussant les épaules. Tu seras un super papa.

Il n'en était pas sûr. Il avait besoin de temps pour assimiler tout ce qu'il avait appris, mais elle le regardait comme si elle s'attendait à ce qu'il règle tous les problèmes.

— Et toi, tu seras une super maman.

Elle poussa un grand soupir.

— Je l'espère. J'aurais tout de même préféré que cela arrive un peu plus tard.

— Ce qui est fait est fait. En quoi puis-je t'aider ? Et je t'interdis de me répondre « En rien ».

Comme si c'était en effet la réponse qu'elle s'apprêtait à apporter, Melody fronça les sourcils.

— Eh bien… J'ai un rendez-vous médical demain, finit-elle par dire d'une voix mal assurée, comme si elle s'attendait à moitié à ce qu'il lui réponde qu'il ne souhaitait pas l'accompagner.

— À quelle heure ?

— 15 heures.

Un vif enthousiasme s'empara de lui, effaçant au passage son angoisse. Elle portait son enfant. Le moment n'était pas vraiment bien choisi, et il n'avait jamais rêvé de devenir papa, mais il avait observé Trent avec Dylan et il était presque sûr de n'avoir jamais vu son ami si heureux. Une famille. Peut-être était-ce là la solution à tous les problèmes.

— Où veux-tu que je vienne te chercher ? demanda-t-il.

— Tu n'es pas obligé de venir.

— Je ne manquerais cela pour rien au monde.

Trent et Savannah avaient dû surmonter de bien plus gros obstacles pour se remettre ensemble. Melody et lui pouvaient certainement y arriver, eux aussi. À condition, naturellement, qu'elle en ait envie.

Mais si elle ne l'aimait plus ? Elle ne l'avait pas trompé avec Hunter, mais il l'avait traitée comme si. Il avait trahi sa confiance, porté de fausses accusations sur elle. C'était lui qui avait mal agi, pas elle.

— Merci, dit-elle d'un air absent. J'apprécie ta volonté de t'impliquer.

— Je serai toujours là pour toi.

Assise dans le hall d'Ugly Trout Records, la petite maison de disques de Trent, Nate et Kyle, Melody regardait le parking par la fenêtre. Pour la cinquième fois en dix minutes, elle consulta l'heure sur son téléphone. Dans trois minutes, elle pourrait considérer Kyle comme en retard. Elle regrettait de lui avoir proposé de l'accompagner chez le médecin. Contrairement à Hunter, Kyle avait toujours été très ponctuel. Il ne l'avait jamais fait attendre, ne lui avait jamais posé de lapin. Il était toujours très clair sur ses intentions.

Alors pourquoi se sentait-elle si anxieuse ? Elle essuya nerveusement ses paumes moites sur son jean. Elle commençait d'ailleurs à se sentir un peu à l'étroit dedans. Au départ, à cause des nausées, elle avait perdu un peu de poids, mais depuis quelques jours il lui semblait que son ventre s'était nettement arrondi.

C'était ce changement, plus encore que le test, les nausées ou la fatigue, qui lui avait fait prendre pleinement conscience de sa grossesse. Évidemment, le moment n'était pas vraiment bien choisi. Elle était sur le point d'achever son premier album, et cette source de stress n'était bonne ni pour elle ni pour le bébé. Mais elle était heureuse de savoir qu'elle allait devenir maman. Cependant, et paradoxalement, depuis qu'elle avait annoncé la nouvelle à Kyle, elle se sentait beaucoup plus angoissée.

— Salut, Melody. Qu'est-ce que tu fais là ? lança une voix derrière elle, coupant court à ses réflexions.

En se retournant, elle reconnut Craig Jameson, l'un des meilleurs ingénieurs du son du label. Il avait été présent lors de la plupart de ses séances d'enregistrement et avait joué un rôle dans la production de presque toutes ses chansons. Le jeune homme avait un véritable don pour trouver ce dont chaque morceau avait besoin.

Ils avaient passé des heures ensemble au studio, à parler musique. Elle aimait discuter avec lui, car il avait toujours des anecdotes intéressantes à raconter sur les artistes qui étaient venus enregistrer à Ugly Trout.

— J'attends que Kyle vienne me chercher.

Si sa relation avec Kyle n'était pas ignorée des employés du studio, grâce au temps qu'il avait passé seul avec elle, Craig en connaissait davantage les détails.

— C'est un peu tard pour un déjeuner, dit-il.

Elle avait décidé d'attendre d'en avoir informé Kyle pour évoquer sa grossesse au studio, mais désormais elle ne voyait plus de raison de garder le secret.

— En réalité, nous allons… chez le médecin.

— Chez le médecin ? Tu es malade ?

— Pas du tout, je te rassure, répondit-elle en se forçant à adopter un ton radieux. Je suis enceinte.

— Quelle bonne nouvelle ! Alors les choses se sont arrangées entre toi et Kyle ?

Un jour où elle avait le moral au plus bas, elle s'était confiée à Craig. Elle ne le considérait pas comme un simple collègue de travail. C'était un garçon bien, prévenant et gentil.

— On y travaille, répondit-elle en lui adressant un sourire qui manquait de gaieté.

— Il serait vraiment idiot de te laisser partir.

— C'est très gentil de ta part de me dire ça.

Elle sentit les larmes lui monter aux yeux, mais elle lutta pour les contenir. Elle était très émotive depuis quelque temps. Les hormones, certainement. Elle n'avait jamais été du genre lunatique, mais depuis qu'elle était enceinte ses émotions semblaient être devenues incontrôlables.

— Voilà Kyle, dit-elle. Je devrais être de retour dans une heure ou deux. Tu aurais un peu de temps pour moi, en fin d'après-midi ? J'aurais certainement besoin d'aide pour l'arrangement d'une chanson.

— Je serais très heureux de t'aider.

— Merci, Craig.

— Pour quoi ?

— Pour tout.

Ayant le sentiment d'en avoir un peu trop fait, elle poussa la porte sans se retourner.

Kyle, qui s'était garé, marchait vers elle d'un air enthousiaste. Il portait un pantalon beige et un pull col V bleu marine sur une chemise blanche. Ses beaux cheveux noirs étaient, comme toujours, artistiquement décoiffés. Il avait le genre de physique que les créateurs de mode recherchent chez les mannequins : viril et sexy.

Quand elle vit son sourire désinvolte, elle sentit le poids qui pesait sur ses épaules s'alléger un peu. L'espace d'une seconde, elle fut catapultée à l'époque où ils vivaient ensemble à Los Angeles. Cela avait été trois mois de sensualité, de romantisme, de magie, au cours desquels Kyle s'était montré très encourageant à l'égard de sa carrière et s'était beaucoup intéressé à son travail.

Sa belle voix grave la ramena doucement à la réalité du moment.

— Tu es prête ?

Comme s'il s'agissait pour lui de la chose la plus naturelle du monde, il passa ses bras autour de ses épaules et déposa un tendre baiser sur sa joue. Bien qu'elle eût préféré qu'il l'embrasse sur les lèvres, l'affection qu'elle perçut dans ce geste la toucha au plus profond de son cœur.

— Oui. Et toi ?

Tout en souriant, il lui ouvrit la portière passager.

— Aussi.

— Tant mieux. Je t'avoue que cette échographie me stresse un peu.

— Pourquoi ? demanda-t-il en s'installant au volant. Je croyais que c'était juste un examen de routine.

— C'est bien ça. Mais ils regardent certaines choses. Et je ne peux pas m'empêcher de m'interroger sur ce qu'ils pourraient trouver.

— Que recherchent-ils ? s'enquit-il, cessant brusquement de sourire.

Elle regretta de lui avoir fait part de ses inquiétudes. Elle n'avait aucune intention de l'effrayer. Il venait tout juste d'apprendre qu'il allait devenir papa. Elle aurait pu le ménager un peu.

— Ils vont écouter son cœur et déterminer la date du terme.

— Rien de tout cela ne me semble inquiétant.

— Et ensuite, ils vérifieront qu'il a bien deux bras, deux jambes, que ses organes se développent normalement.

Il y avait tellement de choses qui pouvaient mal se passer.

Mais aussi tellement de choses qui pouvaient être merveilleuses. Depuis quand était-elle devenue si pessimiste ?

— As-tu des raisons de penser qu'il pourrait lui manquer quelque chose ? demanda Kyle.

Le ton de sa voix, légèrement taquin, lui redonna du baume au cœur. Il avait raison. Elle se faisait du souci pour rien.

— Non, bien sûr. Mais j'imagine que les choses seront beaucoup plus concrètes après cet examen.

Et surtout, Kyle serait à ses côtés quand elle verrait leur bébé pour la première fois. Tout cela tendait à réveiller les espoirs qu'elle avait entretenus en craignant de ne jamais les voir se réaliser. Depuis qu'elle savait qu'elle était enceinte, elle s'était tellement concentrée sur les problèmes de leur couple qu'elle n'avait même pas pensé une seule seconde à tout ce qui allait bien.

Elle s'était donc préparée à devenir mère célibataire, sans même accorder à Kyle le bénéfice du doute. Elle avait préféré s'attendre au pire de sa part. De cette façon, s'il avait refusé de s'intéresser au bébé, elle n'aurait pas été trop blessée.

Mais elle se rendait compte désormais que son comportement défensif était injuste vis-à-vis de lui. Et n'était bon ni pour elle ni pour le bébé.

— De toute façon, on ne peut pas revenir en arrière, conclut-elle.

Il lui jeta un regard curieux.

— Tu regrettes ?

— Tu n'as pas voulu cela.

— Et toi ?

— Tu veux dire, est-ce que j'ai essayé de tomber enceinte ?

Il soupira et lui prit la main.

— Non. Je sais bien que ce n'était pas délibéré. Je voulais simplement te retourner la question que tu m'as posée.

Ses réactions apaisantes auraient dû constituer le parfait antidote à son agitation, mais pour quelque obscure raison elle trouvait ses encouragements dérangeants. Doucement, il serra sa main dans la sienne, et au même instant, elle se sentit déchirée entre l'envie de se disputer avec lui et celle de céder à ses tentatives de renouer des liens avec elle.

— Si j'ai appris quelque chose au cours de l'année passée, c'est qu'il est bien difficile d'entretenir des relations quand on est sur la route, reprit-elle. J'ai beaucoup réfléchi à ce qui se passerait si je décidais de me consacrer pleinement à ma carrière. Je serais contrainte de voyager souvent. Ce serait difficile.

— Tu veux dire de réussir dans ta carrière et de réussir ta vie de maman ? Je suis persuadé que tu peux le faire. À condition, bien sûr, que tu en aies envie.

C'était la décision qu'elle redoutait. Voulait-elle vraiment se consacrer aux deux ? À sa famille et à sa carrière ? Ses sentiments pour Kyle n'avaient pas changé, mais la situation s'était tellement compliquée…

— Veux-tu que l'on se donne une deuxième chance ? demanda-t-elle, le cœur battant à tout rompre.

— Je pense qu'on se doit bien ça, tu ne crois pas ?

— Si, murmura-t-elle.

Mais il ne parut pas satisfait de sa réponse.

— Je voudrais juste savoir une chose. Si tu n'avais pas été enceinte, aurais-tu tout de même souhaité reprendre notre relation ?

— Oui, car si je ne l'avais pas fait, j'aurais gardé une impression d'inachevé.

Il attendit un long moment avant de répondre :

— Tu as raison. Mais je voudrais que tu saches que

j'étais déterminé à te reconquérir *avant* de savoir que tu étais enceinte.

— Et pourtant, tu ne me faisais pas confiance…

— J'ai eu tort de croire qu'il y avait quelque chose entre toi et Hunter.

Elle voyait bien que cette déclaration avait nécessité un important effort de sa part, mais ce n'était pas suffisant à ses yeux.

— Et pourtant, hier soir, tu te demandais si je savais qui de vous deux était le père de mon enfant.

- 3 -

Kyle, qui pensait avoir bien mérité ce sarcasme, préféra laisser couler plutôt que de se mettre sur la défensive.

— Ce sont ces roses et cette carte bizarre qui m'ont déstabilisé, avoua-t-il.

— J'admets que c'est bizarre, mais c'est sûrement une erreur de la part du fleuriste. Il a peut-être oublié d'ajouter la signature. Cela pourrait être tellement de personnes différentes.

— Tu ne trouves pas ça curieux que quelqu'un t'envoie une douzaine de roses *rouges* ?

— Eh bien, ça m'énerve un peu de ne pas savoir qui c'est. Mais dans l'absolu, c'est un joli geste. Je ne vais tout de même pas me plaindre.

Elle pensait peut-être que ce n'était pas Hunter qui les avait envoyées, mais lui en était persuadé.

— Est-ce que l'on pourrait arrêter de parler de ces fleurs ? demanda-t-elle en baissant la tête. Je voudrais me concentrer sur le rendez-vous. Je suis vraiment contente que tu sois venu.

— Moi aussi.

Mais alors même qu'il prononçait ces mots, il comprit qu'il faudrait bien plus qu'un rendez-vous chez le médecin pour briser la tension qu'il y avait entre eux.

Il allait devoir faire beaucoup d'efforts pour mettre ses doutes de côté et la reconquérir. C'était certain.

— C'est ici, dit-elle en pointant du doigt un parking.

— Tu es déjà venue ?

— Deux fois.

— Alors tu envisages d'accoucher à Vegas ?

Elle ouvrit la bouche, mais aucun son n'en sortit. Tout en se mordillant nerveusement la lèvre, elle baissa la tête.

— Ça paraît logique, murmura-t-elle.

— Mais ta vie est à Los Angeles. Avec moi.

Ou du moins était-ce le cas avant qu'elle ne parte en tournée.

— On ne peut pas dire que l'on a vraiment vécu ensemble au cours des neuf mois passés, fit-elle remarquer.

— Quand je t'ai encouragée à partir en tournée, je pensais que tu reviendrais. Toutes tes affaires sont toujours chez moi.

— J'ai juste besoin d'un peu de temps.

— De combien de temps ?

— Je ne sais pas.

Après avoir garé la voiture, il se tourna vers elle.

— Je n'aime pas vivre dans l'incertitude, Melody.

— Alors on devrait peut-être rompre.

Il sentit son cœur faire un bond dans sa poitrine. Ce n'était pas du tout la réponse à laquelle il s'attendait.

— Je ne comprends pas pourquoi tu dis ça.

— C'est juste que je ne sais pas où nous en sommes. On ne sort pas ensemble. On ne vit pas ensemble. Je ne suis même pas sûre que nous soyons encore amis.

Cette présentation des faits, tels qu'elle les voyait, le déstabilisa littéralement. Il eut l'impression qu'elle venait de le frapper en plein visage. Il n'arrivait plus à réfléchir. Son cerveau était comme embrumé.

— Mes sentiments pour toi n'ont pas changé.

— Tu dis ça, mais je suis sûre que tu ne le crois pas

toi-même, répondit-elle, avant de sortir de la voiture, le laissant seul.

Elle était déjà presque arrivée devant le bâtiment quand il trouva la force de se lever pour la rattraper.

— Très bien, dit-il en arrivant à sa hauteur. Nous n'en sommes peut-être pas au même stade qu'avant ton départ pour la tournée, mais cela ne veut pas dire que j'ai fait une croix sur toi. Je te veux dans ma vie. Je veux être présent pour notre bébé. Comment envisages-tu notre avenir ?

— Honnêtement, je suis partagée entre mon désir de fonder avec toi une famille heureuse et l'idée qu'il vaudrait peut-être mieux que j'élève cet enfant seule.

— Je ne peux pas laisser faire ça.

Il ne voulait pas agir comme son propre père. Il était déterminé à se montrer tendre et aimant à l'égard de son enfant.

Ils entrèrent dans le bâtiment et s'arrêtèrent devant l'ascenseur. Melody le regarda longuement avant de dire :

— J'ai peur de souffrir.

Il aurait aimé pouvoir lui répondre que jamais il ne lui ferait de mal, mais il lui en avait déjà fait en l'accusant d'avoir repris sa relation avec Hunter. La veille encore, il avait récidivé en insinuant que son ex-amant était peut-être le père du bébé. Pourquoi n'arrivait-il pas à lui accorder sa confiance ?

Tout simplement parce qu'il ne savait pas le faire.

Ses parents ne lui avaient pas donné les bons outils émotionnels pour s'épanouir dans une relation amoureuse. Son père avait royalement ignoré toute émotion, bonne ou mauvaise, préférant s'appuyer sur la logique pour affronter les hauts et les bas de la vie. Sa mère, elle, était une femme craintive et anxieuse, qui l'aimait presque trop. Piégé entre une tornade émotionnelle et un impassible mur de glace, il avait cessé d'exprimer ses sentiments et avait laissé tout le monde penser qu'il allait bien tout le temps.

Ses camarades de classe puis ses coéquipiers l'avaient surnommé « l'homme de glace ». Mais sa froideur était un masque, et non une réelle représentation de ce qu'il ressentait. Il avait beau paraître distant et détaché, au fond de lui, il avait toujours des doutes, du désir, et parfois de la déception.

— Je ne veux pas te faire du mal, affirma-t-il.

Il le pensait, même s'il savait qu'il ne se comportait pas toujours comme il aurait dû avec elle.

Parfois, il ne pouvait s'empêcher de revenir aux comportements autoprotecteurs qu'il avait acquis durant son enfance. Il refoulait les émotions fortes au lieu de les laisser s'exprimer. Les quelques mois qui étaient passés depuis qu'il avait cru perdre Melody avaient compté parmi les pires de sa vie.

Plutôt que de lui dire à quel point il avait peur de la perdre, il avait enterré ses craintes et fait comme s'il allait bien. Mais il n'allait pas bien. Et c'était d'ailleurs pour cette raison qu'il en était arrivé à de mauvaises conclusions concernant la relation de Hunter avec Melody.

Tandis que cette dernière annonçait son arrivée à la réceptionniste, il jeta un coup d'œil à la salle, dans laquelle patientaient plusieurs femmes enceintes. C'était donc vrai. Il allait devenir papa. Et il était bien décidé à veiller sur la mère de son enfant. Quoi qu'il lui en coûte.

— Je crois que l'on devrait se marier, dit-il au moment où elle revint s'asseoir à côté de lui.

Sidérée, elle ouvrit de grands yeux.

— C'est une plaisanterie ?

— Pas du tout. Cela me paraît logique. Je n'ai pas envie

de jouer mon rôle de père à mi-temps, et nous sommes bien ensemble.

— *Bien ensemble* ? répéta-t-elle en le regardant comme s'il venait de lui pousser une deuxième tête. Nous nous sommes à peine parlé au cours des mois passés. Aucun d'entre nous n'est doué pour dire ce qu'il ressent. Je ne pense pas que nous soyons prêts pour le mariage.

Bien qu'il soit déçu par sa réponse, il se rassura en songeant que les choses ne seraient pas toujours comme ça entre eux. Il allait trouver un moyen de faire fonctionner leur couple.

— Alors nous allons travailler sur notre communication, affirma-t-il en espérant avoir transmis sa détermination dans le ton de sa voix.

— Comment ?

— Nous allons aller voir un conseiller conjugal, quelqu'un qui nous apprendra à nous exprimer de façon positive.

À ces mots, elle se crispa un peu.

— Je ne sais pas…

— Écoute, Melody, je pense que l'on devrait faire cet effort-là. On était bien tous les deux. Je ne vois pas de raison majeure à ce que l'on ne parvienne pas à retrouver cet état. Et puis il y a le bébé.

— Ce sont de bonnes raisons, je suis d'accord, répondit-elle d'une voix hésitante. Mais se marier… C'est tout de même un immense pas en avant.

Il était pour sa part convaincu que c'était une bonne idée. Il voulait être présent pour son enfant. Mais d'un autre côté, il ne voulait pas brusquer Melody.

— On en reparlera plus tard, conclut-il. Pourquoi pas ce soir au dîner ?

L'air embarrassé, elle se mit à se tortiller sur sa chaise.

— Je ne peux pas. Je vais travailler tard. Nate m'a demandé de finir l'album pour le 5 décembre.

— Mais tu travailles dessus depuis plus d'un an. Je sais que tu es perfectionniste, mais parfois il faudrait tout de même que tu prennes un peu de temps pour toi.

— Je sais. Mais c'est mon premier album, et je voudrais vraiment que tout soit parfait.

Il comprenait sa quête de perfection. Adolescent, il avait passé des heures à travailler son lancer. La répétition familière des gestes lui permettait d'oublier tous ses problèmes et de se concentrer sur l'instant présent. Et en regardant Melody peaufiner ses chansons, il avait retrouvé cette énergie, ce besoin d'accomplir une œuvre irréprochable. Toutefois, même s'il savait que la musique était importante pour elle, il aurait bien aimé qu'elle consacre un peu de temps à sa vie privée, notamment sa vie amoureuse…

— Je comprends, dit-il en lui prenant les mains en signe de soutien et d'encouragement.

— Mais si les gens détestent mon album…, murmura-t-elle d'un air angoissé.

— Ne pense pas comme ton père. S'il savait reconnaître le talent, il aurait monté sa propre maison de disques.

— C'est vrai. Il n'empêche que j'ai du mal à oublier toutes les fois où il m'a dit que je n'avais pas ce qu'il fallait pour devenir chanteuse ou compositrice.

Comment pouvait-il la convaincre qu'elle avait tout, au contraire, pour réussir ? Il essayait souvent de la rassurer, mais il avait l'impression que, comme il n'avait aucune expérience de la musique, elle n'arrivait pas à accepter ses paroles d'encouragement.

— Mais tu lui as plus d'une fois prouvé qu'il avait tort, répliqua-t-il. Cet album va être un véritable succès. Tu verras.

— Tu m'as toujours soutenue. Je trouve ça super.

Il y avait dans ses yeux une telle tendresse qu'en les regardant il sentit les battements de son cœur s'accélérer.

Ce fut à ce moment-là qu'une jeune femme blonde en blouse bleu pâle entra dans la salle.

— Mademoiselle Caldwell ?

Melody se leva d'un bond.

— Tu es prêt ? demanda-t-elle à Kyle en lui jetant un regard anxieux.

Tout en lui adressant un sourire rassurant, il prit sa main dans la sienne.

— Tout à fait.

L'infirmière les conduisit dans une salle d'examen. Avec ses larges épaules et son important charisme, Kyle semblait emplir le petit espace. Il resta assis à côté d'elle tandis que l'infirmière lui prenait sa tension artérielle et lui posait les questions d'usage. Faisant de son mieux pour mettre de côté les doutes que l'étrange proposition de Kyle avait fait naître dans son esprit, elle répondit mécaniquement.

Que lui avait-il pris de lui demander sa main aussi froidement ? Elle ne rêvait pas d'une proposition en grande pompe, mais elle aurait préféré être demandée en mariage dans un cadre romantique par un homme qui l'aimait plutôt que dans la salle d'attente d'une clinique par un homme qui venait tout juste d'apprendre qu'elle portait son enfant.

« Je crois que l'on devrait se marier. »

Cette affirmation évoquait plus une suggestion d'ordre pratique qu'une demande passionnée ! Une fois le choc passé, elle avait eu envie de le frapper. Comment avait-il pu penser une seule seconde qu'elle accepterait de l'épouser pour la seule et unique raison qu'elle était enceinte de lui ?

Et puis les larmes avaient menacé de couler et elle avait dû serrer les paupières pour les retenir.

— Votre tension est un peu élevée, lui dit l'infirmière, coupant court à ses cogitations.

— Ce doit être à cause de l'échographie. Je vous avoue que cela me stresse un peu, répondit-elle, bien que la source de ce stress soit davantage liée à la conversation qu'elle venait d'avoir avec Kyle.

Il ne lui avait peut-être pas dit qu'il l'aimait, mais elle savait qu'il était attaché à elle. Ce qu'elle ignorait, c'était si ce serait suffisant pour refaire d'eux un couple heureux. Sans compter la venue du bébé.

— Ce n'est pas alarmant, mais il faudra tout de même la reprendre avant que vous partiez, lui conseilla l'infirmière.

Quand elle eut terminé d'entrer les données dans l'ordinateur, cette dernière lui remit la chemise d'hôpital qu'elle devait revêtir pour l'échographie, puis quitta la pièce.

— Retourne-toi, Kyle, dit Melody en commençant à déboutonner son chemisier.

Elle se sentait déjà suffisamment vulnérable sans avoir à se déshabiller devant lui.

Tout en la regardant dans les yeux, il lui adressa un sourire sensuel qui éveilla aussitôt son désir, déclenchant entre ses cuisses une douce et agréable sensation de chaleur.

— Je t'ai déjà vue nue, tu sais.

Son regard lourd de désir glissa sur son corps, caressant chacune de ses courbes avec une possessivité virile.

Elle fit de son mieux pour ignorer la chaleur brûlante qui commençait à se répandre dans son corps. Au cours des derniers mois, elle avait réussi à se convaincre qu'elle était une femme indépendante qui n'avait pas besoin d'un homme et qui était parfaitement à même de prendre des décisions seule concernant son avenir.

Et pourtant, il avait suffi d'un sourire charmeur de Kyle pour balayer toutes ses certitudes. Elle avait désormais envie de se jeter dans ses bras virils et musclés pour joindre ses lèvres aux siennes…

Mais il fallait qu'elle se reprenne.

— Retourne-toi, répéta-t-elle.

Il baissa les yeux, mais le sourire ne disparut pas de ses lèvres. Elle avait tellement envie de lui qu'elle se sentait sur le point de pleurer. Les mains tremblantes, elle se déshabilla aussi vite qu'elle le put pour revêtir la chemise d'hôpital.

— C'est fait, dit-elle en s'asseyant sur la table d'examen.

— Que dirais-tu d'Amelia pour une fille ? Et d'Austin pour un garçon ?

À ces mots, elle ne put s'empêcher de sourire.

— Tu as déjà commencé à réfléchir à ça ?

— Je n'ai pas très bien dormi la nuit dernière, répondit-il en sortant son téléphone de sa poche. J'avais aussi trouvé Aubrey et Addison.

— Tu es resté bloqué à la lettre A ?

Il fit défiler une liste sur son téléphone.

— Colton pour un garçon ?

La gorge serrée par l'émotion, elle le regarda sans rien dire. Après sa glaciale proposition de mariage, il venait de renverser la donne avec cette adorable preuve de son enthousiasme. Il avait vraiment le don de la déstabiliser.

Elle n'eut pas le temps de répondre. Le Dr Sarah Evans venait d'entrer dans la pièce.

— Bonjour, mademoiselle Caldwell, dit-elle avant de se tourner vers Kyle pour le regarder d'un air interrogateur.

— Je vous présente Kyle Taylor, le père de l'enfant.

La gynécologue le salua avant de se retourner vers elle.

— Je vais vous appliquer un peu de gel, expliqua-t-elle de sa voix douce.

Le Dr Evans appliqua la substance sur son ventre et se mit à rire quand Melody frissonna.

— C'est un peu froid, mais la sensation passera dans une seconde.

Melody regardait le léger renflement, juste en dessous de son nombril, où devait se trouver le bébé. En se tournant vers Kyle, elle remarqua qu'il avait pour sa part les yeux rivés sur l'écran, où une image était apparue. Et tout à coup, elle le vit. Leur bébé. Sa petite tête, ses petits bras, ses petites jambes. Un vrai petit être. En elle. Oh, Seigneur…

— Votre bébé est à peu près de la taille d'un citron. Il doit commencer à bouger ses doigts et à faire avec sa bouche des mouvements de succion. Voulez-vous connaître son sexe ?

— On peut le savoir ? demanda aussitôt Kyle, avant de se tourner vers Melody. Tu veux le savoir ?

Elle n'y avait pas encore réfléchi. Elle ne pensait pas que la question se poserait si tôt.

— Eh bien… Je crois, oui.

Les choses seraient plus faciles à planifier si elle savait si ce serait un garçon ou une fille. Elle pourrait préparer sa chambre, lui acheter des vêtements. Ce qui la ramenait à une question que Kyle lui avait déjà plusieurs fois posée : où allait-elle vivre ? Elle avait vendu son appartement de Los Angeles pour s'installer avec lui. Quant à la petite maison de gardien où Trent la logeait, il ne s'agissait que d'une solution temporaire. Elle pouvait y habiter pendant que Trent était à Los Angeles avec Savannah et Dylan. Mais qu'allait-elle faire quand ils reviendraient ? Ils formaient une famille, désormais. Ils avaient besoin d'intimité.

Quand Kyle lui avait demandé où elle envisageait de vivre, elle n'avait eu aucune réponse à lui apporter. À partir du moment où elle avait su qu'elle était enceinte, elle avait vécu au jour le jour. Mais maintenant qu'elle pouvait voir son bébé sur cet écran, il lui semblait évident que des décisions devaient être prises.

Elle tressaillit quand Kyle lui prit la main et la serra fort dans la sienne. Instinctivement, elle se tourna vers lui, mais il ne la vit pas. Son regard était toujours rivé à l'écran.

— C'est une fille, annonça le Dr Evans, l'air radieux. Félicitations !

— Vous en êtes sûre ? demanda Melody d'une toute petite voix.

— Aucun doute.

Une fille… Émerveillée, Melody se tourna vers Kyle pour juger de sa réaction, s'attendant presque à le voir déçu. S'était-il déjà imaginé apprendre le base-ball à un petit garçon ? Mais il paraissait tout aussi émerveillé qu'elle. Et satisfait.

Elle attendit anxieusement que le Dr Evans ait terminé l'échographie et quitté la pièce pour poser à Kyle la question qui lui brûlait les lèvres :

— Tu es content que ce soit une fille ?

Comme s'il avait du mal à s'extirper de ses pensées, il cligna des yeux plusieurs fois.

— Très. Qu'est-ce qui te fait penser le contraire ?

— Tu es un homme, tu adores le base-ball. Je parie que, quand tu t'es réveillé ce matin, tu t'es dit qu'il allait falloir que tu achètes un mini-gant et une mini-balle.

— Quand je me suis réveillé ce matin, je me suis dit que mon lit était bien vide sans toi.

Déstabilisée par cette réponse, elle chercha une manœuvre pour se donner le temps de se remettre.

— Ferme les yeux, dit-elle en s'asseyant. Il faut que je me rhabille.

Posant ses mains de chaque côté de son corps sur la table d'examen, il la regarda en souriant.

— On va avoir une fille, Melody.

— Oui, murmura-t-elle en caressant doucement sa joue.

Son sourire était communicatif. Et son visage était si proche du sien qu'il lui suffit de se pencher très légèrement pour joindre ses lèvres aux siennes. Une fois ce lien établi, elle sentit son cœur s'emballer. Il lui semblait désormais facile d'oublier la douleur des mois passés. Avec cette passion et ce désir, ils pouvaient repartir à zéro. Elle n'avait pas vraiment besoin de retourner au studio ce jour-là. Ils pouvaient très bien aller chez lui et faire l'amour tout l'après-midi. À cette idée, un délicieux frisson lui parcourut le dos.

Elle reprit son souffle, et elle venait de trouver le courage de formuler cette proposition quand le téléphone de Kyle sonna. L'air furieux, il le sortit de sa poche et consulta l'écran.

— C'est le club, dit-il. Je dois répondre. On se retrouve dans le hall ?

— D'accord.

Elle le regarda partir en soupirant, et se rhabilla.

C'était sans doute mieux ainsi. S'ils étaient dans cette situation si compliquée, c'était parce qu'ils avaient précipité les choses, sans se donner le temps de déterminer s'ils étaient vraiment compatibles. Ils sortaient ensemble depuis peu quand elle avait emménagé chez lui, et cette décision avait été prise sur un coup de tête.

Mais désormais, elle comprenait que si elle n'en avait pas longuement parlé avec lui, c'était parce qu'elle avait eu peur de poser la question qui aurait pu l'éloigner d'elle. Elle ne pouvait pas commettre la même erreur. Tant qu'elle ne serait pas certaine qu'il l'aimait réellement, elle ne pourrait pas s'engager davantage vis-à-vis de lui.

- 4 -

Quelques heures après l'échographie, Kyle se surprit à sourire tandis qu'il se dirigeait vers Ugly Trout Records. Depuis qu'il avait appris qu'ils allaient avoir une fille, il était sur un petit nuage. Il avait dépassé le choc initial, et désormais, il avait le sentiment que tous ses problèmes avec Melody n'étaient qu'une série de malentendus qui pouvaient être réglés facilement. Ils allaient être parents. Leur fille méritait de grandir dans une famille unie et aimante, et il avait bien l'intention de la lui offrir, quoi qu'il lui en coûte.

La première chose qu'il avait décidé de faire était d'apporter à dîner à Melody de sorte qu'elle comprenne qu'il avait bien l'intention de veiller sur elle. Il y avait sur le siège passager un sac rempli de ses plats préférés.

Depuis qu'il avait vu la minuscule silhouette de sa fille, il se sentait empli d'optimisme. Il allait devenir papa… Cette idée le comblait de joie. Naturellement, il ne savait pas du tout comment s'y prendre, mais il était bien déterminé à apprendre. Il suffisait de regarder Trent avec Dylan pour comprendre que c'était le genre de chose qui se faisait tout naturellement.

Trent, qui jurait qu'il ne se marierait jamais et n'aurait jamais d'enfants. Son meilleur ami avait, lui aussi, eu un très mauvais modèle paternel. Siggy Caldwell avait élu un favori parmi ses enfants, Rafe, son fils aîné, qu'il avait toujours couvert d'éloges tandis qu'il passait son temps à critiquer Trent et Melody.

Et pourtant, ses deux cadets étaient parvenus à devenir des personnes merveilleuses, tendres et aimantes. Mais pour ce faire, Trent avait dû admettre qu'il était amoureux de Savannah.

Comme Trent, Melody avait appris à refouler ses émotions. Elle était par ailleurs assez encline à se lancer tête baissée dans des relations amoureuses, sans penser à elle. C'était ainsi que les choses s'étaient passées entre Hunter et elle. À l'époque où elle sortait avec ce dernier, elle passait son temps à excuser la façon dont il la traitait. Et Kyle avait plus d'une fois refréné son envie d'aller casser la figure à Hunter. Or, ce n'était pas du tout ainsi qu'elle réagissait quand elle se retrouvait confrontée à des problèmes dans sa relation avec lui.

Plutôt que de prendre ses soupçons d'infidélité à la légère, elle s'était mise en colère et s'était violemment disputée avec lui. Il ne se souvenait pas l'avoir jamais vue se quereller avec Hunter. Était-ce parce que ses sentiments pour ce dernier étaient plus forts et plus profonds ? Si tel était le cas, pourquoi l'avait-elle choisi, lui ?

Quoi qu'il en soit, il avait hâte de voir le sourire qu'elle afficherait quand il la surprendrait avec ce dîner. Elle adorait quand il se montrait spontané.

S'étant garé devant l'entrée principale, il descendit de la voiture. Il était presque 18 heures, et le parking était à moitié vide.

Derrière les portes vitrées, il aperçut deux personnes dans le hall. Il sentit son cœur se serrer quand il reconnut la haute silhouette de Hunter à côté de celle, frêle, de Melody. Manifestement absorbés dans une conversation animée, ils ne le virent pas arriver. Poussant la porte avec bien plus d'énergie que nécessaire, il entra.

— Kyle ! lança-t-elle d'un air surpris. Qu'est-ce que tu fais là ?

— Je t'ai apporté à manger, répondit-il en lui présentant le sac.

Il se tourna vers Hunter, qui ne semblait pas le moins du monde gêné par sa présence. Et au même instant, il sentit son sang bouillir dans ses veines. Mais que faisait-elle avec lui ?

— C'est très gentil, répondit-elle. On allait justement se chercher de quoi grignoter.

— Plus besoin, dit-il en se forçant à sourire. Je t'ai pris tous tes plats préférés. J'avais pensé que tu pourrais me montrer sur quoi tu travailles pendant que nous mangeons.

Comme elle semblait hésiter, il serra les poings. Il ne devait pas se disputer avec elle. Pas aujourd'hui. Pas après ce qu'ils venaient de vivre à la maternité. Les images de ce bébé les avaient rapprochés. Il ne voulait pas détruire ce nouveau départ pour la seule et unique raison qu'il était jaloux qu'elle ait envisagé de dîner avec son ex.

— D'accord. Cela ne te dérange pas ? ajouta-t-elle en regardant Hunter.

Ce dernier jeta un regard mauvais à Kyle, avant d'adresser à Melody un sourire forcé.

— Pas de problème. Amusez-vous bien. On se revoit plus tard, Melody.

Sans même le regarder partir, Kyle prit Melody par le bras et l'entraîna avec lui. Il la sentit résister légèrement et remarqua qu'elle regardait par-dessus son épaule. Que devait-il en déduire ?

— Vous travaillez ensemble sur quelque chose ? demanda-t-il en s'efforçant d'adopter un ton neutre.

— Non. J'étais en train de travailler avec Craig quand Hunter est arrivé pour me proposer de dîner avec lui. Je ne m'étais même pas rendu compte que j'avais faim jusqu'à ce qu'il me parle de hamburger.

Ils entrèrent dans une régie. Après avoir sorti deux bouteilles d'eau d'un réfrigérateur, elle s'assit sur un canapé et le regarda ouvrir le sac qu'il avait apporté.

— J'ai pris des pâtes, de la salade et du cheesecake pour le dessert.

Comme elle ne semblait enthousiasmée par aucun de ses choix, il ajouta, penaud :

— Mais tu as peut-être des envies de femme enceinte. Tes goûts ont dû changer…

— Un peu. J'ai envie de toutes sortes de choses bizarres, en ce moment. Et je ne supporte plus l'odeur de certains aliments.

— J'espère que les crevettes n'en font pas partie. Parce que je t'ai pris des tagliatelles aux crevettes et au parmesan.

— Non, aucun problème avec les crevettes. Mais le beurre de cacahuètes, par exemple, je ne peux plus.

— Tu adorais ça, pourtant.

Il se souvenait nettement qu'elle lui en avait un jour étalé sur tout le corps avant de le lécher avec gourmandise et sensualité…

— J'espère que ça reviendra après la naissance du bébé, répondit-elle en haussant les épaules.

Elle le regarda sortir plusieurs parts de cheesecake d'un air émerveillé.

— Waouh !

— J'en ai pris de plusieurs sortes pour que tu puisses choisir. Ou tous les goûter.

— Tu t'es donné beaucoup de mal, dit-elle en lui adressant un sourire si doux qu'il s'en sentit tout retourné.

— Ça me fait plaisir de prendre soin de toi. J'envisage d'ailleurs de m'y consacrer entièrement. Toi et le bébé êtes désormais mes priorités.

— C'est merveilleux, murmura-t-elle d'un air profondément ému.

Comme elle avait désormais les larmes aux yeux, elle se mit à rire et s'essuya la joue d'un revers de main.

— Je pleure pour rien, en ce moment. Enfin… À chaque fois que les gens sont gentils avec moi.

— Alors tu dois pleurer beaucoup. Parce que tu es le genre de personne qui attire la gentillesse.

— Tu es adorable.

— Je n'essayais pas de l'être. J'ai juste énoncé une évidence.

— À quelle heure dois-tu être au club ?

— J'envisageais de m'y rendre autour de 21 heures. Et toi, combien de temps comptes-tu rester ici ? Tu as l'air fatiguée.

— Je pensais rester encore deux heures. Hunter m'a proposé de m'aider sur l'une de mes chansons.

— Tu crois vraiment que c'est une bonne idée de continuer à travailler avec lui ? ne put-il s'empêcher de demander.

— Je ne comprends pas ce que tu veux dire, répondit-elle, l'air décontenancé.

— Il a toujours des sentiments pour toi. À ton avis, pourquoi a-t-il accepté de travailler ici et au Club T's ?

— Au Club T's, parce que Trent lui a proposé un super cachet pour faire son travail de DJ. Quant à sa présence au studio, je peux t'assurer qu'elle n'a rien à voir avec la mienne.

— Il pourrait tout aussi bien enregistrer à Los Angeles. Je suis sûr que la plupart des artistes qu'il produit préféreraient ça.

— Hunter aime le son d'Ugly Trout. Et comme tout le monde, il a beaucoup d'admiration pour Nate. Je suis sûre qu'il espère pouvoir travailler un peu en collaboration avec lui.

Baissant les yeux vers ses pennes au basilic, il se rendit compte qu'il avait perdu l'appétit.

— Kyle, il faut vraiment que tu surmontes cette jalousie que tu as envers Hunter.

— Dès que tu m'auras convaincu qu'il n'envisage pas de te reconquérir.

Et dès qu'elle l'aurait convaincu qu'elle n'envisageait plus d'éluder leurs problèmes.

— Il ne pense pas du tout à ça. Il sort avec Ivy Bliss.

— Je croyais qu'il produisait juste son nouvel album.

— À ce que j'ai pu en voir, elle s'intéresse aussi à lui sur le plan personnel. Donc, tu vois bien qu'il n'y a aucune raison de s'inquiéter.

Résigné, il hocha la tête. En lui faisant part de ses soupçons, il ne ferait que l'éloigner de lui. La meilleure chose à faire aurait été de trouver un moyen d'éliminer son concurrent. Sauf que Hunter n'était qu'une partie du problème.

— J'aurais tout de même une dernière chose à te dire sur le sujet, annonça-t-il prudemment.

La question qui lui brûlait les lèvres depuis tant de temps ne pouvait être retenue plus longtemps.

— Je t'écoute.

— Quand les choses ont commencé à mal se passer entre toi et Hunter, commença-t-il, le cœur battant à tout rompre, pourquoi ne t'es-tu pas opposée à lui, comme tu le fais si bien avec moi ?

La question de Kyle laissa Melody littéralement bouche bée. Son esprit fonctionnait à toute allure, mais n'allait nulle part. Il avait raison. C'était ainsi qu'elle s'était comportée, et ce n'était pas juste. Elle ne parvenait pas à expliquer pourquoi, pendant un an et demi, elle avait accepté que Hunter la considère comme un acquis, alors que, quand Kyle la contredisait sur un point quelconque, important ou non, elle le rabrouait, exactement comme le faisait… son père.

— C'était différent avec Hunter.

Elle comprit immédiatement que ce n'était pas une chose à dire. Elle ne pouvait pas comparer les deux relations. Mais elle ne voyait pas d'autre moyen de s'expliquer.

— Il me négligeait. J'étais toujours en train de courir après lui sans jamais savoir s'il voulait ou non de moi.

— Mais moi, je ne me suis jamais comporté comme ça. Tu sais que je te veux dans ma vie.

Ignorant comment se défendre, elle lui adressa un hochement de tête hésitant. Peut-être était-ce parce que sa relation avec lui lui semblait plus importante que celle qu'elle avait eue avec Hunter.

— Mais tu m'as fait du mal, avoua-t-elle.

À ces mots, il ouvrit de grands yeux.

— Combien de fois Hunter t'a-t-il fait pleurer ?

— Des dizaines.

La presse lui avait attribué plusieurs aventures pendant qu'il était avec elle. Hunter avait prétendu qu'il ne s'agissait que d'amies, mais elle n'en avait jamais eu la certitude. Et puis il y avait tous les lapins qu'il lui avait posés, toutes les fois où il avait oublié de l'appeler alors qu'il avait promis de le faire. Il avait même oublié son anniversaire !

— Et pourtant, tu es restée avec lui.

— Très bien. Je comprends ce que tu veux dire, grommela-t-elle.

Mais les choses étaient différentes. D'une certaine façon. Elle le sentait au fond d'elle.

— Mais je n'ai aucune explication rationnelle à t'apporter, précisa-t-elle.

Elle se sentit irritée par la façon dont il pinça les lèvres. Que voulait-il qu'elle fasse ? Elle ne pouvait pas lui expliquer quelque chose qu'elle ne comprenait pas elle-même !

— On pourrait y voir plus clair si on allait consulter quelqu'un ensemble, reprit-il.

Une fois encore, sa proposition la rebuta, même si elle ne parvenait pas à comprendre pourquoi.

— Est-ce que cela peut attendre que j'aie fini mon album ?

— Bien sûr que oui, répondit-il d'une voix aimable mais légèrement attristée. Mais je pense que l'on devrait faire quelque chose entre-temps. C'est pourquoi, tout à l'heure, après l'échographie, j'ai appelé une conseillère de Los Angeles en qui j'ai confiance.

Se sentant prise au piège, elle se crispa un peu.

— Tu as parlé de nos problèmes à quelqu'un ?

— Ne t'inquiète pas. C'est une personne que je consulte depuis des années.

Cette information tomba sur elle comme une bombe.

— Tu vois une psy ? Comment se fait-il que je ne l'ai jamais su ?

L'air contrarié, il baissa les yeux.

— Ce n'est pas une chose dont je suis fier.

Elle comprenait. Comme il avait besoin d'être aidé, il avait l'impression de passer pour quelqu'un de faible. L'espace d'une seconde, elle envisagea de lui dire qu'elle ne s'attendait pas à ce qu'il soit fort tout le temps. Mais était-ce la vérité ?

Elle aimait l'idée de pouvoir se reposer sur lui. Elle

aimait sa façon de prendre des initiatives, le sentiment de sécurité qu'il lui procurait. Mais comme il parlait rarement de ses problèmes ou difficultés, il ne lui était jamais venu à l'esprit qu'il pouvait avoir besoin de son soutien en retour.

— Pourquoi ne m'as-tu rien dit ? demanda-t-elle, contrariée qu'il lui ait caché cet aspect important de sa vie. Est-ce à cause de ton père ?

— S'il le savait, il serait fou, murmura-t-il avant de sourire tristement. Je me demande ce qui est le pire pour lui : avoir un problème ou admettre qu'il en a un ? Je suis sûr qu'il préférerait se couper une jambe plutôt que d'aller voir un psy.

— C'est horrible !

— Mais cela donne une assez bonne indication de la détermination de mon père à ne pas révéler ses faiblesses.

Malgré son visage légèrement crispé, il prit une voix plus légère pour poursuivre :

— Maintenant, tu connais l'un de mes sombres secrets.

— Parce qu'il y en a plusieurs ? demanda-t-elle en souriant, bien qu'elle ait le cœur lourd. Combien ?

— Tu auras l'occasion de les découvrir au cours des quinze prochains jours.

Il venait de faire ce qu'elle regrettait tant qu'il ne fasse pas plus souvent : s'ouvrir à elle. Et pas pour un fait insignifiant. Il lui avait confié une chose très personnelle, et ce dans le seul but d'améliorer leur communication. Mais parallèlement, il lui avait proposé un défi : « Je suis prêt à faire tous les efforts nécessaires. Et toi ? »

— Qu'est-ce que tu veux dire par là ? demanda-t-elle, étonnée.

— Le Dr Warner m'a envoyé un programme de revitalisation du couple en quinze jours. J'ai pensé que l'on pourrait commencer dès maintenant.

Hésitante, elle soupira. Pourquoi était-elle si réticente ? N'avait-elle pas envie qu'ils se remettent ensemble ? Kyle faisait des efforts, c'était évident. Ne devait-elle pas en faire elle aussi ?

— D'accord, répondit-elle sans se laisser le temps de changer d'avis. On va le faire.

— Content que tu sois avec moi, dit-il d'un air soulagé.

— Par quoi commençons-nous ?

— Voici la liste de ce que nous devons faire au cours des deux semaines à venir, expliqua-t-il en lui remettant un document de plusieurs pages. Je sais que ça a l'air beaucoup, mais quand j'ai parlé au Dr Warner de l'enregistrement de ton album, elle m'a dit que l'on n'était pas obligés de tout faire sur quinze jours d'affilée.

Elle feuilleta les pages, et pour quelque obscure raison, elle sentit son cœur se serrer. Cela semblait immense. Bien plus que ce qu'elle était prête à donner. Quand il avait parlé de conseiller conjugal, elle s'était juste imaginé rester assise dans une pièce avec lui pour discuter de leurs problèmes. Pas ça !

— « Premier jour », lut-elle. « Estime et appréciation. Notez les trente choses qui vous plaisent le plus chez votre conjoint et partagez-les. »

Ce premier point lui semblait facile. Il y avait des centaines de choses qu'elle appréciait chez Kyle. Peut-être ne serait-ce pas aussi pénible que cela en avait l'air, après tout ?

— On pourrait se donner jusqu'à demain soir pour le faire et dîner ensemble pour en discuter ? lui proposa Kyle.

Elle eut envie de lui dire qu'elle pouvait le faire en moins d'une heure, mais soudain il lui vint à l'esprit qu'il aurait pour sa part besoin de davantage de temps pour trouver trente qualités qu'il appréciait chez elle. Et à cette idée, elle sentit son cœur se serrer.

— D'accord, finit-elle par dire.

Quand il eut quitté le studio, Melody prit un carnet et un stylo pour commencer. Les dix premiers points lui parurent faciles. Ses yeux de braise, son sourire charmeur, son corps viril, ses longs doigts, sa belle voix grave, ses baisers si sensuels, ses capacités d'écoute, sa volonté de faire des efforts pour elle, son éthique professionnelle, le fait qu'il ait toujours soutenu et encouragé ses initiatives.

Tout en poussant un soupir de contentement, elle relut sa liste. Il était temps désormais de passer aux dix suivants. Elle répertoria plusieurs parties de son corps si exceptionnel, et ajouta son incapacité à chanter juste et son beau rire grave. Elle en était désormais à dix-sept. Ne restait plus qu'à en trouver treize.

Nerveusement, elle se mit à mâchouiller son stylo. Elle n'avait plus d'idées. Il devait pourtant y avoir des dizaines et des dizaines d'autres choses qu'elle appréciait chez Kyle. Pourquoi n'arrivait-elle à penser à aucune d'entre elles ?

Curieusement, elle ne voyait plus que ses défauts. Ses discours sans fin sur le base-ball. Les soirs où il rentrait du travail d'humeur morose et refusait de parler. Son désir de maintenir des liens étroits avec sa famille malgré les multiples déceptions que celle-ci lui apportait.

Elle venait d'en arriver à ce point quand Mia entra dans la régie. Son teint était frais, ses yeux pétillants de joie. Elle venait, à l'évidence, de voir Nate. Ils étaient tellement amoureux que, l'espace d'une seconde, Melody se prit à les envier.

— Qu'est-ce que tu fais ? lui demanda Mia en venant s'asseoir à côté d'elle.

— Je suis censée écrire les trente choses que je préfère chez Kyle, répondit-elle avant de lui donner quelques explications sur l'accord qu'elle venait de passer avec lui.

— Ça a l'air génial ! Je crois que l'on devrait faire ça, Nate et moi.

Surprise, Melody releva les yeux vers elle.

— Mais vous êtes super heureux, ensemble… Vous n'avez pas besoin de revitaliser quoi que ce soit.

— Je pense que tous les couples devraient essayer de renforcer leurs liens, quelle que soit l'étape de la relation où ils se trouvent.

Tout en méditant ces propos, Melody remit à Mia les feuilles que Kyle lui avait données. Si Kyle et elle avaient fait quelque chose comme ça dès le début, plutôt que de compter uniquement sur l'alchimie sexuelle qui les unissait, peut-être ne se seraient-ils pas éloignés l'un de l'autre au cours de ces longs mois qu'elle avait passés sur la route.

— « Sixième jour », lut Mia d'une voix pleine d'enthousiasme. « Sexe. La séance doit être entièrement consacrée à son plaisir à elle. » Ça a vraiment l'air bien !

Melody ne trouvait pas, curieusement. Trois heures plus tôt, elle ne rêvait que de se retrouver dans le lit de Kyle, et désormais, à cette simple idée, elle se sentait paralysée par l'appréhension. Car il ne s'agissait pas simplement d'un acte physique. C'était de l'intimité qui était demandée. Et elle ne se sentait pas prête pour cela.

— « Vous devrez accorder à votre partenaire un moment d'égoïsme total. De trente minutes à trois heures. C'est elle qui doit choisir le lieu et décider de vos actions », reprit Mia. Petite chanceuse.

— Fais voir.

Elle avait envie d'arracher la feuille des mains de Mia pour lire elle-même. Mais elle dut se contenter de se tortiller nerveusement tandis que son amie poursuivait sa lecture.

— Il y a ensuite quelques suggestions, fit remarquer Mia. Si cela ne te gêne pas, j'aimerais faire une copie de tout ça.

— Je t'en prie.

Mia quitta la régie, laissant Melody seule, perdue dans ses pensées.

Au bout de quelques secondes, elle finit par se replonger dans la liste qu'elle était censée dresser. Après avoir ajouté les petites mimiques adorables de Kyle et son assurance professionnelle, elle arriva au compte de vingt. Heureusement, il lui restait une journée avant leur prochaine rencontre. D'ici là, elle aurait certainement le temps de lui trouver dix autres qualités. Dans le cas contraire, il lui faudrait affronter la réalité : peut-être se faisait-elle des illusions quant à la possibilité pour eux de recoller les morceaux.

- 5 -

Kyle avait accepté de retrouver Melody au restaurant Batouri's sur le Strip. Elle arriva avec quelques minutes de retard. Et quand elle prit place à côté de lui sur l'un des tabourets du bar, les lustres à pampilles projetèrent de petits éclats de lumière dans ses cheveux noirs et soyeux.

— C'est très beau, murmura-t-elle en observant les colonnes dorées et les tables laquées de noir.

— Et tu n'as pas encore goûté leur cuisine. Croft est un chef de génie.

— Tant mieux ! Car je t'avoue que j'ai très faim.

— Tu as mangé aujourd'hui ? demanda-t-il, soucieux.

Il trouvait inquiétant qu'elle ait perdu du poids. Elle prétendait que c'était à cause des nausées matinales, mais il lui semblait probable que le stress jouait également sur le problème.

— Petit déjeuner, déjeuner et plusieurs en-cas.

— Des choses saines ?

Elle le regarda en fronçant les sourcils.

— Je ne sais pas si je dois être contente ou énervée que tu t'intéresses de si près à ce que je fais.

— Tu devrais être contente, comme moi.

— Parce que tu es content ? répliqua-t-elle d'un air incrédule.

— Ravi. Viens, on va à notre table.

Il la conduisit jusqu'à l'hôtesse en la prenant par la main, se délectant du contact de sa peau contre la sienne, qui lui rappela l'époque où le fossé entre eux n'était pas si large. Une fois installés dans un recoin discret, ils commandèrent leurs boissons et se mirent à discuter de son album.

— C'est fou, mais je ne suis satisfaite d'aucune de mes chansons. Je n'arrive pas à être objective à leur sujet. Mia pense que si j'ai du mal à finir, c'est parce que je suis tombée amoureuse du processus de création et que je n'ai pas envie que les choses se terminent.

— Cela me paraît normal. C'est tout de même une immense entreprise. As-tu commencé à réfléchir à ce que tu allais faire pour fêter la fin de la production ?

— Non. J'ai été tellement occupée à peaufiner les derniers détails que je n'ai pas du tout songé aux semaines à venir.

— Un peu de repos me paraîtrait justifié, suggéra-t-il en espérant qu'elle envisagerait ainsi de retourner à Los Angeles avec lui.

Le tournage de Savannah devait s'achever très prochainement, suite à quoi Trent et elle reviendraient à Las Vegas. À ce moment-là, la mission de Kyle au Club T's serait terminée. Il faudrait qu'il rentre à Los Angeles s'occuper de ses propres affaires professionnelles.

Sauf que… il n'irait nulle part sans Melody.

— Comment as-tu trouvé notre premier exercice ? demanda-t-elle, une fois que la serveuse eut posé sa salade devant elle.

— Tu veux savoir si j'ai eu du mal à trouver trente choses que j'aime chez toi ?

— Oui.

— Pas du tout. Il y a des centaines de choses que j'apprécie chez toi.

Elle le regarda en plissant les yeux, mais il était certain qu'elle avait apprécié ce qu'il venait de dire.

— Je vois, murmura-t-elle. Mais y en a-t-il qui ne sont pas sexuelles ?

— Quelques-unes, oui. Tu veux que je te lise ma liste ?

— Oui, répondit-elle en sortant la sienne de son sac. Je commence, ou c'est toi ?

— Et si on le faisait à tour de rôle ? À toi l'honneur.

— Voyons…, dit-elle en passant en revue sa liste, comme si elle y cherchait la meilleure chose pour débuter.

— Commence par le commencement. Je veux savoir ce qui t'est venu à l'esprit en premier.

Manifestement embarrassée, elle se mit à se tortiller nerveusement sur sa chaise. Ses joues étaient devenues légèrement plus roses.

— Tes yeux, finit-elle par dire. Je ne sais jamais de quelle couleur ils sont réellement. Leur teinte change en fonction de la lumière et de ce que tu portes. Et il n'y a rien qui me fait plus plaisir que de relever la tête et de te surprendre en train de me regarder.

C'était vraiment un excellent début.

— Moi, ta détermination, affirma-t-il. Tu composes depuis ton adolescence, malgré tout ce qu'a fait ton père pour t'en dissuader. J'imagine qu'il a dû être très difficile pour toi de surmonter son attitude négative à ton égard, et pourtant tu as tracé ton chemin et tu es arrivée à ton objectif.

Ses mots la firent sourire. Parfait ! C'était le but recherché.

— Ton sourire, enchaîna-t-elle après avoir jeté un rapide coup d'œil à sa liste. Parfois, quand tu rentres à la maison, je vois sur ton visage que la journée a été éprouvante pour toi. Mais ensuite, tu me regardes et tu souris, et c'est comme si le soleil venait de se lever.

Il se fit la promesse de lui sourire plus souvent.

— Ton talent, dit-il. Pour la composition, l'écriture

et la chanson. Je suis toujours très impressionné par la musique et les paroles que tu écris. Cela me fait regretter d'être incapable de chanter juste.

— Je l'ai mis un peu plus loin dans ma liste ! répliqua-t-elle avec enthousiasme. Ton incapacité à chanter juste.

Surpris, il fronça les sourcils.

— Je ne vois pas ce que tu trouves de séduisant là-dedans…

— Eh bien, cela veut dire que tu n'es pas parfait.

— Loin de là, et tu es bien placée pour le savoir.

— Oui, mais…

Comme elle le faisait à chaque fois qu'elle réfléchissait à quelque chose d'important, elle se mordilla la lèvre. Recherchait-elle un moyen de présenter ses défauts sous un jour positif ? Il attendit qu'elle exprime le fond de sa pensée. Quand le Dr Warner lui avait parlé de cet exercice de revitalisation du couple, elle avait insisté sur le fait qu'il devait écouter ce que Melody avait à lui dire. C'était là une chose qu'il n'avait pas faite après avoir découvert qu'elle était sortie avec Hunter à New York.

— Tu es beau. Tu as un corps magnifiquement viril. De beaux cheveux ondulés, une bouche parfaite, des jambes puissantes et musclées. Et je ne parle même pas de tes abdos.

Tandis qu'elle dressait la liste de ses qualités physiques, il ne put s'empêcher de sourire. Il était content de savoir que l'attirance physique était toujours si vive entre eux. Il n'avait pas l'intention de s'appuyer sur la passion pour sauver leur relation, mais le désir qu'ils éprouvaient l'un pour l'autre les encouragerait certainement à faire les efforts nécessaires pour résoudre leurs problèmes.

— Ta voix au téléphone m'emplit de désir, et quand tu es en face de moi…

Elle secoua la tête et précisa :

— C'est une bonne chose que tu ne saches pas chanter. De cette façon, je garde l'impression que je peux rivaliser avec toi.

— Combien de points de ta liste as-tu énumérés ?

— J'ai perdu le compte, répondit-elle en baissant les yeux vers sa feuille. Mais il y a beaucoup de choses chez toi que j'apprécie. Ton sens de l'humour. Ton sérieux professionnel. Ton amitié avec mon frère. Je sais que les choses auraient été beaucoup plus difficiles entre Trent et notre père si tu n'avais pas été là pour lui apporter ton soutien.

Comme elle s'était arrêtée pour reprendre son souffle, il décida de reprendre la parole :

— Je t'admire pour avoir réussi en dépit de ton père. Et je me souviens parfaitement du moment difficile que tu as traversé quand ta mère t'a laissée avec lui après le divorce.

Le regard rivé au sien, elle fit une petite grimace.

— On a tous les deux eu pas mal de problèmes familiaux, fit-elle remarquer.

— Ce qui fait de nous deux personnes assez renfermées.

Rien d'étonnant à ce qu'aucun d'entre eux n'ait bien réagi à la première crise majeure de leur couple.

— Il y a quelque chose qu'il faut que je te dise, affirma-t-elle soudain, l'air embarrassé.

— Je t'écoute, répondit-il en se préparant au pire.

— J'ai eu du mal à terminer cette liste parce que, en la faisant, je n'ai pas pu m'empêcher de penser également aux choses que je n'aime pas chez toi.

Elle paraissait vraiment horrifiée d'avoir fait cet aveu, ce qui lui tira un petit sourire.

— Melody, tu ne crois tout de même pas que j'ignore qu'il y a des choses chez moi qui t'énervent.

Il s'interrompit, songeant à la jalousie dont il avait fait preuve concernant sa relation avec Hunter.

— Comme tout ce qui concerne le base-ball, dit-il, ne voulant pas parler de Hunter.

Manifestement soulagée qu'il prenne les choses de cette façon, elle soupira en souriant.

— Tu es complètement *obsédé* par le base-ball. Mais pour en revenir à ce que je te disais, il me semble tout de même intéressant que je n'aie pas réussi à dissocier le bon du mauvais.

— Personne n'est tout blanc ou tout noir. Et puis c'est dans la nature humaine de se focaliser sur le mauvais plutôt que sur le bon.

Il l'avait d'ailleurs lui-même beaucoup fait durant le temps où ils avaient été séparés.

— Je suis contente que l'on ait fait cet exercice. Cela m'a permis de mieux comprendre ce que tu es et pourquoi je suis tombée amoureuse de toi.

— Et aussi pourquoi tu t'es éloignée de moi ?

— Un peu. Et puis, j'ai été complètement débordée, ces derniers mois. La tournée m'a fatiguée, et ensuite, j'ai encore dû beaucoup travailler pour écrire, enregistrer et produire mon album. Sans parler du fait que je suis enceinte, ajouta-t-elle en souriant, ce qui me rend un peu plus émotive que d'ordinaire.

Satisfait de cette réponse, il lui prit la main.

— Tu crois que l'on peut considérer l'exercice comme réussi ?

— Tout à fait, répondit-elle sans cesser de sourire. Et je suis ravie des résultats.

Il l'était aussi. Il espérait simplement que les quatorze autres étapes se dérouleraient tout aussi bien.

Melody se gara en bâillant. Elle n'aurait pas dû rester au studio si tard. Elle n'avait pas réussi à faire grand-chose au cours de la dernière heure qu'elle y avait passée. Elle n'arrivait à penser qu'à sa soirée de la veille avec Kyle.

Après le dîner, qui s'était si bien déroulé, Kyle et elle n'avaient pas semblé pressés de rentrer. Ils étaient donc restés deux heures dans l'immense jardin de l'hôtel Fontaine Resort à se promener en parlant de tout et de rien. Elle avait évoqué les aspects de la tournée qu'elle avait préférés et le bonheur qu'elle avait ressenti à voir Nate et Mia tomber amoureux. Ils avaient également discuté des compétences professionnelles de Kyle, qui avait si bien repris la gestion de la société fondée par sa famille, West Coast Records. Après l'avoir raccompagnée à sa voiture, il avait déposé sur son front un chaste baiser, et elle était partie avec un douloureux sentiment d'insatisfaction.

Alors qu'elle s'approchait de sa petite maison, elle sentait désormais la fatigue peser lourdement sur ses épaules. Trent avait dépensé une véritable petite fortune pour illuminer le jardin. Au cours des deux jours passés, les artisans qu'il avait embauchés avaient travaillé d'arrache-pied pour poser des guirlandes lumineuses dans les palmiers, ainsi que toutes sortes d'autres décorations de Noël.

Il déployait beaucoup d'efforts, à Las Vegas et à Los Angeles, pour que le premier Noël de son fils soit mémorable. Elle avait dû se retenir de lui signaler que, Dylan n'ayant qu'un an, il ne se souviendrait de rien. Pourquoi gâcher sa joie ? Il méritait d'être heureux. De même que Savannah. Melody ne souhaitait que leur bonheur. Ils avaient parcouru un long chemin pour arriver là où ils en étaient.

Elle se demandait souvent si Kyle et elle retrouveraient un jour cet état de grâce où l'on se regarde avec ce mélange de tendresse et de désir, qui marquait tous les échanges entre Trent et Savannah. Pour sa part, elle ne pouvait s'empêcher de retenir ses émotions. Elle voulait faire confiance à Kyle, et en même temps avait peur qu'il la déçoive si elle s'ouvrait à lui. Ce n'était pas ainsi qu'ils réussiraient à bâtir quelque chose. Mais elle n'arrivait pas à agir autrement.

Soudain, quelque chose attira son regard. Un grand panier, enveloppé de papier transparent, posé sur les marches du porche. Elle le regarda, émerveillée. Comment était-il arrivé là ? Kyle avait le code d'accès du portail de la résidence, ainsi que les clés de la maison de Trent. Avait-il voulu lui faire une surprise ? En s'approchant, elle remarqua que le panier contenait des affaires de bébé. Elle crut bien que son cœur allait s'arrêter.

Une fois rentrée, elle posa le panier sur la table de la salle à manger, et dénoua le ruban. Avant sa conversation avec Kyle au sujet du bébé, elle n'arrivait pas à envisager son avenir. Mais depuis qu'elle avait vu ces images du petit être qui grandissait en elle, elle se sentait emplie d'énergie et d'enthousiasme. Cependant, elle n'avait pas encore commencé à penser à la multitude de choses dont un bébé avait besoin. Il était encore trop tôt. Et elle pensait qu'il lui serait bien plus agréable de faire ces achats avec Kyle.

Une fois l'emballage ouvert, elle découvrit des biberons, de minuscules chaussettes, des livres, et un adorable ours en peluche. Tous les vêtements étaient dans des tons neutres de jaune et de vert, comme si celui qui les avait achetés ignorait le sexe du bébé. Devait-elle en déduire qu'il ne s'agissait pas de Kyle ? Si cela avait été lui, il aurait certainement choisi du rose.

Elle fouilla à nouveau le panier, mais ne trouva pas de carte. Encore un cadeau anonyme. Qu'est-ce que cela signifiait ? Devait-elle s'inquiéter ? Notamment de la façon dont ce panier était apparu sur le pas de sa porte ? Mais peut-être y avait-il une explication simple à cela. Savannah et Trent savaient qu'elle avait annoncé sa grossesse à Kyle. Il se pouvait très bien qu'ils aient décidé de lui faire ce cadeau. Pour en avoir le cœur net, elle appela Savannah. Elle ne préférait pas inquiéter son frère sans raison.

— Comment se passe le tournage ? demanda-t-elle à sa belle-sœur quand celle-ci eut décroché.

— Très bien. Il ne me reste plus que quelques scènes à tourner. Je me suis beaucoup amusée. Cela m'avait vraiment manqué.

Savannah avait travaillé pendant plusieurs années comme actrice dans un soap opera. Mais elle avait mis sa carrière entre parenthèses quand elle était tombée enceinte et avait épousé Rafe, le frère aîné de Trent et Melody. Deux ans plus tard, après la naissance de son petit garçon et le décès de Rafe, elle avait accepté un rôle secondaire dans un film. Et épousé Trent.

— Je te comprends, dit Melody. J'imagine que j'aurais du mal à arrêter de chanter, maintenant que j'y ai pris goût.

Était-ce un choix qu'elle se retrouverait contrainte de faire ? Elle pouvait citer des dizaines de femmes qui avaient accompli d'immenses carrières musicales tout en fondant leur famille.

— Tu ne seras peut-être pas obligée de le faire. Je suis sûre que Kyle et toi allez trouver une solution qui vous conviendra à tous les deux.

Kyle préférerait-il qu'elle reste à la maison ? Avant de partir en tournée avec Nate et les Free Falls, elle ne s'était jamais imaginé devenir une star. Mais réussir dans ce domaine nécessitait beaucoup de travail et de sacrifices personnels. Était-elle prête à cela ?

— Cela va être beaucoup plus compliqué maintenant

que j'attends ce bébé. Je ne pourrai plus partir en tournée si longtemps.

À la simple idée de se retrouver loin de sa fille et de Kyle, même pendant un petit mois, elle se sentait complètement déstabilisée. Et s'ils se séparaient définitivement et qu'il demandait la garde du bébé ? Elle resongea à sa proposition de mariage, plus pratique que romantique, qui lui ressemblait si peu. À l'époque où ils sortaient ensemble, et même quand ils vivaient ensemble, il la couvrait toujours de douces attentions.

C'était d'ailleurs pour cette raison qu'elle avait pensé que les roses venaient de lui. Elle était tout excitée quand elle avait découvert la carte. Mais quand elle avait vu qu'elle n'était pas signée, son enthousiasme était retombé. Kyle lui avait déjà offert des roses, mais ses gestes romantiques étaient généralement plus subtils. Un petit mot glissé dans sa lingerie. Une caisse de son eau minérale préférée livrée pendant sa tournée.

Il avait aussi une façon pragmatique de lui faire part de ses sentiments, notamment en la soutenant dans sa carrière et en faisant office de tampon entre elle et son père. Ainsi, elle n'avait pas besoin de grandes démonstrations symboliques pour comprendre à quel point il tenait à elle.

Cependant... Elle aurait tout de même été contente que ce panier vienne de lui.

— Quelqu'un a déposé quelque chose sur le pas de ma porte aujourd'hui, dit-elle, et je me demandais si Trent et toi aviez quelque chose à voir là-dedans.

— Pas moi, mais peut-être Trent. De quoi s'agit-il ?

— Un panier rempli d'affaires de bébé. Il n'y avait pas de carte.

— C'est Kyle qui a dû te l'envoyer. Personne d'autre que nous ne sait que tu es enceinte, non ?

— Je l'ai dit à deux ou trois personnes au studio.

Elle se sentait désormais un peu rassurée. Peut-être était-ce Mia, après tout. Mais pourquoi n'avait-elle pas mis de carte ?

— C'est sympa, en tout cas, fit remarquer Savannah. Du coup, je culpabilise de ne pas avoir pensé à t'envoyer quelque chose.

— Tu plaisantes ? Tu me prêtes cette maison. Et tu m'as toujours apporté ton soutien, c'est là l'essentiel.

— Tu sais que tu peux rester aussi longtemps que tu le souhaites.

Savannah s'interrompit avant de reprendre, d'une voix légèrement anxieuse :

— Au fait, maintenant que Kyle est au courant, pour le bébé, as-tu songé à retourner t'installer avec lui ? Je ne dis pas cela parce que je veux que tu partes, mais j'aimerais vraiment que les choses s'arrangent entre vous.

— On en a un peu discuté. Ou plus précisément, il me l'a proposé. Mais ne t'emballe pas : j'ai refusé.

— Pourquoi ? Tu l'aimes et tu portes son bébé ?

Mais l'aimait-il en retour ?

— C'était plus dans l'esprit : « Bon, comme tu es enceinte, on devrait rendre les choses officielles. » Et avant qu'il n'apprenne, pour le bébé, je suis presque sûre qu'il envisageait de rompre.

— Ce n'est pas l'impression que j'ai eue.

— Il a regardé cette sale photo de paparazzi, et il en est arrivé à la conclusion que je le trompais. Il me connaît depuis dix ans. Il devrait tout de même savoir que je ne débuterais jamais une relation sans avoir mis un terme à la précédente.

— Mais tu as en quelque sorte débuté une relation avec

lui avant d'avoir mis un terme à celle que tu entretenais avec Hunter.

— On faisait semblant. Et on a fini par se prendre au jeu. Mais durant cette période, Kyle et moi ne nous sommes jamais embrassés. On s'était fixé des limites et on les a toujours respectées.

— En tout cas, je suis convaincue qu'il t'aime, mais qu'il ne sait pas comment affronter des sentiments si forts. Son père est tellement rigide. Avant toi, Kyle n'avait jamais eu l'occasion de se confier et de se fier à qui que ce soit.

— Je sais. C'était une forteresse émotionnelle. Et il l'est toujours, parfois.

La plupart du temps, même, songea Melody, en regrettant de ne pas avoir pu rester à Los Angeles pour se consacrer pleinement à leur relation naissante plutôt qu'à sa tournée.

— Cela vient en partie de son père, mais aussi des femmes qu'il a fréquentées quand il était joueur de base-ball, reprit-elle. Elles ne s'intéressaient qu'au style de vie que son argent pouvait leur apporter. Il ne pouvait pas leur faire confiance.

— En tout cas, il sait qu'il peut avoir confiance en nous. Il faut que je te laisse, je crois que mes hommes ont besoin de moi. Passe le bonjour à Kyle et reste forte. Et si tu trouves qui t'a envoyé ce panier, fais-le-moi savoir.

- 6 -

Après le dîner au cours duquel ils avaient échangé les choses qu'ils appréciaient le plus chez l'autre, plusieurs jours s'écoulèrent avant que Kyle et Melody puissent se retrouver pour le deuxième exercice : le massage romantique. Kyle avait anticipé ce moment avec impatience. Sachant que Melody travaillait beaucoup, il pensait qu'il aurait à attendre longtemps. Il fut donc agréablement surpris le jour où elle finit par lui téléphoner du studio pour lui proposer de le retrouver en début d'après-midi.

Conformément aux instructions, chacun devait choisir la partie du corps de l'autre à laquelle il souhaitait se consacrer. Quand la sonnette retentit, il n'avait pas encore pris de décision. C'était tout le corps de Melody qu'il avait envie de caresser !

— Qu'est-ce que tu as apporté ? demanda-t-il, voyant qu'elle portait une lourde sacoche sur son épaule et ce qui ressemblait à un mini-jacuzzi en plastique.

— Quelques instruments de torture. Je vais te faire une pédicure et un massage des pieds.

— D'accord.

Rien qu'à l'imaginer à genoux à ses pieds, il sentait une douce chaleur courir dans ses veines. Mais il allait falloir qu'il se contrôle un peu.

Une fois dans le salon, elle posa ses affaires devant un fauteuil.

— Tu pourrais faire bouillir un peu d'eau, s'il te plaît ?

— Tu veux faire cuire mes pieds ?

— Non, mais je voudrais que l'eau soit très chaude pour que tu puisses te détendre, répondit-elle avant d'incliner sa tête sur le côté. Tu as déjà fait une pédicure ?

— Non.

— C'est bien dommage. Tu ne devrais pas ignorer tes pieds. Ils méritent d'être bichonnés autant que toute autre partie de ton corps. Et même davantage puisque ce sont eux qui supportent ton poids toute la journée.

— Tu n'as pas tort.

Tandis qu'il faisait chauffer l'eau, elle sortit méthodiquement de sa sacoche toute une série d'objets : crèmes, limes, pinces, ciseaux…

— L'eau bout ? demanda-t-elle.

— Elle frémit. Tu veux que je la mette dans la bassine ?

Elle était occupée à poser une serviette sur le dallage. Et quand elle releva la tête vers lui, le sourire qu'elle lui adressa lui fit vibrer le cœur.

— Si tu veux, oui.

Une fois qu'elle eut terminé de s'installer, elle lui demanda de se mettre en short. Le CD de musique douce qu'elle avait mis venait s'ajouter à l'ambiance de Spa qu'elle avait si bien su recréer. Il s'assit et plongea ses pieds dans la bassine. Et quand l'eau chaude se mit à bouillonner et les masseurs à vibrer, submergé par le bien-être il ferma les yeux pour mieux se laisser aller aux sensations.

— Ça va ? lui demanda-t-elle en versant dans l'eau une substance parfumée.

Se sentant libéré d'une tension dont il n'avait jusqu'alors pas conscience, il poussa un profond soupir de soulagement.

— Ça sent bon. Qu'est-ce que c'est ?

— De la lavande, répondit-elle avant de tapoter son pied droit. On va commencer par celui-ci.

Tout sourire, il sortit son pied de l'eau, et elle le sécha avant de le poser sur la serviette qu'elle avait étendue sur ses genoux. Tandis qu'elle commençait à s'activer avec des ciseaux et une sorte de petite pique qui lui chatouillait la peau, il regardait sa nuque courbée et savourait l'instant.

Quand elle en eut terminé avec ses ongles, elle lui appliqua de la crème et se mit à le masser. Sa pratique du violon et du piano lui avait conféré beaucoup de force dans les doigts, doigts au demeurant fins et graciles. Et elle savait exactement où appliquer la pression pour obtenir le meilleur effet.

— C'est super, murmura-t-il en laissant sa tête retomber en arrière. Où as-tu appris ça ?

— En tournée. Après l'un des concerts, j'avais vraiment très mal aux pieds, et l'un des musiciens du groupe m'a fait ce super massage.

— Je devrais être jaloux ?

Pour être honnête, à l'instant présent, il se sentait bien trop détendu pour s'inquiéter de quoi que ce soit.

— Il est marié et très heureux avec sa femme et ses trois enfants. C'est d'ailleurs pour sa femme qu'il a appris ce massage.

— Elle a de la chance, répondit-il tout en songeant que Melody et lui n'avaient pas été les deux seules personnes à avoir été séparées par la tournée.

Mais peut-être étaient-ils moins prêts que les autres à affronter cela. Il envisagea de lui demander comment les autres musiciens en couple avaient vécu la séparation, mais l'heure n'était pas aux questions. À cet instant, il avait juste envie de se délecter des sensations que ses mains à la fois fortes et douces procuraient à sa peau et à ses muscles.

— Comment te sens-tu ? lui demanda-t-elle, une vingtaine de minutes plus tard.

Ses yeux pétillaient tandis qu'elle observait l'effet des douces attentions qu'elle lui avait prodiguées.

— Convaincu. Je crois que je vais devenir accro.

Elle éclata de rire. Ce qui fit son bonheur, bien plus encore que le massage relaxant.

— La prochaine fois, lui dit-elle, je te ferai un massage du visage.

S'il ne faisait pas attention, elle allait le transformer en hédoniste. Ce qui, à bien y réfléchir, ne serait pas une si mauvaise chose. Quoi qu'il en soit, quand elle aurait terminé son album et aurait tout le loisir d'en profiter, il réserverait un massage pour couple dans un Spa.

— Merci, murmura-t-il en la prenant dans ses bras.

Il envisageait de lui faire un simple petit câlin, mais ses intentions changèrent quand elle passa ses bras autour de ses épaules.

Dans les premiers jours de leur relation, il lui avait semblé très facile de découvrir les caresses qui faisaient vibrer son corps sensuel et lui arrachaient de petits gémissements de volupté.

Au départ, c'était surtout leurs ébats qui le retenaient. Mais au fil des mois, et sans que son désir pour elle s'amenuise, il avait compris qu'il était devenu dépendant de quelque chose de bien plus dangereux et de bien plus merveilleux.

— C'était vraiment magique, dit-il d'une voix hésitante, mais après ces trois mois passés loin de toi, je me sens un peu en manque. Et nous devons attendre le sixième jour pour faire l'amour.

Prenant ses fesses rondes et musclées entre ses mains, il la serra fermement contre lui pour bien lui faire sentir son excitation. Ce n'était pas une exigence sexuelle mais un moyen d'attirer sa compassion.

— Tu es sûr de vouloir attendre ?

Comme il se contenta de répondre par un sourd grognement, elle se mit à rire et, tout en se cambrant contre lui, commença à onduler langoureusement du bassin. Il avait envie d'elle comme jamais il n'avait eu envie d'une autre femme. Mais quand son ventre légèrement arrondi toucha le haut de sa cuisse, il eut un petit pincement au cœur. Et il s'en trouva si choqué qu'il eut un mouvement de recul.

Tout en marmonnant un juron, il se passa une main sur le visage.

— Kyle ? dit-elle en prenant ses mains dans les siennes. Ça va ?

— Oui, répondit-il en se maudissant intérieurement pour le manque d'assurance qu'il avait lui-même perçu dans le ton de sa voix.

Il ne voulait surtout pas qu'elle se sente vulnérable avec lui. Tout en se forçant à sourire, il releva le menton.

— C'est juste que j'ai vraiment très envie de toi, avoua-t-il en baissant les yeux vers le renflement que formait son sexe dans son short. Tu mérites mieux que ça.

Comme pour dissimuler la lueur de désir qui brûlait dans ses yeux, elle baissa ses longs cils noirs.

— Je n'ai rien contre un peu de naturel et de bestialité, tu sais, dit-elle d'une voix douce. Quand nous nous sommes épris l'un de l'autre, nous étions comme deux adolescents surexcités.

— Mais c'était avant que tu tombes enceinte.

Et avant qu'il lui reproche d'être allée dans ce club avec Hunter au lieu de discuter avec lui de l'avenir de leur couple.

— Je ne vois pas ce que ma grossesse vient faire là-dedans.

— Nous ne sommes plus tout seuls, répondit-il en désignant son ventre d'un vague geste de la main.

— Es-tu en train de me dire que tu te sens intimidé par la présence de ce bébé qui est dans mon ventre ?

La conversation ne s'orientait pas du tout comme il l'aurait souhaité.

— Ce n'est pas une question de timidité, c'est une question de prudence.

— De *prudence* ? répéta-t-elle sans même chercher à dissimuler son amusement. Et pourquoi veux-tu te montrer prudent ?

Il n'avait aucune réponse à lui apporter. Principalement parce qu'il n'avait pas du tout réfléchi à la question. Comme il gardait le silence, elle poussa un lourd soupir d'exaspération.

— Les femmes enceintes font l'amour depuis la nuit des temps, Kyle. J'ai même lu qu'au second semestre la libido était accrue.

— Arrête, s'il te plaît.

— D'ailleurs, poursuivit-elle en ignorant son intervention, beaucoup de femmes qui ont passé la date du terme font l'amour pour précipiter l'accouchement.

Il n'avait qu'une envie : mettre un terme à cette conversation sur le sexe. Il se sentait à l'étroit dans son short, et imaginer Melody nue, étendue sur un lit avec son ventre arrondi qui portait leur enfant, ne faisait rien pour arranger les choses…

— À ton tour, dit-il brusquement. Je crois que j'aimerais m'occuper de tes bras, en partant des mains jusqu'aux épaules.

De nouveau, ses longs cils noirs dissimulèrent la lueur qui brillait dans ses yeux.

— Cela me semble parfait. Et j'ai une super crème que je viens d'acheter.

S'étant assis sur une méridienne, il lui fit signe de s'installer entre ses jambes, dos à lui. Lentement, elle retira son pull, révélant un débardeur noir qui exposait ses longs bras graciles. Quand elle se fut confortablement installée, il prit la crème et reproduisit certaines des techniques qu'elle avait utilisées sur ses pieds, faisant voluptueusement glisser ses pouces sur ses paumes.

— C'est bon, murmura-t-elle en laissant sa tête retomber contre son épaule.

Elle poussait de petits soupirs de contentement tandis qu'il massait sensuellement ses bras et ses épaules. Il adorait la façon dont elle se lovait contre lui. Tout en douceur, en courbes et en chaleur.

Il pensait être arrivé à quelque chose de vraiment spécial quand, soudain, le téléphone de Melody sonna. Il sentit la jeune femme se raidir sous ses mains.

— Ignore ça, murmura-t-il avant d'embrasser la gracieuse courbe de son cou. C'est un moment privilégié qui n'appartient qu'à nous.

Mais elle s'était brusquement redressée, le laissant avec une douloureuse sensation de vide.

— Je ne peux pas, dit-elle. Il y a cette chanson que j'adore mais que je n'arrive pas à peaufiner…

S'éloignant de lui, elle alla chercher son téléphone dans son sac.

— Salut. Merci de m'avoir rappelée. Tu auras un peu de temps, tout à l'heure ?

Kyle retint un juron. Sa bulle de bonheur venait d'éclater, car à la façon dont Melody se comportait, il avait deviné à qui elle parlait. Hunter. L'air embarrassé, elle jeta un coup d'œil par-dessus son épaule pour le regarder.

— Dans une heure ? D'accord. Merci. C'est très gentil de ta part.

— Je croyais que Nate t'avait dit de prendre ta journée, lui fit-il remarquer d'un ton un peu plus sec qu'il ne l'avait souhaité.

— Oui, mais je ne peux pas laisser passer cette occasion.

Elle remit son pull et commença à ranger le matériel de pédicure qu'elle avait apporté.

— C'était Hunter, je me trompe ? demanda-t-il en se levant.

— N'en fais pas toute une histoire, s'il te plaît. Il s'agit uniquement de mon album.

Mais il ne pouvait s'empêcher de songer qu'elle n'aurait pas mis tant d'empressement à s'en aller si cela avait été quelqu'un d'autre.

— Pourquoi ne demandes-tu pas à Nate de t'aider ?

— Je l'ai déjà fait, répondit-elle en fuyant son regard. Mais je veux avoir un deuxième avis.

Son manque d'assurance était évident. Cet album était pour elle une occasion de prouver au monde entier qu'elle était une compositrice et une chanteuse de talent. Mais au-delà de cela, au fond d'elle, elle était restée cette adolescente débordante d'enthousiasme dont les rêves étaient régulièrement brisés par les critiques sans pitié de son père.

— Je comprends, dit-il à contrecœur. Mais avant que tu partes, pourrait-on se mettre d'accord pour se revoir mercredi soir ?

— Oui, parfait. Nate m'a demandé de partir à midi, mercredi. Après ça…

Malgré son anxiété manifeste, elle lui sourit.

— … je serai tout à toi.

Quand elle entendit les portes de la régie s'ouvrir, Melody releva les yeux. Nate, qui venait d'entrer, la regardait d'un air suspicieux.

— Tu n'étais pas censée partir il y a deux heures ?

— J'ai travaillé sur une chanson pour Ivy Bliss.

Hunter l'avait appelée aux alentours de midi pour lui demander certains changements sur une chanson qu'elle avait écrite pour Ivy. La diva de la pop exigeait que deux vers soient modifiés. Délaissant son propre album, Melody s'était donc mise à retravailler sur le morceau en question. Hunter devant se rendre à Los Angeles le lendemain pour retrouver Ivy, il voulait que la chanson soit terminée dans la soirée.

Tout à coup, elle songea à une chose.

— Attends… Tu as dit « deux heures » ? Quelle heure est-il ?

— Presque 16 heures. Je croyais que Kyle et toi deviez aller dîner ce soir.

— Oh si… Je n'ai pas vu le temps passer.

Ce n'était pas bon du tout. C'était le troisième jour de leur programme de revitalisation. Ils s'étaient mis d'accord pour se retrouver chez lui à 14 heures, aller faire des courses et préparer un dîner. Le but de l'exercice était de passer du temps ensemble pour faire quelque chose d'agréable nécessitant un travail de coopération.

— Sur quelle chanson travailles-tu ? demanda Nate.

— Celle que Mia et toi lui avez conseillé d'interpréter. Elle veut que je change deux vers.

Nate secoua la tête. Il connaissait bien Ivy et ses exigences. Non seulement il était parti en tournée avec elle, mais il était aussi fiancé avec sa sœur.

— Tu veux que je jette un œil ? demanda-t-il.

Le soulagement déferla sur elle avec une telle intensité qu'elle en eut les larmes aux yeux.

— Ce serait super. Hunter veut que je termine aujourd'hui. Mais je ne sais pas si ce que j'ai fait est bien. Je me sens complètement vidée de toute énergie créatrice.

Heureusement, il ne lui fit pas de reproches. Mia étant elle aussi enceinte, il devait être bien placé pour savoir à quel point la grossesse pouvait rendre les femmes émotives.

— Donne-moi tes notes, dit-il. Je vais m'occuper de ça avec Mia. Va dîner avec Kyle.

— Merci, Nate.

Aussitôt qu'il eut quitté la pièce, elle alla chercher son téléphone dans son sac.

À 14 heures, quand elle avait compris que son projet pour Hunter allait lui prendre plus de temps que prévu, elle avait appelé Kyle pour lui expliquer qu'il fallait qu'elle reste au studio. Elle ne lui avait pas précisé qu'elle travaillait pour Hunter. Il n'aurait pas apprécié de savoir leur rendez-vous écourté par son ex-petit ami.

Dans la demi-heure qui avait suivi, elle l'avait appelé deux fois et lui avait envoyé plusieurs textos. Elle lui avait promis qu'elle serait chez lui à 15 heures. Il était désormais 16 heures. Il devait être furieux. Par une ironie du sort, les retards de Hunter étaient la chose qui l'avait le plus gênée dans leur relation. Elle détestait se sentir rabaissée au bas de son échelle de priorités. Et désormais, elle faisait la même chose à Kyle…

— Excuse-moi, je n'ai pas vu le temps passer, lui dit-elle quand il décrocha. Je quitte le studio.

— Je suis content d'entendre ta voix et de savoir que tu vas bien, répondit-il d'une voix qui n'était que légèrement tendue. Je ne sais pas si tu as faim, mais je crois que l'on devrait peut-être revoir nos plans et faire un peu plus simple.

— Tu as raison. J'arrive.

À cause des embouteillages, il lui fallut près d'une demi-heure pour arriver chez Kyle. Le temps allait en effet leur manquer pour cuisiner la soupe aux amandes, les lasagnes de saumon et le gâteau au chocolat qu'ils avaient prévu de faire.

— Pourquoi ne pas refaire les écrevisses sur lit de capellinis que l'on avait mangées le soir où je me suis installée chez toi ? suggéra-t-elle en espérant que ce beau souvenir ferait en partie disparaître la déception qu'elle lisait dans ses yeux.

— Avec du pain français et un dessert bien sucré ? demanda-t-il d'un air enthousiasmé.

— Cela me paraît parfait !

Ils se rendirent ensemble dans une épicerie proche de chez lui. C'était une petite boutique spécialisée dans le fromage et la charcuterie où l'on trouvait également du pain frais et toutes sortes de spécialités européennes intéressantes. Après avoir rempli leur panier de capellinis, d'écrevisses, de citron et d'ail, ils prirent du pain et deux tiramisus.

Ils s'apprêtaient à payer leurs achats quand elle entendit son téléphone sonner. Machinalement, elle s'éloigna un peu pour vérifier l'identité de son correspondant. À son grand soulagement, c'était Mia.

— J'adore les changements que tu as faits, lui dit cette dernière. Et je suis sûre qu'Ivy les adorera elle aussi. Nate et moi avons juste modifié deux ou trois détails. Veux-tu que nous t'envoyions la dernière version ?

Melody avait beau être curieuse, elle ne voulait plus laisser son travail interférer avec son couple.

— Non. Je te remercie, je vous fais confiance. Cela ne te dérange pas de l'envoyer à Hunter ?

— Pas du tout. Allez, bonne soirée ! Amusez-vous bien, tous les deux.

La voix de Kyle se fit soudain entendre derrière elle.

— Qui était-ce ?

— Mia, qui nous souhaite une bonne soirée.

Elle se sentit un peu coupable de ne pas lui avoir dit toute la vérité, mais en lui parlant de Hunter, elle aurait gâché la soirée.

Un quart d'heure plus tard, ils étaient de retour chez Kyle. Elle mit de la musique classique et, ensemble, ils commencèrent à préparer les écrevisses. Côte à côte, ils hachèrent les légumes, prélevèrent des zestes de citron et commencèrent à faire bouillir l'eau des pâtes. Quand tous les ingrédients furent dans la poêle, Kyle mit la table. Et quelques instants plus tard, leurs assiettes étaient dressées.

Comme Kyle n'était que de passage à Las Vegas, elle ne s'était pas attendue à un tel luxe de décoration chez lui : verres en cristal qu'il avait pris soin de remplir de jus de raisin pour évoquer le vin que sa grossesse lui interdisait de boire, chandeliers et couverts en argent étincelants. Il avait même acheté un beau bouquet d'œillets rouges pour placer au centre de la table.

— C'est très beau, fit-elle remarquer, un peu embarrassée à l'idée qu'il ait si bien préparé ce rendez-vous alors qu'elle l'avait elle-même placé au second rang de ses priorités.

— Tu m'as beaucoup appris sur l'importance de l'ambiance.

Elle lui sourit. Durant les quelques mois de leur cohabitation, elle avait veillé à ce qu'ils fassent au moins deux dîners romantiques par semaine. Leurs plannings étaient souvent chargés, mais elle voulait s'assurer qu'ils prennent le temps de se consacrer l'un à l'autre.

Elle avait parfois regretté que Kyle ne semble pas

vraiment apprécier les efforts qu'elle faisait pour rendre ces moments plus romantiques. Mais elle se rendait compte désormais qu'il en avait pris bonne note et qu'il avait compris ses intentions, même s'il n'avait jamais fait de commentaire à ce sujet.

— C'est aussi bon que dans tes souvenirs ? lui demanda-t-elle après avoir elle-même goûté.

Il se contenta de répondre par un grognement grave et sourd, si suggestif qu'elle sentit immédiatement une douce sensation de chaleur se répandre entre ses cuisses. Elle aurait dû inclure les bruits qu'il faisait pendant qu'ils faisaient l'amour à la liste des choses qu'elle appréciait chez lui. Tout en soupirant, elle tâcha de se concentrer sur ses capellinis. Elle avait hâte d'arriver au sixième jour du programme…

— Prêt pour le dessert ? demanda-t-elle quand ils eurent terminé.

Le délicieux plat qu'elle avait savouré et les anecdotes de Kyle sur les frasques des clients du Club T's l'avaient mise d'humeur radieuse. Par un accord tacite, ils avaient consciencieusement évité tous les sujets qui auraient pu mener à une dispute. Tels que Hunter ou ses projets d'avenir.

— Mmm… Dessert, murmura-t-il en prenant son visage entre ses grandes mains pour l'incliner légèrement sur le côté.

Et quand ses lèvres rencontrèrent les siennes, de douces sensations déferlèrent sur elle, la rendant totalement ivre de bonheur. Il avait toujours eu cet effet sur elle, avant même qu'elle ne comprenne que, dans son inconscient, il était passé du statut d'ami de la famille à celui d'homme le plus désirable de la terre.

Elle sentait sa langue glisser dans sa bouche. C'était un doux baiser. Un baiser conçu pour l'attirer à lui plutôt que pour la posséder. Un baiser qui lui permit de se détendre pour mieux le prendre en elle, d'absorber la chaleur de ses mains et de laisser affluer en elle les souvenirs de tous les baisers qu'ils avaient échangés. Il ne lui demandait rien d'autre que de s'épanouir dans l'instant présent avec lui.

Quand ses lèvres quittèrent les siennes, elle laissa échapper un petit grognement de frustration. Mais il n'en avait pas fini avec elle. Son souffle saccadé lui chatouilla la peau quand il se mit à mordiller le lobe de son oreille, lui tirant un délicieux frisson.

— C'était super, murmura-t-elle tout en s'accrochant à lui comme si sa vie en dépendait.

— Merveilleux. Tu es beaucoup plus appétissante que n'importe quel dessert, répondit-il avant de reprendre ses lèvres.

Cette fois-ci, il fit glisser ses mains brûlantes sur elle avec une sensualité telle qu'elle sentit son corps se changer en un véritable brasier. Mais à l'instant même où elle comprit qu'elle allait céder, qu'elle était prête à passer directement au sixième jour du programme, il écarta ses lèvres des siennes.

— Tu veux un café ?

— Un café ? répéta-t-elle, à la fois surprise et déçue. Ma foi… C'est exactement ce dont j'ai besoin pour rester éveillée toute la nuit et penser à ce baiser.

— J'ai du décaféiné, aussi, proposa-t-il avec un sourire espiègle.

— Parfait, marmonna-t-elle, sans chercher à dissimuler sa déception.

Au moment où elle posait les tiramisus sur la table, son téléphone se mit à sonner. Kyle et elle s'étaient mis d'accord pour laisser leur téléphone de côté pour la durée de la soirée. Malheureusement, elle avait apparemment oublié de mettre le sien en mode silencieux.

— Tu veux répondre ? lui demanda Kyle.

— Non, répondit-elle en se rasseyant à table. Cela ne doit pas être important.

Et pendant les cinq minutes qui suivirent, elle oublia totalement ce coup de téléphone tandis qu'elle savourait son tiramisu. Mais quand la sonnerie reprit, sous le coup de l'agacement, elle fit claquer sa langue.

— Désolée, j'aurais dû le couper, dit-elle en allant consulter son téléphone.

Hunter. Elle grimaça et coupa son téléphone.

— Voilà ! On ne sera plus embêtés.

— Qui était-ce ? demanda Kyle avec une indifférence qui paraissait étudiée.

— Personne d'important, répondit-elle en reprenant sa cuillère. Tu sais, dans ce coin, à droite, je verrais très bien un sapin de Noël.

Il prit soudain un air contrarié.

— J'envisageais de rentrer à Los Angeles, pour Noël.

— Mais… Je croyais que tu voulais passer les fêtes avec moi…

— Oui. Chez nous. À Los Angeles.

— Chez *toi*, corrigea-t-elle aussitôt.

Jamais elle n'avait considéré la villa de Los Angeles comme sa maison ; elle ne s'y sentait pas chez elle. Sans doute parce que, au fond d'elle, elle avait toujours eu le sentiment que sa relation avec Kyle finirait tôt ou tard par s'achever.

— Et puis toute ma famille sera là, conclut-elle.

Par cela, elle entendait Trent, Savannah, Dylan, Nate et Mia. Même si ces deux derniers n'avaient aucun lien de sang avec elle, elle en était venue à les considérer comme bien plus que de simples amis.

— Je suppose que cela répond à ma question quant à l'endroit où tu envisages de t'installer une fois que tu auras mis au monde notre bébé, fit remarquer Kyle d'une voix sourde.

Elle n'avait toujours pas pris de décision. En réalité, elle avait même peur de réfléchir à cela.

— Tu n'as pas le droit de dire ça, répliqua-t-elle. Je n'ai pas envie que l'on se dispute à ce sujet ce soir.

— Qui était au téléphone, Melody ? demanda-t-il à nouveau, cette fois-ci sur un ton calme et autoritaire.

Irritée, elle décida de dire la vérité. La soirée était gâchée, de toute façon.

— Hunter.

Devait-elle lui expliquer pourquoi ? À en juger par l'expression de son visage, si elle le laissait s'imaginer le pire, elle risquait bien d'anéantir tous les efforts qu'ils avaient faits jusqu'ici.

— Ivy Bliss veut enregistrer l'une de mes chansons, mais elle a exigé que je modifie certains vers. C'est là-dessus que j'ai travaillé cet après-midi.

— Et pourquoi Hunter t'a-t-il appelée ?

— Je ne sais pas. Juste avant de quitter le studio, j'ai donné la chanson à retravailler à Nate et Mia, qui ont envoyé la version modifiée à Hunter. J'imagine qu'il m'a appelée pour me faire part de ses impressions.

Constatant que son souffle s'était accéléré, elle poussa un long soupir pour se calmer.

— La relation que nous entretenons, Hunter et moi, est purement professionnelle. Il faudrait tout de même que tu l'acceptes.

— Et si je n'y arrive pas ?

Elle n'avait pas de réponse à lui apporter. En réalité, elle venait de lui poser un ultimatum.

— Je suis fatiguée. Je crois que je vais y aller.

Elle se leva et se dirigea lentement vers la porte, déçue que cette soirée se termine de cette façon. Un lourd silence s'était installé. Elle eut envie de se retourner pour dire quelque chose. Mais qu'y avait-il à ajouter ? Le cœur lourd, elle ouvrit la porte, et l'air glacial la fit frissonner.

— Ne t'en va pas, Melody. Je te demande pardon de m'être comporté comme un imbécile concernant ton travail avec Hunter.

Elle était tellement perdue dans ses pensées qu'elle n'avait même pas remarqué que Kyle l'avait suivie. Son cœur battait désormais à tout rompre dans sa poitrine, et elle avait la gorge serrée.

Quand elle se tourna vers lui, elle vit de la douleur et des regrets dans ses yeux. Pourquoi n'avait-il pas, comme à son habitude, cherché à dissimuler ses émotions ? Elle resongea au sérieux avec lequel il semblait considérer les exercices et aux efforts qu'il avait faits pour créer un décor romantique. Il avait placé beaucoup d'espoirs dans cette soirée.

— Je te demande pardon d'être arrivée en retard à notre rendez-vous, murmura-t-elle. Ces exercices sont importants aussi pour moi. Je ne veux pas que tu penses le contraire.

— Tu as beaucoup à faire en ce moment. Et c'est vraiment une bonne nouvelle qu'Ivy Bliss veuille enregistrer une de tes chansons.

Tout en lui souriant tendrement, il la prit par la main pour l'attirer vers lui.

— Viens. J'aimerais que tu me parles de tout ça pendant que je range la cuisine.

— Je vais t'aider.

— Non. Toi, tu restes assise et tu me regardes travailler.

Elle ouvrit la bouche pour protester, mais il secoua la tête.

— Il va falloir que tu t'habitues à me laisser prendre soin de toi.

Machinalement, elle hocha la tête, mais une idée lui vint à l'esprit. Depuis qu'ils étaient ensemble, il avait toujours pris soin d'elle. Et elle, qu'avait-elle fait pour lui en retour ?

- 7 -

Kyle attendit deux jours pour recontacter Melody. Comme il préférait que le quatrième exercice, basé sur la communication, se déroule sur un terrain neutre, il lui demanda de le retrouver au Club T's le lundi après-midi. La vaste boîte de nuit n'était ouverte au public que le soir. Mais en qualité de propriétaire et de manager, il avait les clés du bâtiment.

— Je ne suis jamais venue ici aux heures de fermeture, fit remarquer Melody en regardant autour d'elle. C'est sympa.

— Ce n'est pas vraiment intime. Mais je connais tous les recoins discrets.

— Il fait tellement beau, aujourd'hui. On ne pourrait pas plutôt aller s'asseoir au bord de la piscine ?

— D'accord. Je vais nous chercher des boissons.

Les trois premiers exercices avaient donné des résultats mitigés. Une chose était sûre, cependant : quand il s'agissait de caresses, il n'y avait aucun problème entre eux. Il en était donc arrivé à la conclusion qu'ils s'étaient beaucoup investis dans l'aspect physique de leur relation, au détriment de tous les autres, passant trop vite du statut d'amants à celui de futurs parents.

Nonchalamment, ils gagnèrent la piscine et s'assirent face à face sur des transats.

— Prête à t'immerger dans la communication ? lui demanda-t-elle.

Après la débâcle du troisième jour, elle paraissait plus disposée à participer aux exercices.

— Première question, commença-t-il. Comment puis-je te prouver mon amour ?

Étant donné qu'il ne lui avait jamais vraiment dit qu'il l'aimait, cette question les fit tous deux grimacer. Elle se mit à se tordre les mains nerveusement.

— Et si tu répondais en premier ?

Manifestement, elle cherchait à gagner du temps.

— D'accord. Tout d'abord, tu t'es engagée à suivre le programme, et je trouve ça vraiment super. J'aimerais que tu me parles, quand quelque chose te dérange, plutôt que de te fermer à toute forme de communication.

Elle pinça les lèvres, mais acquiesça.

— Quant à moi, j'aimerais me sentir en sécurité avec toi, dit-elle.

La partie la plus difficile de l'exercice était de garder le silence tandis que l'autre parlait. Bien que son corps se soit crispé, il lui adressa un hochement de tête encourageant. Il comprenait bien ce qu'elle voulait. Elle voulait qu'il lui dise qu'il l'aimait. Et il l'aimait. Mais le lui dire dans la situation instable où ils se trouvaient momentanément ne lui procurerait pas la satisfaction qu'elle pensait en tirer. Elle ne le penserait pas sincère : elle serait persuadée qu'il le faisait uniquement pour faciliter leur réconciliation. C'était avant son départ pour la tournée qu'il aurait dû le lui dire. Et il regrettait de ne pas l'avoir fait.

— Je ne te demande pas de m'épouser ou même de me dire que tu m'aimes, précisa-t-elle. Je te demande simplement de me faire confiance au sujet de Hunter.

Il aurait dû s'en douter. C'était son manque de confiance qui avait généré leur situation actuelle. Après l'avoir vue main dans la main avec son ex, il n'avait jamais cessé de se demander pourquoi il avait aussitôt pensé qu'elle était retournée avec lui.

— Pour tout ce qui concerne Hunter, je te fais totalement confiance.

Il n'avait, en revanche, aucune confiance en Hunter et en ses intentions la concernant. Mais il s'abstint de le lui dire.

— Deuxième question, poursuivit-il. Comment est-ce que je t'apporte mon soutien ? Et que puis-je faire pour mieux te soutenir ?

— Tu as toujours été derrière moi pour la musique. Même quand cela nous a déchirés, tu m'as encouragée à suivre mon rêve. Tu sais à quel point il m'a été difficile de vivre dans un environnement où mes aptitudes pour la musique étaient sans arrêt décriées. Je ne pourrais jamais assez te remercier non seulement de m'avoir laissée partir, mais aussi d'avoir accueilli mon retour à bras ouverts.

Il hocha la tête. Si c'était à refaire, le referait-il, sachant à quel point il lui serait difficile d'être séparé d'elle pendant de si nombreux mois ? Sans doute. C'était une chanteuse si talentueuse que lui couper les ailes aurait été un crime. Au cours de l'année passée, elle s'était épanouie en qualité d'artiste et de femme. Et il était heureux pour elle. Il ne voulait que son bonheur.

— Et que pourrais-je faire de mieux pour te soutenir ?

— Parfois, j'ai l'impression que tu te montres un peu trop compréhensif.

— Je te demande pardon ?

Il ne s'attendait pas à cela. Notamment après la façon dont il avait réagi à chaque fois qu'elle avait mentionné le nom de Hunter.

— Étais-tu heureux quand je suis partie en tournée ?

— Pour toi, très. Pour moi, pas du tout.

— J'ai l'impression que ton soutien pour ma carrière est

à double tranchant. D'un côté, tu es l'homme compréhensif qui m'encourage et croit en moi quand moi-même je n'y crois pas. Et ça, c'est merveilleux. Mais d'un autre côté, tu me traites souvent comme si j'étais fragile et tu ne me fixes pas de limites claires.

— Tu peux me donner un exemple ?

— La tournée avec les Free Falls. Avec le recul, je regrette que tu ne m'aies pas demandé de n'en faire qu'une partie.

— Cela ne t'aurait pas dérangée ? demanda-t-il, regrettant qu'ils n'en aient pas parlé plus tôt.

— Peut-être. Mais peut-être pas. En tout cas, si je n'étais pas partie si longtemps, on ne se serait pas éloignés autant.

— Si je comprends bien, tu es en train de me dire que tu veux faire de notre relation une priorité aussi importante que ta carrière.

En un geste protecteur, elle posa sa main sur son ventre.

— Je crois que c'est là une chose dont on devrait parler plus tard, répondit-elle.

Il allait falloir qu'ils en parlent, oui. Après la sortie de son album au début de l'année, il craignait qu'elle se sente obligée de faire une tournée et d'emmener le bébé. Loin de lui.

— Et moi, que puis-je faire pour mieux te soutenir ? demanda-t-elle.

Il avait préparé une réponse à chacune des questions, mis à part celle-ci. Il n'avait aucune idée de ce qu'il attendait d'elle en matière de soutien.

— Je ne sais sincèrement pas quoi te répondre, finit-il par dire. Je ne suis pas habitué à demander de l'aide.

— Et pourtant, tu vois un psy. Qu'est-ce que tu trouves de bien à ces consultations ?

— Je ne suis pas obligé d'être fort avec elle.

— Tu peux développer ?

— Je suis allé la voir quand j'ai sombré dans la dépression après m'être rendu compte que je ne pourrais pas reprendre le base-ball. Ce qui m'a tout de suite plu, c'est que je n'étais pas obligé de faire le fier devant elle. Je pouvais être en colère, être triste, avoir peur. Le Dr Warner m'offrait un environnement sûr pour libérer toutes les émotions que mon père m'avait appris à refouler.

— Est-ce quelque chose que je peux faire pour toi ?

Il lui était difficile de lui parler de ses craintes quand son instinct le poussait à paraître invincible. Afin de la protéger et de lui procurer tout ce dont elle et le bébé avaient besoin. Même si elle était parfaitement capable de prendre soin d'elle-même, il voulait être son refuge et sa force.

— Je ne sais pas, avoua-t-il.

Il comprit immédiatement que ce n'était pas la chose qu'il aurait dû dire, mais il s'était engagé à être honnête avec elle.

— Cela va à l'encontre de tout ce que j'ai en moi, de te laisser voir mes faiblesses, précisa-t-il.

— Cela m'étonnerait qu'il y ait beaucoup à voir ! répliqua-t-elle avec un petit rire. Tu es l'un des hommes les plus forts que je connaisse.

— C'est là tout le problème. Tu me vois comme quelqu'un de fort mais, parfois, je ne le suis pas.

Comme pour le contredire encore une fois, elle ouvrit la bouche, mais quelque chose dans son expression dut l'en dissuader.

— Je crois que c'est un sujet que l'on devrait ajouter à la liste de ceux à évoquer quand on sera chez la psy, dit-elle.

Il eut un petit sourire amer.

— À ce rythme-là, on va la tenir occupée pendant des années !

Le lendemain matin, Melody se présenta chez lui peu après 10 heures avec du café et des bagels. Il était encore un peu endormi quand il lui ouvrit. Il n'avait pas pu quitter le club avant 5 heures du matin.

— Tu as l'air d'en avoir besoin, lui fit-elle remarquer en lui tendant un café. La nuit a été dure ?

— Elle a été bien longue sans toi.

Elle rit, et il fut ravi de voir son beau sourire illuminer ses yeux. Tant et si bien qu'il dut résister à un désir soudain de la prendre dans ses bras pour lui voler un baiser. Le sixième jour, ils pourraient faire l'amour. Il ne savait pas ce qu'elle en pensait mais, après leur séparation de trois mois, il n'en pouvait plus d'attendre.

Mais avant cela, il devait encore pratiquer le cinquième exercice : « Respiration front contre front pendant cinq à vingt minutes. » L'intitulé l'intriguait. Il se demandait ce que cela pourrait bien leur apporter.

— Tu n'as pas l'air prêt pour ça, lui dit-elle en sortant de son sac un bagel à la cannelle et au sucre glace. J'ai bien fait d'apporter du carburant.

— Ça ira mieux après une bonne dose de caféine et de sucre, dit-il d'une voix lasse.

Elle lui jeta un regard curieux.

— On peut remettre ça à plus tard, si tu veux.

— Non, répondit-il en mordant dans la pâtisserie.

Le doux gémissement qui s'échappa de ses lèvres après la première bouchée tira un petit rire amusé à Melody.

— Ça faisait des mois que je n'en avais pas mangé, dit-il.

— Pourquoi ?

— Parce que c'est une habitude entre nous et que cela n'aurait pas été aussi bon sans toi.

Elle parut surprise par ses paroles.

— Tu ne manges pas de bagel quand tu n'es pas avec moi ?

— Je ne mange pas de bagel *cannelle-sucre glace*, précisa-t-il. Je me rappelle très bien du jour où on les a découverts. On était partis faire un footing et tu t'étais tordu la cheville. On s'était arrêtés dans cette petite pâtisserie, et c'est là qu'on les a trouvés.

Il se souvenait encore de ses lèvres, qui avaient pris un délicieux goût de cannelle et de sucre…

— Je ne crois pas avoir jamais goûté quelque chose d'aussi bon, conclut-il.

C'était à ce moment-là qu'il avait compris qu'il était tombé amoureux d'elle. Il ne le lui avait jamais dit. Mais il ne comptait pas pour autant le lui dire maintenant. Ce n'était pas le bon moment. Ils commençaient tout juste à se retrouver, et le chemin était encore loin d'être terminé.

Ils mangèrent en silence, comme perdus dans leurs pensées. Au bout de quelques minutes, il remarqua qu'elle paraissait s'impatienter. Était-elle attendue quelque part ? Par quelqu'un ? Luttant de toutes ses forces pour éliminer cette dernière pensée de son esprit, il se leva et lui tendit la main.

— Je crois que je suis suffisamment réveillé maintenant. On commence ?

— D'après les instructions, l'exercice doit durer entre cinq et vingt minutes. Qu'en penses-tu ?

— Comme c'est la première fois qu'on le fait, je pense que l'on devrait essayer dix minutes. Cinq, cela ne me semble pas suffisant, et vingt trop long.

Elle lui jeta un regard espiègle.

— Alors comme ça, tu ne te sens pas capable de rester immobile à côté de moi pendant vingt minutes ?

— Je ne suis pas sûr que tu y arriverais mieux que moi.

— Possible, répondit-elle en soupirant.

Ils décidèrent de pratiquer l'exercice sur le canapé. Mais une fois qu'ils furent installés, elle parut tout aussi embarrassée que lui. Tout en se tortillant nerveusement les mains, elle évitait son regard.

— Prêt ? finit-elle par demander.

Il hocha la tête, et ils se penchèrent jusqu'à ce que leurs fronts se touchent.

— « Étape deux : Respiration synchronisée. » Je vais essayer de suivre ton rythme.

— Tout cela me semble bien laborieux, dit-elle d'un air sombre. Tu ne penses pas que l'on réfléchit un peu trop ?

— C'est parce que l'on n'a pas l'habitude. Je veux dire par là que nous n'avons pas vraiment pris le temps de nous connaître l'un l'autre de cette façon.

Cet exercice était important à ses yeux. Curieusement, il avait l'impression qu'en cas d'échec leur relation serait condamnée. Le rendez-vous du quatrième jour avait révélé qu'ils avaient toujours des problèmes de communication. S'ils ne pouvaient pas se connecter, trouver ensemble une harmonie, ils ne pourraient pas communiquer.

Comme elle avait cessé de parler, il essaya de se caler sur le rythme de sa respiration. Et il venait tout juste de s'y accorder quand elle reprit la parole :

— Les yeux ouverts ou fermés ?

— Pourquoi n'essaierait-on pas les yeux fermés le temps de synchroniser nos respirations ? Une fois que l'on sera ensemble, si tu le sens, tu pourras ouvrir les yeux.

— Je ne te connaissais pas ce côté New Age, dit-elle d'une voix taquine.

Il laissa échapper un petit rire.

— Tais-toi et respire.

Le sixième jour du programme était arrivé. Le jour où ils devaient faire l'amour. Depuis que Mia lui avait lu que cela devait être une séance entièrement consacrée à son plaisir, Melody se sentait à la fois enthousiaste et terrifiée.

— Tu as bien compris que c'était toi qui décidais ? lui dit Mia quand elles quittèrent ensemble le studio. Tu peux faire beaucoup de choses. Ou pas.

— Mais je suis sûre que Kyle s'attend à du sexe.

— Cette séance t'est entièrement consacrée. Il aura la sienne le onzième jour.

Mia, qui était arrivée à sa voiture, en ouvrit le coffre dont elle sortit un petit sac en tissu.

— Cadeau. Mais il faut que tu attendes d'être avec Kyle pour l'ouvrir.

— Est-ce un accessoire pour jeux sexuels ou quelque chose comme ça ?

— C'est une surprise. Mais je pense que cela t'aidera.

— Merci.

Melody embrassa Mia et se dirigea vers sa voiture.

Kyle avait insisté pour organiser un dîner romantique avant la séance. Elle aurait donc le temps de réfléchir à ce dont elle avait envie. Elle pouvait jouer les timorées et se contenter de lui demander de la tendresse platonique. Elle pouvait s'enhardir et se risquer à lui demander de la passion fiévreuse. Et entre les deux… les possibilités étaient infinies !

Le plaisir de l'anticipation la faisait déjà frissonner. Kyle ne l'avait jamais déçue sur le plan sexuel. Quels que soient les choix qu'elle ferait, elle allait passer une excellente soirée. La seule chose qui la dérangeait était d'avoir à lui demander ce qu'elle voulait. Pourquoi cette idée la rendait-elle si mal à l'aise ?

Kyle lui ouvrit la porte sans même lui laisser le temps

de frapper. Et elle sentit son corps se changer en un véritable brasier quand elle vit la lueur de désir qui brillait dans ses yeux.

— Qu'est-ce que c'est ? demanda-t-il en lui prenant des mains le sac que lui avait donné Mia.

— Un cadeau de Mia. C'est pour nous deux. Elle m'a dit d'attendre d'être avec toi pour l'ouvrir.

— Une huile de massage ?

— J'avais pensé à de la peinture corporelle comestible.

— Oh… Peindre ton corps avec mes doigts… Quelle bonne idée, murmura-t-il avant de déposer un léger baiser sur ses lèvres. Je vais chercher le drap en plastique.

Elle sentit son cœur faire un petit bond dans sa poitrine. Le baiser de Kyle l'avait complètement déstabilisée. Comment un simple effleurement de ses lèvres pouvait déclencher en elle un tel frisson de désir ? Machinalement, elle le suivit.

Mais tout à coup, elle ressentit le besoin de freiner les choses.

— Attends… Tu as un drap en plastique ?

— On est à Las Vegas, répondit-il en souriant. Ils sont fournis avec les appartements.

Elle sourit à son tour. Il paraissait si sûr de lui et audacieux qu'elle sentit sa nervosité reprendre le dessus. Était-elle prête à passer cette étape avec lui ? Mais surtout, pouvait-elle refuser de le faire ?

Elle avait terriblement envie de lui, mais leur relation était allée trop vite, et ils étaient complètement consumés par l'intensité de l'alchimie sexuelle qui les unissait. Laisser son corps exprimer ses sentiments était-il vraiment la bonne chose à faire à cette étape de leur relation ? songea-t-elle, soudain inquiète. Ils n'en étaient qu'au sixième jour du programme, bien que près de deux semaines se soient écoulées depuis qu'ils avaient commencé.

— Melody, qu'est-ce qui ne va pas ? lui demanda-t-il, comme s'il avait perçu son changement d'humeur.

Hors de question d'attendre. Plus elle réfléchirait, plus elle aurait de mal à se lancer.

— Je voudrais que l'on fasse l'amour avant le dîner.

L'air dubitatif, il fronça les sourcils.

— Je suis quasiment sûr que ce n'est pas ce à quoi tu étais en train de penser. On s'était pourtant promis d'essayer de mieux communiquer…

Émue, elle effleura son visage d'une caresse et laissa glisser son regard sur son corps. Il portait un T-shirt à manches longues gris anthracite qui moulait son torse musclé et mettait en valeur ses bras puissants. Elle n'aurait pas à s'embêter avec des boutons. Elle pourrait le lui retirer directement. Dans le feu de l'action.

— Je suis un peu nerveuse concernant nos ébats de ce soir, finit-elle par avouer.

Il ne parut pas contrarié par ses propos. Doucement, il fit glisser ses mains sur ses épaules, qu'il serra en un geste d'encouragement.

— Alors tu es pressée de te débarrasser de ça ?

— Je ne sais pas ce que je veux. C'est en partie le problème.

Après lui avoir tendrement caressé les bras, il prit ses mains dans les siennes, balayant ainsi la plus grande partie de son anxiété.

— C'est ta soirée, dit-il d'une voix rassurante. On fera ce que tu voudras.

— Mais toi, tu veux du sexe.

Elle ne cherchait pas à provoquer une dispute, mais elle était certaine qu'il entretenait des espoirs et voulait que les choses soient claires entre eux à ce sujet.

— Je suis un homme, dit-il en souriant. J'ai tout le

temps envie de sexe. Mais je ne te demande pas de faire quoi que ce soit parce que j'en ai envie. Et surtout pas ce soir où je suis censé me consacrer entièrement à ton plaisir.

Elle se sentit un peu apaisée par ces paroles. Ce qui ne fit que renforcer le désir qu'elle avait pour lui.

— Donc, pas de sexe avant le dîner, dit-elle cependant.

Elle s'interrompit quelques secondes et ajouta :

— Et pas de sexe après le dîner.

Comme s'il avait compris qu'il s'agissait d'une mise à l'épreuve, il lui adressa un sourire espiègle.

— Si tu n'étais pas enceinte, je te proposerais un cocktail pour te détendre. Mais je veux tout de même que tu goûtes au jus de pomme pétillant que j'ai acheté pour l'occasion, ainsi qu'à toutes les délicieuses spécialités que Murray a préparées pour notre dîner de ce soir.

Il lui expliqua alors qu'il avait engagé un chef cuisinier qui, à cet instant même, était dans sa cuisine, occupé à leur mijoter de délicieux petits plats. Il l'accompagna dans la salle à manger. La table était dressée. Et elle était déjà couverte de mets tous plus appétissants les uns que les autres.

Elle perdit le compte de ce qu'elle mangea et ne réussit pas à déterminer quel était le plus délectable des plats qu'elle avait goûtés. Quand le chef quitta les lieux, les laissant avec six petits desserts, elle se sentait toute vibrante de plaisir.

— Je crois qu'il est temps d'ouvrir le cadeau de Mia, dit-elle en savourant une bouchée de gâteau au chocolat et au caramel au beurre salé.

Tout en souriant, il ouvrit le sac, dont il sortit un jeu de cartes pour amants. La première réaction de Melody fut de glousser nerveusement, mais Kyle, lui, observa chacune des cartes avec intérêt.

— Elle a bien choisi, fit-il remarquer en reposant le jeu.

Et maintenant, que veux-tu faire ? ajouta-t-il en plongeant son regard dans le sien.

— Mes idées pour ce soir se sont achevées avec le dîner, répondit-elle en haussant les épaules.

— Il faut pourtant que l'on fasse quelque chose. Et si on allait dans la chambre et que je te serrais dans mes bras pendant une demi-heure ? Rien de plus, rien de moins. Tout habillés. À toi de me dire si tu préfères que l'on soit face à face ou en petite cuillère.

Elle réfléchit quelques secondes. C'était une chose qu'elle pensait pouvoir affronter.

— Cela me semble très bien. Et je préfère que l'on soit face à face. Il n'y a rien que j'aime plus que poser ma tête sur ta poitrine pour écouter ton cœur.

— Alors allons-y.

Comme c'était sa soirée, elle se lova contre son torse et se blottit contre lui. Dans la chaleur de ses bras, elle se laissa porter par les mouvements réguliers de ses pectoraux musclés qui se gonflaient au rythme de sa respiration. Cela lui avait manqué. Ce rythme paisible et apaisant. Serrée contre lui, dans la chaleur de ses bras puissants, elle avait l'impression d'être dans une petite bulle de sécurité et de tendresse. Après avoir été blessée, elle avait tellement cherché à se protéger qu'elle en avait oublié les choses importantes pour elle. Pourquoi avait-elle tendance à ne toujours voir que le négatif ?

— Ça ne va pas ? lui demanda-t-il soudain, coupant court à ses réflexions. Tu n'as pas l'air très détendue, et c'était le but de cet exercice.

— Désolée. J'étais en train de me dire que c'était vraiment super et que cela m'avait vraiment manqué.

— Et c'est ça qui te rend si tendue ?

Se redressant brusquement, elle se tourna vers lui

pour le regarder. Et tout à coup, ce fut comme si toutes les vannes avaient été ouvertes : de vives et troublantes émotions déferlèrent sur elle.

— Je m'en veux de m'être repliée sur moi-même au lieu de me battre pour notre couple. Et je suis déçue que tu ne m'aies pas fait confiance.

Sa respiration était devenue saccadée, et elle avait la gorge si serrée que sa voix était devenue à peine audible.

— Et je me dis souvent que, sans le bébé, nous n'aurions jamais fait tous ces efforts pour sauver notre couple.

Comme s'il était surpris par ce flux d'informations, Kyle avait ouvert de grands yeux, mais il lui répondit d'une voix calme et posée :

— Je crois que, pour le moment, on devrait se concentrer sur nos efforts pour sauver notre relation.

— Bon sang, marmonna-t-elle en se levant pour arpenter la pièce de long en large. Le problème, avec moi, c'est que je suis trop dans ma tête.

— Il n'y a aucun problème avec toi. Je regrette que tu aies l'impression que l'on essaie de régler nos problèmes juste à cause du bébé. Ce n'est pas comme ça que je vois les choses.

— Donc, si je n'étais pas enceinte, tu essaierais tout de même de te battre pour sauver notre couple ?

— Évidemment.

Il avait répondu avec une telle promptitude et un tel enthousiasme que l'angoisse qui lui tenaillait le cœur disparut aussitôt. Qu'était-elle en train de faire ? L'objectif des exercices n° 1 à 5 était de se redécouvrir l'un l'autre et de se connecter par la parole.

Ce soir-là, ils auraient dû se connecter physiquement. Non pas par le sexe, mais par l'intimité. Leur relation méritait bien qu'elle écarte ses pensées rationnelles de son esprit pour s'immerger totalement dans des ébats passionnés.

— Déshabille-toi, lui ordonna-t-elle soudain en posant ses mains sur ses hanches et en plongeant son regard dans le sien. Lentement.

Elle se mit à onduler sensuellement du bassin.

— Très lentement.

Tout en acquiesçant, il se leva.

— Tu veux que je danse pour toi, aussi ?

Manifestement, il était disposé à lui offrir un petit spectacle.

— Avec plaisir ! répondit-elle en riant.

Elle s'assit sur le lit. Elle s'était beaucoup trop angoissée au sujet du sexe. Elle avait oublié à quel point les choses pouvaient être agréables quand ils s'amusaient ensemble.

— Tu veux de la musique ? demanda-t-il.

— C'est moi qui choisis.

Elle prit son téléphone et sélectionna *Still Dirty*, de Christina Aguilera. Quand il entendit les premières notes, Kyle prit un air surpris, mais il se mit à bouger les hanches en rythme. Pour quelqu'un qui avait l'habitude de refouler ses émotions, il n'avait pas peur de paraître ridicule, parfois. Et il savait bouger son corps. En admirant ses muscles fermes et parfaitement sculptés, Melody sentit une agréable chaleur la gagner. Il avait vraiment un corps parfait.

Son cœur s'emballa quand il baissa sa braguette. Elle entendit le son métallique résonner dans son corps tout entier, et quand son pantalon tomba sur le sol, instinctivement, elle se mit à genoux. Elle avait hâte de toucher son sexe dur et bandé qui déformait le tissu de son boxer.

— Non, dit-elle en souriant quand il fit mine de baisser son boxer. C'est moi.

Sensuellement, elle passa ses doigts sur son ventre avant de les glisser sous l'élastique.

— C'est moi qui suis censé te faire du bien, dit-il dans un sourd grognement.

— Tu crois que je n'aime pas te toucher ? répliqua-t-elle d'une voix taquine avant de commencer à le caresser d'avant en arrière.

Tout en s'accordant au rythme de sa caresse, il se débarrassa de son boxer en le faisant lentement glisser le long de ses cuisses.

— J'adore sentir tes mains sur moi, murmura-t-il en les prenant dans les siennes. Mais pas maintenant. Pour le moment, c'est toi seule qui dois compter.

Sans chercher à contester, elle retira son chemisier et son pantalon. Et quand elle fut en soutien-gorge et culotte, elle retourna s'asseoir sur le lit et lui fit signe d'approcher.

— Je voudrais que tu me débarrasses de ça, dit-elle en désignant ses sous-vêtements, se délectant de la lueur de désir qui était devenue plus brûlante encore dans ses yeux.

— Et ensuite ?

— Je voudrais que tu me caresses.

— Seulement des caresses ? demanda-t-il en s'allongeant à côté d'elle. Et seulement avec mes mains ?

— Certainement pas.

— Tu veux que je fasse durer le plaisir ?

En avait-elle envie ?

— Non. Ce que je veux, c'est que tu me prennes. Maintenant.

Le manque généré par ces longs mois de séparation venait de se réveiller brusquement. Chaque parcelle de son corps brûlait de désir de sentir sur elle les mains puissantes de Kyle et sa langue habile…

Tout en effleurant sa cuisse de ses doigts, il se rapprocha

d'elle. Et quand, enfin, elle le sentit passer sa main sur sa culotte pour caresser à travers la dentelle son sexe humide et brûlant de désir, elle se cambra instinctivement contre sa main.

— C'est comme ça que je t'aime, murmura-t-il. Dis-moi ce que tu veux.

— Ça, répondit-elle en prenant sa main pour la passer sous le tissu.

Ils poussèrent ensemble un sourd gémissement tandis qu'il enfonçait ses doigts en elle. Un instant plus tard, il joignait ses lèvres aux siennes, l'embrassant avec passion. S'ouvrant à lui, elle s'accrocha à ses épaules pendant qu'il se mettait à masser son clitoris de ses doigts experts. Les longs mois de souffrance avaient disparu. Il n'y avait plus que Kyle et elle. Leurs deux corps qui ne feraient bientôt plus qu'un.

— Laisse-toi aller. Prends tout, murmura-t-il.

Et elle le fit. L'orgasme déferla sur elle si vite et si fort qu'elle eut l'impression d'être une explosion de sensations.

— Encore, ordonna-t-elle tout contre sa bouche, quand elle eut repris son souffle.

Tout en souriant, il avait entrepris de lui retirer sa culotte. Pour accélérer les choses, elle dégrafa son soutien-gorge.

— Je veux te sentir en moi.

— On va y venir. Mais d'abord…

- 8 -

Melody avait le goût de tout ce qui est délectable et mémorable, et le gémissement qu'elle laissa échapper quand il écarta ses cuisses et glissa sa langue au fond d'elle résonna comme une douce musique à ses oreilles. Il avait l'intention de la faire venir une deuxième fois, plus fort. Tout ce qu'il faudrait pour écarter de leur esprit les trois mois de séparation.

— Kyle… Oh oui ! Comme ça…

Il adorait l'entendre crier son nom. Et il savait qu'elle le crierait plus fort encore juste avant de venir. Quand il enfonça un doigt en elle, elle se cambra pour le prendre plus profondément. Glissant en elle un autre doigt, il se mit à mimer ce qui allait venir ensuite.

— Plus vite, ordonna-t-elle. Fais-moi venir.

Ses cris se firent plus forts quand il imprima le rythme qu'elle aimait. Elle dansait contre sa bouche. Il agrippa ses hanches pour mieux enfoncer sa langue en elle et lui donner du plaisir. Elle se cambrait contre lui, se tortillait. Ses muscles se contractant à mesure qu'elle approchait de l'orgasme. Enfin, s'accrochant au traversin, elle laissa sa tête retomber en arrière, et un long cri de volupté s'échappa de sa gorge.

En la regardant s'envoler dans le plaisir, il se sentit touché comme jamais il ne l'avait été auparavant. Il avait fait cela pour elle. Et elle lui avait tout donné.

Il la regarda reprendre son souffle. Elle avait les yeux fermés et un joli sourire de satisfaction sur les lèvres. Immobile, il l'admirait, essayait d'imaginer ce qui allait venir ensuite. Il eut bien vite la réponse à sa question.

Relevant ses longs cils noirs, elle le regarda intensément.

— Viens, murmura-t-elle sensuellement en lui faisant signe d'approcher. Je veux que tu m'embrasses.

Elle n'eut pas à le lui dire deux fois. Après s'être hissé au-dessus d'elle, il traça un chemin de baisers ardents sur son corps voluptueux, s'attardant longuement sur ses seins parfaits, dont il retraça les contours des tétons durcis du bout de sa langue. Tout en poussant des soupirs brûlants, elle glissait ses mains dans ses cheveux, l'attirant plus près d'elle.

— Embrasse-moi, Kyle…

Ivre de désir, il s'exécuta, relevant la tête pour atteindre ses lèvres pleines et sensuelles. Et tandis qu'il l'embrassait avec passion, il la sentit écarter les cuisses sous son corps et caresser son torse du bout de ses doigts graciles jusqu'à atteindre son sexe bandé. Quand elle resserra sa main autour, il prit une bruyante inspiration.

— Je te veux en moi. Maintenant.

— J'aime quand tu prends les devants, lui répondit-il en se positionnant contre son sexe pour mieux sentir la chaleur brûlante qui l'attendait. Doucement ou rapidement ?

— Fort et vite. Je veux te sentir tout au fond de moi. Jusqu'à ce que nous ne fassions plus qu'un.

Malgré tout, il commença lentement, lui laissant le temps de s'adapter à leurs retrouvailles, se laissant le temps de savourer sa douce chaleur. Enfonçant ses ongles dans ses fesses, elle l'attira plus près encore. Le plaisir était intense. Cela faisait si longtemps. Elle était si belle avec ses joues rosies et les marques de ses dents dans ses lèvres pleines qu'elle avait mordues sous l'effet du plaisir.

— Voilà, dit-il en lui donnant tout ce qu'il avait, agréablement surpris qu'elle le prenne si profondément en elle. Oh, Melody... Tu es merveilleuse.

C'était tellement bon de se sentir entouré par elle, corps et âme.

Elle enveloppa ses longues jambes autour de son bassin et se mit à onduler sensuellement des hanches. Il sentait ses muscles se contracter quand il s'enfonçait en elle, et elle répondait à chacun de ses assauts en poussant de petits cris de volupté. Ivre de désir, il se pencha vers elle pour l'embrasser, et elle lui rendit son baiser avec fougue et passion. Alors ils se mirent à se mouvoir plus vite, plus fort. Comme pour l'encourager à poursuivre, elle enfonça ses ongles dans sa peau.

— Plus fort, Kyle. Fais-moi venir...

C'était le signal qu'il attendait. S'agrippant à ses fesses, il changea légèrement l'orientation de ses assauts et sentit son corps se tendre. Il était prêt à laisser son plaisir exploser, mais il ne voulait pas le faire tant qu'il ne l'aurait pas vue jouir à nouveau.

— Viens pour moi, murmura-t-il en la regardant dans les yeux.

La tête de Melody retomba en arrière, et un cri de volupté s'échappa de ses lèvres. Il s'enfonça encore plusieurs fois en elle, et quand il fut certain que son plaisir à elle était complet, il laissa les merveilleuses sensations de l'orgasme s'emparer de lui.

À cet instant, il cria son nom, comme pour déclarer à l'univers que cette femme était sienne. Et qu'il était sien.

Après s'être effondré sur elle, il enfouit son visage dans son cou. Le temps s'écoula lentement tandis qu'ils reprenaient leur souffle, le cœur battant, enveloppés dans une bulle de bonheur. Avec Melody, c'était toujours bien plus que du sexe. Un lien fort et merveilleux, une connexion qui ne pouvait être niée. Tout en soupirant de bonheur, il roula sur le côté et l'attira avec lui. Et après avoir dégagé une mèche de cheveux de son beau visage, il l'embrassa délicatement sur la tempe.

Elle était à lui.

Et personne ne la lui prendrait. Jamais.

Tout en sifflotant, Kyle se gara devant la résidence de Trent. Il était 18 heures, et Melody l'avait invité à dîner. Pour la première fois depuis l'échographie, ils allaient passer du temps ensemble sans autre objectif que de profiter de l'instant présent. Malgré toute la satisfaction que lui avaient apportée les exercices qui leur avaient permis de renouer un lien et de mieux se connaître, il était heureux de faire une pause.

Un petit mot était accroché à la porte. Après l'avoir lu, il se tourna vers la villa de son frère. Bien qu'il eût préféré l'intimité de la petite maison du gardien, il n'avait aucun mal à comprendre pourquoi elle avait choisi de le faire venir dans celle de Trent. Sa cuisine était trois fois plus grande.

Suivant l'allée qui traversait le somptueux jardin, il arriva à la terrasse qui surplombait la piscine, dont la couleur turquoise se détachait entre les arbres et les buissons savamment éclairés. La température, en ce mois de décembre, ne se prêtait néanmoins pas à la baignade.

Une délicieuse odeur s'échappait de la porte-fenêtre entrouverte. Trent avait acquis une immense propriété dans cette résidence fermée et l'avait transformée en véritable petit paradis pour célibataire. Avant d'être en couple avec

Melody, Kyle adorait y venir. Il y avait toujours des fêtes, des filles, de l'alcool et beaucoup de distractions.

Mais les temps avaient changé. Un tapis d'éveil était étendu dans le salon. Une chaise haute trônait dans la salle à manger. Sur les étagères de la bibliothèque, de chaque côté de la cheminée, des jouets d'enfant étaient apparus.

Il n'eut aucun mal à imaginer ainsi sa propre maison de Los Angeles dans quelque mois… Au vu de la façon dont s'étaient passées les choses la veille au soir, il était quasiment certain que Melody était prête à venir vivre avec lui.

Il la trouva dans la cuisine, ses longs cheveux bruns retenus en une queue-de-cheval haute. Elle portait un jean noir déchiré au genou et un T-shirt gris chiné qui dissimulait son petit ventre arrondi. Son seul bijou, un médiator sur lequel leurs deux prénoms étaient gravés, était suspendu à son cou. Il le lui avait donné le jour où elle était partie pour la tournée.

Avec le recul, il regrettait de ne pas lui avoir offert de bague de fiançailles. Mais d'un autre côté, ils ne vivaient ensemble que depuis trois mois, et à cette époque, il était confiant. Il ne pensait pas qu'elle s'éloignerait de lui au cours de ces quelques mois de séparation. Et surtout, il ne pensait pas qu'il la soupçonnerait un jour de l'avoir trompé. Si l'un d'entre eux avait dû se montrer infidèle, il aurait été plus probable que ce soit lui. Elle l'avait vraiment transformé. Avant elle, il avait l'habitude d'être seul. Mais à la minute même où elle avait quitté sa maison, un douloureux sentiment de vide s'était installé dans sa poitrine, l'écrasant d'un lourd poids.

— Ça sent merveilleusement bon, dit-il en lui tendant l'énorme bouquet de roses roses et de lys blancs qu'il lui avait acheté.

Comme il l'avait espéré, elle parut surprise à la vue de

toutes ces fleurs. Mais pas déçue. Elle aurait sans doute préféré des roses rouges. Cependant quelqu'un l'avait coiffé au poteau, et il n'avait aucune envie de lui rappeler ce désagréable incident.

— Elles sont magnifiques ! s'exclama-t-elle, sincèrement touchée.

Depuis quand ne lui avait-il pas offert de cadeau ? Trop longtemps, conclut-il en fouillant dans ses souvenirs. Pourquoi ? Elle était la femme la plus importante de sa vie. Elle était généreuse, tendre et attentionnée. Au début de la tournée, il avait pris plaisir à lui envoyer de petites choses qui la rendaient heureuse. Mais à mesure que les semaines s'étaient écoulées et que ses idées s'étaient taries, il en était revenu aux textos, et les cadeaux romantiques étaient devenus moins fréquents.

— Tu n'étais pas obligé de m'apporter des fleurs, tu sais.

— Je veux que tu saches que je ne te considère pas comme acquise. Hunter a commis cette erreur, et il t'a perdue.

— Ce n'est pas vraiment pour cela qu'il m'a perdue, dit-elle doucement en commençant à remplir d'eau un vase. Je suis tombée amoureuse de toi.

— J'ai beaucoup de chance.

— Je ne te le fais pas dire ! répondit-elle avec un sourire malicieux. En tout cas, j'espère que tu as faim. Je t'ai préparé ton plat préféré.

À ces mots, il sentit l'eau lui monter à la bouche.

— Du bœuf bourguignon ?

— Tout à fait.

Jetant un coup d'œil autour de lui, il s'aperçut que le décor était romantique à souhait. Vaisselle fine, verres en cristal et chandeliers en argent.

— Je me suis dit que ce serait bien de nous rappeler les choses telles qu'elles étaient au début, expliqua-t-elle.

— J'aime cette idée, répondit-il, ému. Que puis-je faire pour t'aider ?

— Tu n'as qu'à ouvrir le vin. J'ai sorti un formidable rouge de la cave de Trent.

— Tu ne peux pas boire d'alcool, et je n'ai aucune envie de boire seul.

Elle hocha la tête en souriant.

— Dans ce cas, le dîner sera prêt dans dix minutes.

— Que faisons-nous, entre-temps ?

Posant ses mains sur ses hanches, il l'attira doucement vers lui.

— Dix minutes, ce n'est pas très long, répondit-elle en faisant courir ses ongles dans ses cheveux, lui procurant des sensations qu'elle seule savait lui donner. Et j'ai passé trop de temps à cuisiner pour tout laisser brûler.

— Alors je vais devoir patienter.

Après le dîner, Melody conduisit Kyle dans sa petite maison, où elle envisageait de lui proposer le dessert de son choix : un cheesecake framboise-chocolat blanc… ou elle. Mais au moment où ils entrèrent dans le petit salon, elle eut une impression de déjà-vu : il resta figé sur place, le regard fixé sur le panier d'affaires de bébé qu'elle avait laissé sur la table.

— Qui t'a offert ça ?

— Je ne sais pas. Il n'y avait pas de carte.

De peur de voir des soupçons apparaître dans ses yeux, elle se détourna de lui.

— Très bien, répondit-il.

Mais à en juger par le ton de sa voix, il ne trouvait pas cela très bien du tout.

— Tu l'as reçu au studio ? s'enquit-il.

— Non. Je l'ai trouvé sur le pas de ma porte.

Brusquement, il s'immobilisa.

— C'est une résidence fermée. Tu ne trouves pas cela bizarre ?

Elle se souvint de son sentiment de malaise quand elle l'avait trouvé mais ne voulut pas ajouter à l'anxiété de Kyle.

— Eh bien... Je me suis dit que quelqu'un avait dû le laisser aux vigiles, qui l'avaient ensuite apporté jusqu'ici.

— Ils n'ont pas le code du petit portail. Comment est-il arrivé jusqu'à ta porte ?

— Je l'ai trouvé au moment où les artisans posaient les illuminations de Noël. J'ai pensé que c'était sans doute l'un d'entre eux qui l'avait apporté.

— Tu leur as posé la question ?

— Non.

La méthode de livraison lui avait paru curieuse sur le moment, mais après son coup de téléphone à Savannah elle avait complètement oublié cette histoire pour ne plus penser qu'à Kyle et à leur avenir.

— Qu'est-ce qui se passe, Melody ? lui demanda-t-il soudain en la prenant par les épaules pour l'obliger à se tourner vers lui.

— Cela ne vient pas de Hunter.

Il pinça les lèvres à l'évocation du nom de son ex.

— As-tu demandé à Savannah et Trent ?

— Cela ne vient pas d'eux non plus.

Le moment était sans doute bien choisi pour lui parler de la disparition tout aussi mystérieuse du CD de l'échographie.

— Et il y a autre chose..., ajouta-t-elle.

— Quoi ?

— Vendredi, quand j'ai voulu montrer à Mia mon échographie, elle n'était plus dans mon sac.

— Tu l'as perdue ?

— J'ai cherché partout dans le studio et demandé à tout le monde, mais personne ne l'avait vue. Et deux jours plus tard, elle est réapparue comme par magie dans mon sac. Je te jure qu'elle n'y était pas le vendredi quand j'ai voulu la montrer à Mia.

— Tu crois que quelqu'un te l'aurait volée au studio et te l'aurait rendue ?

— Non. Pourquoi quelqu'un ferait ça ? Je me suis dit que j'avais dû la faire tomber et que quelqu'un me l'avait remise dans mon sac. Il y avait mon nom sur le CD.

— C'est très bizarre. Écoute, je ne crois pas que tu devrais rester ici toute seule.

Son attitude ne fit qu'accroître son anxiété, mais elle lutta pour la contrôler.

— Tu exagères. Comme tu l'as si bien fait remarquer, c'est une résidence fermée. C'est une coïncidence, rien de plus.

— Je ne crois pas aux coïncidences. Il se passe quelque chose de bizarre, et je n'aime pas te savoir ici toute seule.

— Ne t'inquiète pas.

— Fais-moi plaisir.

— Comment ?

— Viens chez moi.

Ses réticences durent se lire sur son visage, car il se hâta d'ajouter :

— Au moins jusqu'à ce que Trent et Savannah reviennent.

— C'est inutile, je t'assure.

Ne voulant pas lui laisser penser qu'elle était ne serait-ce qu'un tout petit peu anxieuse, elle s'efforça de dissimuler ses émotions. Des roses rouges et des cadeaux pour bébé ne pouvaient tout de même pas être considérés comme des objets effrayants, quelle que soit leur provenance.

— Je n'aime pas l'idée que quelqu'un ait si facilement accès à toi, Melody.

— Alors je vais aller voir les vigiles pour leur dire de ne laisser aucun livreur s'approcher de la maison. Et je vais appeler Trent pour m'assurer qu'il ne fasse plus venir d'artisans.

Manifestement peu satisfait de sa réponse, il croisa les bras et se mit à la regarder en fronçant les sourcils.

— Alors je vais emménager ici, décréta-t-il.

— Certainement pas ! Nous ne sommes pas prêts à cohabiter à nouveau.

— Je ne te parle pas de cohabitation mais de sécurité.

— Des roses et des biberons. Tu trouves cela dangereux ?

— Des cadeaux *anonymes.*

— Cela veut juste dire que j'ai un admirateur secret. Je ne vois pas ce qu'il y a de mal là-dedans.

Il la regarda d'un air sceptique.

— Melody, tu devrais prendre cela plus au sérieux. Tu es un personnage public, désormais. Les gens croient te connaître. Ils pensent avoir une relation personnelle avec toi, même s'ils ne t'ont jamais rencontrée.

Elle savait qu'il avait lui-même eu ce genre d'expérience avec ses fans. Il y avait eu cette femme qui prétendait être sa petite amie et avait réussi par deux fois à entrer dans l'une de ses chambres d'hôtel. Elle l'avait ensuite bombardé de lettres et de cadeaux avant de menacer de se suicider quand elle l'avait croisé dans une boutique de Los Angeles avec l'une de ses conquêtes de l'époque.

— Je ne suis pas aussi célèbre que tu l'étais. Je suis juste la fille qui a fait la première partie du concert des Free Falls. Je n'ai pas beaucoup d'abonnés sur les réseaux sociaux. Mais les choses seront peut-être différentes après la sortie de mon album.

— Il suffit d'une personne.

Kyle n'était pas le genre d'homme à essayer de lui faire peur pour la convaincre d'emménager avec lui. S'il paraissait alarmé, c'était qu'il était sincèrement inquiet pour elle.

— Tu as gagné, marmonna-t-elle. Maintenant, j'ai peur.

— Tant mieux.

— Tu peux me laisser la soirée pour y réfléchir ?

Sans répondre, il commença à fouiller dans le panier. Que pensait-il y trouver ? Il finit par attraper l'ours en peluche. Et quand il se mit à le manipuler, il prit un air plus inquiet encore.

— Il y a un truc bizarre, dit-il en sortant du dos de la peluche une petite boîte noire.

— Qu'est-ce que c'est ? demanda-t-elle, effrayée.

— Une caméra. L'objectif se trouve dans les yeux de l'ours.

— Quoi ? Comme celles qu'ont les nounous pour surveiller les bébés ?

— Oui.

Après lui avoir jeté un dernier coup d'œil, il sortit. Melody le suivit jusqu'à la piscine, dans laquelle il jeta la petite boîte noire. Elle avait désormais la chair de poule.

— Je ne sais pas ce qui se passe, dit-il en retournant dans la maison, mais je n'aime pas ça du tout. Tu ne peux pas rester ici une seconde de plus.

Il avait raison. La peur était telle, désormais, qu'elle en tremblait. Elle aurait voulu pouvoir s'isoler du reste du monde, et elle regrettait que Trent et Savannah aient emmené Murphy, leur petit bouledogue français.

La grande maison avait un système d'alarme. Et pas de cadeaux anonymes effrayants trônant sur la table de la salle à manger.

— Et si j'allais dormir dans la chambre d'amis de

Trent ? suggéra-t-elle. Il y a une alarme, et je sais que personne n'est entré depuis son départ. Je vais préparer mes affaires. Tu m'accompagnes ?

— Je préférerais que tu ne restes pas seule.

— Ne t'inquiète pas.

Ses projets pour la soirée avaient de toute façon été anéantis par sa peur. Le laissant monter la garde dans le salon, elle entreprit de mettre dans un sac ce dont elle avait besoin pour la nuit. Quand son regard tomba sur la grande fenêtre de la chambre et les rideaux qu'elle ne tirait jamais, elle sentit la panique monter encore d'un cran. Elle n'avait pas vu l'intérêt de fermer les rideaux, compte tenu du haut mur qui entourait le vaste jardin de Trent. Jusqu'ici, elle n'avait jamais imaginé qu'un étranger puisse l'épier.

Une fois la porte fermée, ils retournèrent dans la grande maison, et Kyle vérifia chaque fenêtre et chaque porte pour s'assurer qu'elles étaient fermées. Pour dissimuler son anxiété, Melody prit un air agacé. Ce n'était pas la fin de soirée qu'elle avait imaginée !

Elle aurait pu lui demander de rester, mais elle avait mis tellement de temps à se convaincre elle-même qu'elle n'avait pas besoin de lui. Elle s'était tellement préparée à l'idée qu'ils ne reprendraient pas leur relation qu'elle se sentait poussée à le mettre dehors. Mais si un harceleur n'était pas la parfaite excuse pour admettre qu'elle avait besoin de lui et avait envie de se fier à lui à nouveau, qu'allait-il falloir pour qu'elle cède ?

— Tout semble sûr, lui dit-il en regardant autour de lui, debout au milieu de la grande pièce.

Passant son bras sous le sien, elle le raccompagna jusqu'à la porte.

— Ça va aller.

Au fond d'elle, elle avait envie de le conduire jusqu'à

la chambre pour lui arracher ses vêtements, mais c'était une impulsion due à l'anxiété et la peur d'être seule. Elle ne pouvait pas faire ça. Cela n'aurait été juste ni pour lui ni pour elle.

Tout en se félicitant de se montrer si raisonnable, elle se hissa sur la pointe des pieds et passa ses bras autour de ses larges épaules pour déposer un chaste baiser sur sa joue. Puis elle lui ouvrit la porte.

- 9 -

Aussitôt qu'il eut entendu Melody refermer à clé derrière lui, Kyle sortit son téléphone de sa poche pour appeler Trent. Quand son ami décrocha, il entendit en arrière-fond des rires de bébé et des aboiements de chien.

— Je vois qu'il y a de l'ambiance chez toi, dit-il en entrant dans sa voiture.

Mais il ne mit pas le contact. Tout à coup, il lui était apparu qu'il ne pouvait pas laisser Melody seule. Il allait passer la nuit dans sa voiture, devant la maison. Hors de question que qui que ce soit l'approche.

— Dylan a pris le jouet préféré de Murphy et trouve très amusant de l'écouter aboyer, lui expliqua Trent.

Malgré les inquiétudes qui pesaient sur lui, Kyle ne put s'empêcher de sourire. Dans un an, ce chaos deviendrait certainement son quotidien. Mais peut-être serait-ce différent avec une fille. Il ne savait pas, mais il avait hâte de le découvrir.

— Qu'est-ce qui se passe ? lui demanda Trent. Un problème au club ?

— Aucun. Tout va très bien de ce côté-là. Je t'appelle au sujet de ta sœur.

— J'aimerais pouvoir t'aider, mais je pense que Melody est assez grande pour prendre ses décisions toute seule.

— Je suis bien placé pour le savoir, répondit-il en se massant la tempe. Mais je ne te demande pas de jouer les intermédiaires. Il s'agit de quelque chose de bien plus sérieux.

— Je t'écoute.

Melody ne serait certainement pas contente quand elle apprendrait qu'il avait appelé son frère, mais elle ne semblait pas avoir conscience de la gravité de la situation.

— Il se passe des trucs bizarres ici.

— Tu peux être plus précis ?

— Je crois qu'elle vous a appelés, Savannah ou toi, au sujet de fleurs qui lui ont été livrées.

— Des roses rouges. Oui. Savannah m'en a parlé. Ce n'est pas toi qui les as envoyées, si j'ai bien compris ?

— Non. Et Melody dit être persuadée que ce n'est pas Hunter non plus.

— Et tu ne la crois pas, c'est ça ?

— J'espère avoir un peu évolué à ce sujet au cours des quelques semaines passées.

— Tu espères, oui, dit Trent d'un air dubitatif.

— D'accord. Je suis jaloux comme un tigre, avoua-t-il.

Et pour la première fois depuis des mois, il n'éprouva pas de sentiment de culpabilité. Parce que cela voulait dire qu'il avait des sentiments pour Melody. Rien de plus.

— Ta sœur est très importante pour moi. C'est pour ça que je me suis comporté comme un idiot.

— Tu te souviens de ce que je t'ai dit quand tu as commencé à sortir avec elle ? Je t'ai dit que je te ferais la peau si tu lui faisais du mal. Tu m'as promis que ce ne serait pas le cas.

— Je ne suis pas très satisfait du tour qu'a pris cette conversation. Je n'ai jamais eu l'intention de faire du mal à ta sœur.

— Je me suis dit que vous étiez tous les deux des adultes responsables et que vous saviez ce que vous faisiez, poursuivit Trent comme s'il n'était pas intervenu. Pour tout te dire, je pensais que vous alliez vous séparer avant qu'elle ne s'attache.

— Je me suis engagé à faire ma vie avec elle et notre enfant. Je n'ai pas changé d'avis là-dessus et je ne changerai pas d'avis. C'est elle qui a des doutes. Maintenant, est-ce que l'on pourrait revenir au sujet qui m'inquiète, celui des cadeaux anonymes qu'elle a reçus ?

— Parce qu'elle en a reçu d'autres ?

— Oui. Un panier d'affaires pour bébé et une peluche.

— Savannah m'en a parlé aussi. Ce n'est pas toi qui l'as envoyé ?

— Non. Et il est arrivé sur le pas de sa porte. Sans carte. Sans aucune indication sur sa provenance.

— Comment ça, sur le pas de sa porte ?

— Quelqu'un est entré dans ta résidence privée et a passé les grilles de ton jardin pour déposer le panier sur les marches de la petite maison.

— Mais comment est-ce possible ?

C'était la question que Kyle s'était lui-même posée sans pouvoir y apporter de réponse. Au fond de lui, son inquiétude semblait avoir encore grandi avec celle de Trent.

— Je ne sais pas. Le plus grave, c'est qu'il y avait une petite caméra dans la peluche, que j'ai enlevée, tu t'en doutes. Ta sœur s'est installée chez toi pour ce soir, comme il y a une alarme. C'est déjà ça, mais je me sentirais plus tranquille si elle venait chez moi. Évidemment, elle refuse catégoriquement.

— Essaie de lui faire entendre raison, quand même, dit Trent d'un air de reproche.

Kyle dut résister à l'envie de répliquer sèchement mais s'en abstint. Après tout, rien de tout cela n'était la faute de Trent. Il prit une longue inspiration pour se calmer.

— J'ai essayé, mais comme tu l'as si bien dit, elle est libre de prendre ses décisions.

Ce qui, en l'occurrence, constituait un problème.

— Que veux-tu que je fasse ? demanda Trent.

— Si tu pouvais lui trouver une bonne raison de venir te rendre visite à Los Angeles…

Trent garda le silence quelques instants avant de répondre :

— Nate avait parlé d'un concert pour le lancement de son album. On pourrait peut-être organiser quelque chose.

— Tu veux l'appeler ou tu préfères que ce soit moi ?

— Je m'en charge. Qu'est-ce que tu envisages de faire pour le reste de la soirée ?

— Je pensais rester dans ma voiture pour surveiller la maison.

Ses paroles furent suivies d'un long silence. Et quand Trent reprit la parole, il semblait plus sérieux que jamais.

— Est-ce vraiment nécessaire ?

— Peut-être pas, mais elle et le bébé sont les deux personnes les plus importantes de ma vie. Je ne peux pas prendre le risque de laisser quelque chose leur arriver. Et de toute façon, je n'imagine pas rentrer chez moi et aller dormir comme si de rien n'était.

— J'appelle Nate, et je te tiens au courant.

Quand il eut raccroché, Kyle inclina son siège et se prépara à une longue nuit. Le point positif, c'était qu'il n'aurait pas à lutter pour rester éveillé. Il avait les nerfs à vif. S'étant connecté à la box de Trent, il se rendit sur le site de CNN pour écouter d'une oreille distraite les dernières nouvelles. Une heure plus tard, Trent rappela.

— Melody m'a téléphoné pour me dire qu'il y avait un intrus dans le jardin, dit-il d'un air vaguement amusé. Une idée de qui cela pourrait être ?

— Envoie-lui un texto pour lui demander de m'apporter le café demain matin.

— Elle dit que tu devrais aller la rejoindre.

— Elle n'avait pas l'air très enthousiasmée par cette idée tout à l'heure. Je suis bien ici.

Kyle était déterminé à respecter sa volonté. Et il ne voulait pas la perturber plus qu'elle ne devait déjà l'être.

— Comme tu voudras. J'ai parlé à Nate, et il est d'accord pour que tu l'emmènes à Los Angeles quelque temps.

Soulagé, il poussa un lourd soupir. Il se sentait déjà débarrassé d'un poids.

— Super. Il ne nous reste plus qu'à trouver une bonne explication pour précipiter son départ.

— J'y réfléchis.

L'aurore projetait dans le ciel des nuances d'or et d'orangé quand Kyle entendit quelqu'un frapper à la fenêtre de la voiture. Comme il regardait de l'autre côté de la rue, il n'avait pas vu Melody approcher. Il baissa la vitre.

— Bonjour, ma belle, dit-il en jetant un œil à l'appétissant décolleté que révélait son peignoir. Tu as bien dormi ?

— Pas spécialement. Tu as faim ?

— Très.

— Rentre. J'ai fait le petit déjeuner. Œufs, bacon et toasts.

— Tu n'étais pas obligée de te donner autant de mal.

Quelques instants plus tard, ils étaient installés sur le canapé du vaste salon, devant un alléchant petit déjeuner.

— C'était merveilleux, dit-il en reposant son assiette vide sur la table basse. Tu es sûre que tu as suffisamment mangé ?

— Oui. Je commence tout juste à retrouver mon appétit.

Elle se leva et entreprit de débarrasser.

— Attends, je vais t'aider.

Ils rangèrent ensemble les assiettes dans le lave-vaisselle, travaillant en silence tandis que CNN les mettait au fait des dernières nouvelles de la matinée. Malgré les événements de la soirée, Melody semblait débordante d'énergie.

— J'ai beaucoup réfléchi au cours de la nuit, finit-elle par dire, et j'en suis arrivée à la conclusion que l'on s'était sans doute fait du souci pour rien.

À en juger par son air déterminé, elle avait apparemment décidé de continuer à vivre comme si aucune menace ne planait sur elle.

Il était donc important d'échafauder un plan pour l'éloigner d'ici. Et vite.

Deux jours plus tard, Melody comprit qu'elle avait été la victime de très fines manipulations de la part de son frère, Nate et Kyle.

— Je vais faire un concert au Roxy ? demanda-t-elle.

Elle était assise dans le bureau de Nate à Ugly Trout Records. Et bien qu'elle ne soit pas dupe, elle était folle de joie.

— Quand ?

— Dans un peu plus d'une semaine, répondit Nate.

— Mais comment vais-je faire ?

Son album était désormais terminé, et les membres du groupe avec qui elle avait chanté au cours de la tournée travaillaient à présent sur d'autres projets.

— Je ne serai jamais prête.

— Tout est prévu. J'ai embauché des musiciens, et ils ont déjà les arrangements de tes chansons. J'ai aussi loué la salle. Tu n'as plus qu'à te rendre à Los Angeles et à répéter.

Elle croisa ses bras sur sa poitrine.

— Très bien. Qui a eu cette idée ?

— Plusieurs personnes.

— Écoute, je comprends bien que tu fais cela pour m'éloigner de Vegas et de ce supposé harceleur, mais il ne s'est rien passé de bizarre depuis l'arrivée du panier. Et on ne sait même pas si c'est vraiment un harceleur.

— Un concert au Roxy est toujours une bonne idée.

— C'est vrai, reconnut-elle en souriant. Et j'ai beaucoup de travail qui m'attend. Quand Kyle et moi devons-nous partir pour Los Angeles ?

— Comment sais-tu que Kyle vient avec toi ?

— Il me suit comme un chien de garde depuis trois jours.

Après le soir où il avait dormi devant chez elle dans sa voiture, elle avait compris qu'il ne la laisserait pas tranquille. Elle avait donc accepté de s'installer chez lui, dans sa chambre d'amis. Elle ne se sentait toujours pas prête à revenir à leur ancien accord en partageant son lit, mais le temps qu'ils avaient passé ensemble récemment semblait avoir accéléré le processus de revitalisation de leur relation.

— Vous partirez après-demain. Cela te laissera une semaine pour répéter.

— C'est court mais faisable.

Après avoir quitté le bureau de Nate, Melody partit à la recherche de Mia, qu'elle trouva en train de travailler avec Craig dans une régie.

Quand Mia releva la tête vers elle, son regard s'illumina.

— Alors ? Tu es contente ?

— Très ! Et un peu stressée aussi. J'ai beaucoup à faire en très peu de temps.

— Je suis certaine que tu vas cartonner.

Détournant son regard des musiciens qui se trouvaient dans la cabine, de l'autre côté de la paroi vitrée, Craig s'était mis à l'observer avec intérêt.

— Qu'est-ce qui se passe ? demanda-t-il en s'approchant.

— Je dois me produire au Roxy dans une semaine.

— C'est super ! Je suis sûr que tu seras excellente, comme toujours.

— Je l'espère, répondit-elle en souriant, avant de prendre place à côté de Mia. C'est vraiment sympa de la part de Nate et Trent d'avoir organisé ça pour moi.

— Une petite pause loin de Vegas ne te fera pas de mal, dit Mia, bien que son regard soit plus parlant que ses propos.

Par mesure de prudence, ils avaient tous décidé de garder le silence concernant le harceleur. Nate avait beau faire confiance à son équipe, il y avait beaucoup d'allées et venues dans le studio. Sans parler du fait que c'était là que les roses avaient été livrées à Melody et que le CD de son échographie avait disparu de son sac, avant de réapparaître tout aussi mystérieusement.

— Oui, cela me fera du bien de rentrer…

Elle avait failli dire « à la maison ».

— De changer un peu d'air.

— Combien de temps penses-tu partir ? demanda Mia.

Craig était retourné près des musiciens, les laissant à leur conversation.

— Je ne sais pas. Cela va dépendre de beaucoup de choses…

Elle regarda ses mains quelques secondes avant d'ajouter :

— Kyle voudrait que l'on passe Noël ensemble à Los Angeles.

— Et qu'en penses-tu ?

— Je préférerais être avec ma famille.

— Mais il fait partie de ta famille, désormais.

— Oui, mais je n'ai pas envie d'avoir à choisir entre vous tous et lui.

Mia lui adressa un regard plein de compassion.

— Je comprends ce que tu ressens. On ne peut pas dire

qu'Ivy m'a facilité la tâche quand Nate et moi essayions de régler nos problèmes.

Mia était la jumelle d'Ivy Bliss, et elle avait été son assistante personnelle corvéable à merci depuis son adolescence. Ce qu'elle avait cessé d'être quand elle s'était fiancée à Nate.

— Mais au bout du compte, c'est Nate que tu as choisi, parce que tu étais amoureuse de lui, lui fit remarquer Melody.

— Et au bout du compte, c'est Kyle que tu choisiras. Pour les mêmes raisons.

Melody hocha la tête, en espérant que le temps prouverait que Mia avait raison.

C'était le huitième jour du programme, et Melody avait envie de quelque chose d'amusant pour contrebalancer la lourde discussion émotionnelle que Kyle et elle avaient eue à l'occasion de l'exercice de la veille.

Le septième jour avait de nouveau été centré sur la communication. Chacun était censé prendre vingt minutes pour parler de façon continue de tout ce qu'il avait sur le cœur. Elle avait évoqué son futur concert au Roxy, faisant part de son enthousiasme et de ses craintes concernant cette performance en solo et l'accueil que le public réserverait à ses nouvelles chansons.

Kyle, lui, avait choisi de lui parler de son père, lui expliquant que ce dernier avait annulé à la dernière minute la fête de son dixième anniversaire pour la seule et unique raison qu'il avait perdu un match de base-ball avec son équipe. Pour se justifier, son père avait déclaré que seuls les gagnants avaient le droit de faire la fête.

En écoutant cette histoire, elle avait eu mal pour lui. Elle avait eu envie d'appeler son père pour lui reprocher son comportement, mais elle savait que cela n'aurait servi à rien. Jamais il ne se serait excusé auprès de son fils. Aussi s'était-elle contentée de prendre Kyle dans ses bras pour lui faire comprendre qu'elle avait entendu sa douleur.

Leurs échanges les avaient menés à un degré d'intimité jamais atteint jusqu'alors, et elle se sentait désormais confiante en l'avenir.

Pour leur huitième rendez-vous, ils devaient suivre un cours dans une discipline qu'aucun d'entre eux n'avait jamais pratiquée. Elle y avait longuement réfléchi et elle pensait avoir trouvé une idée qui leur permettrait de s'amuser tout en travaillant en équipe.

— J'aimerais apprendre à danser le tango, affirma-t-elle.

Depuis qu'il lui avait offert cette soirée de plaisirs sexuels, elle percevait une augmentation de sa libido. Elle ne rêvait que de caresser son corps musclé, d'embrasser sa bouche virile…

— Le tango ? répéta-t-il d'un air plus intrigué que rebuté.

— Cela me semble toujours très sexy quand je vois des gens le danser à la télé.

Il se mit à rire.

— Je suis sûr que ceux que l'on voit ont des années d'entraînement derrière eux. Mais je suis partant. D'accord.

C'était là une chose qu'elle aurait pu ajouter à la liste de tout ce qu'elle appréciait chez lui. Il était toujours prêt à relever de nouveaux défis.

— J'ai trouvé quelqu'un qui nous donnera une leçon particulière ce soir à 19 heures.

— On dîne avant ou après ?

— Avant, je pense, répondit-elle en lui adressant un regard brûlant de désir. J'espère que cette petite séance nous donnera envie de nous enlacer à nouveau sous les draps.

— Je te suis.

Elle fut surprise par la lenteur avec laquelle se déroula

le reste de la journée. Ils dînèrent rapidement dans l'un de leurs restaurants préférés, où l'on servait de délicieux plats italiens. Mais elle n'avait que peu d'appétit, et quand ils arrivèrent au studio de danse, elle pouvait presque sentir son corps vibrer d'enthousiasme.

Leur professeur, Juliet, avait le port de tête d'une danseuse de ballet.

— Vous voulez donc apprendre le tango. Est-ce pour un mariage ?

— Non, répondit-elle en se tournant vers Kyle, qui soutint longuement son regard.

— C'est juste pour le plaisir, précisa-t-il.

Ses yeux étaient sombres, mais un demi-sourire se dessinait sur son beau visage.

Ce fut à ce moment-là qu'elle comprit qu'il avait vraiment envie de l'épouser. Que ce n'était pas à cause du bébé, ou en tout cas, pas seulement à cause du bébé. Il voulait qu'ils soient ensemble. Et elle aussi. Et au vu du tour qu'avaient pris les choses grâce au programme de revitalisation du couple, cela semblait être du domaine du possible.

À sa grande surprise, elle se sentit légèrement nerveuse quand il lui prit la main pour la conduire jusqu'à la piste de danse. Avec assurance, suivant les instructions de Juliet, il posa sa main sur son dos. Ils étaient désormais face à face, hanches contre hanches.

— Très bien, dit Juliet. Kyle, tu vas avancer ton pied gauche puis le droit puis encore le gauche, et tu finis par un pas sur le côté avec ton pied droit tout en faisant glisser le gauche sur le sol.

Elle mima d'abord ses pas puis ceux de Melody, et à la grande surprise de tous, quand ils s'y essayèrent, ils réussirent gracieusement.

— Parfait, dit Juliet. On va répéter cela plusieurs fois

avant de passer à autre chose. N'oubliez pas de fléchir vos genoux et de garder votre dos bien droit.

Melody trouva l'expérience à la fois décevante et passionnante. Parfois, ses pieds n'allaient pas là où ils devaient aller, et quand elle réfléchissait trop, elle finissait par s'embrouiller. Kyle, pour sa part, était un roc. Il exécutait chaque pas avec une minutieuse assurance. Son étreinte ne faiblit pas, et elle gagna peu à peu en confiance entre ses bras musclés.

— Vous en avez déjà fait ? lui demanda Juliet vers la fin de la séance.

— Jamais de tango, répondit-il. Mais j'ai pris des cours de danse quand j'étais petit.

— Ah oui ? fit Melody, intriguée.

— Quand j'avais six ans, ma mère m'avait inscrit à des cours de danse de salon. J'en ai fait deux ans, et je ne peux pas dire que je détestais ça, même si ce n'était pas vraiment du goût de mes amis.

— Alors pourquoi n'en as-tu fait que deux ans ?

— Mon père n'était pas au courant, mais quand il l'a appris, il a obligé ma mère à me faire arrêter les cours. Et il m'a inscrit au base-ball.

Comment son père avait-il pu ignorer qu'il prenait des cours de danse pendant deux ans ? Melody eut envie de lui poser la question, mais Juliet avait déjà remis la musique pour leur faire répéter une dernière fois les pas qu'ils avaient appris.

— Vous devriez revenir, leur dit-elle quand la leçon fut terminée. Vous êtes tous les deux d'excellents élèves.

— Je n'ai rien contre cette idée si tu es d'accord, répondit Kyle en serrant la main de Melody dans la sienne.

— Je suis d'accord. Ça a vraiment été une super expérience.

Elle s'était sentie plus proche de lui. Un peu comme dans l'exercice de respiration qu'ils avaient pratiqué, la nécessité de coordonner leurs pas les avait en quelque sorte mis en symbiose.

— Tu as vraiment eu une bonne idée, lui fit-il remarquer alors qu'ils retournaient au parking.

— Au départ, je me suis demandé pourquoi tu semblais si enthousiasmé. Mais maintenant que je sais que tu as pris des cours de danse quand tu étais petit…

— Ce n'est pas vraiment quelque chose dont on se vante pour paraître cool.

— Cool, peut-être pas. Mais sexy…

Elle passa son bras autour de sa taille pour l'attirer plus près d'elle.

— On pourrait peut-être s'entraîner en position horizontale, maintenant ? suggéra-t-elle.

— J'aime la façon dont ton esprit fonctionne.

- 10 -

Une fois les répétitions terminées pour la journée, Melody retourna à la maison de Bird Streets qu'elle avait partagée avec Kyle trois mois. Au départ, il lui avait semblé curieux de revenir à Los Angeles pour vivre avec lui en ce lieu où elle avait entretenu de si grands espoirs. La première fois qu'elle s'y était installée, ils étaient en parfaite harmonie et elle rêvait d'un bel avenir avec lui. Mais à mesure que les mois s'étaient écoulés et que sa déception concernant leur incapacité à se confier leurs sentiments avait grandi, elle avait commencé à avoir peur de souffrir. Peur qu'il la déçoive comme l'avaient fait son père et Hunter avant lui.

Mais au cours de la semaine passée, où elle avait partagé son temps entre la préparation de son concert au Roxy et les exercices quotidiens qui les rapprochaient l'un de l'autre, son état d'esprit avait changé. Chaque jour, il lui semblait un peu plus facile de se confier à lui, et si les conversations sur l'avenir la rendaient toujours anxieuse, ils avaient récemment passé une merveilleuse soirée à regarder les étoiles, et une merveilleuse journée à se prouver leur affection en s'échangeant des mots d'amour et des cadeaux.

Ce jour-là, ils étaient censés faire l'amour. Et cette fois-ci, c'était au tour de Kyle d'être choyé. Elle se sentait parfaitement prête. Rien de ce qu'il pouvait demander ne représenterait un problème à ses yeux. Ils avaient toujours été très à l'aise dans leur relation physique. Bien plus que dans leur relation émotionnelle.

Elle le trouva dans le vaste salon dont la grande baie vitrée offrait une vue splendide sur le centre de Los Angeles. Assis sur l'un des tabourets du bar, il regardait la piscine. Devant lui, son ordinateur portable s'était mis en veille. Depuis combien de temps était-il assis là à rêver ?

— Alors, que désires-tu ? lui demanda-t-elle en s'approchant.

Les mains sur les hanches, elle avança vers lui en ondulant sensuellement du bassin.

— Je suis à ta disposition.

— Je ne le sens pas vraiment, aujourd'hui, répondit-il.

Elle fut désagréablement surprise de le voir se refermer comme une huître après tout ce qu'ils avaient vécu au cours des semaines passées, mais elle refusa de lui laisser voir son trouble.

— Non, non, non, dit-elle. C'est à mon tour de te choyer. On va faire l'amour. Tu ne pourras pas y échapper.

— Bon, bougonna-t-il en croisant ses bras sur sa poitrine.

Curieusement, ses réticences ne faisaient qu'attiser la libido de Melody.

— C'est ta journée. Alors dis-moi ce qui te ferait envie.

— Eh bien… J'imagine que tu pourrais commencer par te déshabiller, répondit-il d'un air renfrogné.

— Tu veux juste que je me déshabille ou tu préfères que je te fasse un show ?

Elle semblait enfin avoir touché une corde sensible, car elle vit une brûlante lueur de désir s'allumer dans ses yeux.

— Quel genre de show ?

— C'est à toi de me le dire, répondit-elle en s'inclinant respectueuse devant lui pour souligner son propos. Je suis à ta disposition.

En relevant discrètement les yeux, elle remarqua qu'il paraissait amusé. Au moins, elle avait réussi à briser sa carapace. Pour le faire sourire davantage, elle fit trembler ses épaules comme une danseuse du ventre. Et tout à coup, elle eut une inspiration. Elle se mit à chanter.

Tout en déambulant dans la pièce, elle tira le col de son T-shirt pour dégager son épaule dans une parodie de séduction et se mit à entonner *Let Me Entertain You*.

Sa stratégie fonctionnait. Il souriait désormais d'une oreille à l'autre. Ravie, elle attrapa un coussin, avant de lui tourner le dos pour se débarrasser de son T-shirt.

Serrant le coussin contre sa poitrine, elle se retourna ensuite vers lui pour lui faire face. Lentement, et tout en continuant de chanter avec un enthousiasme exagéré, elle fit glisser l'une après l'autre les bretelles de son soutien-gorge le long de ses bras.

Enhardie par le brasier qui s'était allumé dans les yeux de Kyle, elle dégrafa son soutien-gorge et le fit tourner deux ou trois fois autour de son doigt avant de le lancer dans sa direction. Il l'attrapa au vol et le drapa autour de ses épaules.

— Si mon album échoue, dit-elle ironiquement, je pourrais toujours me reconvertir dans le strip-tease.

— Je serai au premier rang tous les soirs.

De nouveau, elle lui tourna le dos, et sans lâcher le coussin qu'elle serrait sur sa poitrine, elle en prit un autre qu'elle plaça sur ses fesses avant de se débarrasser maladroitement de son pantalon. Serrant toujours les deux coussins contre son corps, elle se tourna vers lui.

— C'était assez laborieux, avoua-t-elle en souriant.

— Je t'ai trouvée super.

Après l'avoir salué, elle avança dans sa direction. Et quand elle fut tout près de lui, elle termina sa chanson.

Le final arriva, et Melody écarta ses bras de chaque côté de son corps, qu'elle dévoila ainsi totalement. Après quoi elle joignit ses lèvres aux siennes et sentit aussitôt les mains brûlantes de Kyle glisser sur sa peau. Un instant plus tard, il se levait pour prendre ses fesses entre ses mains et la serrer contre son sexe bandé.

Tout en poussant un gémissement de volupté, elle glissa ses doigts dans ses cheveux. Et aussitôt qu'elle s'ouvrit à lui, elle sentit sa langue s'enfoncer dans sa bouche. Ce baiser brûlant devint incendiaire quand il fit glisser sa culotte le long de ses cuisses avant de la hisser dans ses bras musclés. Enveloppant ses longues jambes autour de sa taille, elle le laissa la porter jusqu'à la chambre.

Après l'avoir déposée sur le lit, il commença à se déshabiller avec impatience. Bien que ce soit sa soirée à lui, elle prit un grand plaisir à admirer son corps.

Nu. Excité. Viril. Que pouvait-elle demander de mieux ? La contemplant comme un prédateur contemple sa proie, il posa un genou sur le lit et s'approcha d'elle.

— C'est ta soirée, lui rappela-t-elle.

Ivre de désir, elle se mit à caresser langoureusement ses pectoraux bien dessinés, passant à ses abdominaux fermes avant d'attraper fermement son sexe. À travers ses dents serrées, il inspira profondément. Constatant qu'elle avait désormais toute son attention, elle plongea son regard dans le sien.

— Que veux-tu que je te fasse ?

Elle n'avait pas eu pour intention de poser la question d'une façon si suggestive, mais son excitation avait déteint sur le son de sa voix, devenue un murmure grave et sensuel.

Semblant lutter pour trouver ses mots, il garda le silence quelques instants. Ils avaient toujours été très doués pour se donner du plaisir mutuellement, sentant instinctivement ce que l'autre aimait sans avoir besoin de le lui demander. Mais leur objectif, par le biais du programme, était d'apprendre à communiquer. Aussi était-elle déterminée à lui faire dire ce dont il avait envie.

— Tes désirs sont des ordres, murmura-t-elle.

Baissant les yeux, il la regarda à travers ses paupières mi-closes.

— J'aimerais beaucoup sentir ta bouche sur moi.

— Bien sûr. Y a-t-il un endroit précis où cela te ferait plaisir ?

Tout en souriant, il pointa du doigt sa joue, où elle déposa un doux baiser avant de se tourner vers lui pour lui jeter un regard interrogateur. Il lui indiqua son cou, et elle s'exécuta en traçant un chemin de baisers jusqu'à l'endroit brûlant où elle pouvait sentir l'une de ses veines palpiter. Plus elle l'embrassait, plus elle sentait l'excitation monter en elle.

Combien de temps allait-il réussir à faire durer le jeu ? Pas beaucoup, songea-t-elle, mais il la surprit en l'obligeant à parcourir tout son torse viril de ses lèvres avant de la diriger vers l'endroit qu'ils visaient tous deux. Et au moment où, enfin, elle le prit dans sa bouche, elle se délecta de la texture soyeuse de sa peau, de son goût salé et du long grognement de satisfaction qui fit vibrer son torse quand elle enroula sa langue autour de son gland.

Ignorant ce qu'il attendait d'autre de sa part, elle fit de son mieux pour le rendre fou de plaisir. À l'aide de sa langue, de ses lèvres et de sa main, elle s'appliqua à lui procurer un maximum de satisfaction. Occupée comme elle l'était, elle ne pouvait pas lui demander ce qu'il attendait ensuite. C'était à lui de le lui dire.

Au bout d'un certain temps, il finit par appuyer ses doigts sur ses épaules pour attirer son attention.

— Pas comme ça, dit-il d'une voix rauque. Pas ce soir. Je veux venir en toi.

Elle n'eut pas besoin d'en entendre davantage. Se redressant un peu, elle reprit son chemin de baisers dans le sens inverse jusqu'à se retrouver à califourchon sur lui. À en juger par la lueur qui brillait dans ses yeux, il était satisfait de ses caresses. Plaçant sa main entre leurs deux corps, il souleva un peu ses hanches et se positionna à l'entrée de son sexe humide et brûlant avant de s'enfoncer brusquement en elle. La sensation de son corps emplissant le sien était un bonheur dont elle ne pourrait jamais se lasser. Les mains sur ses hanches, il lui indiqua le rythme qu'il voulait donner. À cette cadence rapide et régulière, elle sentit le plaisir monter en elle bien plus vite qu'elle ne l'aurait imaginé.

— Viens pour moi, murmura-t-il. J'ai envie de te regarder.

Pour accroître son plaisir, elle accéléra encore les mouvements sensuels de son bassin. Sachant qu'il adorait la regarder se caresser, elle se mit à jouer avec ses tétons durcis. Le sourd grognement de satisfaction qu'il poussa alors la fit sourire. Une seconde plus tard, laissant sa tête retomber en arrière, elle laissait l'orgasme exploser en elle tel un feu d'artifice de sensations intenses et voluptueuses. Les doigts enfoncés dans ses hanches, il continuait à se mouvoir frénétiquement en elle.

— Kyle ! cria-t-elle.

— Oui, murmura-t-il. C'est comme ça que je t'aime.

Elle était sienne. Dans ce moment de parfaite clarté, elle venait de comprendre que son cœur lui appartenait pour toujours. Était-ce pour cette raison qu'elle avait eu si peur ? Qu'elle avait gardé ses distances avec lui ? Était-ce parce qu'elle l'aimait et qu'il lui semblait injuste de ne pas pouvoir obtenir son cœur en retour ?

Comme en arrière-fond, elle l'entendit crier à son tour sa jouissance et son nom alors qu'il éclatait en elle dans un dernier assaut. Ne faisant plus qu'un avec elle, il enfonçait ses doigts dans sa peau. Les yeux baissés, elle regarda le bonheur illuminer son visage et détendre ses traits.

Ses pectoraux se gonflant au rythme saccadé de sa respiration, il rouvrit les yeux, et ce qu'elle vit dans son regard la fit tressaillir. Dans ce moment de contact, de connexion, il lui donnait tout ce qu'il avait. Mais tandis qu'elle retenait son souffle, appréhendant les mots qu'il allait prononcer, il se contenta de prendre son visage entre ses mains pour déposer sur ses lèvres un baiser à la fois doux et sensuel.

— Aucune femme ne m'a jamais fait ressentir ce que je ressens avec toi.

Ce n'était pas un « Je t'aime », mais elle allait s'en contenter. De toute façon, elle ne pouvait pas faire autrement. Elle lui avait donné son cœur ; elle n'avait donc pas d'autre choix que de lui faire confiance pour qu'il en prenne soin.

— Je t'aime, murmura-t-elle.

Et elle soupira en sentant ses bras puissants se refermer autour d'elle.

L'après-midi du concert, Melody se rendit au Roxy pour les essais son. Kyle lui avait proposé de l'accompagner mais ce premier concert en solo la rendait si nerveuse qu'elle avait préféré refuser. Elle ne voulait pas qu'il soit le témoin de son anxiété.

Mais elle avait eu tort de s'inquiéter. Les musiciens qui devaient l'accompagner étaient de véritables professionnels avec qui il était très facile et très enrichissant de travailler.

Ils venaient de terminer ensemble les répétitions quand

Hunter arriva dans la salle. Un peu surprise de le voir, elle s'assit sur le bord de la scène, les pieds dans le vide.

— Qu'est-ce que tu fais là ?

— Nate m'a dit que tu donnais un concert ce soir. J'ai pensé que ce serait bien que je vienne pour te présenter au public.

— C'est très gentil de ta part, répondit-elle.

Mais comment Kyle allait-il réagir en le voyant ? Rien qu'à y penser, elle sentait son anxiété revenir.

— Et je tenais par ailleurs à te féliciter, ajouta-t-il. Nate m'a expliqué que Kyle et toi étiez de nouveau ensemble.

— On peut dire ça, oui.

Tout s'était merveilleusement bien passé entre eux au cours de la semaine précédente. Ce retour à Los Angeles leur avait rappelé tous les bons moments qu'ils avaient vécus ensemble, et Kyle avait tout fait pour lui donner l'impression d'être spéciale et adorée.

— Tu n'as pas l'air très sûre de toi, lui fit-il remarquer.

— Cela n'a pas été facile entre nous depuis que toi et moi avons passé cette soirée ensemble à New York.

Durant tout le temps où ils avaient travaillé ensemble à Ugly Trout, elle avait consciencieusement évité les sujets d'ordre personnel. Mais maintenant qu'elle se sentait plus confiante à l'égard de sa relation avec Kyle, elle avait envie de réponses.

— Cet idiot était persuadé que tu voulais me reconquérir, expliqua-t-elle, dans l'espoir de l'entendre nier.

— Ce n'est pas si idiot que cela, dit-il en lui prenant les mains. Tu sais que je serai toujours là pour toi, hein ?

Elle l'ignorait, mais elle acquiesça tout de même. Les soupçons de Kyle se mirent à tourner en boucle dans son esprit. Il était impossible que Hunter veuille la reconquérir. Mais en le regardant dans les yeux, elle comprenait mieux pourquoi Kyle s'était montré si jaloux. L'énergie qui émanait de Hunter ne faisait que lui rappeler pourquoi elle avait jadis été si désireuse d'être aimée de lui.

— Je te remercie, finit-elle par dire en libérant ses mains des siennes et en se forçant à sourire. Mais Kyle est mon avenir. Nous allons fonder une famille.

Et après la semaine qui venait de passer, elle commençait vraiment à y croire.

— La salle est pleine, lui annonça Nate en entrant dans sa loge quelques minutes avant le début du concert.

Melody lui offrit un pâle sourire, se forçant à respirer profondément pour apaiser la tension qu'elle sentait monter en elle. Elle savait, néanmoins, que cela ne durerait pas. Aussitôt qu'elle monterait sur scène, tous ses doutes disparaîtraient. Il n'y aurait plus que la musique.

— Je ne sais pas pourquoi je suis aussi nerveuse.

— Je suis sûr que tu vas faire un triomphe, la rassura Nate en la serrant brièvement dans ses bras.

— Merci.

Ensemble, ils s'approchèrent de la scène. Tandis que Hunter chauffait la foule, le groupe de musiciens s'installait. Pour apaiser son trac, elle se concentra sur les visages familiers qu'elle reconnut dans le public. Kyle, Mia, Trent et Savannah. Ils étaient venus pour la soutenir. Et c'était pour eux qu'elle allait chanter.

Enfin, Hunter fit un geste dans sa direction, et elle monta sur scène. Souriant et saluant la foule comme si elle n'avait pas ces papillons dans l'estomac, elle s'approcha du micro.

— Bonsoir, Los Angeles ! Comment ça va, ce soir ?

La foule lui répondit par un cri d'enthousiasme qui relégua tous ses problèmes en arrière-plan. Soulagée, elle entonna d'une voix assurée la première des dix chansons qu'elle avait prévu de chanter. Au cours des neuf mois de tournée, elle s'était produite devant des milliers de personnes, dans des salles parfois immenses. Le public était alors une mer sans visages, ondulant au rythme de la musique.

Mais il était différent ce soir-là. Elle pouvait ressentir son énergie. L'intimité avait quelque chose d'exaltant. Elle se sentait liée à ses spectateurs, parmi lesquels elle reconnaissait des visages familiers. Ils étaient là pour elle. Elle n'était plus la chanteuse anonyme qui faisait la première partie des Free Falls, elle était Melody Caldwell, étoile montante.

Quand elle finit par quitter la scène, elle avait l'impression de flotter sur un petit nuage. Si elle s'était inquiétée de l'accueil que le public réserverait à la sortie de son album, ce concert lui avait redonné espoir. Les spectateurs s'étaient montrés merveilleusement réceptifs à chacune de ses chansons. Et elle avait mis tout son cœur et toute son âme dans chaque note.

— Tu as été super ! hurla Hunter pour couvrir les cris de joie de la foule.

Et à sa grande surprise, il la prit dans ses bras et lui fit faire un tour sur elle-même. L'ombre des doutes et des peurs qui avait terni les quelques semaines passées ayant été dissipée par les feux de la rampe, elle le serra dans ses bras, ravie qu'il soit là pour partager ce moment avec elle.

Il la reposa au sol, et tout à coup, posa ses lèvres sur les siennes. L'espace d'une seconde, elle fut trop étonnée pour réagir. Mais dans un petit coin de son esprit, elle songea que la scène de New York était en train de se répéter. Une boîte de nuit. Un échange innocent entre amis, mais qui pouvait facilement être mal interprété. Un peu trop tard, sans doute, elle s'écarta de lui pour rompre le baiser.

— Mais qu'est-ce que tu fais ? demanda-t-elle, stupéfaite et déçue de voir ainsi son bonheur gâché.

Mais Hunter ne sembla pas touché par sa détresse.

— Tu n'aurais pas une dernière chanson ? demanda-t-il avec enthousiasme, en se tournant vers la vague d'acclamations venant du public. On dirait qu'ils n'en ont pas eu assez.

Ce ne fut qu'à ce moment-là qu'elle remarqua le trio qui se tenait à quelques mètres d'elle. À en juger par l'expression de Savannah, il semblait évident qu'ils l'avaient vue embrasser Hunter. Trent paraissait surpris, mais ce fut la crispation de Kyle et la déception qu'elle lut dans son regard qui lui indiquèrent qu'elle avait commis une grave erreur.

— J'ai bien une chanson à proposer, oui, répondit-elle cependant. Le groupe ne la connaît pas, mais je peux la chanter juste avec un clavier.

Tournant le dos à Hunter, elle repartit vers la scène. Et après avoir adressé un salut hésitant au public, elle s'approcha du claviériste.

— Puis-je prendre ta place pour une chanson ? demanda-t-elle par-dessus les cris de la foule, cherchant du regard Kyle dans les coulisses.

— Je t'en prie.

Elle ajusta le micro du clavier, avant de se tourner vers le public en souriant.

— J'aimerais vous interpréter un morceau sur lequel j'ai travaillé avec une compositrice très talentueuse qui se trouve également être l'une de mes amies, Mia Navarro. J'espère que la chanson vous plaira.

La foule se tut, et elle plaqua les premiers accords. C'était un texte qui leur tenait à cœur, à Mia et elle, une chanson sur l'amour et le désir. L'espoir et la peur. Écrite à une époque où aucune des deux ne croyait qu'elle pourrait un jour être avec l'homme qu'elle aimait. Melody ouvrit son cœur et mit tout ce qu'elle avait dans sa performance. Il en résulta une interprétation vulnérable et poignante, si belle que, quand elle égrena les dernières notes, la foule était plongée dans un silence profond.

Une larme roula sur sa joue, et elle l'essuya d'un revers de main.

La salle lui fit une ovation.

Après s'être respectueusement inclinée devant son public, ravie de cette démonstration d'amour, elle jeta un coup d'œil en direction des coulisses. C'était pour Kyle qu'elle avait chanté. Mais, aveuglée par les lumières, elle n'arrivait pas à discerner sa silhouette, à l'endroit où il devait se tenir dans l'ombre, derrière Trent et Savannah.

Son instinct lui dictait d'aller le retrouver aussi vite que possible, mais elle avait également des obligations envers ses fans. Au bout de quelques minutes, cependant, ne pouvant résister plus longtemps, elle se dirigea vers les coulisses. Et cette fois-ci, elle ignora royalement Hunter pour chercher du regard Kyle parmi la foule des personnes venues la féliciter.

Savannah et Trent la prirent dans leurs bras. Ils furent rapidement rejoints par Nate et Mia. Mais pas de trace de Kyle.

Le cœur brisé par la déception, elle retint ses larmes et fit de son mieux pour ne rien révéler de ses émotions.

— Cela ne t'a pas dérangée que je joue notre chanson ? demanda-t-elle à Mia d'une voix hésitante.

— Dérangée ? répéta Mia d'un air sidéré. C'était merveilleux ! Ma sœur a chanté des dizaines de mes chansons, mais mon plaisir a toujours été gâché car elle n'a jamais cité mon nom, et c'est donc à elle et à elle seule qu'en est toujours revenu le mérite. Tu as été la première artiste à chanter une chanson de Mia Navarro ! Et tu l'as fait merveilleusement bien ! Merci !

— Je suis peut-être la première, mais je ne serai pas la dernière.

Quand les musiciens vinrent les rejoindre pour fêter leur succès, Melody s'approcha de Savannah.

— Qu'est-il arrivé à Kyle ?

— Il a dit qu'il devait passer un coup de fil, répondit Savannah en passant son bras autour de ses épaules.

Mais son sourire rassurant n'eut pas l'effet escompté.

— Il m'a vue avec Hunter, c'est ça ?

— Oui, répondit Savannah d'un air réticent, comme si elle n'avait pas envie de gâcher la soirée. Il n'avait pas l'air très content quand il est parti.

— J'ai encore tout fichu en l'air. Mais qu'est-ce qui ne va pas, chez moi ?

Une vague de désespoir déferla sur elle.

— On a eu du mal à surmonter cela la première fois, et pourtant, j'ai recréé exactement la même situation, murmura-t-elle.

— Il sait bien qu'il n'y a rien, entre Hunter et toi.

Certes. Mais l'image qu'elle avait donnée d'elle pouvait prêter à confusion. Il fallait qu'elle s'explique.

— Tu sais où il est allé ?

Savannah prit un air gêné.

— Je crois qu'il a traîné Hunter dehors quand tu es remontée sur scène.

Tout en poussant un juron, Melody se précipita vers la sortie.

- 11 -

Quand Melody fut remontée sur scène, Kyle attrapa Hunter par le bras et l'entraîna vers la sortie. La rage dominait dans ses émotions et décuplait sa force. Le baiser que le DJ avait échangé avec Melody avait réveillé toutes ses peurs.

Quand il l'avait vue dans les bras de Hunter, tellement heureuse, son instinct le plus primaire lui avait hurlé de casser la figure de ce sale enfoiré. Et puis Hunter l'avait embrassée.

Il avait beau savoir que tout était la faute de Hunter et que Melody ne l'aimait pas, quelque chose s'était brisé en lui. Il ne l'avait pas suffisamment aimée. Il ne lui avait pas donné tout ce qu'il avait. S'il n'avait plus peur que Hunter la lui prenne, dans la mesure où il ne pouvait cesser de croire qu'elle finirait par le quitter, il n'était plus sûr de pouvoir un jour gagner son amour.

D'un coup d'épaule, il ouvrit la lourde porte, et les deux hommes se retrouvèrent dans la rue, dans l'air frais de la nuit. Un unique réverbère éclairait l'asphalte, mais sa lumière ne parvenait pas jusqu'à eux.

— Qu'est-ce qui t'a pris de l'embrasser ? s'exclama-t-il, furieux, en poussant Hunter contre un mur de briques.

— Va te faire voir, répondit Hunter avec un sourire arrogant. Elle n'est pas à toi. Allez, laisse-moi.

Kyle serra les poings.

— Tu ne la récupéreras pas. Elle m'aime. Et c'est mon enfant qu'elle porte. Par ailleurs, tu ne m'as jamais donné l'impression d'un type qui rêvait de pouponner.

— Je pourrais dire la même chose de toi.

— Je me suis posé. Et Melody et moi allons fonder une famille. Elle a besoin de stabilité et de sécurité.

— T'est-il déjà venu à l'esprit qu'elle pourrait ne pas avoir envie de ce que tu lui proposes ? Tu l'as vue, sur scène, ce soir ? C'est une star. Elle ne devrait pas avoir à se conformer à la vision étroite que tu as d'elle, limitée au rôle d'épouse et de mère de ton enfant.

Les mots de Hunter le frappèrent de plein fouet, le déstabilisèrent totalement. Ce n'était pas ce qu'il attendait de Melody. Elle méritait d'avoir la carrière qu'elle se choisirait. Et si cette carrière l'éloignait de lui ? Il est vrai que leurs neuf mois de séparation avaient creusé un énorme fossé entre eux.

Désirait-il pour autant qu'elle abandonne son travail pour le bien de leur famille ? Faisait-il pression sur elle pour cela ? Il ne lui semblait pas. Il resongea à leurs dernières conversations concernant leur avenir. Aux réponses évasives qu'elle lui avait apportées concernant ses intentions pour la promotion de son album.

— Ce ne sont pas tes affaires, grommela-t-il.

À ce moment-là, la porte s'ouvrit sur Melody. Après avoir brièvement observé la scène, elle s'approcha d'eux.

— Qu'est-ce qui se passe ? demanda-t-elle en les regardant tour à tour.

Ce fut Hunter qui parla le premier :

— Je suis juste en train d'expliquer à ton copain que tu es bien trop talentueuse pour mettre un terme à ta carrière maintenant.

— Et il t'a dit le contraire ?

— Il veut te faire vivre une vie d'un autre temps.

— Alors tu lui as remis les idées en place ?

Kyle sourit du ton amusé de Melody. Hunter n'avait aucune idée du pétrin dans lequel il venait de se mettre. Il en avait presque de la peine pour lui. Mais il savait que, dès qu'elle en aurait terminé avec son ex, ce serait à lui que Melody s'en prendrait.

— J'essaie, répondit Hunter. Mais je fais ça pour toi.

— Je vais te dire une bonne chose, Hunter, répliqua-t-elle d'une voix glaciale. Je n'ai besoin de personne pour savoir ce que j'ai à faire. Personne !

— J'essayais simplement de t'aider.

Sans faire de commentaire, elle désigna la porte d'un signe de tête.

— Si cela ne te gêne pas, j'aimerais parler à Kyle seule à seul.

— D'accord.

Après avoir jeté un bref regard en direction de Kyle, Hunter retourna à l'intérieur.

— Était-ce vraiment nécessaire ? demanda-t-elle aussitôt qu'ils furent seuls, tous les deux.

— Tout à fait nécessaire, me semble-t-il.

— Pourquoi ?

Il ne comprenait pas pourquoi elle se montrait si agressive. Elle venait tout de même d'embrasser son ex sous ses yeux !

— Tu veux que je te fasse un dessin ?

— Non. Mais je voudrais que tu m'expliques, répondit-elle en croisant ses bras sur sa poitrine d'un air déterminé.

— Toi et Hunter.

— Il m'a serrée dans ses bras. Je l'ai serré en retour.

— Il t'a embrassée.

À ces mots, la colère qui émanait d'elle sembla se dissiper un peu.

— Je n'avais absolument pas pensé qu'il ferait ça, avoua-t-elle. Et je n'aurais peut-être pas dû le serrer dans mes bras, c'est vrai. Mais j'étais folle de joie.

— T'est-il venu à l'esprit que tu l'avais peut-être encouragé ?

Cette accusation était sans doute injuste, mais il n'avait pas pu se retenir.

— Ce n'est pas vrai ! rétorqua-t-elle d'un air offensé.

Elle respira profondément, avant de reprendre :

— Mais si tu as eu cette impression, c'est peut-être parce qu'il a été très présent à mes côtés, ces temps derniers.

Luttant pour garder son calme, Kyle se passa nerveusement une main dans les cheveux.

— Tu sous-entends que je ne l'ai pas été ? demanda-t-il.

— Je sous-entends que Hunter et moi avons la musique en commun et que ses opinions sont importantes pour moi, répondit-elle d'une voix bien moins assurée, comme si elle avait compris que ces explications sur sa relation avec Hunter ne faisaient que mettre de l'huile sur le feu.

— Étais-tu au courant qu'il allait te présenter au public ce soir ?

— Je ne lui ai pas demandé, si c'est ce que tu veux savoir.

Comme si elle réfléchissait à quelque chose, elle garda le silence quelques secondes.

— Écoute, finit-elle par dire, je suis presque sûre que ce n'est pas au sujet de Hunter que nous nous disputons.

— Eh bien moi, je suis sûr que si. Mais je ne t'accuse pas de m'avoir trompé.

— Tant mieux. Parce que ce n'est pas le cas et que je n'en ai aucune intention.

— Mais j'ai l'impression que tu joues sur deux tableaux.

— Qu'est-ce que tu entends par là ?

— Tu n'as pas accepté de m'épouser. Pourquoi ?

— Parce que tu ne m'aimes pas.

— Bien sûr que si !

— Et pourquoi tu ne peux pas te résoudre à me le dire ? Parce que ton père t'a appris à dissimuler tes émotions pour ne pas passer pour quelqu'un de faible ? À moins que ce soit autre chose ?

N'ayant aucun argument à lui opposer, il se contenta de la regarder en silence. Il songeait à toutes les erreurs qu'il pouvait commettre, et il avait très peur. Mais il ne pouvait pas lui expliquer cela. Elle attendait de lui qu'il soit fort, mais pour l'être, il devait réduire sa capacité à communiquer ce qu'il ressentait.

— Tu as dit que je jouais sur deux tableaux, reprit-elle d'une voix plus calme. Je t'assure que je ne veux qu'une chose : me sentir bien avec toi.

— C'est pour cette raison que je t'ai demandé de m'épouser. Je veux que tu comprennes que je suis prêt à m'engager pour toi et notre fille.

Quel meilleur moyen de lui prouver ses sentiments que de faire d'elle sa femme ? C'était son point de vue, mais à en juger par l'expression de Melody, elle n'était pas du même avis.

— Je ne veux pas que l'on se marie pour de mauvaises raisons, répliqua-t-elle.

— Ce ne sera pas le cas.

— Si je n'avais pas été enceinte, m'aurais-tu tout de même demandé de t'épouser ?

— Je crois qu'on en serait tôt ou tard arrivés là.

Il ne lui aurait jamais demandé de venir vivre chez lui si cela n'avait pas été dans ses intentions.

— Je ne te crois pas.

— Et pourtant, je suis sincère. Mais toi, as-tu jamais songé à m'épouser ?

— Honnêtement, je n'ai jamais imaginé que tu me le demanderais un jour, alors je ne l'ai jamais envisagé, non.

Même s'il ne fut pas vraiment étonné, sa réponse lui fit l'effet d'une gifle.

— Qu'est-ce qui te plaît, chez moi ?

Manifestement surprise par cette question, elle haussa les sourcils.

— Tu es drôle, sexy, fort et gentil. Tu sais me faire rire et tu me fais merveilleusement bien l'amour. J'adore être avec toi.

Comme si elle allait ajouter quelque chose, elle ouvrit la bouche, mais finit par la refermer en secouant la tête.

— Cela pourrait être une description de n'importe quel homme, fit-il remarquer. D'ailleurs, je crois que, quand je t'ai demandé ce que tu trouvais à Hunter, tu m'as répondu à peu près la même chose.

— Ce n'est pas vrai ! rétorqua-t-elle.

Elle fronça toutefois les sourcils, et il se demanda si elle n'avait pas des doutes.

— Quand je te regarde, dit-il, je vois mon avenir.

— Comment peux-tu affirmer cela alors que tu es incapable de me dire que tu m'aimes ?

— Je t'ai offert tout ce que j'ai. S'il n'y a que ces trois mots qui nous séparent, alors je vais te les donner aussi. Mais ne sois pas surprise s'ils ne t'apportent pas le bonheur que tu espérais.

Il s'interrompit. Ces mots, il y avait pensé des milliers de fois. Mais il ne voulait pas les dire comme ça. Au milieu d'une dispute. Pour étayer un argument. Il aurait voulu un contexte romantique, une ambiance aussi parfaite que possible.

Prenant une profonde inspiration, il essaya cependant de parler avec son cœur.

— Je t'aime.

« Je t'aime. »

Malheureusement, il avait raison, songea Melody.

Malgré la sincérité qu'elle lisait dans son regard et la gravité avec laquelle il avait prononcé ces mots, elle ne se sentait pas soulagée. Le problème qu'il y avait entre eux n'était pas dû à cette déclaration non dite mais à des exigences irréalistes. Elle pensait que, s'il affirmait son amour pour elle, elle se sentirait davantage en sécurité. Ce qu'elle n'avait pas compris, c'est que le véritable trésor de l'amour réside en la capacité que l'on a de le recevoir.

Et jusqu'ici, elle s'était révélée être… un très mauvais réceptacle.

— Tu avais raison, murmura-t-elle. J'ai besoin de réfléchir. Je crois qu'une petite pause ne nous ferait pas de mal.

Il parut surpris par cette affirmation.

— Je ne pensais pas à une nouvelle séparation. Je trouve d'ailleurs que l'on a déjà été suffisamment séparés comme ça.

Une fois encore, c'était elle qui faisait marche arrière. Mais qu'est-ce qui n'allait pas chez elle ? Il lui avait dit qu'il l'aimait. Elle aurait dû se jeter dans ses bras et le couvrir de baisers. N'était-ce pas ce dont elle rêvait depuis le début ? Qu'il lui déclare son amour pour qu'elle se sente en sécurité ?

Au cours des deux semaines passées, il avait certainement fait plus d'efforts qu'elle pour leur couple. Peut-être n'était-elle tout simplement pas assez bien pour lui. Bouleversée par cette idée et tout ce qui venait de se passer, elle sentit les larmes lui monter aux yeux.

— Ne t'en fais pas, dit-il d'une voix calme et rassurante. La semaine a été longue, et nous sommes fatigués. On va rentrer à la maison et aller se coucher. La nuit porte conseil, et demain est un autre jour.

Sauf qu'elle n'avait pas envie de rentrer à la maison avec lui. Elle avait envie de se terrer quelque part pour panser ses blessures. Seule.

Consciente qu'elle s'apprêtait de nouveau à le repousser alors qu'elle aurait dû faire des efforts, elle releva les yeux vers lui.

— Je ne peux pas partir maintenant, dit-elle. Tous mes amis sont venus pour me soutenir. Mais tu peux partir, si tu veux.

Et sans lui laisser le temps de répondre, elle tourna les talons. Elle était déjà dans les coulisses quand elle se rendit compte qu'il ne l'avait pas suivie. Rien d'étonnant, après tout. Combien de fois croyait-elle qu'elle allait pouvoir le repousser sans finir par le dégoûter ?

À Nate, Mia, Trent et Savannah était venu se joindre Craig, accompagné d'une jolie blonde, qu'il lui présenta sous le nom de Sasha. Savannah parut surprise de la voir arriver seule, mais elle ne posa pas de question. Nate lui apporta un soda tandis que Craig et Sasha la félicitaient.

La joie qu'aurait dû lui apporter son succès fut considérablement ternie par la dispute qu'elle avait eue avec Kyle, et surtout par son absence. Était-il rentré ? Aurait-elle dû partir avec lui ?

Une heure plus tard, Trent et Savannah quittèrent la fête. Melody raccompagna alors les deux autres couples dans le hall d'entrée. Elle embrassa Nate et Mia avant de dire au revoir à Craig et Sasha.

Puis elle retourna dans les coulisses pour récupérer son sac et se changer. Avant de quitter la salle de spectacle, cependant, elle décida d'appeler Kyle. Elle ne fut pas surprise de tomber immédiatement sur son répondeur, sur lequel elle ne laissa pas de message. Il avait dû abandonner toute idée de communication quand elle lui avait dit qu'elle n'avait pas envie de parler.

En traversant le parking, elle se sentit angoissée à l'idée de retourner chez lui et de risquer une nouvelle dispute. Pourquoi ne pas prendre une chambre d'hôtel et s'offrir un peu de temps pour réfléchir ? Devant sa voiture de location, elle sortit son téléphone de son sac pour envoyer un bref texto à Kyle afin de l'informer de ses projets.

— Tout va bien ? demanda soudain une voix derrière elle.

Surprise, elle se retourna vivement et reconnut Craig, qui s'approchait d'elle.

— Oui. J'envoyais juste un message à Kyle.

— Comment se fait-il qu'il soit parti ?

Ne voulant pas entrer dans les détails, elle décida de mentir.

— Il était attendu autre part. Où est Sasha ?

— Elle est rentrée chez elle. On s'était rejoints ici.

— Alors, où vas-tu, maintenant ?

— Je retourne à Vegas.

— Tout de suite ?

— Oui. J'ai fait la route ce matin pour assister à ton concert, et maintenant, je vais rentrer.

Malgré la fatigue, l'idée de rentrer chez elle lui parut soudain très alléchante. Elle pourrait être dans son lit au matin.

— Combien d'heures de route y a-t-il ?

— Cinq environ.

— J'envisageais aussi de rentrer à Vegas, mais il est sûrement trop tard pour prendre un avion.

— Tu n'as qu'à venir avec moi.

— Je suis très fatiguée. Je doute que je sois de très bonne compagnie. Et puis il faut que je rende ma voiture à l'agence de location de l'aéroport.

— Je vais te suivre jusque là-bas, si tu veux.

— Bon, d'accord.

C'était complètement fou. Elle aurait dû trouver un hôtel ou, mieux encore, rentrer chez Kyle. Mais son instinct la poussait à fuir.

Une heure et demie plus tard, Craig et elle quittaient Los Angeles. Elle observait le désert plongé dans le noir, l'esprit étrangement vide. Son album étant terminé et son avenir avec Kyle mis entre parenthèses, elle se sentait totalement désœuvrée. Elle ne savait pas ce qu'elle allait faire quand elle serait rentrée à Las Vegas.

Après leur dernière confrontation, une chose était claire : si elle continuait de fuir, il finirait par se lasser de lui courir après. Et à en juger par le silence qui avait suivi son dernier texto, c'était peut-être déjà le cas.

- 12 -

Quand Melody se réveilla, il faisait jour et elle avait la tête appuyée contre la vitre côté passager. Elle se redressa et massa sa nuque endolorie en jetant un coup d'œil à l'horloge du tableau de bord. Presque 7 heures.

Ils s'arrêtèrent à Barstow pour faire le plein et prendre le petit déjeuner, et quand Craig reprit le volant, elle s'endormit à nouveau. Pourtant, quand elle se réveilla, deux heures plus tard, elle ne se sentait pas reposée. Une fois de retour dans la petite maison, elle irait se coucher et dormirait pour le reste de la journée.

— Réveillée ? lui demanda Craig.

— Oui.

— Dans vingt minutes, tu seras chez toi.

— J'ai hâte, répondit-elle avant de bâiller. Je sais que je te l'ai déjà dit, mais c'est très sympa de ta part d'avoir fait la route jusqu'à Los Angeles pour venir m'écouter. D'autant plus que tu m'entends chanter tout le temps, ajouta-t-elle en riant.

— Ce n'est pas la même chose en concert. Tu ne peux pas t'imaginer à quel point tu brilles sur scène.

Son regard, admiratif, s'attarda sur son visage.

— Tu as raison, ce n'est pas la même chose de chanter devant un public, répondit-elle en se retournant vers la route. J'ai trouvé l'ambiance fantastique hier. Depuis quelque temps, j'envisageais de mettre un terme à ma carrière de chanteuse pour me consacrer exclusivement à l'écriture et la composition, mais ce qui s'est passé hier m'a redonné confiance en moi.

— J'imagine que Kyle préférerait que tu arrêtes la scène.

— Non. Il a toujours soutenu mes ambitions professionnelles.

Mais il lui avait fait part de ses inquiétudes à l'idée qu'elle entreprenne une autre tournée maintenant qu'elle allait devenir maman. Et pour être honnête, elle ne s'imaginait pas laisser son bébé pour une longue période. Elle ne s'imaginait pas non plus l'emmener en tournée. Conclusion : elle allait devoir sérieusement réfléchir au problème.

— Tu ne devrais pas arrêter ta carrière, Melody. Tu as tout pour devenir une grande star.

— Cela n'a jamais fait partie de mes objectifs. J'adore la musique, mais la célébrité exige des sacrifices. On fait une croix sur sa vie privée.

Elle avait déjà connu ce genre de situation quand elle avait commencé à sortir avec Kyle. En tant qu'ancien joueur de base-ball professionnel, il était constamment traqué par les médias.

— Cela ne doit pas être facile d'être aimé par tant de gens.

— Je ne sais pas si c'est vraiment moi qu'ils aiment, répondit-elle avec un rire embarrassé. En tout cas, je préfère penser que c'est ma musique.

— Tu es tellement merveilleuse. Tu es non seulement très talentueuse, mais aussi très gentille. Au studio, tu connais le nom de tout le monde et tu es toujours prête à donner un coup de main.

Elle se sentait de plus en plus gênée par tous ces compliments.

— C'est gentil de ta part de dire ça, Craig. C'est parce

que je sais que c'est difficile quand on commence. Sans Nate, je n'aurais jamais envisagé de me lancer dans la chanson. C'est lui qui m'a encouragée à monter sur scène. Alors j'ai envie de faire la même chose pour les autres.

— C'est bien plus que cela. Tu es une personne vraiment prévenante et attentionnée.

Elle était désormais si mal à l'aise qu'elle ressentit le besoin de détourner la conversation d'elle.

— J'ai vraiment été ravie de faire la connaissance de Sasha. Vous formez un très beau couple.

— Nous ne sommes pas ensemble, répondit Craig d'une voix soudain glaciale.

— Ah bon ? Je croyais.

Et pourtant, Sasha lui avait dit qu'ils sortaient ensemble depuis un an. Peut-être Craig était-il comme Hunter et n'avait-il que peu de considération pour Sasha.

— En tout cas, elle est très sympa. Et elle a vraiment l'air de t'apprécier.

— Ce n'est pas elle que je veux, répondit-il en lui souriant.

Tout à coup, elle prit conscience de quelque chose d'étrange, et un sentiment de malaise s'empara d'elle. Elle avait toujours pensé que Craig l'appréciait, mais désormais elle se demandait si ses sentiments pour elle n'étaient pas plus profonds qu'elle ne l'avait supposé.

— Il faudrait peut-être que tu aies une conversation avec elle, suggéra-t-elle. Elle a l'air de penser que vous avez un avenir ensemble.

— Elle se trompe.

Son ton sec suggérait une irritation croissante. Peut-être était-elle allée un peu trop loin.

— Bon. Très bien.

Comme il ne semblait y avoir rien d'autre à dire, elle garda le silence. Mais au moment où Craig tourna à gauche, elle se rendit compte qu'elle ne lui avait donné aucune indication sur le trajet à suivre depuis leur arrivée à Las Vegas. Or il semblait très bien savoir où il allait. Intriguée, elle fronça les sourcils. Elle lui avait en revanche donné l'adresse de la maison de Trent. Se pouvait-il qu'il l'ait entrée dans son GPS sans qu'elle l'ait remarqué ?

Machinalement, elle fouilla dans son sac pour trouver la clé du portail de la résidence, mais il ouvrit la fenêtre et passa une carte devant la serrure électronique. Le portail commença à s'ouvrir lentement.

— Tu as une clé ? demanda-t-elle, surprise et un peu inquiète soudain.

— Ma tante a une maison ici. Quand tu m'as dit le nom de la résidence, j'ai tout de suite compris.

Avait-elle donné le nom de la résidence ? C'était possible. Elle était assez distraite depuis quelque temps. Il ne lui semblait pas, cependant…

— Du reste, si cela ne te dérange pas, il faudrait que je passe chez elle pour arroser ses plantes et vérifier que tout est normal.

Elle aurait préféré rentrer directement chez elle pour aller se coucher, mais il avait eu la gentillesse de la reconduire jusqu'ici. Le moins qu'elle pouvait faire était de l'accompagner.

— Bien sûr. Du moment que cela ne dure pas trop longtemps.

De nouveau, elle bâilla.

— Excuse-moi.

— Je comprends. Tu as eu beaucoup à faire ces derniers temps. Il faut que tu prennes un peu de temps pour te reposer. J'imagine que tout ce stress n'est pas bon pour le bébé.

— Toi, Nate, mon frère et Kyle, vous vous faites trop de souci. Je vais bien. Le bébé va bien. Et puis c'est le début. Ce n'est pas comme si j'étais à mon dernier mois de grossesse.

Il s'arrêta devant une grande villa.

— C'est la maison de ma tante.

— Waouh ! Elle est toute proche de celle de mon frère. Il n'y a qu'une propriété qui les sépare.

D'ailleurs, il lui semblait que l'on pouvait certainement voir le jardin de Trent depuis l'étage de la villa.

— Étonnant, dit-il en coupant le moteur. Tu m'aides ? L'arrosage ira plus vite si on est deux.

— Bien sûr, répondit-elle, pressée d'en finir.

Il la fit entrer dans la cuisine. Comme chez Trent, de vastes baies vitrées offraient une vue spectaculaire sur une piscine et un jardin paysager.

— C'est une très jolie maison, dit-elle en commençant à remplir un arrosoir. Dans quoi travaille ta tante ?

— Elle est agent immobilier à Los Angeles.

— Alors c'est une résidence secondaire ?

— Elle aime bien flamber au casino, et Vegas n'est qu'à quelques heures de vol de chez elle.

Ils se mirent d'accord pour qu'il arrose les plantes de l'étage tandis qu'elle s'occupait de celles du rez-de-chaussée. Quand elle eut terminé, elle tendit l'oreille pour savoir où il en était mais elle n'entendit aucun bruit. Ce rapide détour commençait à s'éterniser.

— Craig ! cria-t-elle. Tu as bientôt terminé ?

Comme il ne répondait pas, elle entra dans le salon et s'assit sur le canapé. Aussitôt, elle sentit ses paupières se fermer. Cinq minutes de plus et elle allait finir par se rendormir.

C'était ridicule. Elle n'était qu'à quelques centaines de mètres de la maison de Trent. Elle allait y aller à pied.

— Craig ! J'y vais ! Merci de m'avoir raccompagnée.

Pas de réponse. D'un côté, elle trouvait ce silence vaguement inquiétant, mais de l'autre, elle commençait vraiment à s'impatienter. Elle retourna à la voiture, mais quand elle essaya d'ouvrir la portière, elle s'aperçut qu'elle était verrouillée. Agacée de ne pas pouvoir reprendre son sac, elle retourna dans la maison.

— Craig !

Elle commença à monter les marches mais, arrivée au milieu de l'escalier, elle entendit un bruit venant de derrière elle. En se retournant, elle aperçut enfin Craig.

— Ah ! Tu es là. Écoute, s'il te reste des choses à faire ici, je vais rentrer à pied. Il faudrait juste que je sorte mon sac de la voiture.

— Pourquoi est-ce que tu ne resterais pas ? Je pourrais te préparer quelque chose à manger.

— Je suis très fatiguée, et je n'ai pas faim.

Et elle était de plus en plus énervée.

— J'ai juste envie de rentrer.

— Allez, juste un peu. S'il te plaît, l'implora-t-il en se déplaçant pour lui bloquer l'accès à la porte.

Ses gestes étaient calmes et naturels, mais curieusement elle sentit la panique monter en elle. Pourquoi ne voulait-il pas la laisser partir ?

— Je suis vraiment fatiguée, dit-elle en cherchant un moyen de passer entre lui et la porte.

— Assieds-toi, je t'en prie.

— Je n'ai pas envie de m'asseoir. J'ai juste envie de rentrer.

Il se mit à avancer vers elle. Instinctivement, elle recula jusqu'au salon, où il lui indiqua le canapé. En observant le jardin, elle avait remarqué qu'il était entouré de hauts murs de béton. Aucun moyen de s'échapper. Il allait falloir qu'elle se plie à sa volonté jusqu'à ce qu'il soit décidé à la laisser partir.

— Je regrette, Melody, mais je ne peux pas te laisser partir.

La fatigue et l'angoisse étaient désormais telles qu'elles l'empêchaient de réfléchir.

— Pourquoi ?

— Tu as besoin d'une personne qui prenne soin de toi, et comme tu l'as si bien fait remarquer, tu n'écoutes pas quand on te dit de lever le pied et de prendre soin de toi et du bébé. C'est donc moi qui vais m'en charger.

Comment pouvait-il paraître si rationnel et dire des choses aussi absurdes ?

— Mais qu'est-ce que tu racontes ?

— Cela t'a fait plaisir, hein ? demanda-t-il avec un sourire beaucoup trop personnel. Les roses, les cadeaux pour le bébé ?

À ces mots, elle sentit son sang se glacer.

— C'était *toi* ?

— Oui. Je voulais que tu comprennes à quel point je t'aime.

— C'était très gentil de ta part, mais tu n'aurais pas dû faire ça. Je suis avec Kyle.

Mais elle n'était pas avec Kyle, non. Elle l'avait laissé à Los Angeles. Elle était revenue à Vegas avec Craig. Et désormais, elle courait un grave danger.

— Avec le temps, tu finiras par comprendre qu'il n'était pas fait pour toi, ma chérie. Contrairement à moi. On va être très heureux, tous les deux.

Assis dans le salon de sa maison de Los Angeles, Kyle regardait son téléphone dans l'espoir que Melody le rappelle ou lui envoie un texto. Il n'arrêtait pas de revenir à son dernier message, dans lequel elle lui disait qu'elle passerait la nuit à l'hôtel, et il s'en voulait terriblement de ne pas lui avoir répondu plus tôt. Il était alors tellement furieux qu'il avait eu peur d'écrire quelque chose qu'il aurait ensuite regretté. Mais aux premières lueurs de l'aube, il lui avait envoyé des excuses et lui avait demandé de le rappeler aussi vite qu'elle le pourrait. L'heure du déjeuner était désormais passée. Fou d'inquiétude, il finit par se décider à appeler Trent.

— Savannah et toi avez eu des nouvelles de Melody depuis hier soir ?

— Non. Pourquoi ? Toi non plus ?

— Elle m'a envoyé un message hier soir pour me dire qu'elle allait passer la nuit à l'hôtel. Et je l'ai appelée plusieurs fois depuis, mais elle ne répond pas.

Peut-être était-ce normal, vu leur différend de la veille. Elle lui avait d'ailleurs clairement fait comprendre qu'elle avait besoin de temps pour réfléchir. Mais tout de même…

— Vous pourriez essayer de l'appeler ?

— Savannah est en train de le faire. Tu as demandé à Nate ?

— Je ne l'ai pas encore appelé. Mia et lui devaient aller au Texas. Ils avaient prévu de partir à l'aube. J'imagine qu'ils sont arrivés, maintenant.

— Savannah dit qu'elle ne répond pas.

Ou qu'elle ne peut pas, songea-t-il. Mais il essaya de chasser cette pensée de son esprit. Elle allait bien. Il se faisait du souci pour rien. Cependant, au fond de lui, il avait un étrange pressentiment. Pourquoi ne répondait-elle à personne ?

Tout était sa faute. Il n'aurait jamais dû partir après le concert. Et s'il lui était arrivé quelque chose ? Compte tenu de la situation, il aurait sans doute dû commencer à appeler les hôpitaux, mais il était presque sûr qu'en cas d'urgence Trent ou lui aurait été informé.

— Et ton ami qui travaille dans la sécurité ? reprit-il. Il ne pourrait pas consulter ses mouvements bancaires pour savoir dans quel hôtel elle est allée ?

S'il avait la certitude qu'elle était bien dans un hôtel, il n'aurait plus à s'inquiéter.

— Tu ne crois pas que c'est un peu exagéré ?

— Dois-je te rappeler que quelqu'un lui a envoyé une peluche dans laquelle une caméra était dissimulée ? Sans parler du fait qu'elle n'est pas du genre à s'isoler ainsi de toute forme de communication. Qu'elle ne veuille pas me répondre, je peux le comprendre, mais pourquoi ne répond-elle pas non plus à Savannah ?

Trent garda le silence quelques secondes.

— Je vais appeler Logan, à Wolf Security, dit-il.

Malgré ce plan, Kyle ne se sentit pas le moins du monde apaisé. Après avoir envoyé un message à Nate, il se mit à tourner en rond comme un lion dans sa cage. Vingt minutes plus tard, Trent le rappela.

— Logan a retracé ses mouvements bancaires. Au cours de la nuit, elle a effectué deux paiements, dont un dans une station-service de Barstow. Ce qui laisse penser qu'elle serait repartie en voiture à Vegas. Sauf qu'elle a rendu la sienne à l'agence LAX hier soir.

— Elle a rendu sa voiture de location, mais elle n'a pas pris l'avion ? Qu'est-ce que cela veut dire ?

— On lui a peut-être volé son portefeuille…

— Dans ce cas, elle n'aurait pas pu prendre de chambre d'hôtel, et je suis sûr qu'elle vous aurait appelés, toi ou Savannah.

— Alors quelqu'un l'a raccompagnée en voiture à Vegas.

— Qui ?

Et pourquoi aurait-elle agi de la sorte ? Sans prévenir personne ? Nerveusement, il prit ses clés et se dirigea vers la porte.

— Je prends le premier vol pour Vegas. C'est là qu'elle doit être.

— Tu es sûr que tu n'en fais pas un peu trop ?

Était-il insensé de penser que quelque chose avait pu lui arriver ? Que le harceleur l'avait suivie jusqu'à Los Angeles et kidnappée ? Peut-être n'était-ce qu'un malentendu, mais son instinct lui disait que quelque chose n'allait pas.

— Il se passe tellement de trucs bizarres, répondit-il.

— Tu crois que l'on devrait appeler la police ? demanda Trent après une courte pause.

— Je pense, oui. Mais il faut attendre quarante-huit heures, et Nate n'a répondu à aucun de mes messages. Je te tiens au courant dès que j'ai de ses nouvelles. Pourrais-tu m'envoyer le numéro de ce Logan ?

Quand Nate le rappela, une demi-heure plus tard, Kyle avait réussi à joindre l'expert en sécurité qui lui avait assuré qu'il vérifierait les vidéos de surveillance de la station-service de Barstow et enverrait quelqu'un dans la villa de Trent pour voir si elle y était arrivée. Mais en dépit du calme et du professionnalisme de Logan, Kyle ne se sentait pas rassuré.

— Ni Mia ni moi n'avons eu de ses nouvelles, lui dit Nate. Depuis combien de temps a-t-elle disparu ?

— Elle m'a envoyé un texto hier soir pour me dire qu'elle allait à l'hôtel. C'était aux alentours de minuit.

Il poursuivit en lui expliquant que Logan avait retracé un paiement en carte de crédit à l'agence de location puis à Barstow.

— Apparemment, elle est repartie à Vegas en voiture, conclut-il. Mais on ignore dans quelles circonstances.

La lenteur du trafic sur la route de l'aéroport lui avait donné tout le temps de songer aux pires scénarios possibles. Et Nate ne fit qu'ajouter à son angoisse.

— Tu crois qu'elle a été enlevée ? lui demanda-t-il.

— À mon sens, l'explication la plus logique, c'est que le harceleur a fini par mettre la main sur elle. Ce n'est pas son genre, de disparaître sans rien dire à personne.

— Je suis d'accord. Tu as appelé la police ?

— Oui. Mais elle n'a pas disparu depuis suffisamment longtemps pour qu'ils se mettent à sa recherche.

Sur le moment, il avait regretté de ne pas leur avoir rapporté plus tôt les précédents incidents, mais avec tous les crimes qui se produisaient chaque jour à Las Vegas, se seraient-ils vraiment intéressés à ces quelques cadeaux anonymes, en apparence si anodins ?

Bon sang ! Que lui avait-il pris de retourner à Las Vegas sans dire un mot à personne ? Cela ne lui ressemblait tout simplement pas, ce qui rendait la possibilité d'un kidnapping d'autant plus probable.

Une chose était claire, cependant. Il n'avait pas été là pour elle, et c'était totalement inacceptable. Quoi qu'il lui en coûte, il ferait tout ce qui était en son pouvoir pour la retrouver.

- 13 -

Assise au bord du canapé du salon, Melody essayait de réfléchir à la situation. À l'évidence, Craig n'était pas prêt à la laisser partir, et elle n'avait aucun moyen de s'échapper. Mais elle devait rester vigilante. À un moment ou à un autre, il faudrait bien qu'il aille dormir ou travailler. Elle en profiterait alors pour s'évader.

Le problème, naturellement, était ce qu'il avait l'intention de lui faire entre-temps. Elle avait du mal à dissimuler sa peur, et elle se demandait comment il réagirait si elle devenait hystérique.

— J'ai compris que nous étions faits pour vivre ensemble dès la première fois où je t'ai entendue chanter, lui dit-il en lui souriant avec l'enthousiasme brûlant d'un adolescent éperdu d'amour.

— Craig, tu sais que je suis avec Kyle.

— Il ne pourra jamais te rendre aussi heureuse que moi.

Comment un homme en apparence normal pouvait-il se comporter de façon aussi insensée ?

— Peut-être pas, dit-elle. Mais je l'aime.

— Je ne pense pas. Tu envisageais d'ailleurs de le quitter.

Elle regrettait, désormais, de s'être confiée à lui.

— J'avais juste besoin de temps pour réfléchir.

— Réfléchir à quoi ? demanda-t-il en fronçant les sourcils. Il t'a accusée de l'avoir trompé.

— Comment peux-tu savoir ça ?

Tout à coup, elle resongea à la caméra cachée dans la peluche et frissonna.

— Je l'ai entendu. C'est pour ça que je sais qu'il ne te mérite pas. Une femme comme toi ne tromperait jamais l'homme qu'elle aime.

— Non, mais tu m'as dit avoir vu la photo que les paparazzis ont prise de Hunter et moi. Tu comprends tout de même bien qu'elle peut être sujette à malentendus.

— Kyle a raison sur un point. Hunter essaie de te reconquérir.

Décidément, il en savait beaucoup trop sur ce qui s'était passé entre Kyle et elle. L'avait-il espionnée par d'autres moyens ? De nouveau, elle frissonna.

— Hunter n'essaie pas de me reconquérir. Il sait que je suis amoureuse de Kyle.

— Oui. Mais tu étais amoureuse de Hunter, à une époque, aussi.

— J'ai cru que j'étais amoureuse de Hunter. Mais une fois que j'ai commencé à sortir avec Kyle, je me suis rendu compte que je reproduisais avec Hunter ce que j'avais vécu avec mon père. J'éprouvais avec lui le même sentiment d'insécurité. Durant mon enfance, mon père ne m'a accordé que très peu d'attention. J'étais tout le temps à mendier son amour et son approbation. Du coup, j'ai associé l'amour à la privation. Mais l'amour de Kyle me rend plus forte.

Bien qu'elle soit réticente à dévoiler son bagage émotionnel devant Craig, elle avait le sentiment que lui parler était le meilleur moyen de le convaincre de la laisser partir.

— Ton père est un homme horrible, je sais.

— Et comment le sais-tu ?

— J'écoute. Parfois, j'enregistre des trucs. Tu serais surprise de tout ce qui peut se dire dans le studio.

Elle resongea à ce qu'elle avait elle-même dit au cours

des centaines d'heures qu'elle avait passées à travailler à Ugly Trout. Qu'avait-elle pu confier dans les régies ou les cabines, alors qu'elle se sentait en sécurité avec ses amis ?

— Pourquoi fais-tu ça, Craig ? Ce sont des conversations privées.

— J'ai besoin de savoir ce qui se passe. Les deux autres boîtes dans lesquelles j'ai travaillé ont mis la clé sous la porte sans me laisser le temps de trouver un nouvel emploi. Je me suis juré de ne plus jamais laisser cela se reproduire. Je voulais donc être certain de savoir exactement ce qui se passait à Ugly Trout.

— Mais pourquoi m'as-tu enregistrée ?

— Ce n'était pas toi en particulier. J'ai juste placé le studio sur écoute.

Elle frémit. Il n'y allait pas par quatre chemins !

Elle l'observa un instant en silence, réfléchissant à la conduite à adopter. Depuis qu'elle l'avait mis au pied du mur, il paraissait plus agité. Il fallait qu'elle trouve un moyen de l'apaiser.

— D'accord, dit-elle d'une voix douce. Je comprends. Ce n'est pas facile de perdre son emploi, et je te promets que si tu me laisses partir, je ne dirai rien à personne.

— Je ne te crois pas, répondit-il en fronçant les sourcils. Il va falloir que tu restes ici un moment.

— Combien de temps ?

— Jusqu'à ce que je sois sûr de pouvoir te faire confiance.

— Et combien de temps penses-tu que cela va prendre ?

Elle eut envie de lui demander également comment il comptait l'empêcher de partir, mais elle n'était pas certaine de vouloir avoir la réponse à cette question. Il était bien capable de la ligoter sur une chaise et de l'enfermer dans une pièce !

Son esprit fonctionnait désormais à toute allure. Elle

avait quitté Los Angeles sans rien dire à Kyle et après une violente dispute. Dans combien de temps allait-il commencer à se demander où elle était passée ? Au moins une semaine, voire deux.

En revanche, Savannah, Trent et Nate allaient certainement l'appeler pour prendre de ses nouvelles, et ils se feraient du souci quand elle ne répondrait pas. Devait-elle en informer Craig pour l'encourager à la laisser partir ? Ou risquait-elle ainsi d'envenimer les choses ?

— Je ne sais pas, finit-il par répondre.

Il paraissait désormais moins sûr de lui, mais l'expression de son visage était devenue plus menaçante.

— Je voudrais vraiment que nous soyons ensemble, reprit-il. Quand j'aurai la certitude que tu m'aimes autant que je t'aime, je pourrai te faire confiance.

Un élan de panique la submergea. Comment était-elle censée lui prouver qu'elle l'aimait ? Allait-il exiger qu'elle couche avec lui ? Un frisson glacial lui parcourut le dos. L'y obligerait-il, si elle refusait ?

Prise d'un besoin soudain de mettre de la distance entre eux, elle se détourna de lui.

— Je ne me sens pas très bien, murmura-t-elle. Où sont les toilettes ?

— Tu as des nausées ?

— Ce sont les aléas de la grossesse.

— Ah oui. Je sais que tu as été embêtée avec ça.

Il savait tout, c'était horrible ! Elle avait menti, mais à présent elle avait vraiment la nausée.

— Où sont les toilettes ? répéta-t-elle.

Il lui indiqua la direction. Soulagée, elle alla s'enfermer dans la petite pièce. Mais à son grand désarroi, il la suivit et continua de lui parler à travers la porte close.

— Combien de temps vont durer ces nausées ? Je croyais que cela ne se produisait que le matin. Il est presque midi.

Désespérée, elle s'assit sur la cuvette et laissa sa tête retomber entre ses mains.

— Cela dépend. Parfois, je ne me sens pas bien de la journée. Et c'est pire encore quand je n'ai rien dans l'estomac.

— Il n'y a rien à manger ici.

— Tu ne pourrais pas aller me chercher quelque chose ?

— Je ne peux pas te laisser toute seule.

— Ne t'inquiète pas.

Il y eut un long silence, et il reprit :

— J'ai un truc à faire. Je reviens dans une minute. Ne sors pas tant que je ne te l'ai pas dit.

N'osant pas lui désobéir, elle resta assise à regarder à tour de rôle sa montre et la porte tandis que les secondes s'écoulaient. Où était-il allé ? Se pouvait-il qu'il l'ait laissée seule dans la maison ? Aurait-elle le cran de vérifier ?

Rassemblant son courage, elle entrouvrit la porte. Un bruit de perceuse résonnait dans la vaste maison. Tant qu'il était occupé, ne pouvait-elle pas courir jusqu'à la porte d'entrée ?

Sur un coup de tête, elle décida de se lancer. Mais elle avait à peine fait trois pas que le bruit de la perceuse cessa. Prise de panique, elle releva les yeux mais ne le vit pas. Avait-elle toujours le temps de s'enfuir ? La peur lui donna la force de tenter le coup.

Mais quand elle posa sa main sur la poignée de la porte, elle entendit sa voix derrière elle.

— Qu'est-ce que tu fais ?

— Je voulais juste prendre l'air. Parfois, cela soulage un peu mes nausées.

— Tu voulais partir. Tu ne peux pas faire ça, Melody.

Et au même moment, il lui attrapa le poignet et le tordit.

— Tu me fais mal ! protesta-t-elle en essayant de se libérer. Laisse-moi.

Il était fort, mais l'adrénaline affluait en elle, décuplant son énergie, la poussant à lutter à coups de pied. La panique l'avait changée en une bête sauvage. Elle était prise au piège. Elle devait fuir.

Mais soudain, il la lâcha. Le soulagement fut intense mais de courte durée. Il la gifla si fort qu'elle recula en trébuchant, percutant de son dos un mur. La douleur, du côté gauche de son visage, se mit à palpiter, à la fois sourde et cuisante.

— Regarde ce que tu me fais faire, dit-il en l'attrapant par le bras pour l'attirer vers l'escalier.

Elle refusa de réagir. Elle avait mal, elle avait peur, mais elle garda le dos droit pour ne rien lui révéler. Elle ne préférait pas prendre le risque de l'énerver davantage. Car qui savait ce qui pourrait alors arriver ?

Au moment où il posa le pied sur le tarmac de l'aéroport de Las Vegas, Kyle reçut un texto de Melody.

Je vais bien, mais je ne suis pas encore prête à te parler.

Son esprit aurait dû s'en trouver apaisé, mais il ne parvenait toujours pas à se débarrasser de son anxiété quand il lui répondit.

Où es-tu ?

À l'hôtel. Je ne veux pas te voir.

Et immédiatement, il comprit que ce n'était pas elle.

Un instant plus tard, le téléphone, qu'il tenait toujours dans ses mains, se mit à sonner. C'était Logan Wolfe, l'expert en sécurité.

— On l'a à la station-service de Barstow avec quelqu'un.

On n'arrive pas à lire la plaque d'immatriculation de la voiture, mais on a une bonne image d'elle avec le type. Je viens de vous l'envoyer par MMS. Dites-moi si vous le reconnaissez.

Il consulta son téléphone. La photo, prise par une caméra de surveillance, n'était pas de très bonne qualité, mais le visage et la silhouette de l'homme lui paraissaient familiers. Une chose était sûre, cependant : Melody n'avait pas peur de lui.

— Non, dit-il. Mais je vais renvoyer la photo à Trent et Nate. Peut-être auront-ils plus de chance que moi. Je viens de recevoir un texto de Melody dans lequel elle me dit qu'elle va bien, mais je suis pratiquement sûr que ce n'est pas elle qui a envoyé ce message. Elle dit qu'elle est dans un hôtel.

— Or, nous savons qu'elle était sur la route de Vegas la nuit dernière. Vous pensez que c'est le type avec qui elle est qui l'a écrit ?

— Cela ne me semblerait pas étonnant s'il l'a kidnappée.

Qui était cet homme ? En tout cas, dès qu'il lui aurait mis la main dessus, il lui ferait payer cher ce qu'il avait fait.

— Merci de votre aide, Logan.

— On continue de travailler sur les vidéos de surveillance. Mes hommes ont des logiciels très performants. Avec un peu de chance, ils finiront par déchiffrer la plaque.

— Je vous tiens au courant si Trent ou Nate reconnaissent le type.

Il était sur le point de raccrocher quand son téléphone lui signala la réception d'un message.

— Attendez une seconde, Logan. Nate dit que c'est Craig Jameson. Il est ingénieur du son au studio d'enregistrement.

— Je fais mon enquête et je reviens vers vous.

Après avoir raccroché, il se mit à observer pensivement

la photo. Mais tout à coup, elle disparut. Le téléphone signalait un appel de Nate.

— Qui est ce type ? demanda Kyle aussitôt après avoir décroché.

— Personne. Je veux dire, c'est un type tout à fait normal. Discret. J'ai beau me creuser la cervelle, je n'arrive pas à me souvenir d'une seule occasion où il aurait dit ou fait quelque chose de bizarre. À l'encontre de Melody ou de qui que ce soit, d'ailleurs.

— Tu penses qu'il a pété un plomb ?

— Il n'a peut-être rien fait de mal, répondit Nate d'une voix néanmoins peu convaincante. Logan pense que Melody et lui sont rentrés ensemble à Vegas, c'est ça ?

— Sur la photo, ils ont l'air de bien s'entendre, et elle a l'air tout à fait à l'aise avec lui.

Il serra les poings en songeant à tout ce qu'il avait pu lui arriver depuis.

— Juste avant que Logan appelle, j'ai reçu un message d'elle me disant qu'elle était à l'hôtel.

— Tu penses que ce n'est pas elle qui l'a écrit ?

— Non. Je pense que c'est ce Craig.

— Alors supposons qu'il lui ait proposé de la raccompagner à Vegas. Et ensuite ? Il l'aurait kidnappée ? Ça paraît complètement insensé.

— Pour commencer, que faisait-il à Los Angeles ?

— Il a assisté au concert.

Kyle trouvait la situation de plus en plus inquiétante.

— Ce qui signifie qu'il s'intéressait suffisamment à elle pour faire le trajet.

Craig était-il le mystérieux harceleur ? Les roses avaient été livrées au studio. Et c'était là, également, que l'échographie avait disparu du sac de Melody. Cela paraissait cohérent.

— Il n'est peut-être pas venu uniquement pour ça, dit Nate. Si ça se trouve, il était là pour autre chose et il a décidé de profiter de l'occasion pour assister au concert.

— Je ne vois pas pourquoi tu prends sa défense, rétorqua Kyle, soudain furieux.

— Je ne prends pas sa défense. J'essaie juste de considérer la situation sous tous les angles possibles pour tenter de comprendre ce qui s'est passé.

De nouveau, Kyle serra les poings.

— Je sais que Melody a disparu et que ce Craig est la dernière personne avec qui elle a été vue, dit-il d'une voix sourde. Ça me suffit.

— OK, je comprends, dit Nate d'une voix plus conciliatrice. On est tous très inquiets, tu sais ?

Pour essayer de se calmer, Kyle prit une profonde inspiration. L'anxiété, cependant, était toujours aussi vive.

— Excuse-moi, marmonna-t-il. Je sais bien que ce n'est pas ta faute.

— Pas de problème. Tu as fait ce qu'il fallait en mettant Wolfe Security sur le coup.

— D'après Trent, ils ont tous les moyens de la retrouver.

— Si tu veux des infos sur Craig, appelle le studio et demande Reggie. Il a accès à tous les dossiers personnels.

— Merci.

Après avoir raccroché, Kyle observa d'un œil morne les portes de l'aéroport. Il n'osait même pas imaginer ce que pouvait vivre Melody à l'heure actuelle. Au bout de quelques secondes, il commença à se diriger vers la sortie. Il ne pouvait tout de même pas rester là sans rien faire. Il fallait qu'il agisse.

Il venait d'entrer dans le parking quand son téléphone se remit à sonner. Logan.

— On a l'adresse et le téléphone de ce Craig Jameson.

On a essayé de l'appeler, mais on tombe directement sur sa messagerie. J'ai envoyé trois hommes chez lui. Ils doivent me recontacter pour me faire savoir ce qu'ils ont trouvé.

— Vous pensez qu'il faut appeler la police ?

— À l'heure qu'il est, nous n'avons aucune preuve formelle qu'il s'agisse bien d'un enlèvement. Attendons le compte rendu de mes hommes. On s'est peut-être trompés de cible.

Mais dans le cas contraire, le temps leur était compté.

— Donnez-moi son adresse, dit-il. Je veux y aller.

— Ce n'est pas une bonne idée, répondit Logan d'une voix qui n'appelait pas de contestation. Laissez mes hommes s'occuper de ça.

— Dites-leur de se montrer prudents.

— Ne vous inquiétez pas. Ils sont formés pour ce type d'opération. Restez chez vous. Je vous appelle dès que j'ai du nouveau.

— Impossible. Je dois agir.

— À l'heure qu'il est, il n'y a pas grand-chose à faire. Je vous promets que je vous tiendrai au courant.

Kyle raccrocha sans un mot. Déterminé, il s'installa au volant. Il allait se rendre au studio d'enregistrement pour consulter le dossier de Craig sur lequel devait figurer le numéro d'une personne à contacter en cas d'urgence. Cette personne saurait peut-être quelque chose. Il parlerait aussi aux collègues de l'ingénieur du son. Avec un peu de chance, l'un d'entre eux lui fournirait une information qui l'aiderait à mieux comprendre ce que ce type avait en tête.

Une demi-heure plus tard, il était assis dans le bureau de Trent à Ugly Trout. Logan avait appelé un peu plus tôt pour dire qu'ils n'avaient trouvé personne chez Craig. Kyle avait mal aux dents à force d'avoir la mâchoire crispée.

La seule chose qui le retenait de paniquer était sa longue expérience du refoulement des émotions.

Devant lui, sur le bureau, se trouvait le dossier personnel de Craig. Après avoir noté son adresse, il passa en revue les papiers pour chercher la personne à contacter en cas d'urgence. Jameson avait laissé les coordonnées de sa mère, en Californie. Sans même réfléchir, il composa le numéro.

Une voix de femme lui répondit.

— Bonjour. Madame Jameson ?

— Oui.

— Je suis Kyle Taylor. Je travaille avec Nate Tucker à Ugly Trout Records, où travaille également votre fils, et je me demandais si vous aviez eu des nouvelles de Craig récemment.

— Pas depuis la semaine dernière. Il s'est passé quelque chose ? Il est blessé ?

Pas encore.

— Absolument pas. Mais il n'est pas venu travailler aujourd'hui, et nous avons des questions urgentes à lui poser à propos d'un enregistrement qui doit être bouclé demain. Il ne répond pas à son téléphone portable. Il avait parlé de se rendre chez un ami. Avez-vous par hasard une idée de l'endroit où il aurait pu aller ?

— Je regrette, mais je ne peux pas vous aider. Avez-vous essayé de l'appeler sur son téléphone fixe ?

— Oui, mais il semble absent. Il devait assister à un concert à Los Angeles hier soir et il devait revenir à Vegas aujourd'hui dans la journée. Je m'étais dit que, s'il n'était pas chez lui, vous connaîtriez peut-être un autre endroit où il aurait pu aller.

— Je ne vois pas… Je sais qu'il aime bien flamber au casino. S'il est occupé à jouer, il a peut-être éteint son téléphone portable.

— C'est possible, oui. Dans quel hôtel aime-t-il jouer ?

Cela paraissait peu probable, mais il se pouvait aussi qu'il ait emmené Melody dans un hôtel.

— Je n'en ai aucune idée. Mais attendez… La sœur de mon ex-mari a une résidence secondaire à Vegas. Craig s'occupe de la maison quand elle n'est pas là. Il arrose les plantes, regarde si la climatisation fonctionne, ce genre de choses.

— Auriez-vous l'adresse ?

— Non. Je ne suis pas en bons termes avec la famille de mon ex-mari. Mais je ne vois pas ce que Craig ferait là-bas, alors qu'il a lui-même une très belle maison.

Il pourrait par exemple être occupé à séquestrer une femme qu'il aurait enlevée.

— Je ne sais pas. Mais ça vaut le coup de vérifier. Comment s'appelle cette femme ?

— Minerva Brooks. Je n'ai pas son téléphone et je suis presque sûre qu'elle n'est pas dans l'annuaire.

Peu importait. Il connaissait des personnes qui pouvaient très facilement avoir accès à cette information.

— Je vous remercie pour votre aide, madame Jameson. Bonne journée.

Il appela Logan aussitôt qu'il eut raccroché.

— J'ai le nom de la tante de Craig. Minerva Brooks. Elle a une maison à Las Vegas à laquelle il a accès.

Dans le silence qui suivit, il entendit Logan taper sur un clavier d'ordinateur.

— Intéressant, murmura ce dernier. Sa maison est située dans la même résidence que celle de Trent.

Dans l'esprit de Kyle, les pièces du puzzle s'assemblèrent d'un coup. Les mystérieux cadeaux. La caméra à courte portée. Melody s'était crue en sécurité derrière les murs de la résidence privée ; elle ignorait que ces murs abritaient aussi une menace.

— C'est là qu'il doit être !

— Restez chez vous, dit Logan d'une voix grave et presque menaçante. Je vais envoyer mes hommes.

— D'accord, répondit Kyle, bien qu'il n'ait aucune intention de rester les bras croisés.

Il avait l'adresse. Pas l'adresse exacte, certes, mais la résidence n'était pas si grande. Avec un peu de chance, il trouverait facilement. Et surtout, rapidement.

- 14 -

Comme un lion en cage, Melody tournait en rond dans la chambre où Craig l'avait enfermée. Le soleil s'était couché. À travers la fenêtre, elle pouvait voir les autres propriétés, si proches, et en même temps si lointaines, au-delà des vastes jardins. Des lumières s'étaient allumées derrière les rideaux tirés. Elle ne savait pas ce qui la retenait d'ouvrir la fenêtre et de hurler pour demander de l'aide.

Mais elle ne préférait pas attirer l'attention de Craig. À en juger par le verrou qu'il avait fixé à la porte, il n'avait aucune intention de la laisser s'échapper. Toutefois il n'avait pas pensé à tout. La chambre était située au premier étage, et la distance entre la fenêtre et le sol était impressionnante, mais il lui semblait moins effrayant de sauter que de rester dans cette maison.

Il lui fallait attendre, cependant. Attendre d'être certaine qu'il ait bien quitté la maison. Il l'avait déjà punie une fois. Elle ne préférait pas imaginer jusqu'où il pourrait aller s'il la surprenait à essayer de s'enfuir une deuxième fois.

Son estomac gargouillait. Elle n'avait rien avalé depuis leur escale à Barstow, quinze heures plus tôt. Il avait affirmé qu'il n'y avait rien à manger dans la maison. Ce qui signifiait qu'il faudrait qu'il sorte, tôt ou tard. Il avait assuré qu'il voulait prendre soin d'elle, donc il ne pouvait pas la laisser mourir de faim. Le problème était que, depuis la chambre, elle ne pouvait pas voir la voiture, et savoir si elle était ou non toujours garée devant la maison. Elle avait passé beaucoup de temps l'oreille collée à la porte, sans rien entendre.

Après avoir longuement réfléchi, elle décida qu'elle sauterait à l'aube. Comme dans un film, elle déchirerait les draps et tresserait une corde qu'elle attacherait au pied du lit et laisserait pendre par la fenêtre.

Machinalement, elle jeta un coup d'œil à sa montre. Il était presque 19 heures. Ses amis avaient-ils commencé à s'inquiéter de son absence ? Nate et Mia étaient partis pour le Texas à l'aube. Ils devaient être trop occupés pour se soucier d'elle. Quant à Trent et Savannah, Craig avait leur numéro. Il leur avait certainement envoyé un message pour les rassurer ou les envoyer sur une fausse piste.

Ne restait donc que Kyle.

À la façon dont elle l'avait traité la veille au soir, elle n'aurait pas été surprise qu'il ne veuille plus ni la voir ni lui parler. Sauf que ce n'était pas son style. D'autant plus qu'elle portait désormais son enfant. Mais combien de temps lui faudrait-il pour s'en remettre ? Après tout, on ne pouvait pas vraiment dire qu'elle s'était jetée dans ses bras quand il lui avait dit qu'il l'aimait. Et Craig, qui lui avait pris son téléphone, lui avait sûrement envoyé un texto qui ne lui donnerait pas envie de la rappeler.

Au cours des longues heures qu'elle passa à arpenter la pièce de long en large, elle en vint à la conclusion qu'elle s'était comportée comme une imbécile. Pourquoi ne l'avait-elle pas écouté quand il lui avait dit que Hunter interférait dans leur relation ? Pourquoi avait-elle laissé Hunter l'embrasser ? Kyle avait toutes les raisons d'être en colère.

Elle avait tellement d'erreurs à réparer. Elle espérait

simplement que, quand elle se serait sortie de ce pétrin, il accepterait de lui laisser une seconde chance.

Elle entendit soudain un bruit assourdi au rez-de-chaussée. Des voix. À bien y réfléchir, depuis qu'elle était enfermée là à écouter le silence, elle n'avait entendu aucun signe de la présence de Craig. Mais apparemment, plusieurs personnes venaient d'entrer. Qui était-ce ? Peu importait. Il lui semblait improbable que Craig ait des complices. Cela ne pouvait donc être que des personnes susceptibles de l'aider.

Mue par cette idée, elle se précipita vers la porte contre laquelle elle se mit à tambouriner en hurlant à l'aide.

Elle n'entendit pas le verrou, mais brusquement la porte s'ouvrit. Terrifiée à l'idée de voir apparaître Craig, elle recula, le cœur battant. Mais quand elle vit le visage de Kyle, pâle et plissé par l'inquiétude, elle se précipita vers lui, submergée par le soulagement.

Il la prit dans ses bras, et tandis qu'il lui murmurait de douces paroles rassurantes, elle enfouit la tête dans son cou.

— Tout va bien, lui dit-il en lui caressant les cheveux. Tu es en sécurité.

— Où est Craig ?

— Des amis à moi s'occupent de lui au rez-de-chaussée.

— Je n'arrive pas à croire que tu m'aies retrouvée.

Comme pour lui transmettre sa chaleur, il lui caressait le dos tandis que son corps puissant semblait absorber ses tremblements.

— Je te demande pardon d'avoir mis si longtemps à venir. Tu vas bien ? Il ne t'a pas blessée ?

— Non, répondit-elle en secouant la tête. Ça va.

L'air dubitatif, il s'écarta un peu d'elle pour l'observer. Son regard finit par se fixer sur le côté de son visage où

Craig l'avait frappée. Instinctivement, elle plaça sa main sur sa joue et détourna les yeux.

— C'est lui qui t'a fait ça ?

— Ça va. Je t'assure.

Tout en plongeant son regard dans le sien, elle se mit à caresser doucement sa joue.

— Je t'aime. Je regrette ce qui s'est passé hier soir.

— Hier soir ? répéta-t-il d'un air surpris, comme s'il ne voyait pas de quoi elle parlait.

— Tu m'as dit que tu m'aimais et je me suis enfuie, dit-elle en essuyant ses larmes d'un revers de main. J'ai été tellement bête. Je t'aime.

Tendrement, il prit son visage entre ses mains.

— Je t'aime aussi. Je t'aime depuis ce jour où tu t'es tordu la cheville et où j'ai embrassé tes tendres lèvres qui avaient un goût de sucre et de cannelle chez le marchand de bagels. Je regrette de ne pas te l'avoir dit, ce jour-là.

Il l'avait toujours traitée avec amour. Pourquoi avait-elle ressenti le besoin de l'entendre lui dire qu'il l'aimait ? Combien de disputes auraient pu être évitées si elle avait simplement cru en lui ?

— Allons-nous-en d'ici, dit-il.

Tout en acquiesçant, elle se laissa guider vers l'escalier, au bas duquel quatre hommes grands et musclés vêtus d'impeccables costumes noirs les regardèrent descendre.

— Ces hommes travaillent pour Wolfe Security, lui expliqua Kyle.

— Vous allez bien, madame ? lui demanda l'un d'entre eux en s'approchant.

— Oui, répondit-elle sans pouvoir s'empêcher d'observer Craig.

Assis à même le sol dans le couloir qui menait au salon, il avait les mains ligotées dans le dos et le regard perdu dans le vide. Il finit par se tourner vers elle. Instinctivement, elle se rapprocha de Kyle.

— Melody, explique-leur que je l'ai fait parce que je t'aime.

À ces mots, elle sentit le corps de Kyle se crisper. De crainte qu'il ne s'en prenne à Craig, elle enfonça ses ongles dans sa peau.

— Non, Kyle.

Les muscles de son bras, sous sa main, étaient toujours aussi tendus quand ils quittèrent la maison. Une fois dehors, elle prit une longue bouffée d'air frais.

— Viens, dit-il en la conduisant vers sa voiture. Les agents de sécurité ont appelé la police, mais on va attendre ici.

Une fois qu'elle fut installée sur le siège passager, le peu de calme qu'elle avait retrouvé s'évapora brusquement, et elle fut soudain prise de tremblements incontrôlables. L'air peiné, Kyle la serra contre lui. Et dans la chaleur de ses bras, elle laissa s'exprimer toute la peur et l'anxiété qui s'étaient accumulées en elle au cours des dernières heures.

Quand la police arriva, elle avait cessé de trembler et retrouvé un peu de sa force. Elle se tourna vers Kyle en essuyant ses larmes.

— Je dois être horrible, murmura-t-elle avec un pâle sourire.

— Tu es la plus belle femme que j'aie jamais vue.

L'arrivée de la police fut rapidement suivie de celle d'une ambulance. Après l'avoir examinée, les infirmiers la jugèrent en bonne santé, en dehors d'un léger problème de tension artérielle trop élevée, et comme elle était enceinte, ils insistèrent pour qu'elle soit hospitalisée. Avant son départ, les policiers prirent sa déclaration, ainsi que celle de Kyle.

À l'hôpital, on photographia les hématomes de son visage avant de lui faire subir divers examens. Et quand le bébé et elle furent jugés hors de danger, Kyle la raccompagna chez lui. Sur le chemin, il s'arrêta dans un drive-in pour lui commander un hamburger et une grande portion de frites.

Elle était à moitié endormie au moment où il la borda dans le lit, mais elle parvint tout de même à lui prendre les mains avant qu'il s'en aille.

— S'il te plaît, ne pars pas, dit-elle en l'attirant vers elle. J'ai besoin de toi.

À son grand soulagement, il s'allongea à côté d'elle et la prit dans ses bras. Le rythme régulier de son cœur, contre sa joue, allait l'apaiser et l'aider à trouver le sommeil. Elle n'avait aucun doute là-dessus.

— J'ai eu beaucoup de temps pour réfléchir, aujourd'hui, dit-elle. J'ai commis tellement d'erreurs au cours des mois passés. Je n'ai pas envie d'en faire d'autres.

— On a tous les deux notre part de responsabilité.

— Mais ce qui vient de se passer est entièrement ma faute. Si j'avais été moins naïve concernant les raisons pour lesquelles Hunter voulait passer du temps avec moi et si j'avais cru que tu m'as toujours aimée, je n'aurais pas quitté Los Angeles et je n'aurais pas fini avec Craig.

Tendrement, il lui prit la main et lui embrassa le bout des doigts.

— Je n'aurais pas dû réagir comme ça quand je t'ai vue avec Hunter.

— Non, tu as bien fait. Je ne sais pas pourquoi j'ai été aussi aveugle. Je voulais que tu me dises que tu m'aimais, mais je n'avais pas compris que, si tu ne m'avais pas aimée, tu n'aurais pas été gêné à l'idée que Hunter veuille me reconquérir. J'ai mis les choses au clair avec lui, soit dit en passant. Je lui ai expliqué que mon avenir était avec toi.

— Content de le savoir, répondit-il avant de conclure ses propos par un respectueux baiser.

— Et je veux que cet avenir se déroule à Los Angeles.

Après ce qui venait de se passer, elle n'avait plus aucune envie de rester à Las Vegas.

— Ah bon ? répliqua-t-il d'un air surpris.

— Cela n'a pas l'air de te faire plaisir.

— C'est juste que, comme tu paraissais t'interroger sur l'endroit où nous allions vivre, j'avais commencé à rechercher une maison ici.

— Je croyais que tu n'avais pas envie de déménager.

— Non. Mais je m'étais dit que l'on pourrait faire des allers et retours. Comme ta famille est ici.

— Tu as trouvé une maison ?

— J'en ai trouvé trois. Mais je voulais avoir ton avis avant d'en acheter une.

— Avant que *l'on* en achète une. Je crois qu'il est temps pour moi de poser mes valises. Et je veux le faire dans notre maison.

— J'aime cette idée, dit-il en l'embrassant encore une fois, cette fois-ci avec une vive passion tempérée de tendresse. Et que dirais-tu de m'épouser demain ? Si tu rêves d'un grand mariage, on pourra toujours le faire plus tard, mais pour l'heure je ne souhaite qu'une chose : te voir devenir ma femme.

En manquant de très peu de le perdre une seconde fois, elle avait fini par prendre toute la mesure de l'amour qu'elle avait pour lui.

— C'est une belle idée. Je n'ai besoin de rien d'autre que toi, répondit-elle.

Et tout en lui souriant, elle entreprit de lui montrer à quel point.

Épilogue

« Quinzième jour : Embaucher un photographe professionnel pour immortaliser votre engagement et achever le programme de revitalisation du couple. »

Il leur avait fallu dix mois pour arriver au dernier exercice, mais Melody avait voulu une photo qui reflète leur bonheur et insisté pour que tous les membres de sa famille y figurent. Kyle avait embauché le photographe qui avait travaillé sur son album et immortalisé le mariage de Nate et Mia. Ils s'étaient tous rassemblés dans la maison que Kyle et Melody avaient achetée à Los Angeles.

Après son kidnapping, elle n'avait pas voulu rester à Las Vegas. Par ailleurs, Kyle et elle avaient tous deux trouvé que leur nouvelle famille avait besoin d'une maison avec davantage de terrain pour leur fille. Ils avaient donc vendu la villa de Bird Streets pour acheter à Monterey une maison coloniale de cinq pièces baignée de soleil et entourée d'un somptueux jardin.

Tout en berçant sa petite Lily de quatre mois, Kyle regardait Trent courir après son petit garçon. À ses côtés, Melody appuya sa tête contre son épaule, et il la sentit soupirer de bonheur.

Un peu plus loin, Nate se tourna vers Mia.

— Tu crois que le nôtre aura autant d'énergie ? lui demanda-t-il.

— Je l'espère, répondit-elle en embrassant tendrement la tête du bébé qu'elle portait dans ses bras.

Le petit Aiden Tucker était né avec un mois d'avance sur le terme, mais en bonne santé. Et à en croire son père, il était parfait.

— Tu l'espères ? répéta Nate d'un air surpris.

— Les garçons se doivent d'être actifs, dit Mia d'un air amusé.

Trent avait fini par rattraper le petit Dylan, qui s'était mis à protester en hurlant.

— Il y a actif. Et il y a hyperactif, marmonna Nate.

— Cela te fera du bien de courir après lui, intervint Kyle tandis que Melody réajustait le petit nœud qui retenait les boucles brunes de Lily.

Le cœur gonflé de bonheur, Kyle observait les deux femmes de sa vie. Il n'aurait échangé sa place avec personne, pour rien au monde.

— Tu es sûr que tu ne veux pas que je la prenne ? lui demanda Melody.

— Je me débrouille très bien.

— Tu es le plus merveilleux papa du monde. C'est juste que je dois m'absenter deux jours et qu'elle va me manquer horriblement.

— On pourrait venir avec toi. Allez, on t'accompagne à San Francisco pour le concert.

— Ce serait merveilleux, mais il faut vraiment que je m'habitue à me séparer de vous pour de courtes périodes.

Elle avait donné des concerts dans de petites salles jusqu'à son septième mois de grossesse. Et après la naissance de Lily, elle avait laissé Nate la convaincre de se produire trois fois sur de grandes scènes. Le premier de ces concerts devait avoir lieu le week-end suivant.

— Il vaudrait peut-être mieux que tu nous emmènes,

rétorqua Kyle. De cette façon, tu verrais que ta famille peut aussi te soutenir et t'encourager sur la route.

La maternité l'avait inspirée, et elle écrivait beaucoup, depuis quelques mois. Nate cherchait à l'encourager à revenir au studio, et Mia avait hâte de produire ses nouvelles chansons. Mais jusqu'ici elle avait refusé, affirmant qu'elle préférait attendre d'avoir trouvé avec Kyle un équilibre entre vie privée et vie professionnelle. Aucun d'entre eux n'avait oublié l'impact qu'avait eu sur leur couple leur précédente séparation. Il était certain que, avec les leçons qu'ils avaient tirées et les efforts qu'ils avaient fournis, ils ne se retrouveraient pas en proie aux mêmes problèmes. Cependant, Kyle ne se sentait pas vraiment enthousiasmé à l'idée de vivre ne serait-ce qu'une journée sans Melody.

Trent, par exemple, avait pris un congé de plusieurs mois pour suivre Savannah sur un tournage. Il n'y avait pas de raison qu'il ne puisse pas faire la même chose. Il avait d'ailleurs très envie de regarder sa femme vivre son rêve.

— Tu ne t'imagines pas à quel point ces voyages peuvent être stressants, lui dit-elle.

— Je me l'imagine très bien. J'ai été joueur de base-ball pendant douze ans. On était tout le temps sur la route.

— Mais tu n'avais pas à t'inquiéter d'un bébé.

— Tu plaisantes ? Je n'étais qu'avec de gros bébés qui n'étaient jamais contents !

Constatant qu'elle n'était pas convaincue, il déposa un tendre baiser sur ses lèvres.

— Je veux que nous soyons ensemble et je veux que tu deviennes une star. Je ferai tout ce qui est en mon pouvoir pour que les choses aillent dans ce sens.

Son regard était devenu lumineux.

— Arrête d'être aussi merveilleux. Si je pleure, je serai affreuse sur les photos.

— Tout le monde est prêt ? demanda le photographe, mettant un terme à cette conversation.

Ces propos eurent pour effet de recentrer l'attention de tous sur l'événement qui les avait rassemblés. De sa position, derrière Savannah, Trent et Dylan, Kyle était ivre de joie et de fierté. À côté de lui, Nate affichait un bonheur similaire. Comme il était étrange de penser qu'à peine un an plus tôt les trois propriétaires du Club T's étaient déjà avec les femmes qui se trouvaient actuellement à leur côté, mais que chaque couple luttait pour régler des problèmes qui lui étaient propres.

Depuis, Trent avait pansé les blessures de son passé et retrouvé la seule femme qu'il avait jamais aimée. Nate s'était battu pour la femme de ses rêves et avait gagné son cœur. Et Kyle avait appris que partager ses pensées et ses émotions avec Melody rendait sa vie plus riche et plus belle.

— Merci d'avoir réalisé tous mes rêves, murmura-t-il quand le photographe eut annoncé qu'il avait terminé.

— Tes rêves ? répéta Melody d'un air étonné. C'est moi qui ai de la chance de t'avoir.

Elle baissa les yeux vers leur fille.

— De vous avoir tous les deux, précisa-t-elle. Je n'aurais jamais imaginé que je pourrais être si heureuse.

— Quoi que puisse nous réserver l'avenir, nous serons ensemble tous les trois.

— Et je ne vois pas ce qu'il pourrait y avoir de plus merveilleux.

JANICE MAYNARD

Un printemps à Wolff Mountain

Traduction française de
FRANÇOISE HENRY

PASSIONS

HARLEQUIN

Titre original :
TAMING THE LONE WOLFF

Ce roman a déjà été publié en 2014.

- 1 -

Larkin Wolff arrêta sa voiture devant un imposant portail, appuya sur une touche du cadran de contrôle et présenta ses papiers. Après quelques secondes, une lumière verte clignota et le portail s'ouvrit. Il emprunta alors une allée de gravier blanc étincelante qui serpentait au milieu de pelouses d'un vert intense. En contrebas coulait une rivière bordée de chênes majestueux et de bouquets de saules pleureurs. Beaucoup de ses clients appréciaient de s'isoler au milieu des hectares somptueux de sa propriété, mais il avait rarement vu un cadre aussi idyllique que celui-ci.

Pourtant, malgré la paix du lieu, son instinct lui soufflait de rester sur ses gardes. Ayant bâti sa carrière sur des systèmes électroniques de haute sécurité et une cyberprotection sophistiquée, il avait développé ce que son frère, sa sœur et ses cousins nommaient en riant un sens aiguisé de Spider-Man.

Il acceptait volontiers la plaisanterie. Grandir à Wolff Mountain avait fait de lui un homme. Et, bien qu'ayant vécu de terribles événements dans son enfance, il avait la confiance chevillée au corps. Quoi qu'il en soit, quelque chose à propos de la rencontre d'aujourd'hui le rendait nerveux sans qu'il comprenne pourquoi.

Il s'arrêta devant une élégante demeure de style géorgien à la façade de brique rouge percée de nombreuses fenêtres qui étincelaient au soleil de l'après-midi.

Un tel luxe n'était pas rare dans cette région des environs de Nashville, prisée par les figures légendaires de la musique country, les magnats de l'industrie du disque et autres personnes fortunées.

Il s'empara de son bloc-notes, de son ordinateur portable et sortit de sa voiture. Un parfum de roses et de terre fraîchement remuée l'accueillit. Bien qu'ayant grandi dans ce que beaucoup de gens considéraient comme un château des temps modernes, la perfection du lieu l'impressionnait.

À vrai dire, son métier l'entraînant parfois dans des immeubles de bureaux laids et sans âme, le décor d'aujourd'hui constituait un agréable changement. Il avait trouvé le message requérant ses services un peu étrange et imprécis, mais peut-être voyait-il des difficultés là où il n'y en avait pas. Les nantis éprouvaient souvent le besoin de se protéger. Il était bien placé pour le savoir.

Il appuya sur la sonnette en forme de tête de lion et attendit patiemment. Dans son métier, la patience était une qualité indispensable.

La grande porte s'ouvrit bientôt sur une jeune femme. Petite, pieds nus, elle lui atteignait à peine l'épaule ; vêtue d'une salopette en jean retroussée à mi-cuisse, elle avait des cheveux couleur de blé mûr formant une masse indisciplinée autour de son mince visage et paraissait avoir dix-huit ans. Ses yeux verts piquetés d'or le scrutèrent avec circonspection tandis qu'elle projetait le menton en avant.

— Bonjour, dit-elle d'une voix grave et mélodieuse.

Il lui adressa un bref sourire, troublé par le fait que le mince tissu de son T-shirt révélait des seins généreux et apparemment libres de soutien-gorge.

— Larkin Wolff, dit-il. J'ai rendez-vous avec Mlle Winifred Bellamy.

Winnie éprouva le brusque besoin de respirer des sels, ou de boire une gorgée de whisky. Il y avait si longtemps qu'un homme séduisant et viril n'avait franchi son seuil !

— C'est moi, dit-elle en le détaillant de haut en bas. Mais on m'appelle Winnie.

Elle recula, l'invitant à entrer, et le conduisit dans le salon. C'était l'une de ses pièces préférées, meublée simplement mais confortablement par ses soins. Et quand personne n'était là pour l'entendre, elle aimait jouer du piano quart-de-queue, disposé dans un coin. Quant à l'épais tapis persan qui couvrait la majeure partie de la pièce, son dessin compliqué lui rappelait que quelqu'un, quelque part, avait travaillé avec une dévotion admirable à son élaboration, durant des jours, des mois, des années.

Elle désigna le canapé à son hôte et s'installa dans un fauteuil.

— Merci d'être venu aussi vite, monsieur Wolff.

— Votre message parlait d'urgence, répondit-il avec un haussement d'épaules.

— C'est exact.

Elle réprima l'accès d'anxiété qui menaçait de lui nouer l'estomac. Étant donné les lourdes responsabilités qui lui incombaient, elle n'avait pas le droit de se conduire en victime.

— Je suppose que vous avez lu l'article joint à mon message ?

Il hocha la tête.

— Oui.

Winnie Bellamy détestait qu'on pille son bien. L'argent était une chose…, elle en avait beaucoup. Mais quand *Arista Magazine* l'avait classée parmi les vingt femmes les plus riches des États-Unis, il l'avait privée de ce à quoi elle tenait le plus, à savoir son anonymat.

Affectant une totale aisance, elle posa les mains sur les bras de son fauteuil.

— Par où commençons-nous ?

Ne sachant pas trop ce qu'elle attendait de lui, Larkin entreprit de la questionner. Et si certaines de ses questions ressortaient davantage de sa curiosité que d'une réelle nécessité, eh bien, cela ne regardait que lui. Se calant contre le dossier du canapé, il tapota sur ses genoux.

— Parlez-moi de vous et de votre famille. Comment avez-vous atterri dans cette liste de femmes fortunées ?

D'habitude, il aurait déjà ouvert son portable et il serait en train de prendre des notes. Seulement, il ne voulait pas manquer les différentes émotions qui passaient sur le visage mobile de Winifred Bellamy. Son attitude, ses mouvements gracieux, tout respirait la distinction. Elle possédait un maintien princier, comme si elle avait été éduquée en Suisse, dans une pension pour jeunes filles de bonne famille. Ce qui était peut-être le cas, d'ailleurs.

Elle prit quelques instants de réflexion avant de répondre.

— Mes parents m'ont eue à quarante ans passés, et ma mère a très mal vécu sa grossesse. Ils étaient de brillants universitaires, mon père et elle. Ma conception accidentelle les a ramenés au rang d'êtres humains, ce qu'ils ont dû détester.

— Ils sont morts ?

— Oui. Diplômés en anthropologie et archéologie, ils passaient leur existence à sillonner le globe. Ils donnaient des conférences très appréciées dans les universités, les grandes écoles. Enfin, dans tous les lieux capables de payer les sommes exorbitantes qu'ils exigeaient pour y effectuer leurs interventions.

— Et c'est ainsi qu'ils ont amassé leur fortune ? s'enquit-il avec un haussement de sourcils sceptique.

— Non, bien sûr. L'argent était déjà là. L'arrière-arrière-grand-père de ma mère a inventé un engin qui a été utilisé durant la première guerre mondiale, et la famille de mon père possédait une importante maison d'édition à Londres.

— Que faisaient-ils de vous pendant leurs voyages ?

Entraîné à déceler le moindre indice, il vit les mains de Winnie se crisper brièvement sur les accoudoirs du fauteuil.

— J'avais des gouvernantes, des tuteurs, je passais des semestres en pension, dans des écoles privées huppées. Bref, je n'ai manqué de rien.

— Sauf de parents pour vous border le soir.

— Effectivement, répondit-elle avec calme. Mais il y a pire éducation, je vous assure.

— Naturellement. Seulement, ayant moi-même grandi sans mère, et avec un père qui ne pensait qu'à son travail, je sympathise, mademoiselle Bellamy.

— Appelez-moi donc Winnie. « Mlle Bellamy » est si formel et, pour être honnête, je déteste mon prénom. Il évoque une vieille fille rassise et un peu aigrie.

Il sourit.

— La description ne vous convient guère.

— J'ai enquêté sur vous, monsieur Wolff.

À ses joues rosies, il devina que son compliment implicite l'avait embarrassée.

— Je comprends. Vous devez avoir confiance dans la personne qui va assurer votre sécurité.

— Pourquoi votre agence s'appelle-t-elle Leland Security ? J'aurais cru qu'utiliser votre nom de famille vous aurait attiré des clients.

— J'ai suffisamment de travail. De plus…

— Oui ?

Son regard décidé le disséquait.

— Eh bien, au début, je ne voulais pas utiliser mon patronyme parce que je suis le cadet de la famille. Je ne voulais pas que mon frère aîné ou mes cousins me fassent de l'ombre. À cette époque, je me figurais que j'allais révolutionner le monde. Heureusement, j'ai dépassé ce stade depuis longtemps, et puis, entre-temps, j'ai découvert que si je voulais traiter mes affaires avec la discrétion exigée, mieux valait ne pas faire de vagues. Leland est mon deuxième prénom.

— Dites-moi, monsieur Wolff…

— Larkin.

— Larkin, d'accord. Etes-vous prêt à assumer une affaire d'importance ? Avez-vous les effectifs ? Des créneaux dans votre emploi du temps ?

— Avant de vous répondre, j'ai une dernière question à vous poser. Quand et comment vos parents sont-ils morts ?

Elle remonta ses genoux contre sa poitrine et les entoura de ses bras dans un geste enfantin qui ne retirait rien à son charme. Tout au contraire. Il s'accordait à la fraîcheur de son teint dépourvu de maquillage et piqueté de taches de rousseur.

— La disparition de mes parents n'a rien à voir avec l'affaire qui me préoccupe, répliqua-t-elle sèchement. Ils ont été victimes d'un tsunami alors qu'ils vivaient dans une peuplade autochtone, sur une île reculée d'Indonésie.

— A-t-on retrouvé leurs corps ?

— En fin de compte, oui. Mais il n'en restait pas grand-chose. Il a fallu procéder à des tests ADN pour confirmer leur identité. Vous comprenez, les hommes de loi n'étaient pas prêts à se dessaisir d'une fortune d'un milliard de dollars sans preuve formelle.

Le ton délibérément dépourvu d'émotion n'enlevait

rien à l'horreur du récit de Winnie. S'il avait lui aussi ses propres démons à combattre, il comprit qu'il se trouvait devant une personne qui savait ce que souffrir voulait dire.

— Je suis navré, dit-il, souhaitant pouvoir faire quelque chose pour apaiser la tension qui habitait sa frêle silhouette.

— C'est de l'histoire ancienne, dit-elle. Cela fait presque dix ans.

Elle se leva et arpenta la pièce, s'arrêtant au passage pour caresser le piano avec un geste plein de sensualité. Et il en ressentit une émotion quasi charnelle. Il n'avait jamais rencontré de femme moins désireuse de se mettre en valeur et, pourtant, Winnie Bellamy le fascinait.

— Jouez-vous du piano ? demanda-t-il.

Quand elle leva les yeux, il eut le sentiment qu'elle avait oublié sa présence.

— Pour moi, de temps à autre.

— J'aimerais vous entendre.

Elle pinça les lèvres.

— Oubliez.

— Pourquoi ?

Elle le dévisagea sans daigner répondre. Peut-être le trouvait-elle impertinent.

Elle se dirigea vers un secrétaire ancien. Sortant une clé d'argent de sa poche, elle ouvrit le tiroir central et en tira un morceau de papier qu'elle vint poser devant lui.

Il en resta bouche bée. Bien que son entreprise représente une somme considérable, sans parler des parts de Wolff Enterprises qui lui reviendraient un jour, la vue d'un chèque d'un demi-million de dollars ne pouvait le laisser indifférent.

Il s'en empara avec précaution.

— Qu'est-ce que ça signifie ?

Elle se rassit, croisant cette fois les jambes tout en balançant paresseusement un pied.

— C'est votre rétribution. Vous comprenez, je dois être certaine que vous ferez preuve de la plus absolue discrétion. Rien de ce que vous apprendrez sur moi ou sur mes biens ne devra être divulgué.

Son « sens de Spider-Man » de retour, il reposa le chèque.

— Je ne suis ni prêtre, ni psychiatre, ni avocat, répliqua-t-il d'un ton bourru. Si je découvre que vous êtes impliquée dans une action illégale, j'irai droit à la police. Vous pouvez acheter ma loyauté et ma discrétion, mais pas mon aveuglement. Désolé.

— Ça a le mérite de la clarté, murmura-t-elle en plissant les paupières.

Loin de la rebuter, l'attitude hautaine de Larkin Wolff fascinait Winnie. Et quand il se leva et arpenta le salon, elle l'observa. Grand, mince et musclé, il était bâti en athlète. Bien que séduisant, il ne possédait pas une beauté classique. Peut-être à cause du froncement de sourcils qui assombrissait son front, ou de la bosse de son nez indiquant qu'il avait été cassé. Quelques fils d'argent couraient dans ses courts cheveux bruns. Quant à ses yeux bleu acier, ils pouvaient à n'en pas douter vous carboniser ou vous réfrigérer, selon son humeur. Vêtu d'un jean et d'un pull blanc, il paraissait robuste et intensément viril. D'après ses informations, il avait à peine trente ans.

— Asseyez-vous, Larkin. Je peux vous assurer que je suis une citoyenne au-dessus de tout soupçon.

Elle fut choquée de s'entendre lui donner des ordres, et encore plus de le voir obéir. Dans le silence, le regard de Larkin la défia.

Elle soupira.

— Parlons de cet article. Depuis sa parution, je suis inondée de coups de téléphone, et les visiteurs se bousculent à ma porte. J'ai même dû faire appel, une fois, à une équipe de démineurs. Heureusement, c'était une fausse alerte, mais je ne peux faire courir des risques à mon personnel. Je n'ai reçu pas moins de six demandes en mariage, l'une d'elle provenant d'un délinquant sexuel purgeant une peine de prison. Ma messagerie électronique a été piratée la semaine dernière, et l'auteur du délit a envoyé des images pornographiques à tous mes contacts. Il faut que tout cela cesse, et vite.

Larkin se pencha en avant, les coudes sur les genoux.

— Je peux mettre fin à cette situation pour une somme moindre. Que me cachez-vous ? De telles histoires s'éteignent d'elles-mêmes, c'est juste une question de temps. De nouveaux sujets alimenteront bientôt la curiosité malsaine des foules et, d'ici un mois ou deux, vous n'aurez plus de soucis à vous faire.

Ravalant la boule dans sa gorge, elle serra ses mains l'une contre l'autre pour les empêcher de trembler.

— Même si je réagis de façon un peu trop épidermique, j'ai le droit de vous engager pour mettre fin à cette situation, ne pensez-vous pas ?

— Bien sûr. Seulement, il est de mon devoir de vous avertir. Pourquoi jeter votre argent par les fenêtres ?

— C'est important pour moi, répliqua-t-elle, la gorge nouée par l'émotion. Je voudrais que vous installiez un dispositif pour sécuriser le périmètre. Et que vos hommes soient sur le pied de guerre vingt-quatre heures sur vingt-quatre, pour une durée indéfinie.

— Et qu'ils règlent le problème du téléphone et d'Internet.

— Oui.

— Quoi d'autre ?

Elle hésita. Ce qu'elle savait de lui inspirait confiance, mais dans sa position elle devait se montrer prudente.

— Je veux que vous acceptiez mon chèque avant de poursuivre.

La suspicion se lut dans le regard soudain glacé de Larkin.

— Je vous l'ai dit, c'est beaucoup trop.

— Dans ce cas, je vais rédiger deux chèques. Un à l'ordre de Leland Security, l'autre, au profit d'une œuvre caritative de votre choix. Je veux pour un demi-million de dollars de protection. Pouvez-vous, oui ou non, me la procurer ?

— Vous a-t-on déjà accusée de paranoïa ?

— Je n'attends pas qu'un homme comme vous se mette dans la peau d'un être physiquement vulnérable. Les femmes sont plus fortes que les hommes sur bien des points, mais un agresseur supérieur par la taille et la force saura toujours nous réduire à l'impuissance.

— Vous êtes-vous sentie physiquement menacée depuis la parution de cet article ?

— Non, mais le problème existe. Dès que vous aurez assuré la sécurité de la propriété, je veux que vous m'emmeniez dans un endroit sûr pour une quinzaine de jours. Nous ferons en sorte que les médias apprennent mon départ, mais je compte sur vous pour que le lieu de ma cachette soit tenu parfaitement secret.

— Il faut que je vous avoue une chose, Winnie : vous me déconcertez, et je n'aime pas ça.

Évidemment, Larkin Wolff n'était pas une marionnette qu'on pouvait manipuler à sa guise. En plus d'être musclé, il n'avait pas oublié d'être intelligent et perspicace. Et il devinait qu'elle mentait, du moins par omission. Elle le lisait sur son visage.

— Avant de poursuivre, dit-elle, ai-je votre parole que

ma vie privée sera protégée avec autant de zèle que mon intégrité physique ?

Larkin n'appréciait sans doute pas qu'elle lui force la main, surtout alors qu'il ignorait le fin mot de l'histoire. Un frisson glacé lui courut le long du dos. Que deviendrait-elle s'il la laissait tomber ?

— Pour que je vous donne ma parole, dit-il brusquement, il faut tout me dire. Mes hommes doivent être informés de toute menace potentielle.

Elle devait convenir qu'il marquait un point. Cela étant, plus les gens seraient nombreux à être au courant, plus grand serait le danger d'une indiscrétion.

— Je comprends, marmonna-t-elle. Et je suppose que vous épluchez soigneusement leurs antécédents ?

— Qu'est-ce que vous croyez ?

La situation était claire, du moins dans son esprit. Elle avait besoin de Larkin Wolff, et il ne l'aiderait que si elle lui confiait son secret.

Le cœur serré, elle se leva. Si elle commettait une erreur, les conséquences pourraient en être dramatiques.

— Voulez-vous me suivre ?

Il se leva, son visage arborant une expression indéchiffrable. Elle nota que le chèque était resté sur la table. Sa tentative pour acheter le silence de Larkin Wolff était une erreur. Il possédait un solide sens moral, ce qui, espérait-elle, augurait bien de l'avenir de leurs relations.

Ils sortirent par la véranda située à l'arrière de la maison et furent accueillis par une merveilleuse journée de printemps.

— Là-bas, dit-elle, se trouve ma principale source de préoccupation.

La maison qu'elle désignait était une version plus modeste

de la demeure principale et se dressait au bord d'un terrain de football. Larkin l'examina, la mâchoire raidie.

— Qu'a-t-elle de particulier ?

Elle frissonna. Tant de gens comptaient sur elle !

— C'est un refuge pour femmes battues et leurs enfants, déclara-t-elle en s'éclaircissant la voix. À part quelques membres du personnel à qui j'accorde toute ma confiance, plus vous à présent, et moi, seules deux autres personnes connaissent son existence.

- 2 -

Larkin dut faire un effort pour redessiner l'image mentale qu'il s'était faite d'une jeune femme riche, légèrement paranoïaque, et excentrique.

— Ce n'est pas pour votre propre sécurité que vous avez peur, n'est-ce pas ?

— Non, répondit-elle sans quitter le refuge des yeux. Je suis capable de prendre soin de moi.

Il connaissait si bien ce mouvement obstiné du menton projeté en avant. À un moment ou à un autre de son enfance, il l'avait vu chez son frère, sa sœur, ou ses cousins. C'était une attitude de défi envers la vie qui se montrait parfois injuste.

— J'ai placé ces femmes et ces enfants sous ma protection, poursuivit-elle. Et ce stupide article met ma tâche en péril.

— Pourquoi vous ? N'existe-t-il pas des lieux qui puissent recueillir officiellement ces femmes ?

— Sans parler du fait que le Gouvernement se montre parfois inefficace, ce genre de situation exige un éloignement physique. Une fois nos protégées ici, c'est beaucoup plus difficile pour leurs maris ou leurs compagnons de retrouver leur trace.

— Vous vivez donc avec le danger à votre propre porte ?

Elle s'adossa à une colonne, une jambe repliée sous elle tandis qu'elle se balançait sur l'autre.

— Vous désapprouvez.

Il haussa les épaules.

— Je constate que vous ne prenez pas les précautions nécessaires.

Il la vit se dresser instantanément sur ses ergots.

— Nous n'avons jamais eu le moindre problème ! Nous n'en avons toujours pas d'ailleurs, en ce qui concerne mes pensionnaires. Malheureusement, l'article a ouvert la boîte de Pandore, et je compte sur vous pour la refermer.

— Je dois être honnête avec vous, Winnie. Vous êtes terriblement naïve.

Les yeux de son interlocutrice lancèrent des éclairs, et ses poings se fermèrent.

— Peut-être n'ai-je pas été claire. Je vous emploie pour assurer ma sécurité, non pour me juger.

— Dommage. Ma protection s'agrémente en général de conseils.

Il examina la vaste étendue de pelouse impeccablement tondue.

— Emmenez-moi là-bas, ajouta-t-il.

— Jamais de la vie ! Après ce qu'ils ont vécu, la vue d'un homme terrifie ces femmes et ces enfants.

— Voyons, pourquoi auraient-ils peur de moi ?

— Parce que vous êtes l'incarnation de la virilité.

Il sourit : le mâle en lui ne pouvait s'empêcher d'être satisfait de la réaction de Winnie, même si elle manquait d'enthousiasme.

— Faites-moi donc un peu confiance, dit-il. Je sais me montrer discret. La discrétion fait partie de mon métier, rappelez-vous.

— À part moi, quelques membres du personnel et des professionnelles, personne ne franchit jamais cette porte.

— Quel genre de professionnelles ?

— Un médecin, une psychologue et une travailleuse sociale.

— Si vous me faites suffisamment confiance pour m'engager, laissez-moi faire mon travail.

Ils s'affrontèrent du regard. Winnie était visiblement réticente.

— Remettons cela à demain, dit-elle enfin.

— Non, Winnie, il n'y a aucune raison d'attendre.

Pour être efficace, il devait évaluer pleinement les menaces potentielles. La défense des plus faibles était une vocation chez lui, en tout cas professionnellement parlant. Et il tenait à faire son possible pour assurer la sécurité de Winnie et de ses protégés.

Il devait se montrer inébranlable. Parfois, les gens ne comprenaient pas à quel point leur sécurité était précaire. Il pressentait que Winnie était assez consciente de sa vulnérabilité, mais l'idée que le mal puisse frapper à tout moment était difficile à admettre pour la plupart des gens.

Il avait vu des choses à vous glacer le sang, certaines dans son entourage proche, et il ne se laissait jamais endormir par l'autosatisfaction. Le monde était plein de monstres, même par un jour aussi beau et aussi serein que celui-ci.

Finalement, Winnie céda.

— Très bien, lâcha-t-elle avec un mélange d'agacement et de résignation. Laissez-moi le temps de passer des chaussures.

Quand elle revint, il reçut un coup au cœur à la vue d'élégantes sandales dorées dont les lanières s'entrecroisaient haut sur un mollet ferme et galbé. Et l'excitation physique qu'il ressentit soudain le déconcerta.

Il ravala sa salive tout en détournant le regard.

— Vous êtes prête ?

— Suivez-moi, ordonna-t-elle, le menton en l'air.

À son expression, il vit qu'elle était décidée à prendre la direction des opérations, ce qui l'amusa. Elle pouvait bien jouer au chef, dans le cadre de son métier, n'en déplaise à Winnie, il agirait à sa guise.

Ils traversèrent la pelouse en silence. Les oiseaux chantaient, le vent bruissait dans les branches et une tondeuse à gazon ronronnait au loin, mais Winnie gardait les lèvres obstinément closes. À un moment, comme elle trébuchait, il lui prit machinalement le coude. Malgré son mouvement de recul, il eut le temps de sentir sa peau douce, chaude, délicate. Et il eut bien du mal à fixer son attention ailleurs.

Tout en marchant, il examinait les lieux et notait les failles de la sécurité. À moins qu'elle ne dispose d'un système électrique, la clôture qu'il apercevait à distance servait uniquement de décoration.

Quand ils parvinrent à la maison, la main sur la poignée de la porte, Winnie marqua une pause.

— Depuis la parution de l'article, les enfants n'ont pas pu jouer dehors, dit-elle d'un air chagriné. Et je suis responsable de cet état de fait.

Il connaissait ce sentiment de frustration que donne l'impuissance. Il l'avait expérimenté durant son enfance, en comprenant qu'il était incapable de protéger son frère et sa sœur.

— Vous n'êtes pas responsable, dit-il en posant une main sur son épaule pour la réconforter. Et cela peut aisément s'arranger.

— Comment ça ?

— Dès demain, nous allons installer une bâche de camouflage, du genre de celles utilisées pour dissimuler les camps de l'Armée au Moyen-Orient. D'en haut, on n'y verra que du feu.

— C'est si simple ?

— Disons que c'est le cadet de nos soucis.

— Promettez-moi de ne pas leur adresser la parole, dit-elle en mordillant sa lèvre inférieure.

Il fit mine de verrouiller ses lèvres, puis de jeter la clé.

— Puis-je prendre des notes ?

— Est-ce absolument nécessaire ? Vous m'avez l'air d'un homme qui a tout dans sa tête.

Il sourit.

— Comme vous voudrez.

Winnie lui avait expliqué que la maison comptait huit chambres et vingt et un résidents. Mais quand il franchit la porte d'entrée, au lieu du bruit et de la confusion auxquels il s'attendait, il constata qu'un silence étrange régnait.

— Savent-ils que nous venons ? demanda-t-il à voix basse.

— Oui, répondit-elle dans un souffle. Il y a toujours quelqu'un qui regarde par la fenêtre.

Personne, cependant, n'était là pour les accueillir.

Winnie lui fit visiter le rez-de-chaussée.

— Une alarme est branchée tous les soirs à 21 heures, expliqua-t-elle. Elle est programmée pour sonner dans ma chambre.

Il fronça les sourcils.

— Pourquoi pas au poste de police ?

— Nous vivons dans un endroit plutôt reculé, comme vous avez pu le constater. Disons que je suis sur place.

— Et que croyez-vous pouvoir faire en cas d'agression ? demanda-t-il sans cacher son incrédulité.

Elle le regarda avec hauteur.

— Je peux tirer pour réduire un intrus à l'impuissance, ou même le tuer, s'il le faut. Ne vous inquiétez pas, monsieur Wolff, je sais protéger mon bien.

— Vous m'avez engagé, dit-il, ravalant une bouffée de colère. Il est inutile de vous mêler d'autodéfense.

— Vous m'en croyez incapable, en fait.

Il se massa la nuque.

— Je ne discute pas votre habileté à manier une arme à feu. Je suggère juste que, à partir de maintenant, vous me laissiez m'occuper des intrus.

— Et comment y parviendrez-vous depuis votre bureau cossu ?

— Vous ne savez rien de mon bureau !

— Faux ! s'exclama-t-elle avec une expression de triomphe. Un ami sûr a pris rendez-vous avec vous il y a quinze jours. Il vous a rencontré et a mené son enquête.

— Franchement, vous dépassez les bornes ! s'exclama-t-il étouffé par l'indignation.

— Ce n'est pas contraire à l'éthique.

— Non, mais…

Incapable de trouver les mots qui traduiraient la confusion de ses émotions, il laissa sa phrase s'éteindre. Qu'un homme agisse comme Winnie, et il aurait loué sa vigilance. Alors, pourquoi était-il si choqué ?

— Puis-je savoir ce que votre espion a découvert ?

Elle eut un petit rire.

— Il m'a dit que vous dirigiez votre entreprise de main de maître et que votre bilan financier était sain. Satisfait ?

Il haussa les épaules.

— Je n'en attendais pas moins, marmonna-t-il en se détournant, le temps de se reprendre. Je vais accroître les mesures de sécurité déjà en place et poser des caméras. Avec votre permission, nous installerons également un poste de surveillance dans votre maison.

— Que se passera-t-il quand vous m'emmènerez en lieu sûr ?

— Mes meilleurs agents seront sur le coup. Je peux vous assurer que vous êtes entre de bonnes mains, Winnie.

Elle espéra ne pas rougir devant l'ambiguïté de l'expression. Comme s'il ne suffisait pas que sa peau claire représente une véritable malédiction, devant Larkin Wolff elle avait des réactions d'adolescente.

Elle retint tout geste inconsidéré. Les larges épaules de Larkin et son torse musclé étaient faits pour accueillir une tête de femme. Elle aimait l'idée, mais refusait de dépendre d'un homme. C'était une chose d'engager un professionnel, mais fantasmer sur un contact rapproché avec lui en était une autre, même si de beaux yeux bleus pétillants d'intelligence avaient toujours été son point faible. Elle qui s'était juré d'être une bonne fille toute sa vie trouvait déconcertant de s'apercevoir qu'elle envisageait tout à coup sans déplaisir de devenir « vilaine ».

— Je préférerais que vous ne montiez pas à l'étage, dit-elle avec brusquerie. Je ne tiens pas à contrarier mes résidentes sans nécessité.

— Je peux attendre.

Bien qu'il paraisse calme, elle sentait chez lui une tension indiquant qu'il était prêt à réagir en une fraction de seconde au moindre signe de danger. Cent cinquante ans plus tôt, il aurait été le bandit armé, assis, dos au mur, dans un coin du saloon.

— Et maintenant ? s'enquit-elle. Quel est le programme ?

— Je dois passer quelques appels téléphoniques afin d'obtenir des vigiles pour la nuit, pendant que je procéderai à diverses installations. Et si ce n'est pas trop vous demander, j'aimerais manger quelque chose. J'ai sauté le petit déjeuner.

Elle le considéra d'un air moqueur.

— Le repas le plus important de la journée ? Je vais être amenée à réviser mon avis sur votre bon sens.

— Faites-moi confiance, Winnie. Je peux fonctionner

au café et à l'adrénaline pendant des jours. Ce qui ne veut pas dire que j'apprécie.

Faites-moi confiance. Il avait jeté ces mots comme si c'était la chose la plus naturelle du monde. Il ignorait évidemment qu'elle avait désormais beaucoup de mal à accorder sa confiance à qui que ce soit.

— Avez-vous terminé ? L'heure est venue de préparer le repas, mais les femmes ne descendront pas tant que vous serez dans les parages.

— Très bien. Rentrons chez vous et mettons la machine en branle.

Pourquoi fallait-il que les propos de Larkin prennent systématiquement une signification ambiguë à ses oreilles ? Parce qu'elle vivait en nonne ? En mère supérieure conduisant son troupeau ? En être asexué traînant derrière elle de mauvais souvenirs de jeunesse ?

Parfois, elle avait du mal à concevoir un dieu qui permettait que de jeunes enfants aient tout à redouter de leur propre père. Mais évidemment, depuis des siècles, de plus grands esprits qu'elle se penchaient sur cette question, et la réponse ne risquait pas de lui parvenir de sitôt.

Alors qu'ils s'apprêtaient à sortir, une petite tête apparut au détour du couloir.

— Bonjour, mademoiselle Winnie. Qui est ce monsieur ? demanda un petit garçon en pointant sur Larkin un index accusateur.

— *¡ Hola, Esteban! ¿ Cómo estás ?* demanda-t-elle en s'agenouillant devant l'enfant. C'est le *señor* Wolff. Il travaille pour moi.

Les yeux noirs d'Esteban se rivèrent à ceux de Larkin.

— Il ne ressemble pas à un loup.

Larkin éclata de rire : ce n'était sans doute pas la première fois qu'un enfant pensait que son patronyme désignait un loup véritable. Il s'accroupit à son tour devant le garçonnet. Le fait qu'il n'essaie pas de le toucher prouvait qu'il savait se comporter avec un être qui a connu la violence.

— Wolff est mon nom de famille, Esteban. J'aide mademoiselle Winnie à faire en sorte que cette maison soit vraiment très, très, sûre.

— Comme ça, mon papa pourra pas nous retrouver et battre encore maman ?

Elle vit un muscle se contracter à la mâchoire de Larkin.

— Exact, répondit-il. Beaucoup de gens travaillent pour moi, et notre métier consiste à t'empêcher d'avoir peur.

Esteban se rapprocha.

— Avez-vous un revolver ?

Larkin hocha la tête.

— Plusieurs. Mais je ne m'en sers qu'en cas d'absolue nécessité. Les armes à feu sont dangereuses. Promets-moi de ne pas en toucher une avant d'être adulte.

— C'est promis, répondit le petit garçon en considérant Larkin avec curiosité.

Puis il la regarda.

— J'aimerais bien jouer dehors.

— M. Wolff va faire en sorte que ce soit bientôt possible, répondit-elle en souriant.

La réponse sembla satisfaire Esteban. Elle lui donna une rapide étreinte. La plupart des enfants n'aimaient pas être touchés, mais ce petit chenapan désirait ardemment qu'on s'occupe de lui. Et elle était prête à lui manifester autant de marques d'affection qu'il voudrait.

— Va dire aux dames que nous nous en allons, M. Wolff et moi.

— Ainsi, vos pensionnaires sont autonomes ? fit observer Larkin alors qu'ils regagnaient la maison principale.

— Oui. Je leur procure fruits, légumes et aliments de

base pour la confection des repas. C'est important pour elles de s'occuper et de concocter des menus pour leurs enfants.

— Pourquoi vous dévouer ainsi ? demanda-t-il.

La question la prit par surprise. Elle n'était pas prête à livrer son âme à un quasi-inconnu.

— Il faut bien prendre en charge ces femmes en détresse. Et comme je dispose de l'argent nécessaire, il me semble normal de m'y coller. Beaucoup de gens fortunés s'occupent d'œuvres caritatives, vous savez.

Il ouvrit la porte de la véranda et la lui tint ouverte.

— Ils y consacrent rarement leur existence.

Soudain, un bruit assourdissant déchira l'air.

— Dépêchez-vous ! cria-t-elle en lui prenant le bras pour l'attirer à l'intérieur.

Par la porte à moustiquaire, ils virent un hélicoptère blanc et bleu survoler la maison. On distinguait nettement un homme s'agrippant à l'ouverture de l'engin pour se pencher à l'extérieur, un appareil photo à la main. En dépit de sa position acrobatique, il prit plusieurs clichés avant de se retourner vers le pilote. L'appareil s'éleva alors, traça un grand cercle au-dessus de la propriété et revint survoler la maison.

— Ne peut-on les arrêter ? s'écria-t-elle, ravalant des larmes de rage impuissante. Ils n'ont pas le droit, n'est-ce pas ? Bon sang ! Je déteste cette situation.

- 3 -

En gage de sympathie, Larkin, qui partageait l'écœurement de Winnie, posa brièvement une main sur son bras.

— Ils n'enfreignent malheureusement aucune loi, expliqua-t-il. Mais tout ce qu'ils ont obtenu, ce sont des photos de votre maison. Et sans photos de vous, je ne pense pas que ça ait un gros succès dans la rubrique « Potins ».

Il percevait la détresse de Winnie à travers le léger tremblement qui agitait sa frêle silhouette.

— Je pensais qu'ils finiraient par se lasser, dit-elle, mais ils continuent de me harceler. C'est pour cette raison que je dois m'éloigner.

Il l'attira à l'intérieur. Avec un objectif sophistiqué, il était possible de prendre une photo correcte, même à travers l'écran d'une moustiquaire.

— Je connais un endroit si sûr que personne ne pourra vous y dénicher, dit-il.

Elle versa de la soupe en brique dans une casserole et posa celle-ci sur la gazinière avec une force qui trahissait sa nervosité.

— Où est-ce ? demanda-t-elle, la mine sombre.

— Wolff Mountain.

Le couvercle heurta violemment le plan de travail avant qu'elle retrouve son calme et le pose avec un soin exagéré sur la casserole.

— J'ai entendu parler de votre famille. Ils n'aiment pas beaucoup que des intrus se mêlent de leurs affaires.

— C'est aussi ma maison. Je peux y inviter qui je veux. Et il n'existe pas d'endroit plus sûr à cinq cents kilomètres à la ronde. Je vous y emmènerai et j'y passerai deux nuits, le temps que vous vous installiez. Ensuite, vous n'aurez qu'à considérer que vous passez des vacances à la montagne.

Tout en s'essuyant les mains dans un torchon, elle s'appuya au plan de travail et lui adressa un sourire amer.

— C'est la proposition la plus extravagante qu'on m'ait jamais faite !

— Elle est parfaitement sensée, riposta-t-il. Bien plus que de chercher un lieu retiré et d'engager des gardes du corps pour veiller sur vous. Samedi, ma sœur Annalise organise une fête pour l'anniversaire de son mari, et je projetai, de toute façon, de me rendre à Wolff Mountain. Nous ferons courir le bruit que vous vous rendez à Saint-Barth. Les paparazzis y courront, ce qui libérera votre maison. En votre absence, l'histoire se tassera et vous pourrez bientôt regagner votre domicile sans problème.

— Vous avez monté ce plan à la dernière minute ? demanda-t-elle en l'étudiant avec curiosité.

— Les meilleurs plans sont les plus simples.

— Ce n'est pas simple du tout. Dites-moi, Larkin, suis-je le genre de femme que vous faites d'habitude venir chez vous ?

La question le prit au dépourvu. Ses fréquentations habituelles étaient des femmes qui se consacraient à leur carrière, et n'attendaient de lui rien de plus que des relations sexuelles satisfaisantes. En somme, des versions féminines de lui-même.

Il avait soif tout à coup.

— Pourrais-je avoir une bière ?

— Répondez-moi, insista-t-elle tout en sortant une bouteille du réfrigérateur et en la lui tendant avec un décapsuleur.

— Avec votre permission, nous dirons la vérité à ma famille. Je n'ai jamais invité de femme à Wolff Mountain, et je ne veux pas qu'ils se méprennent. En ce moment, les mariages se succèdent dans la famille, à un rythme qui flanque la nausée, et je ne tiens pas à être l'objet de leurs spéculations.

— J'aurais cru que voir les vôtres heureux vous aurait encouragé à suivre leur exemple.

— Loin de moi cette idée !

Il but une longue gorgée de sa bière et poussa un soupir d'aise. Rien de mieux qu'une bière glacée par une chaude journée d'été. Comme Winnie le regardait en silence, il tira une chaise, la retourna et s'assit, les bras croisés sur le dossier.

— Je ne veux être responsable de personne d'autre que de moi-même, reprit-il. Et maintenant qu'Annalise dépend de Sam, je ne suis là pour aucune femme ! On peut me traiter de sale égoïste mais, ma foi, j'aime être libre et sans attaches.

— Et pourtant, vous passez votre temps à vous occuper des autres.

— Dans le cadre de mon métier, c'est différent.

Winnie ne parut pas convaincue, mais elle avait reçu le message : Larkin Wolff était un loup solitaire.

— Je dispose de suffisamment d'argent pour m'offrir un lieu sûr et des gardes du corps, déclara-t-elle alors, et je ne vois aucune raison de déranger votre famille.

— J'ai toujours trouvé idiot de jeter l'argent par les fenêtres. De plus, si vous êtes à Wolff Mountain, je ne me ferai aucun souci pour votre sécurité. Vous ne risquez pas de vous ennuyer là-bas, il y a un grand choix d'activités.

— Je m'ennuie rarement. Mais cet arrangement introduit entre nous une intimité qui me gêne.

— Il est certain que je n'aime pas mélanger travail et vie privée. Mais dans ce cas précis, les avantages l'emportent sur les inconvénients. Trouver un lieu sûr est possible, je suis bien d'accord, mais ça demande du temps. Et du temps, vous n'en avez guère. En outre, ma maison familiale est suffisamment proche de la vôtre pour que vous puissiez revenir rapidement en cas d'urgence.

Tout en exposant ses arguments, il entendait des signaux d'alarme résonner dans sa tête, et s'étonnait de constater avec quelle facilité il les ignorait. Aurait-il pris la même décision si sa cliente avait été moins séduisante ? Pour tout dire, il n'avait pas envie de répondre à cette question.

Pendant qu'elle dressait le couvert, coupait du pain et versait la soupe dans des bols, il l'observa. Bien que mince et gracieuse, on la sentait dotée d'une forte personnalité. Signer des chèques était à la portée de tous les nantis de ce monde, mais Winnie donnait en plus de sa personne.

Étrange, vraiment. Jusqu'à présent, ses goûts le portaient vers les grandes brunes tout en jambes, mais il lui avait suffi d'une matinée pour découvrir que les petites blondes aux cheveux fous et aux yeux de chat possédaient un charme infini.

Il avait fait son possible pour ne pas regarder ses seins, bien qu'ils jouent un érotique jeu de cache-cache sous son T-shirt. S'enticher de sa cliente serait désastreux. Quand il l'emmènerait à Wolff Mountain, il s'agirait de sa sécurité, rien de plus. Il appréciait sa compagnie, et l'idée de passer deux jours avec elle ne lui déplaisait pas, mais ça ne devrait pas aller au-delà.

Très tôt, la vie lui avait infligé de dures leçons. Parfois, il ne suffisait pas de vouloir protéger ceux qu'on aimait pour réussir. Trop d'échecs dans ce domaine l'avaient convaincu qu'il ne devait pas avoir de femme dans sa vie de façon permanente. C'était une décision intelligente, à laquelle il se tenait. Certes Winnie était divertissante, et stimulante. Elle ferait occasionnellement une compagne agréable. Mais il ne devait pas perdre de vue qu'ils étaient juste en affaires, pour régler une situation déplaisante. Malgré son indéniable attirance pour elle, il se refusait à avoir une aventure passagère avec une cliente.

À l'instar de Winnie elle-même, sa cuisine était surprenante, et quand il goûta ses crevettes sauce gombo, il faillit s'étrangler tant elles étaient pimentées. Tandis qu'il faisait passer la brûlure avec un verre d'eau, elle sourit.

— Je suppose que j'aurais dû vous prévenir.

— Vous l'avez fait exprès.

— Vous n'aimez pas ? demanda-t-elle, mais son regard malicieux n'exprimait pas le moindre remords.

— Bien sûr que j'aime. Cela dit, maintenant, je sais à quoi m'en tenir.

— C'est-à-dire ?

— Il ne faut jamais sous-estimer Winnie Bellamy.

Il vit que la remarque la flattait. Pourtant, elle consulta sa montre.

— Tout ceci est charmant, dit-elle, mais j'aimerais que nous passions aux choses sérieuses.

— Vous me faites beaucoup de peine.

— Cessez de plaisanter et expliquez-moi ce que vous comptez faire.

Il se leva et fit rouler ses épaules.

— Pour l'heure, je vais demander à l'une de mes

équipes de me relayer, le temps que je retourne chez moi faire mes bagages.

L'expression de total ébahissement de Winnie l'amusa.

— Je vais rester ici jusqu'à notre départ pour Wolff Mountain, expliqua-t-il. Trois nuits. Vous pensez pouvoir gérer ?

Les joues de Winnie s'empourprèrent.

— Je ne pense pas nécessaire que le dirigeant de Leland Security s'installe à plein temps sur le site !

— Vous me payez cinq cent mille dollars, répliqua-t-il. Cette générosité vous place en priorité sur ma liste.

— Désolée si je vous ai insulté.

La teinte vert et or de ses yeux le fascinait. En dépit de son tablier, elle était très séduisante, d'autant qu'elle ne semblait guère se soucier de son pouvoir de séduction.

Une fois encore, les réactions de son corps le prirent au dépourvu. Il connaissait les mécanismes de l'attirance, mais celle-ci n'avait jamais été un problème dans le cadre de son métier. Ce qui signifiait qu'il avançait en terrain inconnu.

— Je vais m'installer sous le porche pour téléphoner, dit-il d'un ton bourru. Je ne veux pas vous déranger.

Le regard de Winnie passa de ses lèvres à son torse avant de se river au sol.

— Faites comme chez vous, dit-elle en se détournant pour rassembler les assiettes. Je ne remarquerai même pas votre présence.

Menteuse, sale menteuse !

Tout en réfléchissant aux tâches qui l'attendaient, Winnie ne pouvait empêcher ces mots de résonner dans sa tête.

Tout d'abord, il fallait préparer une chambre pour son hôte, et rien que d'y penser son estomac se nouait. Seulement, Mme Cross, sa gouvernante et cuisinière, ayant pris une journée de congé pour cause de rendez-vous chez le médecin, il lui incombait de s'en occuper.

Ce ne fut pas facile de déterminer quelle chambre attribuer à Larkin Wolff. Si elle le logeait trop près de sa suite, il pourrait se faire des idées fausses. Et si elle le mettait dans l'aile opposée, il la prendrait pour une vierge effarouchée. De plus, étant censé la protéger, cela lui compliquerait la tâche.

Elle finit par trouver un compromis : elle l'installerait dans une chambre masculine aux tons de bleu marine et ambre, située de l'autre côté du couloir, à deux portes de la sienne. Le grand corps de Larkin serait à l'aise dans le vaste lit, et la baignoire à remous de la salle de bains attenante pouvait accueillir deux personnes.

L'idée lui causa un tel trouble qu'elle comprit aussitôt : il y avait un problème. Elle connaissait mal le fonctionnement des hommes autrement dit, elle ne devait à aucun prix s'amouracher de Larkin Wolff. Quelle idée ridicule ! Mieux vaudrait courir nue sous une averse de grêle que de lui porter de l'intérêt.

Évidemment, à plusieurs reprises, elle avait senti une tension dans l'air, une brusque charge de sensualité. Mais tout portait à croire que cela provenait uniquement d'elle. Pourquoi Larkin Wolff s'intéresserait-il à elle, alors que, séduisant comme il l'était, il pouvait avoir les plus belles femmes du monde ?

Elle était si dépourvue d'artifices féminins, elle avait si peu confiance en elle sur le plan sexuel, qu'il lui était impossible de savoir si les étranges vibrations qu'elle avait ressenties étaient ou non à sens unique. De toute façon, elle achetait les talents de Larkin pour sa sécurité. Sa vie avait été bouleversée par cet article stupide, et elle était décidée à la remettre sur ses rails.

Tout ce qu'elle voulait de lui, c'était sa protection, se répétait-elle sans cesse, mais quand la sonnette de la porte d'entrée retentit à 18 heures, elle se mit à trembler, et la vérité la frappa au visage.

Elle mentait, essentiellement à elle-même. Certes, Larkin Wolff les protégerait, elle et ses pensionnaires, mais il ne pourrait rien contre le pire danger qui la menaçait, lui qui avait déjà percé une brèche dans ses défenses.

Affichant un sourire, elle ouvrit la porte.

Larkin transpirait, il avait faim et il était mécontent de lui. Il avait passé les dernières heures à essayer de se concentrer sur son travail malgré des fantasmes qui lui représentaient Winnie Bellamy nue dans son lit. C'était ridicule. Il aurait aimé rendre responsables de cette aberration la chaleur ou le fait qu'il avait enfreint une règle fondamentale en buvant pendant le travail. Mais la température était agréable, et le taux d'alcool ingéré avec sa bière dérisoire.

Quelle explication lui restait-il ? Son métier consistait à protéger les faibles, les innocents et, parfois, les naïfs. De temps en temps, s'ils y mettaient le prix, il protégeait aussi les puissants. Mais jamais il n'avait permis à un client de jouer avec ses émotions. Il se plaisait en sa propre compagnie et n'avait besoin de personne. Plus important, il refusait que quelqu'un ait besoin de lui, sauf si ce quelqu'un avait payé pour obtenir ses services.

Winnie, il le pressentait, allait poser problème. Il faisait déjà exception à sa règle d'or en lui donnant plus qu'elle n'était en droit d'attendre de lui, et il n'était pas certain d'en rester là. L'installer au sein de sa famille paraissait une bonne idée sur le papier, mais la réalité était beaucoup moins limpide. Aurait-il agi de la même façon pour quelqu'un d'autre ?

Quand elle ouvrit la porte, il eut une vision paradisiaque. Elle sortait visiblement de la douche, et ses cheveux humides exhalaient une troublante odeur de chèvrefeuille.

Il reprit péniblement sa respiration.

Envolée la salopette. Elle portait à présent un jean moulant et un T-shirt blanc avec l'inscription : « Prenez un livre pour aller au lit. »

L'image de son employeuse blottie sous les couvertures, portant Dieu seul savait quoi, alluma un incendie dans ses veines.

Il toussota.

— Déjà de retour, constata-t-elle en examinant le modeste sac de voyage à ses pieds. Entrez.

Il lui tendit un sac.

— Plats chinois de chez le traiteur. J'espère que vous aimez. Comme vous avez dit que votre cuisinière était en congé aujourd'hui, j'ai pensé…

Elle respira le contenu du sac.

— Vous plaisantez ! J'adore ça ! J'aime vivre à la campagne, mais l'absence de ce genre de commodités me ferait parfois renoncer. Venez dans la cuisine. À propos, vous marquez des points pour avoir retenu l'info ! Chez la plupart des hommes, elle serait entrée par une oreille et ressortie par l'autre !

— C'est mon métier d'enregistrer le moindre détail.

Comme la façon dont son soutien-gorge de dentelle couvrait tout juste la pointe de ses seins pressée contre le mince tissu de son T-shirt.

Il posa son sac au pied de l'escalier et la suivit dans la cuisine. Elle ne portait pas de chaussures, mais bien qu'il ait apprécié ses sandales dorées, il trouvait tout aussi attrayants ses pieds nus aux ongles couleur framboise.

Tandis qu'ils se restauraient, les questions de Winnie lui rappelèrent qu'il se trouvait là en tant que professionnel.

Elle agita ses baguettes en l'air.

— Voyons, expliquez-moi. Que vais-je obtenir pour mon argent ?

Il lui sourit, ravi de la trouver d'humeur batailleuse.

— Eh bien, tout d'abord, mon génial spécialiste en informatique est en train d'examiner méticuleusement votre système par accès à distance. Il ne touchera pas à vos dossiers, mais il verrouillera les fuites et consolidera les faiblesses des points d'entrée.

— Je n'ai aucune idée de ce que ça signifie en réalité, mais continuez.

— Première chose, demain matin, une équipe installera un système sophistiqué autour de votre propriété. C'est une combinaison de grillage et de capteurs électriques. J'espère que vous ne trouverez pas le résultat trop inesthétique. En tout cas, je peux vous assurer qu'avec les caméras et la station de surveillance installée ici, dans la maison, personne n'approchera sans être repéré.

Comme Winnie lui adressait un sourire lumineux, il eut la sensation de recevoir un coup de poing dans l'estomac. Lui plaire pourrait très vite devenir une addiction, constata-t-il.

— Quelle efficacité ! Je suis impressionnée.

— Durant les deux prochains jours, je travaillerai avec mon équipe pour m'assurer que les bugs du système de sécurité sont résolus et ensuite, si vous êtes d'accord, nous partirons pour Wolff Mountain, jeudi matin à la première heure.

L'expression de Winnie s'assombrit.

— Etes-vous certain de ne pas préférer me coller sous un nom d'emprunt dans un appartement anonyme d'une ville quelconque ?

— Oui. Je ne vois pas de raison de perdre du temps et de l'argent quand nous avons une solution à portée de main. Comme je vous l'ai dit, Wolff Mountain est une forteresse. Je n'aurai donc aucune inquiétude à vous y laisser. Et vous n'avez rien à redouter des membres de ma famille. Ce sont des gens charmants.

— Ce sont des Wolff.

— Oui. Et vous êtes Winifred Bellamy. Peut-être auront-ils peur de vous.

La remarque la fit rire.

— Je n'ai jamais fait peur à personne ! Il n'y a pas plus inoffensif que moi.

— Venant d'une femme qui tire pour tuer, c'est une remarque plutôt cocasse.

— Je tire aussi pour réduire à l'impuissance.

— Vous m'inquiétez…

— Ne me cherchez pas et vous n'aurez rien craindre de moi.

Ils flirtaient, et elle le savait aussi bien que lui. Il le voyait à l'expression de son regard, aussi éloquente que la tension de son propre corps. La tournure que prenaient les événements risquait de lui compliquer sérieusement la vie en lui faisant subir les affres de la frustration.

Quand il se surprit à fixer ses lèvres roses tandis qu'elle formait ses mots et à noter le mouvement de ses seins quand elle respirait, il décida qu'il était temps de rompre le charme.

— Je suis mort de fatigue, dit-il en bâillant ostensiblement. Si vous voulez bien me montrer ma chambre, je vais m'allonger et lire.

Son expression d'incrédulité le poussa à consulter l'horloge. Il n'était que 19 h 30. Elle devait le prendre pour un vieillard.

Il fit machine arrière.

— À moins, bien sûr, que vous ayez autre chose à me proposer…

Un silence de mort s'abattit sur la pièce. Sa remarque avait des accents involontairement suggestifs.

Se ressaisissant, Winnie posa sur lui un regard curieux.

— De quel genre ?

Il déglutit.

— Eh bien, faire une promenade, par exemple, regarder un DVD ou une émission de télé-réalité.

Le silence s'appesantit.

— Abréger la soirée me convient aussi, dit-elle finalement. Je dois mettre à jour certains dossiers concernant des mères et leurs enfants.

Une idée le frappa soudain.

— Recevez-vous des subventions de l'État ?

— Bien sûr que non. C'est de ma propre initiative que j'ai monté ce projet. De toute façon, je n'ai pas besoin d'argent. Je ne le prendrais pas, même s'il m'était offert.

Elle paraissait froissée qu'il ait seulement suggéré cette éventualité. Un tel dévouement pour une cause paraissait suspect, mais il jugea préférable de ne pas insister.

Comme elle se levait brusquement, il l'imita.

— Je vais vous montrer votre chambre, dit-elle.

Il la suivit jusqu'à un escalier partant de l'entrée et prit son sac au passage. La maison était meublée avec raffinement, nota-t-il, mais sans ostentation, et il supposa qu'elle l'avait réaménagée après la mort de ses parents, car le décor reflétait vraiment la personnalité de sa propriétaire.

Au premier étage, elle s'arrêta devant une porte ouverte.

Quand il eut inspecté la chambre, il poussa un sifflement d'admiration.

— Superbe, dit-il, la gorge serrée parce qu'il venait de respirer une bouffée de son parfum au chèvrefeuille.

— J'espère que vous serez à l'aise. Faites-moi savoir si vous avez besoin de quelque chose.

Elle était de nouveau là, cette vibration subtile qui l'incitait à chercher un double sens aux paroles de Winnie et l'excitait de façon inconvenante.

Il passa près d'elle, décidé à rester maître de la situation.

— Je suis sûr que je serai très bien installé.

L'air songeur, Winnie se tenait sur le seuil, l'épaule appuyée au chambranle de la porte.

— Je vais tirer les rideaux afin que le soleil ne vous réveille pas.

Elle traversa rapidement la pièce. À présent, elle se tenait dangereusement proche du vaste lit recouvert d'une somptueuse couette et de draps qui semblaient aussi doux que le péché.

Il glissa les mains dans ses poches arrière.

— Je me lève tôt, dit-il, la voix légèrement étranglée.

Winnie s'immobilisa et aplatit un pli inexistant de la couette.

— Je vais demander qu'on vous apporte un café demain matin.

Plus elle s'attardait, plus son désir augmentait. Et, bien qu'elle semble ne rien remarquer, il jugea plus prudent d'abréger les choses.

— C'est parfait, Winnie. Bonne nuit.

Il vit son expression s'assombrir quand elle comprit qu'il la chassait.

— Eh bien, à demain.

Il dut faire appel à toute sa volonté pour la regarder

partir sans tenter de la retenir. Après son départ, il se laissa tomber sur le lit, la tête dans les mains. Il n'avait jamais accepté d'affaire qu'il ne soit certain de mener à son terme et ne comptait pas commencer maintenant.

- 4 -

Winnie était tout émoustillée. Aussi inexpérimentée soit-elle, les symptômes elle les reconnaissait. Ces frémissements nerveux qui parcouraient tout son corps, cette moiteur entre ses cuisses, tout lui disait qu'elle avait envie de Larkin Wolff. Une complication à laquelle elle n'aurait jamais songé en engageant un expert de la sécurité.

Mais que savait-elle des hommes, au fond ? Une rencontre désastreuse juste après la disparition de ses parents avait glacé ses émotions dans ce domaine. Être considérée comme un objet sexuel lui répugnait, et reconnaître sa faiblesse l'épouvantait.

Bien que Larkin soit ici pour la protéger, son instinct lui soufflait qu'il était dangereux. En même temps, paradoxalement, ce danger l'attirait, lui suggérant qu'elle pourrait abandonner sa personnalité de fille sérieuse et oublier toute prudence.

La soirée s'écoula avec une lenteur torturante. La présence de Larkin à quelques mètres d'elle la mettait mal à l'aise, elle qui était habituée à être seule le soir. Après deux heures passées à mettre en ordre ses fiches, et cinquante minutes à regarder la télévision avec mauvaise conscience, elle prit une douche et se prépara à aller au lit.

Bien qu'elle n'entende aucun bruit en provenance de la chambre de Larkin, elle sentait sa présence. Elle l'imaginait arpentant la chambre, ou lisant… peut-être se déshabillant et laissant ses vêtements en tas avant de se glisser dans le Jacuzzi. Or, imaginer Larkin nu, n'avait rien d'un somnifère.

Bien que la nuit soit fraîche, elle était en sueur. Pestant, elle ouvrit une fenêtre et respira l'air frais et parfumé de la nuit.

Cela lui fit du bien. Laissant les rideaux de dentelle onduler au gré de la brise, elle regagna son lit et sombra dans un profond sommeil.

Aux alentours de 2 heures, l'alarme installée à son chevet se déclencha, l'éveillant brutalement. Ce n'était sans doute qu'un oiseau ou un écureuil se promenant sur le rebord d'une fenêtre — cela s'était déjà produit —, mais elle vérifiait toujours. Elle savait trop bien ce qu'on ressent quand on est désarmé devant l'adversité.

Sortant son revolver de sa cachette, elle se munit d'une lampe de poche et gagna le couloir sur la pointe des pieds. Aucun bruit, aucune lumière ne provenait de la chambre de Larkin, il devait dormir.

Un instant, elle songea à l'éveiller. Après tout, elle l'avait engagé pour assurer la sécurité. Mais les alarmes extrêmement sensibles se déclenchaient souvent sans raison valable. En quelques minutes, elle serait au refuge, ferait une rapide reconnaissance et reviendrait se mettre au lit. De plus, l'idée de réveiller Larkin lui donnait des frissons. Le voir adorablement sexy avec les cheveux ébouriffés et les yeux gonflés de sommeil représentait une tentation à laquelle elle serait peut-être incapable de résister.

De toute façon, elle n'était pas stupide. Si quelque chose lui paraissait dangereux ou anormal, elle reviendrait lui demander de l'aide.

L'herbe était froide et humide sous ses pieds. Elle se déplaçait rapidement quoique en silence, car elle connaissait parfaitement le terrain. Au-dessus de sa tête, la Voie lactée barrait d'une traînée blanche le ciel piqueté d'étoiles. C'était une nuit idéale pour les amoureux, mais comme d'habitude elle était seule.

À l'approche du refuge, elle ralentit le pas, aux aguets. Elle se déplaçait à couvert, pratiquement certaine qu'aucun danger ne menaçait, mais préférant prendre ses précautions. Comme elle atteignait le coin de la maison, croyant voir une ombre se tapir dans l'obscurité, elle se figea. Avait-elle rêvé ou quelqu'un s'était-il réellement déplacé ?

Le hululement mélancolique d'une chouette la glaça d'effroi. À l'heure la plus sombre de la nuit, il était facile de laisser son imagination divaguer. Son revolver en main, elle avança de quelques pas. Et brusquement, des bras masculins se refermèrent sur elle par-derrière, lui arrachèrent son revolver, et une grande main se posa sur sa bouche. Son cri étouffé ne fut rien de plus qu'un murmure dans la nuit.

Elle se débattit furieusement, tentant d'échapper à l'implacable étreinte.

Et soudain, une voix qu'elle reconnut aussitôt bougonna à son oreille.

— Taisez-vous donc ! Vous allez réveiller toute la maison.

Son soulagement fut si grand que tout son corps s'affaissa, et Larkin dut la traîner jusqu'à l'abri de jardin situé à l'arrière de la maison. Après en avoir fermé la porte, il tira sur la chaînette qui allumait l'ampoule suspendue au plafond. Ensuite, jurant entre ses dents, il vérifia que le cran de sécurité du revolver était bien mis et le posa sur une étagère.

— Qu'est-ce que vous croyiez faire ? demanda-t-il, hors de lui. J'aurais pu vous tuer.

La fureur remplaça son soulagement de n'être pas la proie d'un psychopathe.

— L'alarme s'est déclenchée chez moi !

— Vous m'avez engagé pour assurer votre sécurité, riposta-t-il, exaspéré. Vous vous en souvenez ?

— J'ignorais que vous rôdiez autour du refuge ! se défendit-elle.

— Je dois m'occuper de la sécurité, oui ou non ?

— À partir de demain ! C'est vous-même qui l'avez dit.

Même s'ils s'efforçaient de contrôler leur voix, le ton montait inexorablement.

— Avec mes hommes, nous évaluions les travaux à réaliser pour sécuriser le périmètre.

— Vous auriez dû m'en parler ! Me présenter vos hommes. Ces femmes et ces enfants sont sous ma responsabilité. J'exige d'être tenue au courant !

Dans sa fureur, elle le frappa à la poitrine. C'était comme de donner un coup sur un bloc de granit. Tremblant de tous ses membres, elle croisa les bras.

Une expression de remords passa dans le regard de Larkin.

— Vous avez raison, dit-il doucement. J'aurais dû vous prévenir. À ma décharge, je dirai que je n'ai jamais eu de client aussi investi que vous dans le déroulement des opérations.

La sincère contrition de Larkin désarma sa colère.

— Est-ce vous qui avez déclenché l'alarme ?

— Probablement. Pour tout dire, j'ai supposé que vous aviez éteint le moniteur de votre chambre puisque j'étais là.

Le retour au calme la laissait tremblante et épuisée.

— Je croyais que vous étiez parti dormir, bredouilla-t-elle.

— C'était un prétexte pour m'éloigner de vous.

— Charmant, dit-elle, une boule dans la gorge.

— Ce n'est pas ce que vous croyez.

— Et que suis-je censée croire ?

— Bon sang, Winnie…

Il s'interrompit, le regard à terre. Et quand il parla de nouveau, sa voix était rouillée comme un vieil acier.

— Vous me plaisez, cela complique tout.

Il lui sembla soudain que tout l'oxygène de la remise s'était envolé.

— Est-ce la vérité ? demanda-t-elle, le cœur cognant à tout rompre dans sa poitrine.

— Pourquoi vous mentirais-je ?

Devant tant de franchise, elle voulut se montrer à la hauteur. Et la coquine Winnie, trop longtemps brimée, se sentit encouragée.

— Moi aussi je vous trouve attirant, Larkin, chuchota-t-elle. Très attirant, même.

Elle avança une main hésitante et suivit le renflement d'un biceps. La peau de Larkin était chaude au toucher. Malgré la fraîcheur de la nuit, il portait un polo à manches courtes qui moulait son torse musclé.

Il ne bougea pas tandis qu'elle faisait courir ses doigts de son épaule à son coude. Le désir qui palpitait en elle la poussait de l'avant. Son regard se posa sur les lèvres de Larkin. Être une gentille fille n'était pas toujours drôle. Mais quel serait le prix à payer pour un écart ?

— C'est impossible, grogna-t-il. Impossible !

— De quoi voulez-vous parler ?

— De ceci.

Il l'attira dans ses bras, et son grand corps l'enveloppa tout entière. Elle sentit sa cage thoracique s'imprimer sur sa poitrine, perçut le relief de sa boucle de ceinture contre sa peau, entendit ses halètements. Sans y mettre plus de formes, il prit ses lèvres avec une ardeur désespérée et lui arracha un gémissement.

Quand elle manifesta le besoin de respirer, il déplaça son attention sur sa gorge. Elle portait pour la nuit un caraco de soie et un boxer-short. Et lorsqu'il inséra une cuisse entre ses jambes, elle crut que ses genoux allaient la lâcher. Il la soutint en passant un bras dans son dos sans cesser de couvrir sa peau fiévreuse de baisers.

— Larkin…

— Mmm ?

— Je croyais être la seule.

— Seigneur, non !

Ses dents agacèrent la pointe d'un sein.

Elle fit un brusque mouvement, pour se rapprocher ou, au contraire, prendre de la distance. Elle-même n'aurait su le dire. Puis elle glissa les bras autour de son cou, jouant avec les petits cheveux de sa nuque et sentant la réalité se dissoudre en un pur désir animal.

— Je ne te connais même pas, murmura-t-elle.

— Tais-toi et embrasse-moi, répliqua-t-il d'une voix rauque.

Obéir semblait la meilleure chose à faire. D'autant qu'il glissait une main sous la ceinture de son short et caressait ses fesses.

— Tu es si douce, grommela-t-il.

Elle sentait son sexe dur et apparemment énorme contre son ventre. Avec une maison pleine de jolies chambres, elle trouvait un peu fort d'être obligée de se creuser la cervelle pour trouver une surface plane où s'allonger dans ce réduit encombré de terreau et de fumier.

— Ça ne marchera pas, gémit-elle.

À cet instant, la radio de Larkin crépita, et une voix fit intrusion dans leur intimité.

— Où êtes-vous, patron ?

Larkin se figea, et laissa échapper un juron venu du

cœur qui fit écho à ses propres sentiments. Il la lâcha si brusquement qu'elle tituba.

— Derrière la maison, répondit-il. Ne bougez pas. J'arrive.

La radio se tut. À ce moment, sous la dure clarté de l'ampoule suspendue au-dessus de leurs têtes, elle se sentit nue, exposée. Et Larkin n'avait rien d'un héros romantique, avec son expression qui reflétait un mélange de frustration et d'agacement.

— Quelle situation ! dit-elle en essayant d'adopter un ton léger, malgré le poids qui lui oppressait la poitrine. Je m'éclipse.

Pour rien au monde elle n'aurait voulu laisser couler devant Larkin les larmes qui lui piquaient les paupières. C'était un homme et, devant son corps à demi dénudé, l'inévitable s'était produit. Fin de l'épisode.

Il n'avait pas à savoir que de tels élans de passion lui étaient étrangers, qu'il y avait des années qu'elle n'avait ressenti davantage qu'un tiède intérêt pour les représentants du sexe opposé, qu'il était le premier homme en dix ans qui l'avait convaincue de lui accorder sa confiance.

Tirant sur la chaînette de l'ampoule, elle plongea la remise dans l'obscurité et ouvrit la porte. Elle sentait derrière elle la respiration brûlante de Larkin sur sa nuque.

— Pas si vite, Winnie. Nous devons parler.

— Entièrement d'accord.

— Je n'aurais pas dû vous embrasser.

Cette déclaration lui causa un chagrin sans commune mesure avec le fait qu'elle ne connaissait cet homme que depuis la veille.

— Pareil pour moi.

Après quoi, sentant ses larmes sur le point de déborder, elle se détourna et partit en courant vers la maison.

Il la laissa aller. Il accomplissait si mal sa tâche qu'il était surprenant qu'elle ne l'ait pas renvoyé sur-le-champ. Pour commencer, il n'avait pas tenu compte de son évident désir d'être consultée pour chaque étape. Et, par-dessus le marché, il l'avait embrassée à en perdre haleine.

Se rappelant la sensation de son corps dans ses bras, il sentit son sexe se redresser. Encore maintenant, un désir douloureux embrasait son corps. Sans l'intervention de son employé, il aurait soulevé Winnie et l'aurait prise debout, succombant au genre d'élan passionné qu'il n'avait plus expérimenté depuis l'adolescence.

Seulement Winnie n'était pas une camarade de faculté, désireuse d'ajouter un trophée à son tableau de chasse. C'était une femme fascinante et compliquée, qu'il convoitait de manière viscérale et inexplicable. Il ne pouvait pas se fier à une émotion aussi violente. Bien qu'il soit payé pour veiller sur elle et sur ses pensionnaires, quand il l'avait embrassée et qu'il avait senti son adorable petit corps fondre contre lui, pas un instant, il n'avait pensé à sa mission.

La constatation l'accabla. Il s'était donc illusionné sur ses raisons de proposer de la cacher à Wolff Mountain ? Pourtant, il n'avait jamais laissé de femme influencer ses décisions, à part sa sœur. Et maintenant qu'elle avait épousé Sam, il se sentait enfin libre comme l'air.

Alors, pourquoi se compliquer la vie ?

Soudain, son pied heurta une pierre, et la vive douleur le ramena à la réalité. Au diable l'introspection ! Son idée d'emmener Winnie à Wolff Mountain était judicieuse et n'avait rien à voir avec une quelconque attirance.

Une heure plus tard, son équipe en place, Larkin reprenait le chemin de la maison de Winnie. Il avait déjà repéré sa fenêtre, et il put constater qu'elle n'était pas éclairée.

Quelques minutes plus tard, au moment d'entrer dans sa propre chambre, il s'arrêta, la main sur la poignée.

Pourquoi lui avait-elle rendu son baiser ? Seulement pour lui faire plaisir ? À moins qu'elle ne soit en manque de compagnie masculine. Elle mettait son cœur et son âme dans sa cause. Cela lui laissait sans doute peu de temps pour des relations amoureuses. La passion et la hardiesse dont elle avait fait preuve dans la remise l'avaient surpris, ce qui lui permettait difficilement de cesser de penser à elle.

Il se doucha rapidement, refusant de l'imaginer à portée de main. S'il allait frapper à sa porte, l'accueillerait-elle ?

Il se glissa entre les draps, le cœur battant. De nouveau, l'idée de l'emmener à Wolff Mountain lui semblait hérissée de pièges. S'il s'autorisait à enfreindre les règles, il finirait par la faire souffrir.

Il n'avait aucun goût pour le mariage. Il en avait eu un exemple désastreux sous les yeux et en avait terriblement souffert. Rien que de se rappeler sa panique et son besoin frénétique de protéger son frère et sa sœur lui donnait la nausée.

Il aimait ne dépendre que de lui-même. Et Winnie Bellamy n'était pas le genre de femme qu'on prend et qu'on jette. C'était une femme remarquable, qui méritait d'être aimée.

Sa proposition irréfléchie de la cacher à Wolff Mountain ne lui ressemblait pas. Bien que capable de prendre rapidement des décisions, il se montrait rarement impulsif. Mais après tout, si cette décision était peu conventionnelle, elle présentait de réels avantages. Et puis, en changeant ses plans maintenant, il la blesserait forcément. Elle se montrait inflexible quand il s'agissait de protéger ses brebis mais, dans ses beaux yeux, il lisait une circonspection sans doute née de multiples souffrances.

Il ne voulait pas lui faire de mal. S'il n'avait rien de mieux à lui offrir qu'une relation physique, il était sans doute préférable de faire marche arrière. Elle avait répondu à ses avances en s'embrasant comme du bois sec au contact d'une flamme. Rien dans sa réaction n'indiquait qu'elle jugeait ce baiser malvenu. Et il connaissait suffisamment le corps des femmes pour reconnaître quand le plaisir était mutuel.

Seulement, si une simple attirance sexuelle pouvait être maîtrisée, le danger c'était que quelque chose en Winnie l'émouvait. Sa fragilité le touchait, et il avait envie de la protéger. Pour cette raison, il devait rester à l'écart. Il avait déjà suffisamment déçu de gens.

Finalement, il sentit la torpeur s'emparer de lui. Il n'avait pas besoin d'une femme dans sa vie. Sa liberté le comblait. Un homme comme lui n'avait pas de difficulté à satisfaire sa libido, et ce serait mieux pour tout le monde s'il évitait de poser les mains sur Winnie.

- 5 -

Après avoir passé une nuit agitée, le réveil fut difficile. Et l'humeur de Larkin s'assombrit un peu plus quand l'aimable gouvernante lui apprit que « mademoiselle Winnie » était partie faire des courses en ville.

Au mépris du danger, sa toute nouvelle cliente aux cheveux blonds et fous et au menton pointant volontiers vers l'avant avait donc choisi de s'exhiber en ville. Et ce qui le rendait d'autant plus furieux, c'était que son inquiétude avait quelque chose d'intime. Il lui fallut faire appel à toutes ses facultés de raisonnement pour se rappeler que Winnie était une grande fille. Alors, mettant ses craintes de côté, il se concentra sur la sécurité de sa propriété.

De nombreux employés de Leland Security s'y activaient déjà. Très bientôt, pas un moucheron n'entrerait dans le périmètre sans déclencher l'alarme. Il avait aussi le projet de disposer des agents féminins à l'intérieur du refuge, prêtes à réagir vingt-quatre heures sur vingt-quatre. Mais pour cela, il lui fallait l'accord de Winnie. En attendant qu'elle se décide à rentrer, ses agents avaient pour ordre de rester à l'écart de la maison qui abritait les protégés de Winnie.

À 17 heures, Winnie n'était toujours pas de retour. La gouvernante se retira en lui laissant les instructions pour le dîner. Travaillant dur depuis des heures, il avait chaud. Il était fatigué et de mauvaise humeur.

Bien qu'il soit un peu tôt dans la saison pour l'utiliser, il avait remarqué la magnifique piscine dont les eaux, cristallines et engageantes, scintillaient à l'arrière de la maison.

Finalement, la tentation fut trop forte. Ôtant son pantalon de toile et sa chemise, il piqua une tête et fit quelques longueurs, heureux de faire de l'exercice tout en se vidant la tête.

Quand il remonta, il se rendit compte qu'il n'avait pas de serviette. Le soleil étant encore chaud, il tira une chaise longue, s'y étendit et ferma les yeux. Et tandis que les rayons du soleil le séchaient doucement, il éprouva un intense sentiment de bien-être.

Au son du chant des oiseaux, il s'assoupit.

Winnie était mécontente d'elle. Non seulement elle avait perdu tout un après-midi à traîner dans Nashville, une perruque inconfortable sur le crâne et des lunettes de soleil sur le nez, mais à présent elle craignait de rentrer chez elle.

La matinée avait été bien remplie. Un rendez-vous avec son contact des services sociaux, un arrêt dans une boutique de meubles pour commander de nouveaux lits superposés pour les enfants, et une incursion au rayon vêtements pour dames d'un magasin où elle se rendait occasionnellement.

Elle pensait rarement à renouveler sa garde-robe, et comme elle ne sortait jamais, sa tenue habituelle, jean et chemise, lui convenait très bien. Cependant, à Wolff Mountain, on s'attendrait sans doute qu'elle s'habille avec davantage de recherche.

Heureusement, elle savait ce qui lui allait. La vendeuse la reconnut et lui parla de l'article qui était paru dans le journal, sans pour autant que Winnie ne craigne de la voir se ruer sur le téléphone pour alerter les médias. Au bout du compte, Larkin avait peut-être raison, l'histoire finirait bien par se tasser d'elle-même.

Après un déjeuner dans un salon de thé branché, elle aurait dû rentrer chez elle. Sauf que l'idée d'affronter Larkin représentait une telle source d'angoisse qu'elle ne put s'y résoudre.

Tandis qu'elle se promenait au hasard, appréciant la vue des azalées, jonquilles et lilas en fleurs qui égayaient les jardins, elle se demandait comment se comporter. Une solution était de feindre qu'il ne s'était rien passé. Mais Larkin jouerait-il le jeu ? L'éviter était une autre possibilité, sauf qu'elle avait à faire chez elle, et même si la propriété était vaste, se cacher ne serait pas possible longtemps.

Elle pouvait aussi aller directement à lui, l'embrasser sur la bouche et l'inviter à la retrouver dans sa chambre. Éventualité pour laquelle elle aurait volontiers penché s'ils avaient dû se quitter bientôt. Mais vu qu'elle devait l'accompagner à Wolff Mountain, cette solution n'était pas non plus envisageable.

D'autre part, si elle lui faisait des avances et qu'il la repoussait, elle n'aurait sûrement pas le cran de s'installer chez lui.

Elle consulta sa montre et gémit. Allons, le moment était venu d'affronter la situation.

Quand elle eut mis sa voiture au garage, elle pénétra discrètement dans la maison où régnait le silence. Montant à l'étage, elle se dirigea vers la chambre de Larkin. Un rapide coup d'œil lui montra son lit nettement fait, mais pas trace de sa présence. Où pouvait-il bien être ?

Un instant, elle envisagea son départ et ressentit une angoisse intolérable. Elle se ressaisit pourtant très vite : Larkin n'était pas du genre à la laisser en plan. À moins que, après leur baiser, il ait décidé de confier l'affaire à quelqu'un d'autre. L'idée lui causa une telle déception qu'elle comprit : les ennuis ne faisaient en fait que commencer.

Comme son estomac criait famine, elle décida de manger sans lui. La soirée était belle, elle allait s'installer dans la véranda. Or, en dressant le couvert, elle aperçut Larkin qui se prélassait tel un demi-dieu sur une chaise longue, au bord de la piscine.

Il n'avait pas dû l'entendre, car il demeurait parfaitement immobile. Que portait-il ? Pour ce qu'elle distinguait, il aurait aussi bien pu être nu.

Que faire ? Dîner sans lui et aller s'enfermer dans sa chambre jusqu'au lendemain ?

Tout en se mordillant la lèvre, elle prit une décision. Elle était une femme adulte et responsable, qui n'avait rien à redouter de Larkin Wolff. En réalité, il était tout à fait possible qu'elle trouve le courage de le séduire pendant qu'elle en avait l'occasion. Après tout, peu d'hommes croisaient son chemin, et certainement aucun qui ressemble de près ou de loin à Larkin.

Par le passé, elle avait mal jugé un homme avant de le regretter amèrement. Si elle se jetait à la tête de Larkin en tablant sur une mutuelle attirance, il se pouvait fort bien qu'elle essuie un affront. Il avait déclaré très clairement qu'il ne mélangeait pas travail et plaisir. D'un autre côté, il l'avait embrassée. Alors qu'est-ce que tout cela signifiait ?

Le contraire serait également dangereux. Que se passerait-il s'il cédait à ses pulsions et qu'ils s'autorisent à coucher ensemble ? Comment réagirait-elle si elle commettait l'erreur de s'attacher à lui ? Elle avait connu bien des chagrins, et perdre la tête pour le charismatique Larkin Wolff pourrait en rajouter un à la liste. Elle avait beau se persuader qu'il était possible de rester sereine dans une telle situation, le fond du problème était que… elle n'était pas femme à prendre les choses du sexe à la légère.

Elle aurait aimé être capable de séduire Larkin sans se soucier des conséquences mais, bien que Winnie la coquine ait récemment montré le bout de son nez, ce n'était pas dans son tempérament. Sa seule option était donc de garder une prudente réserve.

Les jambes légèrement tremblantes, elle s'approcha de la piscine. Quelques jours plus tôt, l'homme chargé de l'entretien de la propriété avait ôté la bâche de protection pour laisser l'eau se réchauffer. Mais il faudrait encore des après-midi de chaleur pour qu'elle en trouve la température agréable. Apparemment, Larkin devait être taillé dans un bois plus rustique.

Elle s'arrêta à quelques mètres de lui. À présent, elle voyait un tas de vêtements au sol, et elle rougit en se rendant compte qu'il portait juste son caleçon. Bien sûr, ce n'était pas très différent d'un slip de bain, mais la vue de son sexe se dessinant sous le tissu fit brusquement grimper son taux d'adrénaline.

Poussée par la curiosité, elle avança néanmoins. Il était resté debout une grande partie de la nuit, ce qui expliquait sa fatigue. Sa poitrine se soulevait et s'abaissait au rythme de sa respiration, et de longs cils bruns dissimulaient ses beaux yeux bleus. Même ses jambes et ses pieds lui parurent pleins d'attraits.

Bien que tentée de l'éveiller, elle recula. Dévêtu, Larkin paraissait encore plus intimidant. Il était décidément trop bien pour elle.

Comme elle se retirait discrètement, il se redressa.

— Vous appréciez ? demanda-t-il.

Son sourire la mettait au défi de prétendre qu'elle ne l'avait pas observé. Leurs regards s'affrontèrent, et elle fut la première à détourner le sien. Prenant une profonde inspiration, elle lui adressa un sourire décidé.

— Le dîner est prêt, annonça-t-elle. J'ai pensé que vous aviez peut-être faim.

— Où étiez-vous passée toute la journée ?

— En ville.

— Je croyais que vous vous faisiez du souci pour vos pensionnaires.

Elle haussa les épaules.

— Je savais que vous veilliez sur eux.

— Et votre sécurité, y avez-vous pensé ?

— Je me suis dissimulée.

Il se leva, passa son pantalon et le boutonna comme si c'était la chose la plus naturelle du monde.

— J'ai cru que vous m'évitiez, dit-il.

Elle sentait la chaleur lui monter aux joues. À cause de l'allusion au baiser de la veille, ou de la vue de son torse nu, elle n'aurait su le dire.

— Quelle idée ridicule !

Il ne prit pas la peine de renfiler sa chemise, peut-être parce qu'il savait que sa semi-nudité lui donnait l'avantage sur elle.

— Allez-vous juste l'ignorer ?

— Ignorer quoi ?

— Notre baiser, répondit-il avec impatience.

— C'est l'idée, en effet.

— Je ne vous croyais pas si lâche.

L'accusation toucha un point sensible. Mais elle ne répondrait pas à la provocation, pas quand elle se sentait si mal préparée au combat. Avec toute la dignité dont elle était capable, elle lui tourna le dos et se dirigea vers la maison.

— Si vous voulez prendre votre repas avec moi dans la

véranda, vous êtes le bienvenu, jeta-t-elle par-dessus son épaule. Mettez juste une chemise. On s'habille pour dîner.

Larkin sourit malgré lui. Winnie Bellamy était un « drôle de pistolet », pour reprendre l'expression que son oncle Victor aimait employer. Pour tout dire, avec son franc-parler et son aplomb, elle s'intégrerait sans difficulté au milieu des membres de la famille Wolff. Elle était douce d'apparence, mais sous son exquise politesse et sa peau de magnolia se dissimulait un tempérament de feu. Elle se vouait sans retenue à la mission qu'elle s'était assignée, à son domaine et, à en croire ce qui s'était passé la veille au soir, elle serait une amante ardente pour l'heureux homme qui aurait le cran de s'engager auprès d'elle sur la distance.

Dommage qu'il ne soit pas cet homme.

Il s'attarda au bord de la piscine, le temps de mettre ses chaussures et de boutonner sa chemise. Quand il retrouva Winnie dans la véranda, elle avait disposé deux assiettes de lasagnes fumantes sur la table ainsi qu'un plat de salade verte.

— Ça sent bon, dit-il en poussant la porte à moustiquaire.

Il découvrit la table dressée pour deux, et Winnie habillée avec recherche d'une robe droite de lin taupe, agrémentée d'un collier de perles et de pendants d'oreille assortis. Ses cheveux, d'ordinaire si indisciplinés, avaient été disciplinés sur sa nuque. Ce soir, elle ressemblait à la riche héritière qu'elle était.

Sauf que ses pieds étaient nus, ce qui lui arracha un sourire.

Elle lui fit signe de s'asseoir.

— Ne laissons pas refroidir le repas.

Ils mangèrent en silence, mais dans une ambiance détendue, tandis que les ombres du soir s'allongeaient. Ils auraient pu en rester là, mais sa curiosité fut trop forte. À la fin du repas, tout en savourant un verre de chianti, il demanda enfin :

— Je reste surpris par votre dévouement à ces femmes et à ces enfants, Winnie. Avez-vous eu une enfance malheureuse ? Vous revoyez-vous dans ces enfants ?

— Non, pas du tout ! Mes parents étaient gentils, et ils n'ont jamais touché à un de mes cheveux. Ils m'aimaient à leur façon. Simplement, ils ne savaient que faire d'un enfant. Ils auraient pu me confier à l'adoption… ou mettre fin à la grossesse de ma mère. Je leur ai toujours été reconnaissante de m'avoir désirée, bien que mon arrivée ait été source de perturbations dans leurs vies bien organisées.

Elle disait évidemment la vérité, et sachant qu'elle ne s'était pas mariée, il ne comprenait toujours pas son dévouement si vif à la cause des femmes battues. Car enfin, il était rare que les engagements soient fortuits. Tout le monde avait un point de vue, quelque chose qui poussait à agir, et il était bien décidé à découvrir les motivations de Winnie. Pourquoi cet intérêt ? Il n'aurait su l'expliquer.

La nuit était à présent complètement tombée, et on ne distinguait plus que le contour des choses.

— Demain, j'aurai besoin de votre aide, dit-elle. Il faut que je dise à mes protégées que je pars jeudi. Je voudrais que vous leur expliquiez qu'elles n'ont rien à redouter et que, moi partie, hélicoptères et personnages louches qui tentent de s'introduire dans la propriété cesseront leurs manigances.

— Ne suis-je pas *persona non grata*, là-bas ?

— J'irai d'abord préparer le terrain. Mais je suis tranquille, vous inspirez confiance. Malgré votre force, jamais vous ne feriez de mal à un être sans défense.

— Comment pouvez-vous en être aussi sûre ? demanda-t-il, intrigué.

— Je ne sais pas. Je peux me tromper mais, pour moi, vous avez une âme de protecteur.

Il pensa à toutes les nuits où il avait caché la petite Annalise dans son lit, et où ils se recroquevillaient tous deux de peur en entendant les cris furibonds de leur mère. Il avait toujours été déchiré. Son frère Devlyn était plus grand, plus fort. Larkin entendait les coups pleuvoir sur lui sans que jamais il ne se plaigne. Il aurait voulu pouvoir bondir dans le couloir et frapper sa mère jusqu'à ce qu'elle recule, mais il fallait bien que quelqu'un protège Annalise.

Ainsi, Devlyn affrontait seul la bête déchaînée, et Larkin en était quitte pour de la honte et des remords.

Il s'agita sur sa chaise. Il permettait rarement à ses souvenirs de venir l'importuner, mais la remarque de Winnie les avait réveillés.

— Il est vrai que je ne ferais jamais de mal à un être plus faible que moi, mais ne me dépeignez pas en héros, Winnie. Je peux être aussi minable que n'importe qui.

Il l'aida à emporter assiettes et couverts dans la cuisine. Après la douce pénombre de la véranda, la lumière y semblait agressive. Winnie chargea le lave-vaisselle. Il savait que Mme Cross ne verrait aucune objection à s'en occuper, mais il avait déjà appris que Winnie se montrait pleine de considération envers chacun, quel que soit son statut social ou l'importance de son compte en banque.

— Est-ce qu'une petite promenade vous tenterait ? demanda-t-il quand elle eut fini.

Les secondes s'écoulèrent, interminables.

— J'ignore ce qui s'est passé hier soir, dit-elle enfin, mais je n'ai pas pour habitude de coucher avec des hommes que je viens juste de rencontrer.

— Il s'agit d'une promenade, Winnie. Rien de plus.

Elle eut un petit sourire.

— Je suppose que ça ne peut pas faire de mal, alors.

— Vous ne mettez pas de chaussures ?

Elle secoua la tête.

— J'aime sentir l'herbe sous mes pieds.

— Vous avez raison ! déclara-t-il.

Et chaussures et chaussettes volèrent aussitôt sous l'œil effaré de Winnie qui n'émit pourtant aucun commentaire.

Dehors, il l'entraîna vers la grille. La plupart de ses hommes étant postés autour des deux maisons, cette direction était la meilleure, s'ils souhaitaient un peu d'intimité.

Ils longèrent la rivière et entendirent les bruits que faisaient les grenouilles en plongeant. L'herbe était du velours sous leurs pieds. Tout en accordant son pas à celui de Winnie, Larkin savait qu'il jouait avec le feu. Un homme sensé lui aurait souhaité une bonne nuit, tout à l'heure. Dans la vie, il marchait seul, à son rythme. Il n'y avait pas de place pour Winnie à ses côtés. Malgré tout, le souvenir de leur baiser le hantait, et son désir était si intense, si douloureux, que l'idée de la coucher sur l'herbe grasse et de retrousser sa jupe lui traversa l'esprit.

L'évocation produisit aussitôt un tel effet sur lui qu'il dut reprendre sa respiration.

Winnie ne paraissait pourtant pas remarquer son agitation. Tout en marchant, elle chantonnait d'une voix grave et légèrement fausse. Il songea avec humour qu'on aurait dit deux personnages de ces films d'amour qu'Annalise aimait tant regarder quand elle était adolescente. C'était d'ailleurs cette passion qui avait conduit ses frères à la surveiller étroitement quand elle était devenue adulte. À présent, Annalise était mariée et avait un enfant. Et l'idée lui causa un peu de tristesse.

Dans la vie, tout évoluait en permanence, et les siens poursuivaient leur route, sans lui. Mais il ne désirait pas suivre leur exemple. Il ne voulait plus jamais éprouver le terrible remords de n'avoir pas été à la hauteur des attentes de quelqu'un. Un à un, les Wolff rentraient dans le rang. Mais pas lui.

Jamais.

- 6 -

Quand ils parvinrent au bout de l'allée, Winnie s'écarta et il ressentit péniblement le vide creusé entre eux. Quelque chose en elle apaisait son tumulte intérieur et lui donnait un sentiment de paix.

Croisant les mains dans son dos, elle regarda les étoiles.

— Voilà pourquoi je ne vis pas en ville, dit-elle. J'aime l'espace, le ciel, la solitude.

— Vous aimez vraiment vivre seule ?

Elle lui fit face mais son visage, un pâle ovale, demeurait dans la pénombre.

— Qu'est-ce que ça signifie ?

— Peut-être que vous vous dévouez tant à vos responsabilités pour échapper à la vie réelle.

Une tension presque palpable naquit aussitôt entre eux.

— Vous n'avez pas le droit ! s'exclama-t-elle.

Il lui prit le poignet, et sentit le battement rapide de son pouls sous ses doigts.

— Ai-je touché un point sensible ?

— Je refuse d'en parler avec vous !

D'un coup sec, elle libéra son bras.

Le désir et la frustration le submergèrent. Au diable les bonnes manières ! Il devait savoir ce qu'elle ressentait. L'incertitude le minait.

— M'avez-vous embrassé parce que vous vous sentez seule, ou y a-t-il autre chose ?

Il la prit par les épaules.

— Dites-moi la vérité, je vous en prie.

Pourquoi n'y avait-il pas de lune ? Il avait besoin de voir ses yeux.

Elle demeura sans réaction. Seule sa respiration accélérée trahissait son émotion. Il fit aller doucement ses mains de ses épaules à ses poignets.

— Répondez-moi, Winnie.

Elle recula hors de sa portée.

— Je suis seule parce que j'ai choisi de l'être. Et je vous ai embrassé parce que vous êtes séduisant. C'est tout.

— C'est déjà pas mal.

L'exultation s'empara de lui. Il eut beau se dire qu'il ferait mieux de se taire, les mots jaillirent malgré lui.

— Je ressens la même attirance pour vous, Winnie. Vous dégagez une sensualité rayonnante dont, j'en suis certain, vous n'êtes pas consciente.

Elle ignora la remarque, mais il l'entendit soudain haleter.

— Ce ne serait pas raisonnable d'entamer une histoire, murmura-t-elle. D'autant plus que nous allons bientôt nous retrouver au sein de votre famille.

En entendant sa voix trembler, il éprouva du remords. Il n'était qu'un méprisable égoïste, et ses beaux principes se réduisaient à des mots creux. Comme tous les autres, il se laissait mener par sa libido. Rendu fou par le délicat parfum qui émanait de Winnie, il faisait en sorte d'obtenir ce qu'il voulait, ignorant le gouffre béant qui se creusait à ses pieds.

— Et si nous n'entamions rien et profitions juste de l'instant présent ? suggéra-t-il.

— Vous n'y verriez rien à redire ?

Il y avait, dans la voix de Winnie, plus de curiosité que de colère.

— Rien du tout. Je vous trouve fascinante, et je vous désire, bien que je sache l'idée dangereuse. Évidemment, j'ai un peu honte de réagir comme n'importe quel homme soucieux de profiter d'une situation inespérée. Mais l'attirance entre nous est si forte…

En deux pas, il fut auprès d'elle.

— Si vous n'en êtes pas certaine, ajouta-t-il, refaisons l'expérience. Peut-être qu'hier soir était un simple hasard.

Elle résista quand il l'attira dans ses bras, mais quelques instants plus tard, elle se laissa aller contre lui avec un soupir et leva le visage pour recevoir son baiser. Devant son naïf abandon, il hésita. Avait-il le droit de la séduire, sachant qu'il s'agissait d'une aventure passagère ? Car c'était bien de cela qu'il s'agissait. En même temps, il trouvait un peu ridicule de se rassurer en se disant qu'il s'écarterait moins de son code moral si ce n'était pas destiné à durer.

Malheureusement, son cerveau ne maîtrisait déjà plus grand-chose…

Il posa ses lèvres sur celle de Winnie, avec douceur et respect. Les bruits de la nuit s'estompèrent, laissant place à un silence chargé d'attente. Puis la petite plainte de Winnie provoqua chez lui une sorte de décharge électrique, et il eut bien du mal à se contenir. Il se sentait tout sauf doux, et la violence de son désir le stupéfiait.

Emmêlant ses doigts dans ses cheveux, il fit pression sur sa nuque pour mieux dévorer ses lèvres. Quand ils se séparèrent pour reprendre leur souffle, elle posa une main sur sa joue.

— Ce n'était pas un simple hasard, murmura-t-elle.

Comme il lui écartait les cheveux du visage, un éclair les fit sursauter. En un dixième de seconde, il comprit ce qui venait de se produire et bondit vers la grille à la poursuite du photographe qui avait eu l'inconvenance de saisir un moment très privilégié.

Mais l'homme avait pris de l'avance, et un complice l'attendait un peu plus loin sur la route. Il ne put qu'entrevoir le véhicule disparaître dans un grondement de moteur.

Il rejoignit Winnie au bord de la route.

— Avez-vous le numéro de la plaque d'immatriculation ? demanda-t-elle.

Il secoua la tête.

— Il faisait trop noir. Je suis vraiment navré. Il a dû prendre garde de ne pas toucher la barrière puisque l'alarme ne s'est pas déclenchée. Et comme il n'a pas pénétré sur la propriété, il n'a pas enfreint la loi.

— Vous n'y êtes pour rien. Leur manège dure depuis des semaines. Maintenant, vous comprenez pourquoi je tiens à partir. À force, ils vont finir par découvrir que je cache ces pauvres femmes. Je pensais que vous aviez posté des vigiles partout. Comment se fait-il que personne ne soit venu quand j'ai ouvert la grille pour vous suivre ?

— J'avais fait parvenir à mes hommes le message que tout était en ordre afin de préserver notre intimité.

— Eh bien, c'est raté, constata-t-elle avec une résignation mêlée d'humour.

— Je suppose que cette photo paraîtra dans les journaux de demain.

— Oui, et en ligne sur Internet. Enfin, partout où ce salaud parviendra à vendre sa marchandise.

— Je lui tournais le dos. Je doute qu'on me reconnaisse.

— Peu importe. De toute façon, ils monteront toute une histoire.

Il la prit dans ses bras et la serra contre lui.

— Je suis désolé. J'ai commis l'erreur de ne pas bien évaluer la curiosité dont vous étiez l'objet. Ma famille a été harcelée par les médias pendant des années ; je sais ce qu'on éprouve devant le viol de sa vie privée.

Elle se libéra de son étreinte, et ils prirent le chemin du retour.

— La mort de votre mère et de votre tante a été un drame terrible, n'est-ce pas ? Je l'ai lu dans un ancien article, quand j'ai enquêté sur vous.

— Ça a été épouvantable. J'étais jeune, je ne me rappelle pas tout. Seul, mon cousin Gareth était en âge de lire les comptes rendus de la presse, et il en est resté traumatisé pendant des années. Et puis, il a rencontré Gracie, ils se sont mariés, et elle a réussi à lui rendre sa joie de vivre.

— Vous êtes une famille unie, semble-t-il.

— Il le fallait. Nous autres, enfants, nous n'étions pas autorisés à aller à l'école. Et pendant des années nous avons vécu en circuit fermé.

— Cela vous contrarie-t-il que ces mariages intègrent des étrangers à votre cercle ?

Il réfléchit quelques instants. Se sentait-il trahi ? À bien y regarder, ce n'était pas impossible, quoique complètement irrationnel. Winnie l'obligeait à regarder en face une vérité qu'il ne s'était jamais avouée. Était-ce pour cette raison, qu'il refusait si énergiquement qu'on ait besoin de lui ?

— Je suppose que ça me touche, marmonna-t-il, mais je préfère penser qu'il s'agit de nostalgie plutôt que de jalousie. Je suis heureux pour eux tous, sincèrement, mais ce déferlement de bonheur conjugal s'est produit si vite que j'en ai la tête qui tourne.

— Ne vous inquiétez pas. Ce n'est pas contagieux, dit-elle avec une note d'irritation dans la voix.

— Je n'ai pas dit ça.

— Je n'ai pas besoin que vous me sauviez de moi-même, répliqua-t-elle en se tournant vers lui. Si nous finissons au lit ensemble, ce sera par plaisir. J'aime ma liberté autant que vous aimez la vôtre.

Il lui prit le menton, passa son pouce sur ses lèvres, roses et légèrement enflées de leur baiser.

— Je suis égoïste, entêté et inflexible, confessa-t-il. Autrement dit, vraiment pas une bonne affaire.

Winnie plongea ses extraordinaires yeux de chat dans les siens.

— Ça tombe bien. Je ne cherche pas de mari ! Bonsoir, monsieur Wolff.

Il éprouva une violente envie de l'arrêter mais, la raison lui étant quelque peu revenue, il comprit qu'il ne pouvait pas continuer dans cette voie. Depuis qu'il avait rencontré Winnie, il avait enfreint plus de sacro-saintes règles de vie que jamais.

— J'ai encore quelques détails de sécurité à finaliser, dit-il. Si tout va bien, nous prendrons la route jeudi matin, à la première heure.

Winnie s'arrêta et le regarda par-dessus son épaule.

— Vous tenez toujours à m'emmener à Wolff Mountain ?

— Oui.

Elle hocha la tête.

— Bonne nuit.

Il regarda avec regret disparaître ses jambes minces et ses pieds nus. Comment Winifred Bellamy s'insérerait-elle dans sa famille ? Leur fortune ne l'impressionnerait pas, mais elle vivait seule. Et les Wolff composaient une tribu bruyante.

Après avoir fait le point avec l'équipe de nuit, il prit une douche. Il était très excité et ne désirait qu'une chose, faire venir Winnie dans son lit, maintenant. Ou dans le sien, peu importait l'endroit. Seulement il devenait fou à se demander combien de temps s'écoulerait avant qu'elle lui appartienne.

Et, en dépit de sa petite gymnastique mentale, il pensait en termes de « quand », et non de « si ». Impossible de se mentir plus longtemps. Winnie, elle-même, convenait que l'attirance entre eux était bien réelle.

Le lendemain, il pleuvait, et la maussaderie du temps s'accordait à l'humeur de Winnie. Incapable de dormir, elle s'était agitée toute la nuit. Une partie de son énervement était due à l'appréhension d'aller à Wolff Mountain. Cependant, la désagréable rencontre avec le photographe lui avait rappelé qu'elle avait effectivement de bonnes raisons de vouloir partir.

Le matin, elle travailla à ses dossiers dans la salle à manger. Une amie en qui elle plaçait sa confiance devait venir habiter chez elle pour la remplacer en son absence. L'équipe de Larkin tiendrait les intrus à distance, mais la gestion quotidienne de la propriété représentait une tâche à part entière.

Quand Larkin l'interrompit, juste avant 11 heures, elle voulut se persuader qu'il la dérangeait, mais son cœur tressaillait dans sa poitrine.

— Que désirez-vous ? demanda-t-elle, délibérément froide.

— J'aimerais rencontrer vos pensionnaires dès que possible. Vous partie, ce serait bien qu'elles sachent comment elles seront protégées.

— Juste après le déjeuner, ça vous conviendrait ? J'irai leur expliquer pourquoi vous souhaitez leur parler, puis je vous appellerai.

— Très bien.

Il s'approcha, désignant du menton la table jonchée de papiers.

— Vous ne m'avez pas vraiment expliqué comment vous

fonctionnez. Le séjour est-il limité dans le temps ? Et sur quels critères sont choisies les femmes que vous hébergez ?

Elle remit d'aplomb une pile de dossiers. C'était incroyable l'effet qu'il produisait sur elle. Que ce soit en raison de sa libido, d'un béguin ou d'elle ne savait quoi, la présence de Larkin la rendait nerveuse et pas du tout elle-même.

— Chaque cas est différent, répondit-elle. Quand les condamnations sont prononcées et que maris ou compagnons sont derrière les barreaux, ces femmes retournent parfois chez elles.

— Sinon ?

— Beaucoup refusent de porter plainte, et leur seul recours est alors de disparaître. Nous avons des contacts qui le permettent, mais cela signifie alors pour elles emménager dans une nouvelle ville, utiliser un nouveau nom, rompre avec leurs amis, leur famille. L'idée me brise le cœur.

Entendant le tremblement de sa voix, elle se morigéna. Pour aider ses protégées, elle devait garder une distance émotionnelle, même si c'était plus facile à dire qu'à faire. Il était trop aisé de se brûler les ailes dans ce genre d'histoires.

Larkin la regardait avec une intensité qui lui donnait le sentiment d'être exposée. Et elle croyait voir tourner les rouages de son cerveau.

— Ce doit être dur de les voir partir, dit-il.

Les larmes contenues lui brûlèrent les paupières.

— Je les garderais éternellement si je le pouvais, mais dans ce cas je ne pourrais plus venir en aide à aucune autre.

— Et le problème persiste.

— Bien entendu.

Il portait une chemise dont le bleu s'accordait à la couleur de ses yeux. Même s'il semblait détendu, elle avait toujours l'impression que, telle une panthère, il était toujours prêt à fondre sur une proie.

— Winnie ?

— Oui ?

— Un jour… quand vous vous sentirez en confiance avec moi, j'aimerais savoir pourquoi ces femmes comptent tant pour vous.

Elle détestait raviver certains souvenirs du passé qui lui donnaient immanquablement la nausée.

— Ne pouvez-vous admettre que je fais simplement mon devoir civique ?

— C'est personnel, je le lis dans vos yeux. Et je serais fier et heureux que vous partagiez cette histoire avec moi. Quand vous serez prête, bien sûr.

Devant tant de gentillesse, elle faillit éclater en sanglots.

— J'ai un coup de téléphone à donner, dit-elle, passant très vite près de lui de peur de succomber aux larmes. Je vous verrai à midi, pour le déjeuner.

- 7 -

Winnie ne descendit pas déjeuner. D'après Mme Cross, elle était en conférence téléphonique et prendrait son repas dans son bureau. Il accepta l'excuse sans chercher plus loin et alla s'installer avec son sandwich dans la véranda. Il aimait la maison de Winnie, et il comprenait que le calme et la sérénité du lieu puissent apaiser des femmes martyrisées par la vie.

Tout en laissant son regard dériver vers le refuge, il réfléchit au puzzle que représentait le passé de Winnie. Elle avait déclaré que ses parents étaient de bonnes personnes, mais que, simplement, ils ignoraient tout de l'art d'élever un enfant. D'autre part, elle ne s'était pas mariée, point confirmé par ses recherches. Il n'avait pas dit à Winnie qu'il avait fouillé dans son passé, mais essayer de déterminer si un ancien petit ami pourrait avoir lu l'article et trouvé là-dedans un moyen d'en tirer parti relevait du B.A.-BA de son métier. Cependant, à sa connaissance, le passé de sa cliente ne recélait aucune zone d'ombre.

À 13 heures, il reçut un appel de Winnie lui annonçant qu'il pouvait la rejoindre au refuge. Elle avait dû trouver les mots pour rassurer les pensionnaires réunis dans la salle commune car, bien qu'il émane un silence inhabituel de ce rassemblement hétéroclite de femmes et d'enfants, les regards étaient méfiants, mais pas craintifs.

Il se présenta rapidement avant d'expliquer les différentes mesures de sécurité qui avaient été appliquées.

— Vous n'avez rien à redouter, conclut-il. J'emploie les meilleurs agents de l'État. Si vous vous sentez menacées de quelque façon que ce soit, l'alarme de la porte principale ameutera tout le monde en un instant.

Il n'y eut que deux questions. Ensuite, tels des fantômes habitués à se fondre dans le paysage, les femmes se dispersèrent.

Esteban s'attarda, un pouce dans la bouche qu'il retira lentement.

— Nous jouons dehors aujourd'hui. *Mi mamá* dit que c'est parce que vous avez mis… ces trucs.

Larkin sourit.

— C'est une bâche, et je suis content que tu aimes. Quel âge as-tu ?

— Six ans et demi.

Larkin éprouva un choc. L'enfant était petit pour son âge. Sans doute avait-il souffert de malnutrition.

— Aimes-tu lire ?

Esteban haussa les épaules avec une expression de désabusement étrangement adulte.

— Je sais pas lire.

— Il est difficile de scolariser un enfant quand on est obligé de déménager sans cesse, lui chuchota Winnie.

En dépit de la disparité de leurs situations, Larkin se sentit une parenté avec le petit garçon. Une chose, cela dit, les différenciait beaucoup. Contrairement à lui, Esteban avait une mère et pas de père.

— J'ai un équipement de base-ball dans mon pick-up, dit-il. Tu veux demander à ta maman la permission de jouer un peu dans le jardin ?

Le visage de l'enfant s'éclaira.

— *¡ Si!* J'y vais tout de suite ! s'écria-t-il en se ruant hors de la pièce.

Larkin se tourna vers Winnie.

— Désolé. J'aurais dû vous demander d'abord.

— Pas de problème. C'est à sa mère de décider de toute façon.

Esteban avait dû présenter habilement sa requête, car il fut de retour en un rien de temps, avec la permission demandée.

— Allons-y, dit-il en s'emparant du bras de Larkin. Je peux te frapper un *home run. ¿ Si ?*

Winnie s'était installée sous un saule pleureur pour les observer. Esteban était sportif. Quelques conseils lui permirent de progresser rapidement, au grand plaisir de leur unique spectatrice.

En réalité, d'autres yeux devaient les observer de la maison, mais sans se manifester. Au bout d'une heure, Larkin sollicita une pause.

— Bon, j'ai du travail, fiston. Et tu en as assez fait pour aujourd'hui. Tu ne voudrais pas souffrir de courbatures, demain ?

— Un jour, dit Esteban, le visage fendu d'un large sourire, je jouerai pour *los* Yankees ! Vous viendrez me voir, mademoiselle Winnie ?

— Bien sûr !

Le temps que Larkin range son matériel dans le pick-up, elle avait disparu. Sans doute l'évitait-elle. Il comprenait ses réticences, même s'il ne les appréciait pas.

Il rejoignit ses agents pour une ultime concertation. Tout était en ordre. La propriété de Winnie était si bien sécurisée que le président des États-Unis lui-même pourrait sans risque lui rendre visite.

Il prit une douche afin de se rendre présentable pour

le dîner. Craignant qu'elle ne fasse tomber son projet à l'eau, il était nerveux et impatient de revoir Winnie. Et ses appréhensions se confirmèrent quand il aperçut un mot sur la commode.

« Cher Larkin,

« Ayant quelques appels téléphoniques à passer ce soir, je dînerai dans ma chambre. Et je me coucherai probablement tôt. Désolée de n'être pas disponible pour que vous me montriez vos installations de sécurité, mais je vous fais entièrement confiance.

« Winnie. »

En constatant qu'elle ne faisait pas mention de leur prochain départ, il sentit gronder sa colère. Winnie savait qu'ils devaient partir dès l'aube. Aurait-elle changé d'avis sans l'en informer ?

Maintenant qu'ils étaient tombés d'accord sur ce séjour à Wolff Mountain, rien ni personne ne le dissuaderait d'y conduire Winifred Bellamy. Naturellement, plus le moment du départ approchait, plus il sentait croître son anxiété, car il savait le parcours semé d'embûches. Mais il était trop tard pour songer aux conséquences ; à présent, il devait assumer.

Bien qu'elle ait peu dormi, à 6 heures, Winnie était réveillée. Elle avait vaguement espéré que Larkin frapperait à sa porte, la veille au soir, et lui demande de descendre. Et elle n'arrivait pas à savoir si elle était soulagée ou déçue qu'il se soit abstenu.

L'aube de cette nouvelle journée lui insuffla un regain d'optimisme. Grâce à Larkin, elle partait le cœur tranquille.

Elle entreprit de faire ses bagages. Parmi ses nouvelles

acquisitions figurait de la lingerie coquine — ce qui en disait long sur ses arrière-pensées —, et elle aurait de quoi faire face à toute éventualité. Elle passa néanmoins en revue le contenu de sa penderie et finit avec deux grosses valises, une housse à vêtements et une mallette de toilette.

Ayant évité Larkin la veille, elle ignorait à quelle heure était prévu le départ. C'était une attitude puérile, puisque tôt ou tard elle allait devoir l'affronter. Et de toute façon, elle avait rêvé de lui, un rêve érotique, très peu dans son genre.

Larkin faisait resurgir un côté d'elle qu'elle croyait mort depuis longtemps, et cette constatation l'excitait, ou l'inquiétait, elle hésitait encore.

Quand elle fut habillée, elle descendit le plus discrètement possible dans la cuisine. Il n'était que 7 heures, Mme Cross n'arriverait pas avant une heure et demie.

Cependant, quand elle pénétra dans la pièce, une bonne odeur de café lui chatouilla les narines. En entrant, elle découvrit Larkin appuyé au plan de travail, une tasse à la main.

— Excellente idée, dit-elle en se versant une tasse.

En la portant à ses lèvres, elle inhala le puissant arôme avec un soupir de contentement.

Larkin avait les paupières gonflées, des cernes sous les yeux et il n'était pas rasé.

— Pouvez-vous être prête à partir d'ici une heure ? demanda-t-il avec brusquerie.

— Oui.

Elle but une gorgée de café, reposa la tasse et compta jusqu'à dix. Mais comme cela ne suffisait pas à la calmer, elle demanda :

— Quel est le problème ?

Il posa brutalement sa tasse dans l'évier et se tourna vers elle, bras croisés, les manches de son polo découvrant ses biceps. C'était curieux, cette simplicité vestimentaire. Rien chez lui ne laissait supposer qu'il était le rejeton d'une famille fortunée. Il donnait l'impression de s'être fait tout seul. D'une certaine façon, c'était vrai. Mais si l'on ajoutait aux fruits de son travail les millions de son héritage et les actions de *Wolff* Enterprises et de Leland Security, Larkin Wolff était un homme très riche.

Par conséquent, elle pouvait être certaine que s'il l'avait embrassée, ce n'était pas pour son argent.

En ce moment toutefois, son expression et le noir duvet qui couvrait ses joues lui donnaient la mine patibulaire d'un homme dont il valait mieux éviter de croiser le chemin.

Pour couronner le tout, il la dévisagea d'un air mauvais.

— Combien de temps pensez-vous pouvoir m'éviter ? Ou feindre que je ne vous ai pas embrassée à deux reprises ?

Elle releva le menton.

— Je ne vous évite pas, affirma-t-elle contre toute évidence. J'avais pas mal de choses à régler en prévision de mon absence. Désolée si je n'ai pas été une hôtesse agréable.

Les yeux de Larkin lancèrent des éclairs.

— Allez au diable, avec votre maudite politesse ! Vous savez très bien ce que je veux dire.

— L'un de nous s'est levé du mauvais pied.

— Prenez garde, Winnie. Je n'ai dormi que trois heures. Vous vous aventurez en terrain miné.

— Et alors ?

Piquée au vif, elle avança vers lui. Essayait-elle de lui faire perdre son sang-froid ? Elle savait pourtant que la colère peut transformer un être normalement doué de raison en animal.

Le corps tout entier de Larkin tremblait de fureur. Quand elle fut assez près, il approcha son visage du sien.

— Comment osez-vous me provoquer ? Je vous ai prévenue.

Elle sentit le souffle de son haleine passer sur son visage. Et à l'appréhension se mêla une irrésistible envie de savoir.

— Allez-y, grande brute. Je n'ai pas peur de vous ! Allez-vous me frapper ?

En une fraction de seconde, l'attitude de Larkin se modifia. Il recula, et une expression horrifiée se peignit sur son visage.

— Pourquoi me posez-vous cette question ?

À présent, elle se sentait ridicule et un peu honteuse.

— C'est une question légitime. Vous êtes hors de vous.

Il se frotta le visage et recula pour appuyer sa tête contre le placard.

— Je serai probablement bon à interner, quand vous quitterez Wolff Mountain.

— Si vous ne me frappez pas, que va-t-il se passer ? Vous paraissez très irritable.

Une ombre de sourire joua sur les lèvres de Larkin.

— Etes-vous à ce point ignorante du fonctionnement des hommes ? Je suis dans un état de tension sexuelle intense depuis pratiquement vingt-quatre heures. Et vous m'avez délibérément évité, comme si j'étais un monstre qui avait souillé une réputation sans tache. Ce que j'éprouve s'appelle de la frustration sexuelle, Winnie, et voici ce qui va se passer.

Il la prit par le poignet, l'attira contre lui et prit ses lèvres avec une sorte de nonchalance, comme s'il disposait de tout son temps. Son agitation s'était apparemment dissipée, remplacée par une détermination virile. Et, bien qu'il se montrât doux, elle se sentit submergée, encerclée, maîtrisée. Le baiser qu'il lui donnait lui coupait les jambes et la faisait trembler de désir.

Heureusement, Larkin la soutenait solidement par les épaules tout en prenant ce qu'il désirait.

Soudain, il recula, cherchant son visage des yeux.

— Mets tes bras autour de mon cou, ordonna-t-il.

Elle ne fut que trop heureuse de lui obéir, et de se nicher contre sa poitrine dure et solide. Et tandis qu'elle se serrait contre lui, elle sentit son sexe dressé. Le baiser de Larkin se faisant impérieux, elle eut le sentiment de perdre la raison. En cet instant précis, elle était prête à en passer par toutes ses volontés ; ils étaient en effet sur la même longueur d'onde. Si elle aimait jouer avec les cheveux de sa nuque, cela ne lui suffisait plus. Glissant les mains sous son polo, elle trouva sa peau chaude. Et quand, de l'ongle, elle effleura un mamelon, il gémit.

Le sentiment de pouvoir qu'elle éprouva en le découvrant si vulnérable s'évanouit toutefois quand il souleva sa jupe pour lui caresser les cuisses. Sa respiration se bloqua dans sa gorge. Elle aurait pu l'arrêter, mais ses caresses lui procuraient un tel plaisir qu'elle en aurait sangloté. Il atteignit l'élastique de sa culotte et joua quelques instants avec, avant de le soulever.

Elle dut se retenir pour ne pas le supplier de se dépêcher. Enfin, ses longs doigts plongèrent sous la dentelle et atteignirent les replis de son sexe, là où son corps était doux et moite, et affamé de ses caresses. Il l'explora doucement, tirant d'elle de petits soupirs hachés pendant qu'elle cachait son visage dans son cou.

Elle entendit son rire, mais elle savait qu'il ne se moquait pas d'elle, mais d'eux, de cette folie surgie d'on ne savait où, et qui les submergeait désormais. Il la caressait en rythme, faisant monter son plaisir. Elle voulut le prier d'arrêter, mais ne put s'y résoudre. Une félicité inconnue la guettait en coulisse, prête à exploser en vagues ardentes, en une impétueuse libération qu'elle appelait de ses vœux et qui l'effrayait en même temps.

Larkin lui embrassa l'oreille et en traça le contour avec sa langue tout en poursuivant sa délicieuse torture. Tout à coup, il introduisit brutalement deux doigts en elle, lui arrachant un cri rauque. Elle planta les dents dans son épaule, tandis que son corps se cambrait sous les spasmes successifs de l'orgasme.

Les secondes s'écoulèrent, peut-être les minutes. Elle baignait dans la brume de l'après jouissance, si heureuse qu'elle n'arrivait même pas à ressentir de gêne.

— Vous êtes incroyable, Winifred Bellamy, fit la voix grave de Larkin à son oreille. Chaude comme la braise, et si diablement sexy que j'en perds la tête.

— Personne ne m'a jamais dit que j'étais sexy, bredouilla-t-elle.

Il continuait de caresser légèrement son sexe, déclenchant les derniers frissons de l'extase dans son corps.

— Dans ce cas, tu n'as pas fréquenté les hommes qu'il fallait.

La remarque la dégrisa. Se dégageant de son étreinte, elle rajusta ses vêtements.

— Ni ceux qu'il ne fallait pas non plus, d'ailleurs, rectifia-t-elle posément. Je n'ai pas fréquenté d'hommes.

Devant l'expression abasourdie de Larkin, elle grimaça.

— Tu es vier…

— À proprement parler, non, se hâta-t-elle de le rassurer. Mais tu risques d'être déçu si tu t'imagines que je connais le Kama-sutra ou quoi que ce soit qui t'apporte du plaisir. J'aurais dû te le dire plus tôt, mais tu m'as prise de court. Vraiment, il vaut mieux que nous en restions là.

— Je devrais être d'accord avec toi. J'enfreins les

règles les plus fondamentales que je me suis fixées, en agissant ainsi.

Son expression s'était de nouveau assombrie.

— À cause de toi, reprit-il, je remets en question ce que je croyais gravé dans le marbre.

Il lui prit la main et la posa sur son sexe en érection, qui palpitait dans son pantalon de pyjama.

— Il ne me reste donc plus qu'à dire adieu à mes beaux principes. Et je peux t'assurer que je ne te tournerai pas le dos parce que tu es inexpérimentée. J'avoue ne jamais avoir fréquenté de demi-vierge. Mais l'avantage, c'est que nous serons sur le même plan. Entre nous, tout sera nouveau.

— Il n'y a pas de « nous », répliqua-t-elle, la gorge désespérément sèche devant l'incompréhension délibérée de Larkin. Tu dois oublier cette idée. Nous ne passerons que deux ou trois nuits à Wolff Mountain. Tu l'as dit toi-même, ce serait idiot de commencer quelque chose qui risque de nous exploser à la figure.

— Je ne pense qu'à commencer quelque chose avec toi.

Ses joues s'enflammèrent.

— Tu ne vois donc pas ? Rien que parler de sexe, ça m'est étranger. Tu es beau, séduisant, je suis sûre que tu as un carnet d'adresses plein de femmes avec qui je suis incapable de rivaliser. S'il te plaît, oublie que nous nous sommes embrassés.

— Impossible. La tension sexuelle qui crépite chaque fois que nous nous retrouvons dans la même pièce n'est pas le fruit du hasard. Elle est bien réelle, et forte. Je devrais m'éloigner, mais je ne le peux pas. Du moins pas encore. Tu es coincée avec moi ce week-end, Winnie. Et comme tu es responsable de l'abandon de mes fameuses règles de vie, tôt ou tard, tu te retrouveras avec moi, dans un lit, criant mon nom quand je te ferai l'amour à en perdre la raison.

Elle le considéra, bouche bée. Le tableau qu'il dépeignait la rendait malade de désir pour une chose qu'elle n'aurait jamais, même si elle cédait et acceptait d'être sa maîtresse. S'ils couchaient ensemble, et elle était bien consciente qu'il s'agissait plus probablement de « quand » que de « si », Larkin deviendrait le centre de son univers. Même si elle essayait de se persuader qu'elle saurait se glisser dans la peau de Winnie la coquine et s'amuser avec lui juste pour le plaisir, la vérité, c'était qu'elle tomberait probablement amoureuse et qu'il lui briserait le cœur. Parce qu'il avait été très clair sur ce point : il n'était pas du bois dont on fait les maris.

Elle voulait quelqu'un qui l'aime avec passion. La plupart des femmes qu'elle accueillait s'étaient menti en se persuadant que leur homme pouvait changer. Si Winnie se laissait aller à croire en un avenir avec Larkin, elle commettrait la même erreur.

C'était une chose que de décider de profiter d'une aventure passagère. Et peut-être le ferait-elle si elle en avait le courage. Mais attendre davantage reviendrait à demander la lune. Larkin ne pouvait pas combler son besoin d'amour. Il était magnifique à regarder, mais impossible à atteindre dans le domaine des sentiments.

— Il n'en est pas question, répliqua-t-elle sagement, ignorant les papillons qui voletaient dans son estomac.

- 8 -

Larkin ne s'était jamais trouvé dans pareille situation. Et seule la fraîcheur de Winnie l'empêchait d'être encore pire. Il se sentait minable. Sa volonté lui permettait de rester digne, mais il savait qu'il fallait peu de choses pour qu'il la séduise malgré ses objections.

Elle ignorait le brûlant désir qui pulsait dans ses veines. Et cette constatation le consternait. Comment cette femme dépourvue d'artifices avait-elle le pouvoir de le mettre dans cet état ?

Jusqu'ici, ses relations avec les femmes étaient simples. Il ne laissait jamais sa convoitise l'entraîner hors du chemin qu'il s'était tracé. Il aimait le sexe, mais pas au point de se laisser convaincre par une femme de rentrer dans le rang. S'engager signifiait prendre des responsabilités, et il en avait déjà pris bien assez pour toute une vie. À présent, Devlyn et Annalise étaient heureux, bien qu'il ait souvent failli à son devoir envers eux. Seule la mort prématurée de leur mère les avait sauvés. Aussi, comment pourrait-il envisager d'impliquer la douce, généreuse et fragile Winnie dans sa vie ?

Elle n'était pas le genre de femme à se contenter de simples relations physiques. Et s'il ne pouvait lui promettre un avenir, qu'avait-il à lui offrir ? Étant donné ses réactions, et s'il lui laissait le temps de s'habituer à l'idée, il était possible qu'elle soit d'accord pour une liaison passagère.

Il avait promis qu'il l'emmènerait dans son lit, et il savait qu'il ne résisterait pas à la tentation.

Tout en se versant une tasse de café, il l'observa d'un air sombre. Aujourd'hui, elle avait endossé la tenue qui correspondait à son statut d'héritière. Vêtements de marque, cheveux disciplinés. À tout cela, il préférait de loin sa crinière folle, sa salopette en jean et ses pieds nus. La Winnie qu'il avait devant lui l'engageait à bien se conduire. L'enthousiaste, la sensuelle Winnie lui donnait davantage de fil à retordre mais, en réalité, les deux le rendaient fou.

Le bruit de la porte d'entrée qui s'ouvrait annonça l'arrivée de Mme Cross. L'expression de panique de Winnie l'aurait amusé s'il n'avait regretté cette interruption.

— Viens, dit-il.

La prenant par le bras, il l'entraîna dans un couloir qui menait à l'escalier de service. Et par là, ils gagnèrent le premier étage.

Ils s'arrêtèrent devant la porte de sa chambre à lui.

— Je te veux, murmura-t-il, près de la pousser à l'intérieur et de lui montrer comment s'y prenait un homme pour convaincre une femme de lui céder.

Winnie pâlit.

— Tu t'en remettras.

— Bon sang, pourquoi faut-il que tu sois si têtue ?

Il appuya son front au sien et agrippa ses minces épaules.

— Réfléchis, l'implora-t-elle. C'est trop rapide. Tu verras, d'ici peu, tu conviendras que nous avons bien fait de résister.

Il ravala son irritation et la tint serrée contre lui, s'apaisant de sa présence tout en sentant son désir toujours prêt à renaître. Elle avait peut-être raison, mais il n'en était pas convaincu. Surtout qu'il n'arrivait pas à aligner deux idées sensées.

Soudain, elle se libéra et fit trois pas en direction de sa chambre, les mains sur ses seins, telle une héroïne victorienne venant d'échapper à un ravisseur.

— C'est comme la grippe, dit-elle. Il faut tenir bon. Je ne suis pas irrésistible, tu sais.

Il vit sur son visage qu'elle le croyait sincèrement. Son manque de confiance en elle le troubla. Quand il s'agissait de ses activités caritatives, elle se montrait au contraire sûre d'elle, hardie, même.

Pourquoi ne voyait-elle pas comme elle était belle, exceptionnelle, et combien il la désirait ?

Il s'éclaircit la voix, surpris par son émotion.

— Quelle heure est-il ?

— Il est 8 h 45.

— J'ai dit au pilote que nous serions à l'aéroport à 10 h 30. Pouvons-nous y aller ?

— Le pilote ?

— J'ai demandé à mon père de nous envoyer son jet. Ce sera plus rapide et plus agréable que de prendre un vol commercial. Et, franchement, je ne crois pas que je supporterais d'être enfermé dans une voiture avec toi des heures durant.

— Tu exagères, dit-elle d'une voix faible.

— Non. Tu l'ignores sans doute, mais j'ai failli te prendre debout, dans la cuisine. La tête qu'aurait faite la bonne Mme Cross en nous voyant !

— Personne ne fait ça, à part dans les films !

Il se contenta de lui sourire. L'adorable naïveté de Winnie imposait le silence.

— Retrouve-moi en bas dans une demi-heure. Le chauffeur viendra prendre tes bagages.

Winnie fit passer son poids d'une jambe sur l'autre.

— Je le pense vraiment, tu sais, dit-elle en relevant le menton d'un air obstiné.

— Tu penses quoi ?

— L'expérience te décevrait.

— Si ça peut te tranquilliser... Mais méfie-toi, Winnie. J'ai des projets pour toi.

Peut-être était-ce lui-même qu'il mettait en garde, parce que les conséquences de tout cela étaient impossibles à anticiper et propres à déclencher le chaos dans sa vie.

Malgré ça, il fallait qu'il la possède.

Après s'être lavé les dents, Winnie jeta ses dernières affaires de toilette dans la mallette. Ses mains tremblaient si fort qu'elle laissa échapper un coûteux flacon de parfum qui se brisa en atterrissant par terre.

Une odeur exotique, sensuelle, se répandit dans la pièce. Tout le contraire d'elle-même. Elle s'était dit que ce serait l'occasion d'utiliser ce cadeau, mais à présent ce n'était plus possible.

L'atmosphère était lourde du parfum évocateur. Trempant le bout de son index dans le liquide, elle le passa derrière ses oreilles et entre ses seins. Et soudain, elle eut la vision de Larkin la prenant ici même, dans la salle de bains, leurs corps mouillés de sueur glissant l'un contre l'autre.

Les jambes flageolantes, elle sortit de la pièce et s'empara de son sac à main. Avant de partir, elle devait saluer Mme Cross et voir si celle-ci avait des questions de dernière minute à lui poser.

Larkin franchit la porte principale comme elle atteignait l'entrée. Ses yeux s'écarquillèrent quand il vit ses chaussures. Des chaussures de dame, avec des talons de dix centimètres. Ce supplément de taille lui donnait un air provocateur. Il remonta lentement de ses pieds à ses jambes, puis à ses seins.

Sous ce regard indiscret, elle se sentit rougir violemment.

— Je passe voir Mme Cross, marmonna-t-elle en se détournant pour reprendre sa respiration.

— Le chauffeur est là.

— Je n'en ai pas pour longtemps.

— Ton amie est-elle arrivée ?

— Non, mais il est inutile que je l'attende. Elle a l'habitude de me remplacer quand je dois m'absenter.

Quand elle revint de la cuisine, Larkin l'attendait impatiemment à la porte.

— Viens, dit-il nous allons finir par être en retard.

D'un commun accord, ils avaient décidé de quitter les lieux en limousine afin que tout le monde soit persuadé que Winnie se rendait à Saint-Barth. La vitre séparant les sièges arrière du chauffeur était baissée et Larkin ne demanda pas qu'on la remonte. Aussi n'échangèrent-ils que quelques mots jusqu'à l'aéroport situé à la sortie de Nashville.

C'était aussi bien. De toute façon, elle ne trouvait pas de sujet de conversation assez anodin pour effacer le souvenir de la scène qui avait eu lieu le matin, dans la cuisine. Appuyé à la portière, le visage impénétrable, Larkin fixait le paysage. Quand il devint évident qu'il l'ignorait, elle consulta ses messages téléphoniques, envoya à Mme Cross un dernier texto au sujet de la commande d'épicerie de la semaine suivante, puis l'imita en se recroquevillant dans son coin.

Elle n'avait guère eu l'occasion de voyager en jet privé. Le pilote l'accueillit aimablement, et une hôtesse l'installa sur un siège avant de lui proposer une boisson. Malgré tout, Winnie se sentait mal à l'aise, d'autant que Larkin s'était installé à l'avant avec le pilote et le copilote. Pourtant, elle finit par s'endormir.

Quand elle s'éveilla, l'avion décrivait des cercles au-dessus de Charlottesville. Elle avait lu quelque part que la propriété des Wolff se dressait sur un sommet montagneux, dans un coin sauvage du centre de la Virginie. Un chauffeur en uniforme vint à leur rencontre, transféra leurs bagages dans une voiture et leur offrit des sandwichs qu'il avait achetés en route.

Elle était impressionnée. Larkin semblait avoir tout prévu. Quand elle eut terminé son sandwich, elle s'essuya les lèvres et lui jeta un coup d'œil de biais. Elle avait des questions à lui poser. Beaucoup de questions mais, une fois encore, la présence du chauffeur la réduisit au silence.

Au bout d'une heure trois quarts de route, elle finit néanmoins par ouvrir la bouche.

— Qu'attend-on de nous ce soir ?

Larkin tapota son accoudoir du bout des doigts.

— Juste d'assister à un dîner de famille. Demain, je te ferai visiter les lieux. Et, s'il ne pleut pas, nous devrons peut-être participer à la décoration. La fête a lieu samedi après-midi.

— En extérieur ?

— Apparemment. Ma sœur a le goût du risque. Il faut dire que la météo annonce un ciel bleu et une température agréable.

— Elle doit être ravie.

— L'idée qu'il fasse mauvais pour la fête qu'elle organise ne lui a sûrement pas traversé l'esprit. Annalise a tendance à foncer tête baissée.

— Tu l'aimes beaucoup.

Il sourit.

— J'aime tous les membres de ma famille, mais oui,

j'ai une tendresse particulière pour elle. Qu'elle ait survécu dans une maison pleine d'hommes reste à mes yeux un mystère.

— Et son mari ?

— Sam ? C'est un ami d'enfance. Son père est l'architecte qui a conçu Wolff Castle.

— Vous l'appelez vraiment comme ça ?

— Nous n'avions pas prévu de le nommer ainsi, répondit-il en riant, mais les gens du pays se sont mis à lui donner cette appellation, et le terme est resté.

Elle entretenait la conversation pour ne pas penser à ce qui l'attendait. Mais quand la voiture s'arrêta devant un portail massif, sa nervosité grandit.

— Quand Annalise et Sam ont-ils compris qu'ils s'aimaient ? demanda-t-elle.

— Si tu veux mon avis, ils avaient le béguin l'un pour l'autre depuis très, très longtemps. Mais ils sont têtus, Annalise encore plus que Sam. Et il a fallu qu'ils se retrouvent piégés par la neige durant un blizzard pour qu'ils s'avouent leur amour.

— Comme c'est romantique !

Il émit un grognement.

— Oh ! ça l'est, en effet ! Quand ils n'essaient pas de s'entretuer.

— Je croyais qu'ils étaient amoureux.

— Ils le sont. Mais quand on aime un Wolff, la vie n'est pas facile.

Étrangement perturbée par le ton de Larkin, Winnie se tourna vers la vitre. Elle ne risquait pourtant pas de tomber amoureuse de lui, n'est-ce pas ? Pas alors qu'il s'était montré si clair sur ses sentiments.

Certes, il avait envie d'elle. Mais elle était presque certaine que son obsession s'évanouirait quand ils se retrouveraient au sein de sa famille. Il serait alors trop occupé pour la poursuivre de ses assiduités.

— À quand remonte ta dernière visite ?

— J'ai passé deux jours ici après la naissance de mon neveu. Je voulais constater de mes propres yeux que ma bagarreuse petite sœur avait suffisamment grandi pour pondre un enfant.

Il la considéra longuement.

— Physiquement, tu n'as rien de commun avec Annalise. Mais vous avez la même attitude jusqu'au-boutiste quand il s'agit d'une cause que vous défendez. Je crois que tu l'apprécieras.

Après un court trajet sur une route en lacets, la voiture s'arrêta devant une immense demeure de pierre. Par ses proportions, la maison où Larkin avait grandi était impressionnante, et malgré tout accueillante. Nichée dans une clairière, au milieu d'une forêt de feuillus et de résineux, elle semblait faire partie de la montagne depuis des siècles. Winnie savait toutefois que la tragédie qui avait conduit l'aîné des frères Wolff à isoler enfants et neveux de la société ne remontait qu'à une vingtaine d'années.

— Viens, dit Larkin. Je vais te présenter au clan.

Il se trouva que seule la gouvernante était là pour les accueillir. Les trois cousins de Larkin ainsi qu'Annalise possédaient leur propre maison sur le terrain de la propriété. Quant à Devlyn et sa femme, Gillian, ils devaient arriver d'Atlanta d'ici deux heures.

Elle examina avec intérêt le décor du magnifique hall d'entrée pendant que la gouvernante entraînait Larkin à l'écart pour échanger quelques mots avec lui, avant de les conduire à l'étage.

En montant l'escalier, Winnie tira Larkin par la main.

— Que t'a-t-elle dit ? lui chuchota-t-elle au moment où il se penchait vers elle.

Une lueur malicieuse éclaira le regard de Larkin.

— Elle a demandé si tu dormais dans ma chambre.

- 9 -

Larkin dut se retenir pour ne pas éclater de rire devant l'expression mortifiée de Winnie.

— Détends-toi, dit-il en glissant un bras autour de sa taille. Elle ne fait que son métier.

Winnie n'en parut pas pour autant réconfortée.

— Qu'as-tu répondu ?

L'espace d'un instant, la tentation de plaisanter fut irrésistible. Et l'image de Winnie et lui partageant un lit lui provoqua aussitôt une érection. Mais elle aurait bien assez à affronter avec le clan Wolff sans qu'il lui donne de motif supplémentaire d'inquiétude.

Il soupira.

— J'ai dit que tu préférais avoir ta chambre.

La réponse sembla alléger les appréhensions de Winnie, d'autant que la gouvernante ouvrait pour elle la porte d'une vaste pièce. En la découvrant, Winnie poussa un cri d'admiration.

— C'est superbe ! s'exclama-t-elle.

Elle alla poser son sac sur le lit et tourna sur elle-même pour mieux admirer la chambre.

— J'ai l'impression d'être une princesse !

Son enthousiasme l'émut, car Winifred Bellamy était pourtant accoutumée au luxe. Il était vrai, cependant, qu'il avait demandé qu'on lui réserve cette chambre en particulier parce qu'il était certain que la pièce correspondait à ses goûts.

L'immense lit à baldaquin était recouvert d'un brocart vert pâle et ivoire, et le même tissu ornait les fenêtres. Sous les pieds s'étalait un tapis d'une douceur de rêve, et des chaises et des coffres anciens apportaient une note féminine à l'ensemble.

La gouvernante et le chauffeur qui avait apporté les bagages de Winnie se retirèrent discrètement.

— Alors ? demanda Larkin. Qu'en penses-tu ? Mes quartiers sont de l'autre côté du couloir.

Sans rien répondre, Winnie alla ouvrir la porte-fenêtre et se glissa sur le balcon de pierre. Il l'y suivit. La vue sur la forêt luxuriante renforçait l'impression d'intimité. Même le chant des oiseaux cessa momentanément.

Dans la douce chaleur du soleil de l'après-midi, il posa ses mains sur les épaules de Winnie.

— Je veux que tu te sentes bien ici, murmura-t-il en l'embrassant sur la nuque.

Elle se contracta.

— Tout ça pour me séduire ?

La remarque blessa son amour-propre. Il la fit pivoter pour qu'elle se retrouve face à lui.

— Je n'ai pas besoin d'expédients pour convaincre une femme de partager mon lit. Si tu ne veux pas, il te suffit de refuser.

Malgré la lumière qui aurait dû se montrer impitoyable, il ne voyait aucun défaut à sa peau lumineuse et à ses beaux yeux.

— Dis « non », et je te laisse, insista-t-il.

Ils étaient si proches qu'il sentait ses seins bouger au rythme de sa respiration.

— Je n'ai pas pour habitude de mentir, murmura-t-elle. J'ai envie de toi, mais je crains que nous le regrettions.

Il la prit par la taille et la plaqua contre son corps afin qu'elle constate l'effet qu'elle produisait sur lui.

— C'est possible, mais pense au plaisir que nous aurions ensemble. Nous sommes seuls ici. Pourquoi attendre ?

Sans l'avoir prémédité, il se retrouva en train de l'embrasser. Ce fut douloureusement doux, particulièrement quand les lèvres de Winnie tremblèrent et se dégelèrent sous les siennes.

Ses bras minces enserrèrent son cou, et il sentit ses doigts jouer avec les cheveux de sa nuque. Il en ressentit une sorte de décharge électrique et, emporté par la passion, il la souleva et l'assit sur la balustrade de pierre. Comme il la tenait bien serrée, elle ne risquait pas de tomber. Pourtant, son regard était rempli d'appréhension.

Il posa son front contre le sien.

— C'est non, n'est-ce pas ?

— Je voudrais dire « oui », mais je ne peux pas. J'ai encore besoin de réfléchir.

Elle jouait avec ses oreilles, une innocente caresse qui attisait pourtant sa concupiscence.

— De quoi as-tu peur, Winifred Bellamy ? Je veux savoir.

Plus que ça. Il *fallait* qu'il sache très vite de peur de perdre la raison.

— Je suis ici pour détourner l'attention de ma maison et de ceux que je protège, c'est tout.

— Laisse-moi te faire l'amour, l'implora-t-il.

— Repose-moi par terre, s'il te plaît.

Puisqu'il avait voulu la traiter en princesse, il ne pouvait se plaindre qu'elle lui donne des ordres. La soulevant dans ses bras, il l'emporta jusqu'à la chambre et la déposa à terre.

— Je sais que tu as envie de moi, dit-il avec obstination. Tu ne peux pas le cacher.

Elle lui fit face.

— C'est vrai. Mais les adultes matures savent que tous leurs désirs ne sont pas bons à exaucer.

— Laisse-moi en être juge.

Il l'embrassa sans ménagement. Jamais il ne s'était senti si peu maître de la situation avec une femme, si peu sûr de l'issue de son entreprise. Soudain, l'idée le mit en rage. Il s'efforçait de mener une existence exempte de complications, et voilà que cette femme détruisait l'œuvre d'une vie.

Tout ça, parce qu'elle était si peu sûre de son pouvoir de séduction qu'elle craignait de le décevoir.

Quelle idée ridicule ! Sa vulnérabilité l'émouvait et lui donnait envie de la protéger d'une façon toute personnelle. L'idée l'effraya. En vérité, il ferait mieux de fuir à toutes jambes, sans jamais se retourner. Mais il était prisonnier de ses propres émotions.

Au prix d'un gros effort de volonté, il recula. À son expression, il vit que Winnie était aussi bouleversée que lui. Mais c'était entièrement sa faute.

— Le dîner est à 18 h 30, dit-il. Trouveras-tu le chemin de la salle à manger ?

Il se comportait en parfait goujat et s'en moquait éperdument. La frustration sexuelle produisait parfois cet effet sur les hommes. Il voulait la punir de le mettre dans cet état.

— Mais je…

— Mais quoi, Winnie ?

Elle serra ses mains l'une contre l'autre.

— Ne pourrais-je pas manger dans ma chambre ? Pour ton premier repas, il vaut mieux que tu sois seul avec ta famille.

— Oh non ! Te cacher ici ne servira à rien ! De plus, je suis fatigué de jouer les solitaires dans cette maison.

— Tu es grand. Tu es sûrement capable de te débrouiller tout seul.

Peu à peu, il sentait son humeur s'alléger. D'ailleurs, s'il la laissait livrée à elle-même, son plan pourrait se retourner contre lui. Elle était tout à fait capable de se terrer dans ses appartements.

— Si tu veux, je passe te prendre à 18 h 15.

— Que devrais-je porter ?

— Cette tenue est très bien. Ou quelque chose de semblable. Ce ne sera pas si terrible, tu verras, Winnie.

— Je continue à penser que ça aurait été plus simple de m'installer dans un hôtel anonyme.

— Mais pas aussi amusant.

— Si tu flirtes avec moi, ils vont se faire des idées.

— Ils me reprochent mon mode de vie depuis des années. Tu m'aideras à donner le change.

— Ce n'est pas très gentil d'agir ainsi avec des gens que tu aimes.

— Je ne me sens pas d'humeur gentille en ce moment.

Elle s'était débarrassée de ses chaussures à talons et, lui qui ne se savait pas fétichiste, il s'étonna de l'effet que produisaient sur lui ses petits pieds étroits et blancs.

Elle se jucha sur le bord du lit, balançant ses jambes comme une enfant.

— Que vas-tu leur dire à mon sujet ?

Il haussa les épaules.

— À toi de décider.

— La vérité me convient.

— Eh bien, dans ce cas, j'expliquerai que tu es une amie qui a des ennuis. Ce qui est la pure vérité.

Elle arqua un sourcil.

— Nous sommes amis ?

— Comment appelles-tu ça ?

Elle rosit.

— Je serai fière d'être ton amie. Aussi longtemps que tu n'attends pas de moi que…

Sa voix s'éteignit.

— Que tu partages mon lit ? termina-t-il.

— Larkin ! s'exclama-t-elle en portant ses mains à ses oreilles. Arrête de dire des choses pareilles ! Tu prétends ne jamais t'impliquer affectivement avec tes clients. Je suis une cliente, souviens-t'en !

— C'était avant que je te rencontre.

— Je suis ennuyeuse.

Il savait qu'elle ne cherchait pas les compliments, mais il lui en fit tout de même.

— Tu es belle et séduisante. Je pourrais passer vingt-quatre heures dans ce lit avec toi sans me lasser.

— Comment cela serait-il possible ? Je croyais que les hommes… enfin…

Sa confusion l'amusa.

— Bien sûr, je devrais reprendre des forces de temps en temps, mais tu ne serais pas déçue.

Elle serra les bras autour de sa taille, se balançant légèrement.

— Ce n'est pas le problème. J'essaie de te faire comprendre que je ne suis pas le genre de femme que tu fréquentes, et que je serais très embarrassée que tu découvres mes lacunes au dernier moment.

Cette discussion ne les mènerait nulle part. Il ne lui restait plus qu'à compter sur la magie de Wolff Mountain pour la conquérir.

— Laissons tomber pour le moment, dit-il. Je sais que, tôt ou tard, tu me céderas.

— T'a-t-on déjà dit que tu étais imbu de ta personne ?

Il sourit.

— Je suis un Wolff. C'est inscrit dans mes gènes.

Winnie se laissa aller sur le lit, bras écartés. Dans quel pétrin s'était-elle fourrée ? Larkin Wolff avait suffisamment de charisme et de séduction pour séduire n'importe quelle femme. Mais elle était pragmatique. Et elle avait su, des années plus tôt, que sa vie serait consacrée au service des autres.

Elle ne maîtrisait pas l'art des relations personnelles. Même avec ses parents, il avait toujours subsisté une distance. À cause de leur dévouement à leur métier, bien sûr, mais aussi de son incapacité à exprimer ses sentiments. Dans le désarroi qui avait suivi leur disparition, elle s'était laissée aller à sortir de ses rails… avec des conséquences désastreuses. Après cette malheureuse expérience, elle avait décidé de se vouer à une cause plus importante qu'elle.

Savoir qu'elle venait en aide à des femmes totalement démunies la comblait. À part la liberté d'aider ceux qui en avaient besoin, l'argent n'avait jamais signifié grand-chose pour elle.

Il lui avait même plutôt compliqué la vie. Elle avait presque toujours été évaluée à l'aune de sa fortune. Quand les gens regardaient Winifred Bellamy, ils ne voyaient pas une jeune femme avec ses qualités et ses défauts. Seuls, les avantages qu'ils pourraient tirer de son compte en banque les intéressaient.

Larkin était différent. Peu lui importait son argent. Alors, pourquoi n'arrivait-elle pas à le croire quand il disait qu'il la désirait ? Elle savait qu'elle portait de profondes cicatrices, mais était-elle si traumatisée que l'intérêt d'un bel homme viril représente une menace pour elle ?

Durant l'heure et demie qui suivit, incapable de tenir en place, elle arpenta la chambre. La vaste pièce dégageait une impression de sérénité, contrairement aux pensées qui l'agitaient. Elle appréhendait la confrontation avec le clan Wolff. Les grands groupes la rendaient nerveuse.

Elle doutait qu'ils croient en leur amitié. Elle était trop différente des femmes qu'il fréquentait habituellement. Il avait d'ailleurs reconnu qu'elle n'était pas son type.

Bien sûr, de par son éducation, elle savait se comporter dans le monde. Mais ce repas familial représentait quelque chose de plus personnel. Et c'était apparemment important pour Larkin que les siens le croient heureux. Malgré son tumulte intérieur, l'idée la fit sourire. Il serait sans doute difficile à Larkin de leur donner le change avec ce regard qui trahissait sa vraie nature de renégat.

Derrière sa façade d'animal civilisé se dissimulait une bête fougueuse. Elle s'en rendait compte dès qu'il la touchait. Tendre ou exigeant, son dessein restait le même : il voulait coucher avec elle. Autant dire qu'elle devrait rester sur ses gardes jusqu'à ce qu'elle ait pris une décision.

Elle frissonna en se déshabillant pour prendre une douche. Dans le miroir, elle aperçut ses joues rougies, ses pupilles dilatées et ses seins tendus aux pointes dressées.

À vrai dire, l'issue du scénario était inévitable. Larkin et elle seraient amants. Et sa chute ne serait pas causée par l'insistance de Larkin, mais par le désir qui lui dévorait le ventre, lui donnait envie d'écarter les jambes et mouillait son sexe.

À cause d'un désir profond, viscéral, surgi sans crier gare, tout son corps était en feu. S'apercevoir que sa rencontre avec Larkin révélait un vide dans une existence qui semblait la combler donnait à réfléchir. Elle avait des amis, mais pas de confident. Des connaissances, mais personne à qui accorder son amour.

Elle se doucha rapidement, car le simple contact de ses mains savonneuses lui procurait des frissons de volupté. Dans son imagination, c'était Larkin qui frottait ses jambes, ses bras, son ventre frémissant.

Quand elle regagna sa chambre, elle tremblait de tous ses membres. S'il la voyait dans cet état, il comprendrait. Et il exigerait qu'elle cesse de brimer sa libido.

La gorge douloureuse de larmes refoulées, elle se glissa entre les draps du lit et les rabattit sur sa tête. Elle était venue se cacher à Wolff Castle de son plein gré, mais en accompagnant Larkin sur son territoire, elle s'était mise en grand danger.

Il s'était empressé de lui préciser qu'une relation se terminant sous une pluie de fleurs d'oranger et au son des cloches du mariage ne l'intéressait pas. Pourtant, il fallait regarder les choses en face : elle finirait inévitablement dans son lit. Comment le contraire aurait-il été possible ? C'était l'homme idéal, fort, doté du sens de l'honneur, irrésistible. Et il avait réveillé une sensualité qu'elle croyait à jamais défunte.

Avec pour conséquence un corps douloureux comme un membre qui revient à la vie. Elle ne voulait pas avoir envie de Larkin Wolff. Elle ne voulait rien ressentir pour lui. Mais elle craignait que le mal ne soit déjà fait.

Que ça lui plaise ou non, avec Larkin, elle réagissait en femme.

- 10 -

Elle s'endormit sans l'avoir prévu, s'éveilla brusquement et consulta le réveil en panique. Il lui restait vingt-cinq minutes pour se préparer. Elle tenait à apparaître élégante et digne, ce soir. Une gageure pour quelqu'un qui possédait une masse de boucles folles.

Elle élimina soigneusement tous les nœuds de sa chevelure et utilisa un fer pour discipliner le reste. Enfin, elle fixa l'ensemble en chignon sur sa nuque. Elle suspendit ensuite à ses oreilles des pendants en diamant suffisamment discrets pour une soirée en famille… compte tenu, bien sûr, du fait qu'il s'agissait de la famille Wolff.

En soutien-gorge balconnet et culotte récemment acquis, elle examina sa garde-robe. Une première impression comptait beaucoup. Elle avait le choix entre apparaître en héritière sûre d'elle-même, en étrangère sereine ou en spectatrice neutre.

Malheureusement, la mode ne correspondait pas forcément à ces étiquettes. Aussi finit-elle par opter pour une tenue dans laquelle elle se sentirait à l'aise : une robe de soie rouge ceinturée, dont les manches arrivaient sous le coude et la jupe était relativement ample.

Petit détail gênant, elle était dotée d'un décolleté très légèrement plongeant. La générosité de ses seins l'avait toujours gênée. Ce n'était pas qu'ils soient anormalement développés, mais elle était si menue qu'ils attiraient forcément l'œil, même dans cette robe de coupe classique. Et pendant qu'elle s'examinait dans le miroir, elle croyait sentir sur elle la chaleur du regard de Larkin. S'imaginerait-il qu'elle avait passé cette robe pour lui plaire ?

Après avoir vainement tenté d'en remonter le bustier, elle enfila en soupirant des chaussures à talons de cuir noir. Il lui restait huit minutes pour se maquiller, ce qui était bien suffisant.

Ayant depuis longtemps cessé de chercher à dissimuler ses taches de rousseur, elle n'aurait besoin que d'un rouge à lèvres discret et d'ombre à paupières pour avoir un peu de classe.

Quand elle entendit frapper à la porte, elle retint son souffle. Le moment était venu. Essayant de calmer sa nervosité, elle lissa une dernière fois sa robe. Puis, prenant son temps, elle traversa la chambre et ouvrit la porte.

— Je suis prête, annonça-t-elle.

Larkin n'aurait pas été plus surpris si elle l'avait accueilli nue. Pris au dépourvu par la sensualité qu'elle dégageait, il déglutit et évita de regarder ses seins, grossièreté qu'il ne se serait jamais permise avec une autre.

En désespoir de cause, la gorge sèche, il fixa un point au-dessus de son épaule.

— Tu es ravissante, déclara-t-il en l'attirant dans le couloir.

Elle lui donna une tape sur l'épaule.

— C'est ce qu'on appelle un compliment forcé ! J'attendais mieux de ta part.

Il songea à l'embrasser, mais c'était risqué.

— Préfères-tu : « Tu es si sexy dans cette robe que j'ai bonne envie de te prendre contre le mur. » ?

— Voyons, murmura-t-elle. Un peu de tenue !

Ils parcoururent le large couloir en évitant de se frôler. Tout en aimant tendrement les siens, il les aurait volontiers envoyés au diable, en cet instant.

Quand ils franchirent la porte de la salle à manger, il s'écoula de longues secondes avant qu'on ne les remarque.

Il se pencha vers Winnie.

— Tout le monde est là, sauf les enfants, qui ont été confiés à une baby-sitter. Papa et oncle Victor tenaient à un dîner entre adultes.

À ce moment, l'oncle de Larkin nota leur présence. Tapant sur son verre avec une cuillère, il obtint le silence.

— Il était temps que vous vous montriez, dit-il. Je meurs de faim !

Il y eut des rires et, en un instant, Larkin croula sous les embrassades. Jetant un regard par-dessus son épaule, il vit que Winnie se tenait à l'écart de la mêlée, un sourire crispé aux lèvres. Il inclina la tête, l'invitant à le rejoindre, mais elle attendit pour cela que chacun ait repris sa place.

— C'est bon d'être à la maison, dit-il simplement. Voici mon amie, Winnie Bellamy. Comme elle a des ennuis avec les médias, j'ai pensé la cacher ici une quinzaine de jours, le temps que l'affaire se tasse. Je lui ai dit que vous seriez ravis de l'accueillir, mais, par pitié, ménagez-la !

Ce fut un concert de souhaits de bienvenue. Puis il lui avança une chaise et prit place à côté d'elle. Naturellement, tous les regards étaient braqués sur eux. Bien qu'il la devine dans l'état d'esprit d'un animal pris dans les phares d'une voiture, elle gardait une attitude posée. Il s'apprêtait à lui présenter les différents membres de la famille quand Victor Wolff se leva.

— Je propose de porter un toast, dit-il en levant son verre.

Tout le monde l'imita, y compris Winnie.

Victor était toujours direct et autoritaire, mais ses manières s'étaient adoucies au fil des ans. Le père de Larkin et lui avaient la quarantaine quand ils avaient épousé des femmes beaucoup plus jeunes qu'eux. À présent, ils commençaient à ressembler à des vieillards.

— Cette famille a connu sa part de chagrin, dit Victor dont l'émotion se devinait à la pomme d'Adam qui montait et descendait. À présent, le temps est venu de se réjouir. Je n'aurais jamais cru que vous auriez le bon sens de choisir des partenaires à la hauteur. C'est pourtant le cas. Bien sûr, il me semble que je devrais avoir plus de deux petits-enfants aujourd'hui…

Il s'interrompit pour jeter un regard sévère à Jacob un de ses fils.

— … mais je suis fier de chacun d'entre vous, termina-t-il. Aux Wolff !

Ces derniers mots résonnèrent autour de la table, et Larkin sentit sa gorge se serrer d'émotion. La route avait été longue et semée d'embûches, mais il avait la satisfaction de voir enfin son frère et sa sœur heureux.

Il voulut glisser quelques mots à Winnie, mais Victor n'avait pas terminé.

— De plus, ce soir, nous avons la joie de faire la connaissance d'une amie de Larkin. Winnie, permettez-moi de vous présenter cette équipe hétéroclite.

Winnie hocha la tête avec un timide sourire.

— J'en serai honorée, monsieur.

Victor posa une main sur l'épaule d'un jeune homme à la carrure impressionnante et à l'expression sévère, qui était assis à sa droite.

— Ce garçon est Gareth, mon aîné. À côté de lui, voici Gracie, sa femme. La seule qui ait eu la témérité de défier notre ermite.

Des rires circulèrent autour de la table.

— Ils ont un enfant que vous verrez demain, poursuivit Victor. Nous avons ensuite mon plus jeune fils, Kieran, et sa femme, Olivia. Kieran, notre globe-trotter, a finalement décidé de s'installer de façon permanente dans la montagne. Leur fille, Cammie, est à l'école primaire. Et enfin, le dernier, mais non le moindre, Jacob, le rejeton du milieu. Je ne crois pas avoir besoin de vous présenter sa femme.

— Non, bien sûr, déclara Winnie. Madame Dane, je suis l'une de vos plus ferventes admiratrices.

En effet, la cousine par alliance de Larkin, Ariel, était une actrice connue. Bien qu'appartenant depuis plusieurs années au clan Wolff, elle avait gardé son nom de scène.

Larkin s'attendait que son père se lève à son tour. Cependant, Vincent Wolff, qui paraissait encore plus frêle que lors de sa dernière visite, ne manifesta aucune intention de prendre la parole.

— Avec la permission de mon frère, poursuivit Victor, je finirai les présentations. Son aîné s'appelle Devlyn, il est assis à sa gauche avec Gillian qui fait partie de la famille depuis longtemps, et à plus d'un titre. Devlyn dirige Wolff Enterprises depuis notre siège social d'Atlanta. À côté de Gillian, c'est Sam, également ami de longue date de la famille. Il a eu le cran de courtiser notre belle Annalise, avec qui il a produit le dernier membre de la famille, il y a quelques mois. Ça y est, nous avons fait le tour.

Annalise le dévisagea, puis posa sur Winnie un regard pénétrant.

— Winnie Bellamy ? Comme Winifred Bellamy, l'héritière ?

Winnie avait l'impression d'être un animal derrière les grilles d'un zoo. Tout en comprenant la curiosité des membres de la famille de Larkin, elle regrettait leur manque de réserve.

— C'est moi, répondit-elle, enviant l'assurance de la sœur de Larkin.

— Comment vous êtes-vous rencontrés ?

— Annalise, voyons, fit Larkin sur un ton de mise en garde qui ne parut pas émouvoir sa sœur.

— Pas de problème, répondit pourtant Winnie en se redressant. Larkin effectuait des travaux de sécurité chez moi. Et comme j'étais harcelée par la presse, il a été assez gentil pour proposer de me mettre à l'abri chez vous. Voilà toute l'histoire.

Elle sentit la grande main de Larkin prendre la sienne sous la table et la serrer doucement.

— Ça suffit, avec cet interrogatoire, s'insurgea-t-il. J'ai promis à Winnie que vous étiez, pour la plupart, des êtres civilisés. Ne me faites pas mentir.

Sa sœur se pencha pour déposer un baiser sur sa joue.

— Comme tu voudras, grand frère. Nous sommes juste enchantés de te revoir si vite parmi nous. Ce n'est pas si fréquent.

— Je vais prendre des vacances d'ici peu, répliqua Larkin avec un sourire.

— Tu ignores jusqu'à l'orthographe de ce mot, maugréa Annalise.

La querelle fraternelle s'éteignit quand Victor agita une clochette. Une seconde plus tard, une demi-douzaine de serveurs entraient dans la salle à manger, et Winnie bénéficia d'un sursis tandis que la table croulait sous un assortiment de plats dignes d'un restaurant cinq étoiles. Elle savoura le menu tout en observant les échanges entre les différents membres de la famille.

Les six frères, sœur et cousins Wolff se taquinaient sans

merci, les conjoints intervenant de temps à autre. L'affection et le respect qui liaient Victor à ses fils étaient évidents. En revanche, le père de Larkin se tenait sur la réserve et, bien que ses fils, sa fille et lui échangent des propos polis, Winnie décelait une étrange distance entre eux. Devlyn, Annalise et Larkin étaient proches, mais quelque chose différait dans cette branche de la famille. Quelque chose d'impalpable, mais de bien réel.

Le repas, qui s'étira en longueur, fut agréable, mais pas particulièrement reposant. Consciente d'être sur la sellette, Winnie fut soulagée quand, à 21 heures, les convives commencèrent à se disperser. Quand ils restèrent seuls, avec Larkin, un sentiment d'intimité descendit sur la pièce.

— Eh bien, tu as survécu, lui dit-il.

— Ils sont adorables, répondit-elle avec une petite grimace, mais fatigants. Enfant unique, je t'envie cette grande famille dont tu es si proche. Je connais la tragédie qui l'a endeuillée, mais j'ai l'impression que l'isolement qui en a résulté n'a fait que renforcer vos liens.

— C'est sûrement vrai.

Une ombre passa dans le regard de Larkin. Souvenir de l'ancienne blessure ou chagrin plus récent ?

— Ton père se porte-t-il bien ?

Elle nota la furtive crispation de son visage.

— Il vieillit, répondit-il en haussant les épaules, mais, oui, il va bien.

— Est-ce que vous vous entendez bien ? Devlyn, Annalise et toi, vous semblez sur vos gardes quand vous vous adressez à lui.

En voyant les traits de Larkin se durcir, elle comprit qu'elle était allée trop loin.

— Bien sûr, ça ne me regarde pas, ajouta-t-elle précipitamment.

Il la contempla de longues secondes.

— Je ne suis pas sûr d'en être au point d'échanger des confidences avec toi, dit-il enfin.

— Je comprends.

Elle-même ne s'était-elle pas montrée réticente, quand il lui avait demandé pourquoi elle ouvrait sa maison aux femmes victimes de violence ?

Il effleura sa joue du pouce, faisant courir des frissons tout le long de son dos.

— Je suis prêt à répondre à tes questions…, commença-t-il doucement.

— Mais seulement si je fais de même ?

Il hocha la tête

— Tu peux me faire confiance pour garder tes secrets, Winnie. Nous, les Wolff, nous sommes doués pour ça… Un peu trop doués parfois.

— Je te connais à peine.

— J'ai l'impression de te connaître depuis toujours.

Ce qui était rigoureusement vrai.

D'une main tremblante, il lui caressa les cheveux. Son douloureux désir resurgissait dès qu'il était près de Winnie. Même la présence de sa turbulente famille n'arrivait pas à le faire diminuer. Sous la soie de sa robe, il devinait les pointes durcies de ses seins.

Tout émoustillé, il l'attira à lui et murmura à son oreille :

— Je n'aime pas te voir aussi tranquille. J'ai besoin de savoir ce que tu penses.

Elle s'appuya à lui, confiante, apprivoisée.

— Je pense que tu en sais trop sur les femmes.

— Je ne sais rien de toi, ma virginale Winnie, répliqua-t-il avec un rire un peu contraint. Mis à part le fait que tu as un cœur aussi gros que le Texas et que tu es obstinée.

— C'est l'hôpital qui se moque de la charité ! Et je ne suis pas vierge.

— Je peux être entêté, c'est vrai, mais je sais reconnaître l'innocence quand je l'ai sous les yeux. Tu n'es « techniquement » pas vierge, c'est tout. Est-ce qu'un homme a jamais été proche de toi ?

Il la sentit frissonner, et son cœur se serra. Quelqu'un avait fait du mal à cette courageuse petite bonne femme. Il le sentait.

— Je retire ma question, Winnie. Tu parleras quand tu seras prête. Pour le moment, tout ce qu'il me faut, c'est *ça*.

Elle leva vers lui ses beaux yeux vert et or, assombris par le désir.

Il baissa lentement la tête, essayant de freiner sa libido. Il lui embrassa d'abord le front, puis son parfait petit nez. Ensuite, il fourragea dans son cou, le mordillant et le léchant jusqu'à ce qu'elle se tortille en poussant de petits cris.

— Nous sommes dans la salle à manger, lui rappela-t-elle. Quelqu'un pourrait entrer.

Le besoin de sentir les mains de Winnie sur sa peau nue lui arracha un gémissement. Mais elle avait raison, le lieu était mal choisi.

— Winnie, dit-il d'une voix étranglée. Veux-tu venir dans ma chambre ? Maintenant ?

Elle se figea, la joue sur son épaule.

— J'ai envie de toi, Larkin. Mais il faut que je sois sûre de ne pas le regretter. Tu me troubles plus que tu ne peux l'imaginer.

Ce fut le tremblement de sa voix, son désarroi, qui le ramena sur terre. Winnie était forte et prête à affronter tout ce que la vie lui envoyait. Mais, en même temps, sa vulnérabilité l'attristait. Il devait la protéger, de lui-même s'il le fallait.

Il la lâcha et recula au prix d'un immense effort de volonté. Il ne désirait en effet rien d'autre au monde que la posséder avec ardeur et voir son visage quand il la mènerait au plaisir.

— Je ne te pousserai jamais à commettre un acte qui te mettrait mal à l'aise, dit-il. Mais tu souhaites peut-être que nous en parlions.

- 11 -

L'espace d'un instant, Larkin pensa qu'il avait réussi à se faire entendre. Mais comme elle demeurait muette, les yeux baissés, soupirant intérieurement, il reconnut sa défaite.

— Aimerais-tu faire une promenade ? demanda-t-il alors.

Elle releva brusquement la tête.

— Dans le noir ?

— Aucun risque de se perdre. Je connais ces montagnes comme ma poche. Il faudrait juste prendre une veste et mettre des chaussures plus confortables.

La tension de Winnie s'allégea, et elle sourit.

— J'aimerais beaucoup.

Il la laissa à sa porte et quand il revint, un quart d'heure plus tard, elle l'attendait, fin prête. L'élégante jeune femme du dîner avait laissé place à une Winnie mieux connue et non moins séduisante dans son sweat-shirt informe, son vieux jean et ses grosses chaussures de marche. Bien que toujours attachés, ses cheveux avaient repris leur indépendance.

Lorsqu'elle lui sourit, il sentit son moral remonter vertigineusement, et quand ils quittèrent la maison par une porte latérale, il eut un sursaut d'excitation à l'idée de lui faire visiter les lieux de son enfance.

— Je te montrerai les alentours de la maison demain, promit-il. Mais ce soir, je voudrais te faire découvrir ma montagne.

Malgré le vaste ciel piqueté d'étoiles, la nuit était noire ; et sous le couvert des grands arbres, ils devaient se déplacer lentement. Il avait emporté une lampe torche, mais il savait que Winnie profiterait mieux de l'expérience si elle laissait ses yeux s'accoutumer à l'obscurité.

Il ne lui tenait pas la main, ça aurait été une tentation intenable, mais il la soutenait par le bras quand le terrain était trop inégal. Il régnait entre eux un silence agréable, rompu seulement de temps à autre par le hululement d'une chouette ou le bruissement d'un animal se faufilant dans les fourrés. Plus ils marchaient, plus les souvenirs remontaient. Il était tout petit quand ils avaient emménagé ici, il n'avait peut-être même pas cinq ans. Mais ces années-là étaient gravées dans sa mémoire. Devlyn, Annalise et lui avaient été choqués par la disparition de leur mère.

Et infiniment soulagés, ce qui leur causait une insupportable culpabilité.

— À mon tour, dit Winnie. À quoi penses-tu ?

Il ne parlait jamais du passé, pas même avec son frère ou sa sœur. Tacitement, ils s'efforçaient d'oublier ces cruelles années. Mais peut-être que la seule façon d'amener Winnie à lui faire confiance était justement de tout lui raconter. Malheureusement, il n'était pas certain de le pouvoir.

— Je pensais que cette nuit était magnifique.

Elle accueillit son mensonge en silence. C'était effectivement une nuit magnifique, mais Winnie le connaissait déjà assez pour percevoir son désarroi.

Jurant entre ses dents, il s'arrêta pour la regarder dans les yeux.

— Peut-être vaut-il mieux que chacun garde ses secrets. Tu le sais, je n'entretiens pas de relations permanentes, et si nous sommes deux embarcations se croisant dans la nuit, mieux vaut ne pas s'encombrer de bagages.

— Quelle froideur ! s'exclama-t-elle.

— Je peux t'assurer, Winnie, que je ne suis pas froid.

Et en dépit de la petite voix qui lui conseillait de se tenir tranquille, il l'embrassa. La réaction de Winnie fut aussi immédiate que passionnée. Dans ses bras, elle était la perfection incarnée, sensuelle, sexy, aussi attirante et irrésistible qu'une gorgée d'eau pour l'homme assoiffé. La flamme qu'ils généraient le déconcertait toujours, mais il était décidé à ignorer les sonnettes d'alarme qui résonnaient dans sa tête. Parce que serrer Winnie dans ses bras devenait une drogue.

Malheureusement, l'endroit était mal choisi pour passer à l'acte. Le sol dur et froid n'avait rien d'accueillant. À contrecœur, il la repoussa.

— Viens, dit-il. J'ai quelque chose à te montrer.

Winnie le suivit sur des jambes mal assurées. Elle désirait ardemment le contact de Larkin. Quand il l'embrassait, elle se sentait vivante, comme si le monde était rempli de merveilleuses possibilités. Bien sûr, elle savait qu'il lui proposait juste une aventure sexuelle, et son cœur en souffrait quand son corps affamé lui disait que l'issue était inévitable. Malgré tout, elle aurait voulu qu'il tombe amoureux d'elle, qu'il lui dise qu'il ne pouvait vivre sans elle. Elle n'avait personne *à elle* dans sa vie, personne à qui se raccrocher en cas de difficultés. Ce qu'elle ne comprenait pas, c'était pourquoi elle envisageait de devenir sa maîtresse, tout en sachant que Larkin ne serait jamais cette personne.

Elle le suivit pendant ce qui lui parut des kilomètres. Une impression causée par sa méconnaissance de l'endroit et par l'épaisseur de la nuit qui rendait tout étrange.

Soudain, Larkin obliqua sur un sentier qui s'élevait plus

haut dans la montagne. Comme les loups dont la famille tirait son nom, il avait le pied sûr et se déplaçait en silence, contrairement à elle. À un moment, elle se prit le pied dans une racine et cria.

Larkin se retourna.

— Tu t'es fait mal ?

— Pas vraiment. Mais j'ai besoin d'aide.

La réticence de Larkin à la toucher aurait pu paraître comique si l'atmosphère entre eux n'avait été si chargée de tension. Finalement, sa main à la paume large et légèrement calleuse se referma sur la sienne.

— Nous y sommes presque, dit-il.

Elle serra sa main, pensant que des animaux sauvages rôdaient peut-être autour d'eux, et soudain ils émergèrent de la forêt. Larkin s'arrêta si brusquement que dans son élan elle fut projetée contre lui.

— Attention, dit-il en l'attirant à lui.

À leurs pieds, s'ouvrait un vide vertigineux. Elle oublia toutefois d'avoir peur en se disant que Larkin ne laisserait rien de mal lui arriver.

Elle devina peu à peu la vallée qui s'étalait en contrebas, piquetée çà et là de lumières. Au-dessus de leurs têtes se déployait la voûte infinie du ciel dont les étoiles semblaient refléter les illuminations des hommes.

Winnie agrippa la main de Larkin.

— Ça me rend nerveuse, chuchota-t-elle pour ne pas troubler la majesté de la nuit.

Il lâcha sa main et glissa un bras autour de sa taille.

— Tu veux dire de me tenir la main ?

Souriant dans l'obscurité, elle posa la tête sur son épaule.

— C'est ça.

Il lui embrassa les cheveux et la prit dans ses bras.

— Nous aimions venir ici quand nous étions enfants,

dit-il. Devlyn avait envisagé de descendre en rappel, mais, heureusement, nous avons réussi à l'en dissuader.

— Tu n'étais donc pas casse-cou ?

Elle aimait l'impression de sécurité qu'elle ressentait dans ses bras. Elle avait si longtemps porté seule son fardeau. Elle éprouvait une telle envie de partage. C'était d'ailleurs une des raisons de son hésitation à se donner à Larkin. Sa présence dans sa vie était limitée. Il serait un merveilleux amant, elle n'en doutait pas mais, privé de sentiment, le sexe ne lui paraîtrait-il pas vide et dénué de sens ?

Elle sentit le rire de Larkin trembler contre sa poitrine.

— Je pouvais me montrer aventureux, à l'occasion. Mais pour une mystérieuse raison, c'était toujours moi qui remettais du plomb dans la cervelle de mon grand frère et protégeais ma petite sœur.

— Lourde tâche.

— Tu n'as pas idée. Maintenant que j'ai passé le relais à Gillian et à Sam, je me sens libre pour la première fois de ma vie.

Cette révélation expliquait beaucoup de choses. Larkin ne souhaitait pas se compliquer la vie. Il prenait des risques avec son entreprise, mais sa vie personnelle était un voilier immobilisé sur une mer d'huile. Pas de vagues, pas de danger.

C'était ainsi qu'il la voulait.

Bien que la nuit demeure impénétrable, peu à peu, elle commençait à y voir plus clair. Sa propre vie n'était pas simple. Elle avait choisi la voie du sacrifice personnel et ne pouvait même pas imaginer tourner le dos aux femmes et aux enfants qui avaient trouvé refuge chez elle. Elle projetait même de faire construire une autre maison pour accueillir davantage de pensionnaires.

Des projets aussi grandioses ne laissaient guère de place

aux relations. Et il aurait été injuste de demander à un homme de s'engager sur un chemin chaotique qu'il n'aurait pas choisi. Enfant, Larkin avait vécu une épouvantable tragédie, mais il avait surmonté ce traumatisme pour devenir un homme bon, respectueux envers son père, attentif au bonheur de son frère et sa sœur. Il méritait la paix et le bonheur.

Mais elle aussi les méritait. Elle avait permis à une erreur de jeunesse d'avoir beaucoup plus d'impact dans sa vie qu'elle n'aurait dû. Comme Larkin, elle avait survécu à une enfance difficile. Et elle était devenue une femme respectable, pleine de compassion pour ses semblables... Du moins aimait-elle le penser.

Elle n'avait pas fait consciemment le choix de vivre en nonne. À présent seulement, au contact de Larkin, elle mesurait ce qu'elle avait manqué. Sa sexualité avait été mise en veilleuse. Si elle n'était toujours pas sûre d'avoir de quoi plaire à un homme comme Larkin, il la désirait indiscutablement. Et ce serait idiot de laisser passer l'occasion de s'épanouir dans la passion d'un homme.

Elle pouvait envisager la possibilité de lui appartenir parce qu'il touchait quelque chose en elle comme personne auparavant.

Son silence avait peut-être duré dix secondes, ou une demi-heure. En se plongeant dans ses pensées, elle avait perdu la notion du temps tandis que Larkin, sentinelle fidèle, lui procurait chaleur et sécurité.

— Merci de m'avoir amenée ici, dit-elle doucement. C'est impressionnant.

— Et beau, non ?

— À vrai dire, l'adjectif que cela m'inspire, ce serait plutôt « formidable ». J'ai l'impression de voir l'univers tout entier et ma place dans celui-ci.

— La plupart des gens disent se sentir insignifiants devant un spectacle comme celui-ci.

— Pas moi. Ce point de vue privilégié me rappelle que ma petite lumière brillant au fond de la vallée, ou en haut dans le ciel, compte pour quelqu'un. D'une certaine façon, j'influe sur le cours du monde. Et c'est important pour moi.

— Dans ce cas, quand je dis que je ne veux aucune responsabilité, tu dois me trouver particulièrement mesquin et égoïste.

— Pas du tout, dit-elle en lui caressant la main. Tu as monté une affaire qui vient en aide aux gens, et tu es impliqué au sein de ta famille. Seulement, tu as choisi de protéger ton cœur. Il n'y a pas de mal à ça. Surtout à la lumière de ton histoire.

— Je suis surpris que personne n'ait profité de ta bonté. N'as-tu jamais rencontré le mal chez les gens ?

Son cœur se serra.

— Si, répondit-elle d'une voix faible. Crois-moi, c'est arrivé.

Sans prévenir, Larkin glissa une main sous son sweat-shirt à la recherche d'un sein. À son tressaillement de surprise, elle comprit qu'il ne s'attendait pas à la trouver nue sous le vêtement. Mais évidemment, quand elle avait ôté son soutien-gorge, elle n'avait pas prévu d'effectuer une promenade nocturne en forêt si longue.

Elle se tenait immobile dans son étreinte, prisonnière de ses grands bras qui l'enveloppaient, et elle sentait la chaleur de son torse contre son dos. Il lui titilla la pointe d'un sein, provoquant une décharge voluptueuse de sa poitrine à son sexe. Puis il soupesa la plénitude de son sein dans sa paume.

— Tu es si douce, murmura-t-il.

Comme s'il devinait un désir qu'elle ne s'avouait pas,

il glissa son autre main sur son ventre et la serra très fort contre lui. Puis il tâtonna à la recherche du bouton de son jean, et elle frissonna tandis que l'air nocturne caressait sa peau brûlante.

Il imprima alors l'empreinte de ses dents dans son cou, assez énergiquement pour lui laisser une marque.

— J'ai envie de te faire l'amour, Winnie. S'il te plaît ! Si tu me demandes d'arrêter, je t'obéirai, mais j'en mourrai.

Sur ces mots, il glissa une main dans son jean. Elle fut aussitôt submergée d'un désir si fort et si doux à la fois qu'il menaçait de l'étouffer.

— Oui, murmura-t-elle. Je te veux aussi… ce soir.

- 12 -

Paralysé par l'ampleur de son désir, Larkin avait du mal à trouver ses mots. Winnie était le genre de femme qu'il fallait courtiser… chérir. Cependant, à cet instant, il était loin de ces délicatesses, et il lui fallut un immense effort de volonté pour ne pas la renverser dans la poussière afin d'apaiser sa faim torturante.

— Qu'est-ce que tu dis ? finit-il par demander.

Winnie pivota entre ses bras, et il sentit ses beaux seins le frôler et son parfum délicat pénétrer ses narines. Elle renversa la tête en arrière et, dans l'ombre, il aperçut l'éclat de ses dents quand elle sourit.

— Je dis que j'ai envie de toi. Je ne croyais pas ressentir un jour une chose pareille pour quelqu'un. Mon cerveau me répète que c'est une erreur, mais ça m'est égal. Emmène-moi dans ton lit et montre-moi comment tu traites les femmes.

Il fut à peine conscient du chemin de retour. L'idée qu'elle change d'avis le terrifiait, de même que la certitude de se préparer à commettre un acte qu'il regretterait amèrement. Mais l'heure n'était plus au raisonnement. Même si c'était une erreur colossale, il fallait en passer par là.

Dans la maison, il guida Winnie vers un escalier dérobé.

— Ta chambre ou la mienne ? demanda-t-il d'une voix oppressée.

— Tu m'as fait donner une chambre de princesse, dit-elle avec un rire adorable, allons jusqu'au bout du conte de fées !

Il aurait fait le poirier et récité l'alphabet grec si elle le lui avait demandé. Satisfaire les désirs de Winnie devenait la nouvelle mission de sa vie.

À sa porte, il regarda à droite et à gauche. Le couloir étant désert, il la poussa dans sa chambre.

— As-tu besoin de quelque chose ? demanda-t-il.

Les yeux de Winnie étaient immenses, ses joues fiévreuses.

— De me rafraîchir, répondit-elle.

Il lui adressa un sourire carnassier.

— Je te donne un quart d'heure. Je file dans ma chambre pour t'imiter.

Elle parut soulagée.

— Merci. Tu n'as pas besoin de frapper en revenant… juste… enfin, entre.

À présent ses joues étaient écarlates.

— Je reviens très vite, dit-il sur le ton de la promesse plus que de la simple information.

— Je t'attendrai.

Larkin prit une douche rapide, se brossa les dents et passa un boxer-short propre. Au dernier moment, il enfila un court peignoir de soie bleu marine que lui avait offert son oncle pour Noël et qu'il avait cru ne jamais porter.

Cependant, quelque chose lui disait que se présenter à demi nu devant Winnie serait inconvenant. Et puis, il pouvait ainsi glisser un stock de préservatifs dans sa poche.

Douze minutes et demie après l'avoir quittée, il se glissait sans frapper dans sa chambre.

Comme promis, elle l'attendait. La chambre baignait dans la lumière tamisée d'une unique lampe. Elle avait tiré les rideaux sur trois côtés du lit massif, et il dut s'approcher pour la voir. Elle avait rabattu les couvertures et se tenait dans la position du lotus, au beau milieu du lit, dans un élégant petit ensemble de nuit aigue-marine qui laissait peu de place à l'imagination. Le bustier contenait mal ses seins plantureux, et le fin tissu censé dissimuler son intimité remplissait mal son office.

Sa peau pâle luisait doucement dans la faible lumière mais, tels deux lacs sombres, ses yeux reflétaient son incertitude, et il se félicita d'avoir passé le peignoir qui dissimulait son trouble.

Il toussota.

— Tu es belle à tomber par terre, Winnie.

Elle se mordilla nerveusement la lèvre inférieure.

— Toi aussi.

Le regard de Winnie alla de ses lèvres à l'endroit où son peignoir se soulevait, et elle déglutit.

— Larkin…

Il se débarrassa de ses vêtements et posa un genou sur le bord du lit. Mais elle l'arrêta d'un geste.

— Attends.

— Qu'y a-t-il, Winnie ?

Sa poitrine se soulevait et s'abaissait rapidement tandis qu'elle fixait son sexe dressé qu'il ne prenait plus la peine de cacher. Elle ne se rendait certainement pas compte de l'effet que produisait sur ses sens la vue de ses seins à peine entravés.

— J'ai peur de ne pas te satisfaire, bredouilla-t-elle.

Son soulagement fut extrême.

— Laisse-moi m'en inquiéter, trésor.

Il s'allongea près d'elle, un bras replié, la tête posée sur sa main et, du bout du doigt, il suivit la courbe de sa hanche sous la lingerie coquine.

Elle s'agita, et ses paupières battirent.

Il rit.

— Ne te cache pas de moi, s'il te plaît. Je veux que tu nous voies ensemble. Peau contre peau.

Elle le considéra d'un air inquiet.

— Tu vas éteindre la lumière, n'est-ce pas ?

— Mais non, ma petite prude. Je ne manquerais ce spectacle pour rien au monde. Détache tes cheveux.

— Impossible. Libres, ils sont complètement fous.

— S'il te plaît. Pour moi.

À contrecœur, elle obtempéra. Rien que de la voir détacher ses cheveux était un spectacle d'un érotisme insoutenable. Quand ce fut fait, elle les ébouriffa des deux mains.

— Content ?

Il la poussa légèrement pour qu'elle se retrouve sur le dos et il posa une main sur son ventre tout en se penchant au-dessus d'elle. Le tissu vaporeux n'entravait pas son exploration, et il la caressait partout, le cœur battant, tandis qu'elle haletait déjà.

Quand il glissa une main entre ses jambes, elle se crispa et ses paupières se fermèrent.

— Détends-toi, Winnie, dit-il. Je ne te forcerai à rien.

Elle ouvrit un œil.

— C'est fermé par des pressions.

— Je sais.

Une vague de tendresse le submergea, calmant un peu la bête affamée qui le menait. Entre les attaches, il suivit doucement le sillon de son sexe. Avec un gémissement, Winnie souleva les hanches.

Avant de poursuivre, il y avait toutefois un point à éclaircir.

— Winnie ?

— Mmm ?

— Combien de fois as-tu fait l'amour ? Il ne s'agit pas

d'un interrogatoire, ajouta-t-il très vite. Ton secret sera bien gardé, mais je dois savoir.

Ses longs cils se soulevèrent. Et à sa confusion se mêla un mouvement d'humeur.

— Une fois. Es-tu satisfait ?

— Il y a combien de temps ?

Elle bascula sur le ventre, le visage dans ses bras.

— Neuf ou dix ans.

Il faillit laisser échapper un chapelet de jurons. Toutefois, il ne voulait pas qu'elle se méprenne. Il considérait son innocence comme un trésor requérant un luxe de précautions. Bien que son instinct soit de prendre et de prendre encore, l'aveu de son inexpérience l'engageait à se montrer patient.

La pure passion pouvait attendre. Il lui devait au moins un peu de romantisme, de tendre séduction. Et puis, il voulait savoir pourquoi. Pourquoi lui ? Pourquoi maintenant ? Winnie finirait certainement par le lui apprendre. Il devait le croire, sinon il deviendrait fou en imaginant il ne savait quoi.

Il repoussa les cheveux de Winnie derrière son oreille, exposant une joue rougie.

— Merci de m'avoir parlé. Je veux que tu te sentes parfaitement à l'aise.

Quand elle se retourna, il vit des larmes briller dans ses yeux.

— Désolée d'être une oie blanche.

— Mais enfin, Winnie, qu'est-ce que c'est que cette ânerie ?

— Je suis nulle au lit.

À sa façon de s'exprimer, il fut pratiquement certain qu'on lui avait déjà fait ce stupide reproche, et qu'elle en avait gardé une épine au cœur durant toutes ces années.

— Tu es parfaite comme tu es, insista-t-il.

Il se plaça au-dessus d'elle, et quand il baissa la tête pour l'embrasser, il eut le bonheur de sentir ses bras lui enlacer le cou. Et il la sentit peu à peu se détendre sous son baiser.

Elle y répondait avec un enthousiasme mâtiné de retenue. Il frotta son bas-ventre contre sa hanche afin qu'elle sente la force de son désir. Puis le baiser se fit plus âpre. Lorsqu'il lui mordit la lèvre, elle poussa un petit cri et, glissant une jambe sur lui, ondula de plus belle.

Il glissa vers le bas du lit et lui écarta les jambes. Les mains de Winnie se crispèrent sur les draps, mais elle ne protesta pas. Posant les lèvres sur son sexe, il testa du bout de la langue la soie qui le recouvrait toujours. Comme elle poussait un gémissement de plaisir, il insista jusqu'à ce que le tissu se niche dans la fente. Glissant alors un doigt entre deux pressions, il trouva Winnie tout humide.

Désireux de lui donner du plaisir, il ignora les exigences de son propre sexe qui palpitait au point d'en être douloureux. Mais rien ne devait compter que le bonheur de Winnie.

Lentement, l'excitant à petites touches, il fit sauter une à une les pressions. Puis, retroussant le bas du vêtement sur son ventre, il souffla sur ses boucles blondes. En réaction, Winnie s'arc-bouta pour mieux s'offrir. L'observant attentivement, il glissa deux doigts dans son sexe accueillant, et ses petits soupirs d'extase le poussèrent à continuer.

Le passage était étroit, même pour ses doigts, et rien que de penser à la jouissance qu'il éprouverait à la pénétrer, il en tremblait. Tout en s'affairant en elle, il taquina délicatement son clitoris du pouce. Ce qui suffit à déclencher un orgasme. Le corps de Winnie se tordit voluptueusement tandis qu'elle criait son prénom d'une voix étranglée.

Quelques minutes plus tard, il rampa pour remonter à sa hauteur et la prit dans ses bras. Elle nicha son visage contre son torse. Il percevait les battements désordonnés de son cœur, respirait le chaud parfum de sa peau humide. Et elle demeurait immobile dans ses bras, détendue, les membres lourds.

Bien qu'il ait cruellement besoin de connaître lui aussi l'apaisement, il savoura cet interlude de paix. Il n'avait jamais ressenti pareil besoin de donner. Déclencher le plaisir de Winnie aurait presque suffi à le satisfaire s'il n'y avait eu le désir insoutenable qui le taraudait depuis qu'il l'avait vue pour la première fois.

Il la secoua doucement.

— Comment te sens-tu ?

Elle roula sur elle-même pour le regarder, avec une expression légèrement hébétée.

— Merveilleusement bien. Tu es vraiment doué pour trouver les points faibles d'une femme.

— Tu tires le meilleur de moi. De plus, il ne s'agit pas de faiblesses, mais tout au contraire de pouvoir. Le plus grand pouvoir qu'une femme détient sur un homme.

Tout en les prononçant, il se rendit compte à quel point ces mots étaient vrais. Winnie exerçait sur lui une emprise dont il n'avait pas mesuré l'étendue jusqu'à présent.

Et il n'appréciait guère cela.

Elle le bouscula pour s'asseoir, écartant ses cheveux de son visage.

— Je veux te rendre la pareille, mais j'ai peur que tu me trouves trop maladroite.

De nouveau, il crut entendre les échos de la voix d'un autre et il se rembrunit.

— Tout ce que tu feras me comblera, Winnie. Tout.

Il s'allongea, mains croisées sous sa nuque, offrant son corps à son initiative.

Elle le dévisagea d'un air anxieux.

— J'ai très envie de te donner du plaisir, mais je suis gênée. On ne pourrait pas éteindre la lumière ?

— J'ai besoin de te voir, Winnie.

— S'il te plaît.

— D'accord, concéda-t-il à contrecœur. Mais auparavant, je veux que tu te déshabilles pour moi.

Elle pâlit tout d'abord, puis rougit. Et ses cils dissimulèrent l'expression de ses yeux.

— Très bien, répondit-elle néanmoins.

Il s'efforçait tant bien que mal de contenir la douloureuse excitation née des préliminaires, et voilà qu'à présent elle voulait expérimenter ses talents sur lui. Il ne restait plus qu'à espérer qu'il garde son contrôle…

Elle se leva et vérifia les attaches de son vêtement. Comme il avait déjà ôté celles du bas, elle n'eut plus qu'à soulever le caraco et à le faire passer par-dessus sa tête.

Elle se déshabilla lentement, sans le regarder, et l'innocent strip-tease battit en charge érotique tout ce qu'aurait pu offrir une professionnelle. Quand elle fut complètement nue, il la vit inhaler une bouffée d'air avant de lui faire courageusement face.

Son petit corps était parfaitement proportionné, et la générosité de ses seins introduisait un léger déséquilibre, magnifiquement érotique. Les framboises de leurs mamelons attiraient le baiser, et la taille qui se creusait au-dessus de ses hanches représentait un parfait ancrage pour des mains d'homme.

À la lueur de la lampe, la peau de Winnie s'irisait de reflets nacrés. Elle lui rappelait un nu célèbre, qu'il avait récemment admiré dans un musée. Une beauté féminine, très sensuelle, fixée pour l'éternité sur la toile. Comme ceux de son double, les cheveux de Winnie encadraient de mèches folles son visage étroit. Avisant un élastique à terre, elle le ramassa et les noua sur sa nuque.

En soulignant la forme de ses seins, le geste le fit fondre. Pour la première fois de sa vie, il n'était pas certain d'être prêt pour ce qui allait suivre. Il avait eu d'innombrables expériences, mais ce qu'il ressentait en cet instant était entièrement différent.

Les bras le long du corps, Winnie le regardait.

— Bien, dit-il d'une voix enrouée.

Elle hocha la tête et alla éteindre la lampe, plongeant la pièce dans l'obscurité. Un instant plus tard, il sentit le matelas se creuser comme elle le rejoignait.

Ses yeux luttèrent en vain contre la pénombre, et il dut recourir à son imagination pour se représenter Winnie.

Le soupir de celle-ci brisa sa tension.

— Ne bouge pas tes mains avant que je te le dise, lui intima-t-elle. Impossible de me concentrer quand tu me touches.

— Je vais essayer.

Il fut heureux de constater qu'il n'était pas l'unique victime de cette folie.

Le premier contact le prit par surprise, et il tressaillit si violemment que Winnie émit un petit rire.

— Détends-toi, voyons. Tu peux me faire confiance.

L'écho des mots qu'il avait prononcés en plus d'une occasion. Les avait-elle répétés à dessein, ou essayait-elle simplement de calmer sa nervosité ? Il inspira profondément, incapable d'étouffer un gémissement quand ses petites mains se posèrent sur ses testicules et les caressèrent.

Il craignit d'exploser. Mais déjà, évitant de toucher son membre frémissant, elle faisait courir ses doigts sur ses hanches, ses cuisses, ses mollets. Elle lui massa longuement les pieds, séparant chaque orteil et les embrassant un à un.

Doux Jésus ! Depuis quand était-il devenu si sensible à un chaste massage ?

Il la sentit suivre le dur cordon de son tendon d'Achille, et ses cheveux caressèrent sa cheville. Les poignets crispés sous sa nuque, il tint bon, impuissante victime du supplice du chevalet.

Finalement, elle abandonna ses extrémités inférieures et remonta vers la tête du lit. Se penchant sur lui, elle fit aller ses mains de ses épaules à sa taille.

— Tu es si fort, murmura-t-elle. J'aime ça.

Il sentit ses seins sur son visage et, comme elle se penchait davantage, il happa un mamelon entre ses lèvres et le suça avidement, lui arrachant un cri.

— L'autre, demanda-t-il.

Elle obtempéra sans rechigner, les mains sur son torse. Soyeuse et ferme, la peau de Winnie évoquait le velours d'une pêche d'été. Cette fois, il fit tourner sa langue autour de la pointe durcie. Il voulait davantage, mais il avait fait une promesse qu'il comptait tenir aussi longtemps que possible.

Quelques instants plus tard, elle se redressa enfin. Il se sentait tout endolori. Son érection se prolongeait depuis si longtemps que le tourment de l'attente s'était mué en incendie qui menaçait de le consumer tout entier. Il essaya une technique de respiration destinée à le détendre, mais rien n'y fit.

L'ampleur de son désir menaçait d'anéantir sa volonté. Il était sur le point de demander grâce quand il sentit les lèvres de Winnie effleurer son sexe, puis elle le prit dans sa bouche jusqu'à la garde.

Il accompagnait sa caresse en allant et venant sauvagement, les mains agrippées à ses cheveux. Quand il jouit, son extase se prolongea quelques secondes, plusieurs minutes, pendant une éternité…

Winnie le garda dans sa bouche tandis qu'il éjaculait, puis retombait sur le lit, faible comme un nouveau-né.

— Allume, la pria-t-il d'une voix cassée.

Elle caressa son ventre plat.

— Non.

— Ne discute pas. Je veux la lumière maintenant.

Elle referma sa main sur son sexe apaisé, lui insufflant un renouveau de vie.

— Je le ferai moi-même, la menaça-t-il.

— Non, tu ne le feras pas, répliqua-t-elle d'une voix amusée.

Doucement, elle apprit le rythme qui lui redonnerait de l'énergie. Elle n'avait rien fait d'extraordinaire jusqu'à présent, mais son envie enthousiaste d'apprendre et la découverte des possibilités de son propre corps transformaient cette nuit en un divin fantasme.

Sa récente éjaculation n'avait fait qu'émousser un peu son désir, et très vite son sexe reprit toute sa vigueur. Winnie écrasa sous son doigt la petite goutte de liqueur qui perlait à l'extrémité avant de se renverser sur le lit.

— Maintenant, dit-elle d'une petite voix. Tu peux le faire.

— Faire quoi ?

— Eh bien… me faire l'amour.

Devant son embarras à prononcer ces mots, il eut un petit rire.

— Trop facile, bébé ! Ton parcours a été sans fautes jusqu'ici. Grimpe sur moi et prends ce que tu veux.

- 13 -

Winnie se reconnaissait à peine. Implorer l'obscurité avait été un coup de génie de sa part. Cela lui avait permis d'explorer tout à loisir le corps de Larkin sans qu'il épie ses gestes. Mais maintenant, il posait un ultimatum.

Elle songea en frémissant à la taille de son sexe, et à sa longue période d'abstinence. La perte brutale de sa virginité, dix ans plus tôt, ne l'avait pas préparée à des prouesses sexuelles. Et elle redoutait le fauve en lui qui n'allait pas manquer de se déchaîner.

Le silence s'éternisait. La suggestion de Larkin de grimper sur lui et de faire à sa guise l'avait paniquée. S'imaginait-il vraiment qu'elle aurait ce cran ? D'un autre côté, elle laissait rarement passer une provocation sans y répondre.

— Où sont les préservatifs ? demanda-t-elle, fière de sa voix posée.

— Sur la table de nuit.

Elle glissa une main sous le rideau et rapporta une protection qu'elle posa sur son torse.

— Occupe-t'en, et ensuite remets les mains derrière la tête.

Elle entendit le bruit de l'enveloppe qui se déchirait et celui du latex quand il positionna le préservatif. Et elle rougit dans l'obscurité.

Elle comprit alors qu'il était prêt et, avec précaution, glissa une jambe par-dessus son corps et s'assit sur lui.

Larkin ne réagit pas tout de suite bien qu'il semble légèrement oppressé.

— Tu n'es qu'une petite chose, finit-il par dire, mais j'ai besoin de respirer, vois-tu, chérie.

Le mot doux lui serra le cœur. Il ne voulait pas dire grand-chose dans ces circonstances. N'empêche, ça la touchait.

En réponse à sa prière, elle glissa plus bas sur son corps. À présent, elle sentait taper contre ses fesses le sexe impressionnant de Larkin. Et l'envie de l'avoir en elle chassa ses dernières inhibitions. Avec circonspection, elle se mit sur les genoux, le guida avec sa main et se positionna au-dessus de cet instrument redoutable. Après quoi, elle marqua une pause.

Cependant, le calme et l'immobilité de Larkin forcèrent sa confiance. Lentement, elle descendit sur lui, emmagasinant dans son corps la puissance vitale de Larkin. Au début, elle éprouva un léger inconfort, mais pas de réelle douleur. Et après quelques instants d'adaptation, elle s'aperçut qu'ils s'accordaient parfaitement.

Elle se pencha, cherchant ses lèvres et l'embrassa avec passion. À son insu, il avait dégagé ses mains et, à présent, il glissait les doigts dans ses cheveux.

— Pourquoi pleures-tu, bébé ? demanda-t-il tendrement.

— C'est si merveilleux. Quand je pense que j'ignorais comme c'était bon.

— C'est que tu ne m'avais pas encore rencontré.

Elle lui donna une tape sur la joue pour rabaisser son ego. Cela dit, il avait effectivement de bonnes raisons d'être présomptueux.

— Si tu veux prendre la direction des opérations…, murmura-t-elle. Je crois avoir épuisé mon répertoire.

À vrai dire, elle n'avait pas envie de bouger. À ce stade, elle se sentait délicieusement possédée et totalement à la merci de Larkin avec ses bras musclés fermement noués sur sa taille.

Elle n'avait pas dû mesurer ce que l'interdiction de la toucher lui avait coûté, car dès qu'elle lui rendit sa liberté d'agir, il la fit basculer de manière qu'elle se retrouve sous lui, les bras au-dessus de la tête, les poignets emprisonnés dans ses grandes mains.

Il frotta son nez au sien.

— Vous m'avez sidéré, Winifred Bellamy. Au diable l'expérience, vous avez ça dans le sang !

Elle retint son souffle quand il fléchit les hanches pour la pénétrer plus profondément. Mais comme il ne bougeait plus, elle s'étonna.

— Qu'est-ce que tu attends ?

Elle se cambra pour l'inciter à s'activer, mais il était lourd et n'avait visiblement pas envie d'être sollicité.

Appuyé sur une main, il joua avec un de ses seins, pinçant et malaxant sa pointe jusqu'à lui arracher une plainte. Le son de son propre plaisir la surprit. Elle se sentit perdue. Larkin ne serait jamais sien, mais après cette nuit comment parviendrait-elle à le quitter ?

Nouant ses jambes à ses hanches, elle l'implora :

— Je t'en prie, Larkin. Je n'en peux plus. Fais quelque chose, dis quelque chose, s'il te plaît.

Alors il se décida enfin. Se soulevant sur les bras, il sortit presque entièrement son sexe avant de replonger en elle, faisant trembler le lit. Et, tout en poussant des cris sourds, il continua sur ce rythme sans répit. Elle eut la sensation que tout se brouillait. L'absence de lumière ajoutait à sa confusion. Seuls les coups de reins répétés de Larkin, qui allaient en s'accélérant, maintenaient une connexion avec la réalité.

Quelque chose d'effrayant par son intensité monta en elle. Elle avait eu un orgasme tout à l'heure, mais cette fois c'était différent. Plus sombre, plus érotique, infiniment terrifiant. Pourtant, tout son être appelait de ses vœux cette libération.

Le torse de Larkin était chaud et moite contre ses seins. Ses jambes écartaient les siennes sans merci. Elle voulut l'attendre, sentir leurs explosions simultanées, mais son corps la trahit.

Les ongles enfoncés dans les épaules de Larkin, elle cria tandis que l'univers entier se dilatait au point d'incandescence, puis se vaporisait. Elle perçut vaguement le cri rauque de Larkin quand il la suivit, chevauchant sans fin les vagues du plaisir, son corps réclamant le sien jusqu'à l'épuisement.

Larkin s'éveilla aux premières lueurs de l'aube. Il eut tout d'abord un peu de mal à analyser la situation. Winnie gisait sur le ventre près de lui, à demi couverte par le drap. Reprenant contact avec la réalité, il eut immédiatement très envie d'elle. Mais il n'était pas question de la mettre dans une situation embarrassante en prenant le risque que quelqu'un découvre qu'ils avaient passé la nuit ensemble.

Au cours de la journée, ils s'isoleraient quelque part sur la propriété, et il lui dirait ce que cette nuit avait représenté pour lui. Pour l'instant, il devait songer à protéger sa vie privée.

Sa main hésita au-dessus de sa tête. Il lui aurait volontiers caressé les cheveux, mais il renonça, de peur de l'éveiller. À contrecœur, il quitta leur nid douillet et tâtonna à la recherche de son boxer-short. Puis, son peignoir à la main, il ouvrit la porte. N'apercevant personne, il se glissa dans sa chambre.

Quand tous les cousins étaient rassemblés à Wolff Mountain, la coutume voulait qu'ils fassent une randonnée matinale. Allaitant son bébé, Annalise ne serait pas libre, mais les garçons comptaient sûrement sur lui. Peut-être que s'il marchait assez longtemps et assez vite, il parviendrait à ignorer l'étrange sensation dans sa poitrine, qui lui donnait envie de passer la journée au lit avec Winnie. Cette femme représentait un danger. Jamais il n'aurait dû enfreindre les règles. À présent, il ne lui restait donc plus qu'à prendre un peu de distance. Il avait besoin d'espace pour réfléchir à tout ça.

Winnie fit un rêve merveilleux. Larkin Wolff lui faisait l'amour, et son regard lui disait qu'elle était la plus belle, la plus désirable, des femmes au monde.

Puis l'alarme de son téléphone sonna. Tout en maugréant, elle tendit la main et s'aperçut qu'elle n'était pas chez elle. Enfin, elle saisit son portable et coupa l'alarme qu'elle avait oublié de déprogrammer la veille au soir.

Alors seulement, elle prit conscience de l'endroit où elle se trouvait, et les souvenirs de la nuit revinrent l'assaillir. Elle tourna la tête. L'autre côté du lit était vide. L'oreiller portait encore l'empreinte de la tête de Larkin, mais il avait disparu.

Elle ressentit tout d'abord cruellement son absence avant de se raisonner. Il existait un millier de raisons pour lesquelles Larkin n'avait pas attendu son réveil.

Malgré tout, des mots pleins de haine, surgis du passé, résonnèrent dans sa tête.

Tu es si stupidement naïve, Winnie. Quel homme

voudrait passer sa vie avec toi ? Tu es maladroite au lit, tu ressembles à un épouvantail la plupart du temps, et tu n'as pas une once de féminité. Personne ne s'intéresse à toi. Fais-toi une faveur et va t'enfermer dans le premier couvent venu, parce qu'en tant que femme tu es une catastrophe.

C'était faux, elle le savait. Des années de coûteuse thérapie lui avaient permis de récupérer du traumatisme physique et psychologique de sa première expérience sexuelle. D'ailleurs, le seul fait qu'elle désire si follement Larkin et qu'elle lui ait cédé prouvait bien sa guérison, n'est-ce pas ?

Les cicatrices, cependant, étaient profondes. Son argent l'avait toujours coupée des autres. Et le fait qu'un homme cruel prenne plaisir à détruire son estime d'elle-même l'avait poussée à se retirer du monde. Elle avait dû se reconstruire de fond en comble. À vingt-trois ans, tombée par hasard sur un appel au bénévolat d'une association caritative, elle s'y était investie et avait très vite compris que c'était sa vocation. Ainsi, elle s'était consacrée aux bonnes causes et interdit tout engagement amoureux.

Elle se savait digne de confiance et capable d'atteindre n'importe quel objectif qu'elle se serait fixé. Cependant, elle n'arrivait pas vraiment à chasser l'idée qu'elle ne valait rien en tant que partenaire sexuelle.

La rencontre avec Larkin Wolff avait sensiblement modifié ce point de vue. En réalité, ce qui s'était passé dans sa chambre, la nuit précédente, était une sorte de miracle. Malheureusement, le fait qu'il se soit éclipsé sans la réveiller en disait long. Elle n'était pas sotte. Elle savait qu'elle lui avait donné du plaisir. Mais pour un homme comme Larkin, le plaisir se trouvait dans de nombreux lits.

Elle lui était reconnaissante d'avoir prouvé qu'elle avait

davantage à offrir qu'elle ne le croyait. À présent, à elle de faire en sorte que leur relation reste agréable. Une nuit de sexe incroyable représentait un cadeau, une expérience inoubliable. Mais pour rien au monde elle ne lui laisserait penser qu'elle s'était méprise sur la portée de cet intermède.

Elle ne pleurerait pas, décida-t-elle, malgré le poids qui lui oppressait la poitrine. Tout en choisissant sa tenue, elle se félicita d'avoir fait des achats avant son départ. Les Wolff étaient des gens raffinés, du moins d'après ce qu'elle en avait vu au dîner de la veille. Elle avait besoin de savoir qu'elle était à son avantage.

Elle choisit un pantalon de lin beige qu'elle accompagna d'un pull en cachemire lilas et compléta l'ensemble en fixant des perles à ses oreilles et en glissant à son cou une chaînette de platine ornée d'une perle. Bien sûr, ses seins se faisaient remarquer plus qu'elle ne l'aurait désiré, mais dans le miroir elle vit le visage d'une femme sereine et digne.

Elle se brossa rapidement les cheveux, les attacha sur sa nuque et glissa ses pieds dans des mocassins avant de partir à la recherche de son petit déjeuner.

Un silence total régnait sur Wolff Castle. Heureusement, grâce à son sens de l'orientation, elle put retrouver le chemin de la salle à manger. Elle y découvrit Annalise, occupée à lire le journal, tout en faisant sauter son bébé sur un genou.

À son entrée, la jeune femme leva les yeux.

— Bonjour, mademoiselle Bellamy.

— Appelez-moi Winnie, je vous en prie.

Elle n'était pas plus tôt assise qu'une femme rondelette en robe grise et tablier blanc apportait un pot de café fumant. Après avoir demandé à Winnie ce qu'elle souhaitait pour son petit déjeuner, elle se retira.

Bien que son expression soit plus curieuse que critique, le rapide examen que lui fit subir Annalise la déconcerta quelque peu. La petite sœur de Larkin était très belle avec ses longs cheveux d'ébène et ses pommettes altières. Et portant son bébé dans les bras, elle offrait l'image d'une madone.

— Larkin est sorti tôt ce matin avec les garçons, annonça Annalise tandis que Winnie absorbait sa dose de caféine matinale. Quand ils se retrouvent, ils adorent arpenter la montagne ensemble. D'habitude, je les accompagne, mais comme j'allaite mon bébé, je ne peux pas le laisser trop longtemps.

— Comment s'appelle-t-il ?

— Nous avons fini par nous mettre d'accord sur Phoenix. Je sais que ça peut paraître prétentieux, mais comme notre famille renaît de ses cendres, je trouve que c'est plutôt bien vu.

— J'ai entendu parler de la tragédie, bien sûr. J'ai également perdu ma mère, mais j'étais plus âgée. Vous avez dû terriblement souffrir.

Annalise haussa les épaules avec désinvolture.

— J'étais si jeune que je ne me souviens pratiquement de rien. D'une certaine façon, on peut dire que j'ai eu de la chance.

Sur ces entrefaites, Sam fit son apparition.

— Je me demandais où tu étais passée, dit-il à sa femme après avoir salué Winnie.

Il prit place près d'Annalise, posa un baiser sur sa joue et prit le bébé qu'elle lui tendait pour pouvoir se beurrer une tartine.

Devant cet exemple d'harmonie conjugale, Winnie sentit son cœur se serrer.

— Je pensais que les garçons t'avaient invité à les accompagner, dit Annalise à son mari.

— C'est le cas, seulement j'avais une conférence téléphonique au sujet du projet de Londres.

— Londres ? demanda Winnie qui connaissait bien cette ville.

Le visage d'Annalise s'illumina.

— Nous allons y passer trois mois ! Je suis folle de joie.

La serveuse apporta les œufs et les toasts de Winnie et posa d'office une assiette débordante de nourriture devant Sam.

Sa femme fit la grimace.

— Ça me rend malade qu'il puisse manger autant sans prendre un gramme !

Sam lui sourit.

— Prends autant de poids que tu veux, chérie. Comme ça, j'aurai plus de toi à aimer.

Annalise rit à la plaisanterie de son mari tandis que Winnie ressentait un léger pincement d'envie. La jeune femme ne doutait pas un instant qu'elle était aimée. Et si l'envie n'était certes pas un sentiment très joli, Winnie ne pouvait s'empêcher de se demander si elle connaîtrait jamais le bonheur d'Annalise.

Tout à coup, après s'être tapoté les lèvres, celle-ci posa un coude sur la table.

— Mon frère n'a jamais amené de femme ici. Je me demande bien ce que ça signifie.

— Annalise..., dit son mari d'un ton de mise en garde.

— Bon Dieu ! C'est bien normal que je veuille savoir !

Il posa sur elle un œil noir tout en couvrant les oreilles du bébé avec ses mains.

Annalise grimaça en regardant Winnie.

— Désolée. J'ai renoncé à jurer il y a deux ans, mais les habitudes ont la vie dure. Alors ?

Winnie sourit, charmée par la spontanéité de la sœur de Larkin.

— Eh bien, je…

Sam leva une main.

— Vous n'êtes pas obligée de répondre, Winnie.

— Pas de problème, ce n'est pas un secret. Ainsi que Larkin vous l'a expliqué, je suis poursuivie par des paparazzis. Et il a jugé bon de me cacher ici, le temps que les choses se tassent.

— C'est à cause de l'article sur les femmes les plus riches d'Amérique, n'est-ce pas ? s'enquit Annalise.

— Malheureusement, oui.

Sam essuya le menton de son fils qui bavait à qui mieux mieux.

— Ma femme est jalouse parce qu'elle ne fait pas partie de la liste. Quand nous nous sommes mariés, elle a placé le gros de sa fortune sur un fonds destiné à nos enfants. Ce qui en fait une femme entretenue. J'aime savoir que tu t'es livrée à moi, nu-pieds et enceinte, chérie.

— Quel goujat ! s'écria Annalise.

Et, par jeu, elle lui jeta une fraise avant de se tourner vers Winnie.

— Ce qui m'intéresse, c'est de savoir s'il y a quelque chose entre mon frère et vous.

Winnie se figea. Être mauvaise menteuse pouvait parfois se révéler un sérieux handicap.

— Eh bien, je…

- 14 -

— Vas-tu cesser d'importuner Winnie avec tes questions, sale petite curieuse ?

Après avoir parcouru des kilomètres à travers la montagne avec son frère et ses cousins, Larkin avait pris une douche et s'était changé avant de partir à la recherche de Winnie. Et il avait le sentiment d'être arrivé au bon moment.

Annalise avait le chic pour intimider les gens, quoique, à la vérité, Winnie ne semblait pas particulièrement mal à l'aise. Il s'était attendu qu'elle lui offre un de ses timides sourires quand il était entré dans la pièce, mais le regard qu'elle posa sur lui était plutôt tiède. Certainement pas, en tout cas, celui d'une femme qui avait passé la nuit dans ses bras.

Comme ils n'avaient pas décidé s'ils gardaient ou non leur liaison secrète, il se contenta d'effleurer son épaule de la main avant de s'asseoir à côté d'elle.

— Bonjour, Winnie. As-tu bien dormi ?

Elle hocha la tête.

— Très bien. Merci. Et je prends mon petit déjeuner en agréable compagnie.

Sam émit un grognement.

— Façon de parler ! Annalise s'est montrée très indiscrète.

Sa femme l'assassina du regard.

— C'est faux ! Mais, du moins, je sais pourquoi ils sont là.

— Tu leur as dit ? demanda Larkin à Winnie, pour le moins surpris.

— J'ai expliqué que l'article m'avait causé des ennuis et que tu m'avais convaincue de venir passer quelque temps ici.

Bon. Elle n'avait pas tout raconté. Juste assez pour apaiser la curiosité de sa sœur. La domestique entrant dans la pièce, Larkin lui désigna l'assiette de Sam.

— La même chose, s'il vous plaît. Je meurs de faim !

Winnie, qui avait terminé son repas, savourait une deuxième tasse de café.

— Où êtes-vous allés ? demanda-t-elle avec un intérêt poli.

La moutarde lui monta au nez. Qu'elle veuille dissimuler aux siens la nouvelle tournure prise par leur relation était une chose, mais il ne tolérerait pas qu'elle s'adresse à lui comme s'il n'était pour elle qu'un parfait étranger.

— Je n'en sais rien, répondit-il vaguement.

Sur ces entrefaites, la domestique posa devant lui une assiette bien garnie.

— Nous avons emprunté des sentiers, reprit-il quand elle se fut retirée, escaladé des rochers et arpenté des bois. C'est un rituel. Cette montagne a toujours été là pour nous, et nous aimons nous en souvenir à chacun de nos retours.

— De *tes* retours, tu veux dire, rectifia Annalise. Au cas où tu l'aurais oublié, nous vivons ici de façon permanente.

Sa sœur le taquinait. Une vieille habitude que, contrarié par l'attitude de Winnie, il n'appréciait guère ce matin.

Il la foudroya du regard.

— Pas Devlyn, que je sache.

— Devlyn dirige sa compagnie depuis Atlanta. Il a une excuse. Pas toi.

De façon surprenante, Winnie prit sa défense.

— L'entreprise de Larkin est très cotée à Nashville, et

les gens disent le plus grand bien de lui. Il ne peut pas la diriger à distance.

Sous le regard incrédule de sa sœur, il sentit sa nuque le brûler. Non seulement il avait fait franchir à une femme le seuil de Wolff Castle, mais voilà que cette femme prenait parti pour lui.

Il s'éclaircit la voix.

— Annalise cherche à me provoquer, dit-il. Si elle a une maison ici, c'est qu'elle a épousé un architecte qui lui passe tous ses caprices. La plupart du temps, ils vivent à Charlottesville.

— Je suis fille unique, dit Winnie en souriant. Et ces chamailleries fraternelles sont nouvelles pour moi. Mais continuez, je vous en prie.

Sam se leva avec le bébé.

— Je vais ramener ce petit malabar à la maison et lui donner son bain. Tu peux rester bavarder si tu veux, chérie.

Mais Annalise se leva à son tour.

— Je ne resterai pas une minute de plus à un endroit où on ne me désire pas !

En souriant, elle fit le tour de la table, vint se placer derrière son frère et l'étreignit affectueusement.

— Quelle que soit la raison, je suis heureuse que tu sois là. Tu me manques. Tu nous manques à tous, en fait.

Le trio parti, le silence retomba dans la pièce. Larkin se mit à manger son repas, pendant que Winnie gardait les yeux rivés à sa tasse. La pièce, où n'importe quel membre de la famille pouvait surgir à tout instant, ne se prêtait pas à une conversation intime.

Quand il eut terminé son repas, il se renversa contre le dossier de sa chaise qui demeura en équilibre sur deux pieds.

— Que dirais-tu de visiter la maison ?

Elle se leva.

— Plus tard, peut-être. Je dois passer des coups de téléphone à la maison, pour m'assurer que tout va bien.

— Je peux t'épargner cette peine.

Il tira de sa poche un morceau de papier qu'il lui tendit.

— Qu'est-ce que c'est ?

— Un lien en direct avec le site où mes hommes postent leurs rapports quatre fois par jour, répondit-il en baissant la voix. De même que les femmes assignées à la surveillance du refuge. Le mot de passe est FFLOW, autrement dit, Wolff à l'envers.

— Oh…

— J'ai pensé que pour ta tranquillité d'esprit, tu aimerais rester en contact étroit avec eux.

— C'est très gentil de ta part. Merci.

Rien dans le ton de sa voix ne pouvait laisser supposer qu'ils s'étaient retrouvés nus l'un contre l'autre quelques heures plus tôt.

— Je suis payé pour ça, riposta-t-il sèchement.

Il s'apprêtait à subir les foudres de Winnie, mais sa remarque acerbe la laissa étrangement froide. Que se passait-il donc dans sa petite tête ? Au moment où il croyait la cerner, elle se réfugiait dans un lieu inatteignable.

Il avait très envie de l'embrasser. Un contact physique briserait sans doute sa froideur. Mais il craignait que quelqu'un arrive.

— Viens faire cette visite, la pria-t-il.

Elle secoua la tête.

— Je suis fatiguée. Je voudrais me reposer un peu dans ma chambre.

— Tu viens de te lever !

Elle grimaça.

— Ta famille est charmante, mais je n'ai pas l'habitude

d'être sans cesse entourée. Je descendrai déjeuner, c'est promis.

Et Winnie quitta la pièce, le laissant sur sa faim.

Elle réussit à gagner sa chambre avant que les larmes se mettent à couler. Cependant, la porte refermée derrière elle, elle se laissa tomber sur le lit et, la tête dans l'oreiller, éclata en sanglots.

Je suis payé pour ça, avait-il dit. Comment avait-elle pu l'oublier, ne serait-ce qu'une minute ? Larkin Wolff était son employé. Il s'occupait de tout parce que c'était son métier. Coucher avec elle faisait probablement partie des avantages en nature.

Le stress engrangé au cours du mois écoulé était sûrement responsable du phénomène de vide qu'elle éprouvait dans la poitrine. Elle n'avait pas ressenti cette impression de perte depuis la disparition de ses parents. Ce qui n'avait pas de sens. Larkin ne lui appartenant pas, elle ne pouvait le perdre. C'était un homme d'honneur, gentil et séduisant, mais un électron libre. Il le lui avait dit, et elle n'avait aucune raison d'en douter. Seulement, la nuit dernière, dans ses bras, son univers avait basculé. Et elle avait cru que, pour faire preuve de tant de tendresse et de passion, il devait bien l'aimer, un tout petit peu.

En réalité, la situation était désespérée. Mais comme elle n'était pas du genre à s'apitoyer sur elle-même, elle se força à se lever. Dans la salle de bains, elle baigna d'eau fraîche ses yeux bouffis et ses joues marbrées, et décida de réagir.

Le cœur lourd, elle alluma son ordinateur portable et utilisa le lien que Larkin lui avait communiqué pour se rendre sur le site. Constater *de visu* que tout allait bien chez elle contribuerait à lui remonter le moral.

Un bruit de moteur se faisant entendre, intriguée, elle alla regarder par la fenêtre et vit Gareth et Larkin grimper dans une Jeep et s'éloigner dans l'allée. Des émotions contradictoires l'agitèrent. Soulagement de n'avoir pas à affronter Larkin, et déception qu'il soit parti.

Quand elle eut défait ses bagages, elle décida de partir explorer la vaste demeure. Un moyen d'éviter que, sous prétexte de la lui montrer, Larkin ne l'emmène folâtrer dans un coin écarté.

Elle commença la visite par un charmant grenier, puis descendit d'étage en étage, mémorisant l'emplacement de la bibliothèque et du solarium. Les portes des habitants des lieux demeuraient fermées, mais un peu partout d'autres s'ouvraient sur des chambres inoccupées, prêtes à recevoir des invités.

Quand elle se retrouva au rez-de-chaussée, elle s'apprêtait à suivre les délicieux effluves en provenance de la cuisine quand Vincent Wolff sortit de son bureau.

Il avait certainement été un bel homme, à l'impressionnante prestance. À présent pourtant, il était voûté, et sa peau avait pris un ton cireux.

— Mademoiselle Bellamy, dit-il. Quelle bonne surprise ! Avez-vous un moment pour bavarder ?

En réalité, ce n'était pas une question. Des restes de l'autorité du dictatorial homme d'affaires brillaient encore dans ses yeux perçants.

Winnie grimaça intérieurement.

— Bien sûr.

Il la fit entrer et ferma la porte. Puis il lui désigna un siège.

— Voulez-vous boire quelque chose ?

— Non, merci.

Le vieil homme se servit un doigt de whisky et s'assit

dans un fauteuil de cuir jumeau du sien. Après avoir bu une gorgée de sa boisson, il reposa son verre et l'examina.

— Vous devez être très particulière pour que Larkin vous amène ici.

— Nous sommes juste amis.

Vincent Wolff émit un bruit qui traduisait son incrédulité.

— Quand il avait une vingtaine d'années, j'ai dû payer trois bimbos qui en voulaient à son argent pour qu'elles dégagent. Parfois, les jeunes gens pensent avec leur sexe.

Très embarrassée, Winnie sentit ses joues s'embraser. Ce qui fit rire Vincent.

— Bon, si mon franc-parler vous fait rougir comme une tomate, je vais devoir surveiller mon langage ! Veuillez accepter mes excuses.

— Merci.

Cette réponse était-elle appropriée ? Elle en doutait. Et elle eut la sensation que les murs se refermaient sur elle.

Vincent prit une pipe vide dont il mâchonna le tuyau.

— Je sais que vous disposez de plus d'argent qu'il ne vous en faut.

— Exact.

— Il se peut donc que vous soyez vraiment amoureuse de mon garçon.

— Nous venons de nous rencontrer, Larkin et moi.

— Quelle importance ? Avec sa mère, nous nous sommes rencontrés à Noël, et à la Saint-Valentin nous étions mariés.

Winnie commençait à regretter de ne pas avoir accepté le verre proposé.

— Possible, mais nous n'entretenons pas de relation.

— Avez-vous couché avec lui ?

— Excusez-moi, mais vous dépassez les bornes !

Furieuse, elle se leva et se dirigea vers la porte. Il avait beau être le père de Larkin, elle ne resterait pas plantée là, à subir ses indiscrétions !

Elle avait déjà la main sur la poignée quand Vincent parla.

— Larkin est un homme compliqué, il vaut mieux que vous le sachiez.

— Si Larkin veut que je sache certaines choses, riposta-t-elle en se retournant, il n'a qu'à me les dire en face.

— Une femme avertie en vaut deux.

— Je sais tout ce que je dois savoir sur votre fils.

— Je doute qu'il vous épouse.

Elle sentit une chape glacée descendre sur ses épaules. Vincent ne semblait pas animé de mauvaises intentions, il paraissait simplement soucieux.

Elle ne répondit pas, elle en aurait été bien incapable. Et ses pieds étaient rivés au sol.

Vincent fixait l'âtre vide, avec ses mains aux doigts noueux crispées sur les accoudoirs du fauteuil.

— Parce qu'ils baignent dans la félicité, les autres s'imaginent que Larkin va suivre leur exemple, mais ils se trompent. Ses démons intérieurs l'éloignent du troupeau. Ne le laissez pas vous briser le cœur, mademoiselle Bellamy.

N'en pouvant supporter davantage, Winnie ouvrit la porte et s'enfuit. Son appétit envolé, elle courut vers l'escalier menant à sa chambre. Mais avant d'avoir pu se réfugier à l'étage, elle tomba sur Larkin.

— Où étais-tu passée ? demanda-t-il d'une voix dure.

— Ton père m'a invitée à le rejoindre dans son bureau pour que nous bavardions.

— Que t'a-t-il dit ?

— Qu'il était surpris que tu m'aies amenée ici, et je lui ai répondu que nous étions seulement amis.

— Tu peux dire ça sérieusement après la nuit dernière ?

— La nuit dernière, nous avons simplement satisfait notre curiosité.

La mâchoire de Larkin se crispa.

— Suis-moi, lui intima-t-il.

- 15 -

La prenant par le poignet, il la tira vers la bibliothèque proche et referma la porte sur eux.

— Je veux que tu me rapportes votre conversation.

Son père avait depuis longtemps perdu le droit de se mêler de ses affaires, et Larkin détestait l'idée qu'il ait mis de drôles d'idées dans la tête de Winnie.

Elle lui fit face, les bras croisés.

— Nous n'allons pas faire une montagne de ce qui s'est passé la nuit dernière.

Il s'approcha d'elle, mais en la voyant s'écarter, il eut envie de se taper la tête contre le mur.

— Crois-moi, Winnie, gronda-t-il, la nuit dernière n'est qu'un début.

Rien que de discuter avec elle l'excitait tant qu'il aurait pu la prendre, là, sur le bureau.

Les lèvres de Winnie tremblèrent.

— J'ai fait de mon mieux, dit-elle, et tu as paru apprécier. Mais je n'ai rien de plus à donner. Je ne suis pas douée pour le sexe. De plus, nos chemins se séparent bientôt. Coucher ensemble ne signifie rien.

— Tes arguments sont si nuls que je ne sais par où commencer !

— Inutile. Tu sais que j'ai raison.

— Tu as tort !

Il criait maintenant. Winnie se tenait devant lui dans

ses habits de petite fille riche, pâle, déterminée et terriblement fragile.

Il serra les poings pour contrôler sa rage.

— J'ignore où tu as pris l'idée que tu ne valais rien au lit, mais elle est stupide. Tu n'as pas besoin de connaître toutes les positions du Kama-sutra pour me rendre heureux. Tu es belle, intelligente, passionnée et généreuse. Et quand tu souris, je fonds.

— C'est gentil à toi de dire une chose pareille.

— Je ne suis pas gentil ! s'exclama-t-il, haussant de nouveau la voix. Je dis la vérité. Et coucher avec toi n'était pas dépourvu de sens !

Un coup fut frappé à la porte.

— Tout va bien ? fit la voix de Devlyn. Le repas est servi dans dix minutes.

— Nous arrivons ! répondit Larkin.

Le bruit de pas s'éloigna dans le couloir.

Il considéra Winnie.

— Nous n'en avons pas terminé, dit-il, frustré à l'idée que, Annalise les ayant réquisitionnés afin de décorer la tente dressée sous les arbres pour la fête du lendemain, il n'aurait pas la possibilité de voir Winnie en tête à tête avant des heures.

Elle haussa les épaules.

— Tant pis si nous sommes en désaccord. Nous ne sommes pas un couple, après tout.

— On peut entretenir une relation physique sans contrat, insista-t-il. Et si nous apprécions de nous retrouver au lit ensemble, c'est important en soi.

— Peut-être pour certaines personnes, mais pas pour moi. Et pour tout te dire, en couchant secrètement avec toi, je me sens moche vis-à-vis de ta famille.

— Nous sommes amants, Winnie.

— Nous avons été amants. Une fois. Cela ne se reproduira plus.

Songeant que, parfois, les mots ne suffisaient plus, il la prit dans ses bras et l'embrassa doucement.

— Une fois ne me suffira pas, Winnie. Je n'arrête pas de penser à cette nuit.

Sans grande conviction, elle tenta de le repousser.

— Je refuse de m'attacher à toi, Larkin.

— Dans ce cas, utilise-moi comme un instrument de plaisir sexuel.

Elle faillit rire de sa suggestion, et il la sentit se détendre dans ses bras.

— Tu dirais n'importe quoi pour obtenir ce que tu veux ! soupira-t-elle.

— C'est une de mes qualités, en effet.

Il glissa une main sous son chemisier. La peau de Winnie était douce comme de la soie et si vivante. Il gémit en appuyant son front au sien.

— Tu n'as aucune idée de l'effet que tu produis sur moi, n'est-ce pas ?

— Tu possèdes une libido exigeante, et je suis une femme qui passe à ta portée, voilà tout.

— Arrête de dire des choses pareilles, sinon je vais me fâcher. Tu es extrêmement séduisante, et je te dévorerais avec le même plaisir qu'une glace par un chaud jour d'été.

Il l'embrassa plus intimement, essayant de lui communiquer silencieusement l'étendue de son désir. En contradiction avec ses précédentes paroles, elle se montra plus que réceptive, et quand elle se serra plus étroitement contre lui, il poussa une plainte sourde.

Les doigts de Winnie jouant avec la boucle de sa ceinture, il se demanda si, en cinq minutes... mais il repoussa aussitôt la tentation. Il voulait lui prouver qu'elle était spéciale.

Il recula, feignant de chercher sa respiration, et elle soupira.

— Je n'y comprends plus rien et je déteste ça. Wolff Castle est magnifique, mais je préférerais être chez moi.

Il baissa un bonnet de son soutien-gorge et caressa du pouce la pointe d'un sein.

— Tu me fais beaucoup de peine, marmonna-t-il.

Les paupières de Winnie papillotèrent, et ses traits se crispèrent tandis que le désir s'emparait d'elle. Il ne faudrait pas longtemps pour la satisfaire, mais peut-être valait-il mieux qu'elle reste, comme lui, sur sa faim.

Elle murmura son prénom d'une voix si sensuelle qu'il frémit de tout son corps et souhaita désespérément pouvoir se livrer à certains jeux avec elle. Mais on allait très bientôt les appeler pour le déjeuner.

— Il faut que nous y allions, murmura-t-il.

— Je sais.

— Ce soir, nous essaierons mon lit.

Il s'attendit qu'elle proteste, mais elle lui adressa simplement un sourire mélancolique. Ce qui pouvait signifier tout ou rien.

Il n'eut pas le temps d'approfondir la question. Cette fois, ce fut Annalise qui tambourina à la porte.

— Venez vite ! Oncle Victor refuse qu'on commence à manger sans vous, et je suis près de dévorer ma serviette.

Il ouvrit la porte et fusilla sa sœur du regard.

— Tes manières laissent à désirer, ma vieille.

— Si tu ne voulais pas qu'on se mêle de tes affaires, rétorqua-t-elle en lui pinçant la joue, il ne fallait pas venir !

Heureusement pour eux, Gareth et Kieran déjeunant chez eux avec leur famille, le nombre de convives assemblés autour de la table était relativement restreint.

Tout en dégustant son chili accompagné de galettes de

maïs, Ariel dévisageait Winnie avec une insistance qui frisait l'impolitesse. Finalement, Jacob intervint.

— Winnie aurait-elle une miette sur le menton, ou bien comptes-tu esquisser un portrait d'elle ?

Tout le monde s'esclaffa sauf Ariel.

— Je ne voulais pas vous offenser, Winnie, dit-elle avec un adorable sourire. Mais vous possédez une forme de visage extraordinaire. La caméra vous adorerait.

— Vous m'étonnez, répondit Winnie. Ce n'est pas de la fausse modestie de vous répliquer que je suis ordinaire.

— Ce sont vos yeux, la forme de votre menton, votre peau sans défaut…

— C'est trop gentil, bredouilla Winnie, très embarrassée.

Ariel secoua la tête avec véhémence.

— Vous ne vous en rendez peut-être pas compte quand vous vous regardez dans un miroir, mais votre visage est si expressif quand vous parlez. Et votre voix… avec son délicieux accent du Sud et cette tonalité voilée…

Larkin décida de voler au secours de Winnie avant qu'elle ne meure de confusion.

— Laisse-la tranquille, Ariel, dit-il en riant. Winnie est bien trop pudique pour Hollywood.

— Mais…

Jacob posa une main sur la bouche de sa femme.

— Winnie apprécie certainement le compliment, mais nous pourrions peut-être changer de sujet maintenant ?

Ariel accepta la réprimande de bonne grâce, et bientôt la conversation roula sur des sujets moins personnels.

À la fin du repas, Larkin se pencha vers Winnie.

— Allons faire un tour, si tu veux. Ainsi, tu admireras le paysage de jour.

— Volontiers.

Pendant que Winnie se changeait, il consulta ses e-mails.

Tout allait bien à Nashville, mais le travail s'accumulait d'autre part. Il ferait bien d'être à son bureau dès le lundi… sauf que la perspective de quitter Winnie l'attristait.

Cette fois, il l'entraîna dans une direction opposée à celle de la veille.

— Kieran et Olivia ont une maison dans ces bois.

Winnie s'immobilisa.

— Je n'ai pas envie de débarquer chez eux à l'improviste.

— Ne t'inquiète pas. Ce n'est pas eux que nous allons voir.

Winnie le suivit le long d'un sentier sinueux, savourant la beauté et la sérénité de ce jour de printemps. Par tempérament, elle aimait la tranquillité qui lui laissait le loisir de réfléchir. Et avec Larkin Wolff dans sa vie, mieux valait avoir la possibilité de faire le point chaque jour.

Elle le regardait marcher devant elle, le pas aisé, ses larges épaules malmenant les coutures de sa chemise dont le bleu rivalisait avec celui de ses yeux. Aussi inexplicable que cela paraisse, elle devait le croire quand il affirmait la vouloir. Pas pour toujours, bien sûr. Mais c'était tout de même étonnant de se dire qu'il aimait faire l'amour avec elle.

Elle était faible devant lui. Ce matin, elle s'était juré que plus jamais elle ne lui céderait. Et il n'avait eu qu'à la toucher pour réduire à néant ses belles résolutions.

Bientôt, ils arrivèrent devant une demeure de conte de fées, blottie au milieu des bois. Larkin lui désigna sur la droite une clairière au milieu de laquelle un immense chêne étirait ses branches vers le ciel.

— Kieran a construit pour sa fille la plus merveilleuse des cabanes dans un arbre, expliqua-t-il. Cammie en est si fière qu'elle la fait volontiers visiter.

Les yeux de Winnie s'écarquillèrent.

— Elle est incroyable ! s'écria-t-elle en découvrant la construction qui s'élevait sur quatre étages reliés par des échelles et des passerelles.

— Viens, lui dit Larkin. Nous allons monter tout en haut. Cammie n'est pas autorisée à y aller sans ses parents. Nous y serons tranquilles.

La dernière échelle était juste assez large pour s'accommoder des hanches d'un adulte. Et comme elle s'élevait presque à la verticale, Winnie fut prise d'un léger vertige en regardant en bas.

Tout en haut, sous la voûte feuillue, la brise était fraîche. Contre la rambarde, on avait installé un petit canapé recouvert de chintz de couleurs vives.

Il la regarda en souriant pendant qu'elle se débarrassait de ses chaussures.

— As-tu eu une cabane dans un arbre, quand tu étais enfant ?

— Non. L'idée n'a même sûrement jamais effleuré mes parents.

— Dommage.

Elle vit une ombre passer sur son visage.

— Je crois qu'il est juste que je te parle de mon père, dit-il à brûle-pourpoint.

— Vraiment ? Tu n'y es pas obligé, tu sais.

Cependant, le regard errant sur la forêt, il poursuivit :

— Tu m'as interrogé à propos de notre relation. Elle est compliquée, tu t'en es tout de suite aperçue. Devlyn, Annalise et moi, nous respectons notre père, et sans doute peut-on dire que nous l'aimons. Mais nos rapports sont tendus.

Elle se demanda s'il était conscient de la crispation de ses mains sur la rambarde de bois.

— Avant de venir s'installer à Wolff Mountain, nos deux familles vivaient à Charlottesville, continua-t-il. Papa et oncle Victor étaient mariés à des femmes vingt ans plus jeunes qu'eux. Les deux belles-sœurs étaient-elles amies avant de les connaître, ou bien s'étaient-elles rapprochées après leur mariage ? Je l'ignore. Toujours est-il que, le jour de leur disparition, elles faisaient du shopping ensemble.

— L'enlèvement, murmura-t-elle.

Les journaux avaient longuement relaté le drame mais, désireuse de laisser Larkin s'exprimer, elle n'ajouta rien.

— Bien que mon père et mon oncle aient payé la rançon réclamée, les deux femmes ont été exécutées. En y repensant avec presque trente années de recul, je suppose que les autorités ont dû faire échouer la transaction. Quoi qu'il en soit, le résultat était là. Ma mère et ma tante étaient mortes, et leurs assassins n'ont jamais été arrêtés.

— En conséquence de quoi, vous êtes tous venus vivre dans cette montagne.

— Pas tout de suite. Neuf mois ont été nécessaires pour construire Wolff Castle. Sous la protection de gardes du corps, nous y avons fait des allers-retours, pour nous habituer à notre nouvelle résidence. Et ça a été une bonne chose, car lorsque nous y avons emménagé, nous n'avons été rien moins que des prisonniers.

Il leva sur elle un regard sombre.

— C'est étonnant que nous ayons survécu et soyons devenus des adultes normaux. Pendant deux années, écrasés de chagrin, mon père et mon oncle nous ont confiés aux soins de nurses et de précepteurs.

— Tu en veux à ton père de n'avoir pas été là pour toi ?

Il eut un rire amer.

— Laisse tomber la psychanalyse, Winnie. La vérité est encore plus triste. Devlyn, Annalise et moi étions ravis de nous retrouver dans la montagne. Et affreusement coupables de nous sentir revivre. Notre mère était une alcoolique violente. Au cours de ses crises, elle nous giflait, nous battait et…

Elle vit sa pomme d'Adam monter et descendre convulsivement.

— Tu n'es pas obligé de me raconter, murmura-t-elle.

— C'est si vieux, répliqua-t-il en haussant les épaules. Notre tante, Laura, était une sainte à nos yeux. Quand maman avait bu, nos deux maisons étant voisines, nous courions nous réfugier chez elle. Il faut se rappeler qu'Annalise n'était qu'une toute petite fille, et que je n'allais pas encore à la maternelle. C'est Devlyn qui a payé le plus lourd tribut à la folie de notre mère.

— Mais pourquoi ? demanda-t-elle révoltée. Ta tante ne pouvait-elle pas intervenir ?

— Elle était jeune, probablement en adoration devant un époux plus âgé. Peut-être aussi qu'alors les gens pratiquaient plus volontiers la politique de l'autruche. Ce que je sais, c'est que j'ai échoué à protéger ma sœur et mon frère et que même si je n'étais qu'un enfant, j'en ai éprouvé un immense chagrin. Je me souviens de m'être glissé un soir dans la chambre de Devlyn, après une scène particulièrement atroce. Il était blotti sous ses couvertures et il pleurait en essayant de passer une pommade sur les brûlures de cigarette qu'elle lui avait infligées.

— Quelle horreur ! s'exclama-t-elle, révoltée.

— Quand j'ai voulu lui parler, il m'a fait signe de le laisser. Nous n'y avons plus jamais fait allusion. Implicitement mon rôle était de tenir Annalise hors de la vue de notre mère. Et, en général, ça marchait.

— Dans ce cas, pourquoi t'accuses-tu de n'avoir pas su la protéger ?

— Une petite fille a besoin de sa mère, alors quand la nôtre était sobre, j'essayais de les rapprocher. Je coiffais Annalise, lui mettais une belle robe et je la conduisais auprès de notre mère, pensant qu'elle serait heureuse de voir sa petite fille. Mais elle était bien trop égocentrique pour s'intéresser à son enfant. Conséquence : Annalise se sentait rejetée. Elle prétend ne pas se rappeler ces années lointaines, mais je sais qu'elles l'ont marquée à tout jamais. Il lui a fallu du temps avant d'être capable de faire assez confiance à un homme pour lui accorder son amour.

— Et, pendant ce temps, ton père n'intervenait pas ?

— C'est bien là le problème… Plus tard, il a dit à Devlyn qu'il ne savait pas, qu'il travaillait beaucoup pour nous assurer une existence confortable, et qu'il était rarement à la maison quand nous étions réveillés. Il a présenté ses excuses à Devlyn, et nous lui avons pardonné, je suppose. Mais on ne peut effacer le traumatisme que nous avons subi. Notre père est notre père, pourtant, il n'y a pas de sentiments chaleureux entre nous.

— C'est terrible.

Elle n'avait pas réussi à trouver autre chose à dire. Elle avait envie de verser des larmes sur l'enfant malheureux, mais pas devant l'homme adulte qu'il était devenu.

- 16 -

Larkin scruta le visage de Winnie. Le soleil passant à travers le feuillage constellait ses joues de taches mordorées. Elle avait replié ses jambes sous elle, et la posture raviva un souvenir de la nuit précédente. Bien que Winnie porte plus de vêtements à présent, elle était tout aussi attirante.

Elle avait la peau laiteuse d'une beauté irlandaise quoique ses bras minces et ses jambes déliées aient pris un léger hâle. Son haut soulignait ses formes généreuses et son short était assez long pour être correct, mais assez court pour le rendre fou. Des mèches folles échappées de l'élastique qui retenait ses beaux cheveux blonds venaient encadrer son visage.

Ce qu'il ressentait pour elle était plus que de la simple convoitise. Mais il n'arrivait pas à préciser exactement de quoi il retournait.

Dans le silence qui s'épaississait, Winnie pencha la tête.

— Pourquoi ressens-tu le besoin de m'en parler ?

Il haussa les épaules.

— Je voulais que tu saches pourquoi cette histoire de responsabilité est un tel problème pour moi. Voir souffrir les gens qu'on aime est terriblement douloureux, surtout quand s'y rajoute un sentiment d'impuissance… Je ne veux jamais revivre cette épreuve.

— Tu ne me dois pas d'explications.

— Possible, mais je ne veux pas de zones d'ombre entre nous.

— Je t'en remercie, dit-elle, les yeux rivés à ses genoux.

— C'est une trop belle journée pour la mélancolie. J'espère que je n'ai pas tout gâché.

— Je ne peux m'empêcher d'être triste pour vous tous.

— Tu as toi-même subi une terrible perte, et tu l'as surmontée.

— Je le suppose.

En la voyant plus silencieuse que d'habitude, il se demanda si elle le jugeait, ou si elle cherchait en lui des points de ressemblance avec sa mère.

Il lui prit le menton.

— Regarde-moi, Winnie.

Ils étaient si proches qu'il aurait pu compter les taches de rousseur sur son petit nez et sur ses joues. Mais ce qu'il désirait par-dessus tout, c'était un baiser. Quand Winnie l'embrassait, il se sentait invincible.

Elle glissa un bras à son cou.

— On joue à Tarzan et Jane, c'est ça ?

— J'aimerais te voir vêtue d'une peau de léopard.

— Ah ! les hommes ! Il ne vous faut pas grand-chose.

— Tu ne trouves pas Tarzan sexy ?

— Il rapportait ses proies et les fruits de sa cueillette. Les femmes aiment qu'on s'occupe d'elles.

— Ses abdominaux durs comme du bois ne comptent pas ?

— Hum… Joker.

Elle frotta son nez.

— J'adore cette cabane Peut-être vais-je rester habiter là où personne ne me trouvera.

— Tu n'abandonnerais pas ton troupeau, plaisanta-t-il. Avoue.

— Non, mais ne fais pas comme s'il s'agissait d'une noble entreprise. J'aime qu'on ait besoin de moi. Alors, en réalité, c'est plutôt égoïste.

— Bien essayé, mais tu ne me feras pas avaler ça ! répliqua-t-il en riant. Pour en revenir à Tarzan…

— Oui ?

Comme il était venu s'asseoir près d'elle, elle déplia ses jambes et s'appuya contre lui.

— Tu dis que les femmes aiment qu'on s'occupe d'elles, reprit-il en frottant sa joue à la sienne, mais il me semble que c'est toi qui t'occupes de tout et tous. Qui prend soin de toi ? As-tu de la famille ?

— Mes parents n'étaient plus tout jeunes quand ils m'ont eue, et quand je suis rentrée à l'école primaire, j'avais déjà perdu mes quatre grands-parents.

— Des oncles ? Des tantes ?

— Mes parents étaient enfants uniques.

— Des amis ?

— Tu l'as dit toi-même, tes meilleurs amis, ce sont tes frères, sœur et cousins.

Il fronça les sourcils.

— Oui, et alors ?

— Je n'ai pas eu la chance d'avoir une bande de frères et de cousins. Comme toi, j'ai été éduquée à la maison, par des précepteurs. Par la suite, je n'ai pas beaucoup apprécié l'université. J'étais trop empotée et timide pour me plaire en compagnie des étudiants appartenant au même milieu que moi, et trop à l'aise financièrement pour m'intégrer aux groupes de ceux qui ne mangeaient que des nouilles. Je suis donc toujours restée solitaire. Mais je ne m'en plains pas.

Quelque chose remua en lui. Une émotion qui lui serra la gorge et lui donna envie d'offrir à Winnie tout ce dont la vie l'avait privée. Les plus forts d'entre nous ont parfois besoin de quelqu'un sur qui s'appuyer…

Posant une main sur sa nuque, il attira sa tête pour lui donner un long et voluptueux baiser. Peu à peu, il apprenait ses goûts, ce qui la faisait soupirer, fondre. Ensuite, il dégrafa son soutien-gorge, le lui ôta et fit passer son haut par-dessus sa tête.

— Qu'est-ce que tu fais ?

— Détends-toi, dit-il en prenant ses seins dans ses paumes et en les caressant. Personne ne peut nous surprendre.

C'était vrai. L'épais feuillage les dérobait à la vue, et si quelqu'un grimpait à l'échelle, le bruit les avertirait suffisamment tôt pour qu'ils se ressaisissent.

Ses seins étaient superbes. Il se pencha pour prendre entre ses lèvres la framboise d'un mamelon.

Winnie ferma les yeux, légèrement haletante. La veille, il n'avait fait que l'entrapercevoir. Cet après-midi, à la lumière crue du jour, il la trouva si belle que sa bouche s'assécha.

— Debout, trésor.

Tandis que Winnie ouvrait de grands yeux, il lui ôta chaussures et chaussettes, puis tira doucement sur son short et sa culotte afin de les faire descendre le long de ses jambes minces. Après quoi, il l'abandonna quelques instants pour ôter sa propre chemise, déboutonner son jean et faire glisser son boxer-short, ce qui fit jaillir son sexe durci par une érection impérieuse.

Le regard fasciné de Winnie flatta son ego. Sortant un préservatif de sa poche, il le mit rapidement en place.

— Viens, Jane, dit-il en riant.

Winnie arqua un sourcil.

— Je n'ai pas la place de m'allonger.

— Pas besoin.

L'évidente surprise de Winnie fit naître chez lui un flot

de tendresse. La prenant par le poignet, il l'attira pour qu'elle chevauche ses hanches, et quand elle descendit sur lui, une vague de pur bonheur le submergea. Soudain, ce fut comme si les nuages noirs qui assombrissaient Wolff Mountain s'éloignaient, emportés par la brise.

Son sexe étroit s'empara du sien, et la sensation était si merveilleuse, leurs corps s'accordaient si parfaitement, que la tête lui tourna.

Il lui saisit les fesses tout en s'efforçant de se contrôler.

— Bon sang, Winnie ! Jamais je ne me rassasierai de toi.

Lentement, il se mit à imprimer à son corps un mouvement de va-et-vient. Immédiatement, elle prit son rythme, soulevant et abaissant son corps dans une danse lascive.

— Tu aimes ? demanda-t-il.

Elle acquiesça de la tête.

Il enfouit son visage entre ses seins et respira l'odeur chaude de sa peau. Aucune femme ne lui avait donné cette sensation d'être jeune, insouciant, comme si son passé avait été balayé et que la vie se résumait à cet instant parfait.

Les mains sur sa taille, il aidait ses mouvements, et il entendit son souffle se précipiter alors qu'il la soulevait de plus en plus énergiquement.

— Dis quelque chose, murmura-t-il.

Ses partenaires se montraient généralement loquaces durant l'amour. Le silence de Winnie piquait sa curiosité. Il avait envie de savoir ce qu'elle pensait.

Elle allait et venait sur son membre avec une dextérité qui l'emportait rapidement vers les sommets.

— Winnie…

— Peux pas… parler…, bredouilla-t-elle.

Se penchant, elle saisit le lobe d'une de ses oreilles entre ses dents et le mordit assez fort pour le faire tressaillir, tandis que le cocktail de plaisir et de douleur allumait un trait de feu dans ses veines. Soudain, ses mains fermement agrippées à la taille de Winnie, il se projeta en l'air en poussant un cri étouffé, et la jouissance l'entraîna sur une vague de volupté qui semblait ne jamais devoir finir. Winnie jouit à son tour, le corps agité de spasmes. Alors, il se laissa aller sur les coussins, essayant de se rappeler comment respirer.

Winnie sentait l'air froid lui caresser le dos. Elle gisait sur Larkin dans une position impudique, mais ne trouvait pas la force de s'en soucier. Sous sa joue, elle sentait battre son cœur.

Toutefois, l'euphorie de la jouissance se dissipa quand elle prit conscience de la triste réalité. Elle était tombée amoureuse d'un loup solitaire. Le tenir dans ses bras, loin de tout regard indiscret, était un bonheur exquis. Tout en lui était admirable. Elle lisait sur les visages des siens l'amour et le respect qu'ils lui portaient. À Nashville déjà, elle avait noté la déférence avec laquelle ses employés s'adressaient à lui.

Où puiserait-elle la force de le quitter ? Elle n'avait pourtant pas le choix. Dès le début, il lui avait expliqué qu'il ne renoncerait jamais à son célibat. Et si elle tenait vraiment à lui, elle devrait s'effacer sans sourciller. Un homme qui avait autant souffert que lui méritait de trouver la paix.

Il jouait avec une mèche de ses cheveux qu'il enroulait autour de son doigt. Quand il effleura son cou, elle frémit.

— Ne ferions-nous pas mieux de nous habiller avant qu'on ne nous découvre ? demanda-t-elle.

Il chatouilla son postérieur.

— Je suis incapable de faire un geste.

Gauchement, elle se leva et s'écarta de lui. Avec ses cheveux emmêlés, son torse nu et ses attributs virils exposés, il ressemblait à ce qu'il était : un charmant et terriblement séduisant multimillionnaire.

Elle trouva étrange d'avoir songé à cette dernière caractérisation, car elle n'accordait pas la moindre importance à sa fortune. Il avait la même approche réaliste de la vie qu'elle, et elle appréciait beaucoup ce trait de caractère.

Elle essayait de s'habiller rapidement, mais le regard approbateur de Larkin la rendait maladroite. Finalement, il se redressa, se débarrassa du préservatif et rajusta ses vêtements. Après quoi, il bâilla et s'étira.

— Nous avons promis d'aider à décorer la tente, dit-elle en s'asseyant sur le canapé pour remettre ses chaussures. Je ne voudrais pas que ta sœur envoie une équipe à notre recherche.

— Tu as raison.

Il passa sa chemise et, du bout des doigts, remit de l'ordre dans ses cheveux.

— Allons-y, dit-il en posant un baiser sur son front. Mais ce soir, tu es mienne, ne l'oublie surtout pas.

— Après ce qui vient de se passer, tu ne crois tout de même pas que je me refuserais à toi ?

Il lui donna une tape sur les fesses.

— Qui sait ? Les femmes sont si capricieuses.

Il insista pour descendre l'échelle en premier, ce qui lui offrait une vue imprenable sur ses jambes et d'autres parties de sa personne. Quand ils atteignirent le palier, son regard luisait.

— Et si je ne peux pas attendre jusqu'à ce soir ? dit-il.

Joignant le geste à la parole, il la poussa contre l'échelle et écrasa ses hanches contre les siennes.

— Ce ne sera pas long, ajouta-t-il.

Elle se rendit compte qu'il était sérieux. Et cette passion qu'elle sentait en lui la toucha au plus profond d'elle-même.

Un mélange de bonheur triomphant et de désir désespéré l'envahit. Qu'un homme comme Larkin Wolff la désire à ce point pansait d'anciennes blessures.

Mais avant qu'elle puisse réagir, une voix d'homme leur parvint.

— Je sais que vous êtes là-haut ! Venez vite ! Annalise est dans tous ses états. Il paraît que nous sommes en retard !

Se penchant, Winnie aperçut le sommet du crâne de Kieran.

— Nous arrivons ! cria-t-elle en prenant la main de Larkin pour l'entraîner vers l'échelle.

— J'aurais bien fait autre chose avant, dit-il d'une voix plaintive à son oreille.

— Tiens-toi bien ! lui chuchota-t-elle. Ce sera amusant.

Il faisait très beau, et les prévisions météorologiques annonçaient un temps également parfait pour le samedi.

Winnie assemblait de petits bouquets de roses blanches qui devaient servir de centres de table quand Devlyn la rejoignit sous prétexte de l'aider. Mais comme il massacrait les fleurs avec ses grandes mains, elle lui fit signe d'arrêter.

— Vous feriez mieux de me laisser faire.

Il s'assit sur la table, et posa les pieds sur une chaise. Grand et beau, il dégageait charme et séduction. Mais elle était immunisée, désormais.

Il lui tendit un ruban qu'elle avait laissé tomber.

— Est-ce que vous vous rendez compte que mon frère n'a jamais amené de femmes ici ?

— C'est ce que j'ai cru comprendre.

— Vous devez avoir fait une grosse impression sur lui, pour qu'il accepte de partager son espace privé.

— Votre frère est un homme généreux. Il fallait que je disparaisse quelque temps, et il a proposé de me cacher ici.

— Il a eu une phase bimbos, dit Devlyn.

— J'en ai également entendu parler. Mais ne craignez rien, je ne ferai pas de mal à votre petit frère.

Devlyn se rembrunit.

— Ce n'est pas pour lui que je me fais du souci, mais pour vous, Winnie. Je ne voudrais pas que vous soyez malheureuse.

— C'est ce que tout le monde me dit, Larkin compris. Mais je suis une grande fille, je gère. Nous prenons juste du bon temps ensemble, ajouta-t-elle, consciente que les Wolff étaient assez malins pour deviner que quelque chose se tramait entre eux.

Devlyn regarda du côté de la grande tente blanche qui accueillerait la fête d'anniversaire de Sam.

— Il prend trop de choses sur ses épaules. Il croit avoir la mission de protéger la terre entière.

— Il m'a un peu parlé de votre enfance. Vous savez sans doute que c'est encore frais, dans son esprit.

— Pour Annalise et pour moi aussi. Comment oublierait-on de telles horreurs ? Mais nous avons grandi et compris que pour beaucoup de gens la vie ne ressemblait pas non plus à un conte de fées. Nous avons été assez chanceux, Annalise et moi, pour rencontrer des partenaires qui nous aiment et nous acceptent avec nos cicatrices.

Il haussa les épaules.

— Larkin ne souffre pas de la même façon que moi. Un traumatisme psychique peut être pire qu'un traumatisme physique, finalement.

— Il s'est créé une vie agréable.

— Dans la solitude.

— Oui.

— Vous êtes donc consciente du danger ?

— Je pourrais tomber amoureuse de lui et il pourrait me quitter.

— Exactement.

— J'apprécie que vous vous préoccupiez de mon sort, Devlyn, mais je ne suis pas aussi naïve qu'il y paraît. Donc merci, mais tout va bien.

Il repoussa la chaise et se leva.

— J'aimerais me montrer plus encourageant, car vous semblez vraiment à votre place, ici.

Elle se redressa, étira les muscles de son dos douloureux.

— J'ai toujours su que ma relation avec Larkin n'était pas destinée à durer. Il envie votre bonheur, je crois, mais pas assez pour accepter le fardeau du mariage.

— Le mariage n'est pas un fardeau.

— Peut-être pas pour vous.

— Prenez soin de vous, et de lui.

— Et si ces deux choses s'excluent mutuellement ?

Devlyn lui donna une chiquenaude sur la joue.

— Vous êtes une femme intelligente. Vous trouverez une solution.

- 17 -

Installé au sommet d'une échelle vacillante, Larkin accrochait une guirlande électrique au poteau central de la tente quand il reçut un coup au cœur parce que, par mégarde, Annalise avait heurté son perchoir. Il supportait mal la hauteur et avait hâte d'en avoir terminé.

Quand il retrouva la terre ferme, il fut récompensé par un sourire de sa sœur.

— Merci, frangin !

Elle était toujours joyeuse ces derniers temps, et sa langue acérée s'était considérablement adoucie.

— Tu devrais chapitrer notre frère, dit-il. J'ai l'impression qu'il flirte avec Winnie.

— Jaloux ! fit Annalise avec un petit ricanement. Si Gillian ne réagit pas, pourquoi m'en soucierais-je ?

— Oublie, dit-il avec humeur, et aide-moi plutôt à déplacer l'échelle que j'accroche une autre guirlande.

À l'heure du dîner, Larkin ne tenait plus en place. La journée tournait en réunion familiale. Quand la décoration de la tente avait été terminée, tous avaient convergé vers la maison principale où un dîner était prévu. Les enfants ayant été admis à assister au repas, la conversation se limitait à s'esclaffer de leurs pitreries.

La petite Cammie prenait son rôle d'aînée très au sérieux et s'agitait sans cesse pour ramasser la cuillère du bébé, récupérer ses jouets et intercepter ses céréales avant qu'elles n'atterrissent sur le luxueux tapis d'Orient.

Larkin échangeait des plaisanteries avec les uns et les autres sans cesser de couver Winnie du regard. Elle semblait à l'aise. La surexcitation qui accompagnait tout repas chez les Wolff ne convenait pas aux âmes paisibles, mais la réserve de Winnie semblait avoir fondu au contact de la joie de vivre des convives.

Il toucha son genou sous la table et se pencha vers elle pour murmurer :

— Pas exactement l'ambiance d'un restaurant cinq étoiles, n'est-ce pas ?

Elle lui sourit.

— J'adore ta famille ! Je maintiens ce que j'ai dit cet après-midi. Tu as de la chance.

— Ils t'apprécient.

— Je suis heureuse que tu m'aies amenée ici.

Il glissa un bras sur le dossier de sa chaise et lui caressa légèrement la nuque.

— Portes-tu quelque chose sous ta robe ?

— Vérifie par toi-même, lui suggéra-t-elle.

Il faillit s'étrangler. Quand il se reprit, il remonta ses doigts de quelques centimètres sur la cuisse de Winnie, et le soupir presque inaudible qu'elle poussa alluma instantanément son désir.

Il avait eu pas mal de mauvaises idées dans sa vie, mais celle-ci battait tous les records. Et pourtant, rompre le contact avec la peau douce et lisse de Winnie lui était impossible.

Il continua de remonter insensiblement la main. À part une brusque rougeur montée à ses joues, Winnie demeurait impassible. Enfin, il parvint au bord garni de dentelle de sa culotte et sourit en se penchant vers elle.

— Je savais que tu étais une bonne petite fille.

Assis à sa place habituelle, à l'extrémité de la table, Victor Wolff les observait d'un œil perçant.

— Cesse de faire des messes basses avec ta voisine, Larkin Wolff ! s'exclama-t-il soudain. Et tiens-toi convenablement.

La nuque brûlante, Larkin se redressa brusquement et posa les mains sur la table. L'espace d'un instant, il s'était imaginé que le vieil homme était doté d'une vision surnaturelle.

Sa mortification amusa visiblement Winnie.

— Pris la main dans le sac, murmura-t-elle en se penchant pour ramasser la serviette que son petit jeu avait délogée.

Sur des charbons ardents, il s'essuya le front et consulta sa montre. Il était seulement 20 h 30 et le dessert venait d'être servi. Quatre-quarts accompagné de fraises et de crème fraîche. Son plat favori.

Cependant, à bout de patience, il repoussa sa chaise et se leva. Les convives étaient si bruyants qu'il dut s'y reprendre à deux fois pour se faire entendre. Enfin, les têtes se tournèrent dans sa direction, et il s'éclaircit la voix.

— Nous avons beaucoup apprécié ce repas, Winnie et moi, mais j'ai promis de l'emmener à Wolff Point, ce soir.

Winnie leva les yeux vers lui.

— Mais…

Il la fit taire d'une pression du pied.

— Aussi vous voudrez bien nous excuser, poursuivit-il. Bonne soirée et à demain.

S'ensuivit un concert de saluts ponctués de remarques allusives avant qu'il se retrouve enfin dans le couloir avec Winnie.

— Qu'est-ce qui te prend ? demanda-t-elle. Nous sommes allés à Wolff Point hier.

Il aperçut son reflet dans le miroir surmontant la console de l'entrée. Ses yeux luisaient d'impatience. Se tournant vers la femme qui avait bouleversé son univers, il secoua la tête.

— C'était un prétexte pour me retrouver avec toi, dit-il d'un ton brusque. J'ai envie de te faire l'amour.

Dire que dans trente-six heures il partirait… S'il en trouvait la force. Amener Winnie ici avait été une erreur : à présent, il avait un aperçu de ce que sa vie aurait pu être. Sauf que les conséquences allaient être insupportables. S'il cédait à l'attrait de la tendresse de Winnie, il serait piégé. Pour l'éternité. Et rien que d'imaginer les responsabilités qui découleraient d'un tel engagement lui donnait la nausée. Il *ne pouvait pas* l'aimer et la décevoir. L'aimer et la perdre. Il préférait la perspective d'une vie solitaire et stérile, mais protégée de la souffrance.

Gagnée par l'impatience de Larkin, Winnie le suivit. Bien qu'ayant apprécié le repas, elle était également pressée de se retrouver seule avec lui. Sans perdre de temps à tergiverser, il se dirigea vers la chambre de Winnie, en poussa la porte de la hanche et l'attira à l'intérieur.

Quand un tour de clé les sépara du monde extérieur, il reprit sa respiration, et elle s'aperçut que les mains qui caressaient ses bras tremblaient.

— Tu avais tort, murmura-t-il.

— À quel propos ?

Il défit le nœud qui retenait le bustier de sa robe sur sa nuque et rabattit celui-ci sur sa taille.

— Tu es superbe.

Quand il se pencha et prit la pointe d'un sein entre ses lèvres, un fulgurant plaisir sillonna son corps, et ses genoux vacillèrent. D'un bras sur sa taille, il la maintint et la serra contre lui tout en l'embrassant avec fièvre. Elle sentait un changement en lui, une urgence qui allait au-delà de la passion.

Reculant légèrement, elle lui caressa la joue.

— Tort à propos de quoi ? répéta-t-elle.

— La félicité conjugale est contagieuse.

— Ça ne tient pas debout, riposta-t-elle en attendant impatiemment qu'il la débarrasse de sa robe.

Quand il ne lui resta plus que sa culotte, il la regarda.

— Il faut qu'on parle.

— De quoi ?

La flamme de son regard d'azur en fusion lui caressait la peau. Sous son examen, elle s'agita, faisant passer son poids d'un pied sur l'autre.

— J'ai mis du temps, dit-il, mais peu à peu tout s'éclaircit.

Elle ne comprenait rien à ce qu'il racontait, mais n'avait pas besoin de mots pour savoir ce qu'il voulait. La bosse qui déformait son jean en disait assez long.

— Tu traînes, répliqua-t-elle.

Bien qu'étant devenue plus habile à le dévêtir, ses doigts luttèrent avec les boutons des manches de sa chemise.

Il finit par l'aider et ôta le reste de ses vêtements avec impatience. Elle le contempla, éperdue d'admiration devant sa beauté.

Il lui prit la main.

— Me fais-tu confiance pour toujours te dire la vérité, Winnie ?

— Oui.

Il la souleva dans ses bras et l'emporta jusqu'au lit.

— Je ne peux plus attendre, bébé. Je suis désolé. Nous allons d'abord nous rassasier l'un de l'autre, et ensuite parler.

Sans prendre la peine d'ouvrir le lit, il la déposa sur la courtepointe et, dès qu'il eut mis une protection, il se glissa entre ses jambes. Elle se cambra pour le recevoir et poussa un gémissement quand il fut totalement en elle. L'impression de totale connexion et de parfaite évidence lui coupa le souffle.

La peau de Larkin était moite contre la sienne, et les muscles de ses bras saillaient tandis que, soulevé au-dessus d'elle, il la possédait, au début, paresseusement, puis avec de plus en plus de vigueur. Elle tenait à savourer cet instant, l'engranger pour s'en souvenir plus tard, quand il ne ferait plus partie de sa vie.

Mais l'heure n'était pas à la réflexion. Larkin savait ce qui lui plaisait, et en usait sans modération. À coups mesurés, il la mena toujours plus près de l'orgasme, mais sans lui permettre de l'atteindre.

C'était une merveilleuse torture, une douloureuse félicité.

Larkin avait les yeux clos, à présent, ce qui semblait la rejeter loin de lui.

Elle noua ses jambes à sa taille, l'attirant toujours plus profond en elle. Et soudain, la jouissance s'abattit sur elle, ne lui laissant d'autre recours que de s'agripper aux épaules de Larkin jusqu'à la fin du raz-de-marée.

Larkin s'était assoupi. Ce qui n'avait rien d'étonnant. La deuxième fois qu'il lui avait fait l'amour, ce diable d'homme avait prolongé interminablement l'acte exquis. Il lui sembla qu'il s'était mû en elle pendant des heures, ses mains et ses lèvres l'emmenant vers des sommets de désir qui lui faisaient perdre la raison. Maintenant, elle reposait sur le flanc, face à lui.

Tout en lui caressant doucement le bras, elle repensa à ses paroles. *Tu avais tort. La félicité conjugale est contagieuse. Il faut qu'on parle.*

Une femme moins pragmatique qu'elle se serait peut-être

autorisée à croire que Larkin méditait une demande en mariage. Mais Winifred Bellamy n'était pas si sotte.

La gorge serrée, elle consulta le réveil. Il était encore tôt, pas tout à fait minuit. Et elle n'avait pas sommeil. Tout au contraire, des pensées sans queue ni tête se bousculaient dans sa tête.

Elle ferait une bonne épouse pour Larkin Wolff, pour peu qu'il en désire une. Elle écarta aussitôt cette dangereuse pensée. Sa vie était bien assez remplie. Elle n'avait pas besoin d'un homme pour lui donner un sentiment d'accomplissement.

À ce moment, son portable se mit à vibrer. Elle s'en empara précipitamment.

— Allô ? dit-elle d'une voix étouffée.

Larkin s'éveilla brusquement, tous ses sens en alerte. Un bruit déchirant l'avait tiré de son sommeil. Légèrement désorienté, il regarda autour de lui, reconnut la chambre de Winnie et s'assit. Et il comprit ce qui l'avait éveillé, car le bruit se reproduisit. C'était un cri de désespoir si profond que ses cheveux se dressèrent sur la tête.

Sans prendre la peine d'allumer, il bondit hors du lit et s'accroupit près de Winnie. Elle était à genoux sur le tapis, les bras serrés contre la taille et des larmes ruisselant sur son visage, tandis qu'elle se balançait d'avant en arrière.

— Chérie ! Que se passe-t-il ?

Il n'avait jamais vu la forte, l'indestructible Winnie dans cet état.

L'attirant sur ses genoux, il la berça en lui caressant les cheveux.

— Dis-moi ce qui se passe, Winnie.

Il attendit longtemps. Incapable qu'elle était d'expliquer

la cause de sa douleur, il envisageait mille possibilités, toutes plus terribles les unes que les autres.

Quand elle réussit enfin à aligner deux mots, son émotion était telle qu'il eut le plus grand mal à la comprendre. Ses dents claquaient si fort qu'elles ne laissaient passer que des bribes de mots.

Le père d'Esteban a tué sa mère et sa grand-mère, finit-il par comprendre.

— Seigneur, Winnie ! En es-tu sûre ? Non, oublie cette question. Évidemment que tu es sûre !

Un sentiment d'horreur glaçait tout son être.

— Je lui avais promis que sa mère et lui seraient en sécurité, bredouilla-t-il, qu'il ne devait pas avoir peur.

Leland Security. Quelle blague ! Et quel imbécile de s'être cru capable de protéger les gens ! Un imbécile sans nom. Il était bien incapable de protéger qui que ce soit.

Winnie pressa son visage contre son torse.

— Tu n'y es pour rien. Sa mère a quitté la propriété. Il l'a d'abord tuée, puis il a retourné l'arme contre lui.

De nouveaux sanglots secouèrent son corps frêle.

La serrant contre lui, il l'entraîna doucement vers le lit, puis il alla chercher une serviette qu'il humidifia et lui bassina le visage. Elle gisait sur le dos, regardant fixement le baldaquin du lit au-dessus de sa tête.

L'ancien sentiment d'échec revenait le mordre au cœur, et s'il n'avait été un homme, il aurait volontiers joint ses sanglots à ceux de Winnie. Voir son chagrin et demeurer impuissant le minait.

— Comment est-elle sortie ?

Winnie tourna la tête vers lui. À la lumière qui filtrait de la salle de bains, il devinait son teint blafard.

— Mes pensionnaires ne sont pas prisonnières. On leur explique juste qu'elles ne doivent à aucun prix se retrouver seules avec un mari ou un compagnon violent. Mais elles veulent tellement croire que *leur homme* a changé qu'elles répondent parfois à leur demande.

— Comment a-t-il retrouvé sa trace ?

Winnie posa un bras sur ses yeux, pour les protéger de la lumière.

— Il s'est évadé de prison, a torturé la grand-mère pour qu'elle lui donne le numéro de portable de sa fille. Puis il l'a achevée. Ensuite, il a appelé la mère d'Esteban, la suppliant de lui pardonner. Il a demandé à lui parler ; elle lui a fixé un rendez-vous, heureusement à l'écart de la propriété. Elle a marché à sa rencontre. Il est sorti de la voiture avec un fusil, et l'a abattue avant de retourner l'arme contre lui. Il y a eu des témoins.

Secouée de nouveaux sanglots, Winnie bascula sur le ventre. Lui-même demeura assis, telle une statue de pierre, son esprit fonctionnant au ralenti tandis qu'il se rappelait le regard d'Esteban, à la fois étrangement adulte et plein d'une pétillante gaieté.

Tout à coup, Winnie se redressa.

— Je dois rentrer.

Déjà, elle avait bondi hors du lit et commençait à s'habiller.

— Esteban me réclame, expliqua-t-elle. Il doit être placé en tutelle préventive, ce qui le désespère. Mais comme il bénéficie d'un soutien psychologique au refuge, les autorités acceptent de l'y laisser momentanément.

Apparemment, Winnie s'était ressaisie et elle affrontait l'orage avec une détermination qui forçait l'admiration.

— Je vais demander qu'on affrète le jet, dit-il. Dès que tu seras prête, nous filerons à l'aéroport, il y en a pour trois quarts d'heure.

Elle se retourna brusquement vers lui.

— Tu ne viens pas, déclara-t-elle. Ta place est aujourd'hui dans ta famille.

La fureur s'empara de lui.

— Ma place est auprès de toi, Winnie ! Tu m'emploies pour protéger ta petite enclave, je te le rappelle !

— Et tu l'as parfaitement protégée. Mais une de mes femmes a enfreint le règlement et l'a payé de sa vie. Ce n'est pas ton affaire.

— Il n'y a pas à discuter. Je viens, dit-il en allumant la lumière.

Elle le fusilla du regard.

— Toute ta famille est rassemblée pour l'anniversaire de Sam. Tu ne peux pas les laisser tomber.

Il serra les poings.

— Tu as besoin d'être épaulée, Winnie.

— Ne dis pas ça ! C'est *mon* problème, et je suis parfaitement à même de le gérer.

— Je le sais bien ! Mais, bon sang, Winnie ! Nous sommes ensemble face à ce drame.

— Non. Je…

Son menton trembla. Ses forces l'avaient quittée, et elle n'avait plus le courage de lui tenir tête.

— Prépare-toi. J'appelle le pilote et je m'habille. Je serai de retour dans moins de dix minutes.

Le trajet de Wolff Castle à l'aéroport se déroula dans le silence. Une fois à bord du jet, après un en-cas, Larkin demanda des oreillers et des couvertures.

Il voyait que Winnie tombait de sommeil et ne savait quoi lui dire. Encore une fois, son désir d'aider ne suffisait pas. Il n'avait jamais suffi.

Elle posa sur lui le regard de ses beaux yeux vert et or embrumés de chagrin.

— Tu ne devrais pas être ici, mais je suis suffisamment égoïste pour me réjouir de ta présence.

— Je ne voudrais être nulle part ailleurs. Ma sœur et les autres comprendront.

— Je l'espère. Tu es si bon pour moi, Larkin. Ne pense jamais autrement. Et même si tu ne t'en rends pas compte, tu m'as sortie d'une longue période d'hibernation. Tu voulais comprendre ce qui me motivait à protéger ces femmes, je pense que je te dois bien une réponse, désormais.

La surprise le cloua tout d'abord sur place, puis il se pencha vers elle.

— Viens t'asseoir près de moi, Winnie. Tu es trop loin.

Elle le rejoignit. Un instant plus tard, elle posait la tête sur ses genoux, le corps recroquevillé dans l'espace libre du fauteuil. Il lui caressa les cheveux, partagé entre l'envie qu'elle se repose et celle de connaître son secret.

— C'est arrivé à la mort de mes parents, commença-t-elle. Je connaissais leur avocat depuis des années, et il s'était toujours montré gentil avec moi. Au moment du tsunami, il m'a été d'une aide précieuse. Il y avait les formalités à régler, les dispositions à prendre. Je voulais sauter dans un avion et me rendre là-bas. Il m'a convaincue de rester à la maison. Quand les vidéos et les photos ont commencé à affluer, j'ai reconnu qu'il avait eu raison.

— Tu as dit qu'on avait retrouvé leurs corps.

— Ils ont été identifiés après un certain temps. Je connaissais cet avocat sous le nom de M. Parker. Au moment du drame, il a insisté pour que je l'appelle Mike. À la morgue, durant l'enterrement, il était présent, me tenant la main au propre comme au figuré. Je ne sais pas ce que je serais devenue sans lui.

Il crispa le poing. Ce qui allait suivre n'allait pas lui plaire. Il en était certain.

— Et alors ?

— Il venait très souvent à la maison. Parfois, il trouvait même un prétexte pour y passer la nuit sans que cela éveille mes soupçons.

— Mais la situation a évolué, dit-il doucement.

— Oui. Un soir, après le dîner, alors que la gouvernante était partie, il s'est assis avec moi dans la salle de séjour, disant qu'il voulait me parler d'avenir. Je lui ai fait part de mes projets, des voyages que j'envisageais, d'un diplôme d'études supérieures. Alors, il…

— Continue.

— Je pleurais, à cause de mes parents. Alors, il m'a embrassée. Au début, je pensais que c'était affectueux, mais il a posé une main sur mon sein.

— Le salaud !

Même prévenu, il ne parvenait pas à refréner sa colère et son dégoût. Toutefois, sentant le corps de Winnie se crisper sous sa main, il lui caressa la joue.

— Désolée, trésor. Continue.

— Je ne savais que faire. J'étais mal à l'aise. Bien que relativement jeune, il avait l'âge d'être mon père. C'était une situation étrange.

— Lui as-tu demandé d'arrêter ?

— J'étais tellement bouleversée. J'ai craint de réagir un peu trop vivement. Tu comprends, je ne connaissais rien aux garçons, et encore moins aux hommes. Il…

Il lui serra la main.

— Tu n'es pas obligée d'entrer dans les détails, Winnie.

Elle hocha la tête.

— Il a continué à me peloter, puis il a entrepris de me déshabiller. Je sais que ça fait de moi la pire des cruches, mais la vérité, c'est que je ne me rendais pas compte de ce qui allait arriver. Il prenait soin de moi depuis des semaines. Comment aurais-je pu penser qu'il me voulait du mal ?

— Et pourtant…

— Le temps que je comprenne et proteste, il n'y avait plus moyen de l'arrêter. Et il m'a violée. Ce n'était pas particulièrement violent. Juste douloureux et angoissant.

— Mon Dieu ! Winnie…

L'horreur de ce qu'elle *ne racontait pas* le prenait aux tripes.

Quand il eut recouvré un peu de calme, il lui caressa le visage.

— Il est rentré chez lui en disant qu'il reviendrait le lendemain matin, que nous devions parler. Plus tard, j'ai découvert qu'une femme et des enfants l'attendaient à la maison. Je suis allée me coucher et j'ai pleuré toutes les larmes de mon corps. J'ai pensé prévenir la police, mais je savais qu'il nierait tout en bloc, ou qu'il s'arrangerait pour rejeter sur moi la responsabilité du viol. Alors, je me suis tue et j'ai attendu.

— Et au matin ?

— Il est revenu avec un tas de papiers, m'a expliqué qu'il serait de mon intérêt de lui laisser gérer ma fortune. D'après lui, j'étais trop jeune pour prendre les bonnes décisions. Et comme nous étions amants, il était normal qu'il se charge de mes affaires.

— Qu'as-tu fait ?

Winnie s'assit et repoussa les cheveux tombés sur son visage. Un timide sourire y ramena un peu de vie et, devant ce spectacle poignant, il crut que son cœur allait éclater.

— J'ai refusé. Il n'en croyait pas ses oreilles. Alors, je l'ai accusé de m'avoir violée. J'étais en état de choc, trop bouleversée pour comprendre que j'aurais dû en référer à la justice, même si c'était ma parole contre la sienne.

Je lui ai donc simplement demandé de partir et de ne plus reparaître devant moi. Je ne sais pas où j'ai puisé ce courage, mais je pense vraiment l'avoir pris au dépourvu.

— Il espérait que tu filerais doux...

— Certainement.

— Tu es incroyable, Winnie ! s'exclama-t-il. Mais ça, ce monstre ne l'avait pas compris.

Il lui laissa voir son admiration, mais pas le mépris qu'il éprouvait pour son agresseur. Elle avait refusé d'être une victime, et il tenait à respecter sa dignité.

— Pas bien, en effet. Quand il a voulu me déshabiller de nouveau, je lui ai donné un coup de genou dans les testicules. Puis il a proféré des menaces, et je lui ai ri au nez.

— Aïe !

— Il a dit des gentillesses du genre qu'aucun homme ne voudrait plus de moi après ce qui s'était passé la veille, et que j'étais nulle au lit.

— Le bâtard !

— Finalement, fou de rage, il m'a poussée contre le mur et m'a brisé la mâchoire.

— Seigneur !

Ils se regardèrent. Les bras serrés autour de sa taille, Winnie haussa les épaules.

— Après, il a filé comme s'il avait le diable aux trousses. Je crois qu'il ne supportait pas la vue du sang. J'ai appelé une ambulance qui m'a conduite à l'hôpital où l'on m'a opérée. Quand j'ai été remise, j'ai fait appel à un avocat intègre et j'ai déposé plainte. Actuellement, Mike purge une peine dans une prison fédérale.

— Tant mieux ! gronda-t-il entre ses dents.

— Si j'ai pu lui échapper, poursuivit Winnie, c'est que je venais d'un milieu privilégié, que j'avais reçu une bonne éducation et que mon avenir était assuré. J'avais le choix.

Tandis que les femmes dont je m'occupe ne l'ont pas. Elles supportent donc des violences plus longtemps qu'elles ne le devraient… parfois trop longtemps. Tu comprends maintenant pourquoi je tiens tant à les aider.

Ce qu'il ressentait allait bien au-delà de la compassion.

— Merci de t'être confiée, dit-il. Il reste une demi-heure avant l'atterrissage. Pourquoi n'essaierais-tu pas de dormir ?

Winnie se rallongea, et bientôt il entendit sa respiration devenir plus régulière. Ses confidences l'avaient forcément épuisée, d'autant qu'elles suivaient de près le drame survenu au refuge.

Ce qu'il venait d'apprendre lui procurait une souffrance quasi physique. Bien que ça n'ait pas de sens, il se sentait coupable de n'avoir pas su la sauver. Et maintenant ? Qui la protégerait à l'avenir ?

Il ne pouvait ni ne voulait répondre à cette question.

Quand Winnie pénétra dans le refuge, les femmes l'entourèrent : leurs visages exprimaient un soulagement immense. Malgré le dispositif de sécurité mis en place par Larkin et son équipe, c'était auprès d'elle qu'elles venaient chercher le réconfort.

Puis elles s'écartèrent et Esteban s'avança.

— *¡ Hola !* mademoiselle Winnie. Vous m'avez manqué.

Comme elle s'agenouillait et le prenait dans ses bras, il éclata en sanglots. Dans l'assistance, tout le monde avait les larmes aux yeux.

Elle serra l'enfant contre elle tout en le berçant.

— Ne t'inquiète pas, mon chéri. Je suis là. Tout va s'arranger.

Finalement, il s'écarta et s'essuya les yeux d'un revers de manche.

— *¿ Señor Lobo ?* demanda-t-il d'un ton plein d'espoir.

Winnie sourit.

— Il est dehors. Tu veux venir le voir ?

— ¡ *Oh, si, si !*

Dans le jardin, incapable de retenir ses larmes, elle se tint en retrait pendant que Larkin soulevait l'enfant dans ses bras et l'étreignait affectueusement. Ils parlèrent ensuite à voix basse et, à un moment, elle entendit le rire d'Esteban.

— J'ai expliqué à Esteban que tu étais restée éveillée cette nuit et que tu avais besoin de dormir, dit Larkin en s'approchant. Il va jouer avec ses camarades, et je lui ai promis que tu reviendrais le voir ce soir.

Elle trouva juste la force de hocher la tête.

Dès qu'elle eut franchi le seuil de sa maison, Larkin la souleva dans ses bras et l'emporta dans sa chambre.

— Douche ? demanda-t-il.

— Oui, mais avec toi.

Elle lut sur son visage son conflit intérieur.

— Je ne voudrais pas…, commença-t-il.

Elle posa un doigt sur ses lèvres.

— Je t'en prie, fais-le pour moi. Savonne-moi, fais-moi l'amour, dors avec moi.

Mais il avait apparemment sa propre idée sur la question. Comme si elle était un trésor infiniment précieux, il la lava sous la douche, son sexe en érection implorant satisfaction, mais il ne semblait se soucier que de son confort. Et comme au sortir de la douche elle titubait de fatigue, il la sécha, lui démêla les cheveux et la porta jusqu'à son lit.

Quand il la borda, elle posa une main sur son bras.

— J'ai besoin de toi, dit-elle.

Il hésita. Et dans ses yeux, l'espace d'une seconde, elle lut la vérité. Il faisait des efforts, mais c'était trop lui demander. Il ne voulait pas d'une femme qui s'accroche à lui, il ne voulait pas avoir à jouer les protecteurs.

— En fait, ça va, dit-elle précipitamment.

Elle lui sourit.

— Je t'assure. Veux-tu éteindre la lumière en sortant ?

Tristesse, désarroi et remords envahirent aussitôt Larkin.

— Il faut te reposer, dit-il doucement.

L'expression de Winnie le bouleversa. Elle avait encore pâli, et dans son regard se lisait l'acceptation.

— C'est ce que je vais faire, dit-elle. Tu peux partir. Je n'ai pas besoin de toi, je t'assure.

Le sachant incapable de la soutenir affectivement, elle essayait de le décharger de toute responsabilité envers elle. Les mots lui manquèrent. Tout ce qu'il s'était imaginé sur lui-même se volatilisait dans un tourbillon d'angoisse.

Il lui suffisait de la rejoindre et de la serrer dans ses bras. Mais à quoi bon ? Rien de ce qu'il pourrait dire ou faire ne ramènerait la mère d'Esteban. Et ce qu'il avait à lui offrir n'apaiserait pas son chagrin.

— Je suis désolé, murmura-t-il. Désolé.

Sur ces mots, il quitta la chambre.

Winnie s'éveilla seule et complètement désorientée. Elle était également affamée, ce qui n'avait rien d'étonnant. Elle avait dormi trois heures, et le soleil de l'après-midi inondait la pièce, faisant danser de minuscules particules de poussière dans ses rayons.

Le retour à la réalité fut brutal. Esteban. Larkin. Une infinie tristesse l'envahit. Quand elle se leva, elle dut s'appuyer au mur, car la chambre s'était mise à tourner.

Comment allait-elle survivre ? Un gouffre s'ouvrait, béant sous ses pas.

Se forçant à réagir, elle se rafraîchit et s'habilla. Son existence était un champ de ruines, mais elle n'était pas la seule à souffrir. La vie continuait. Ses responsabilités ne s'étaient pas envolées, et Esteban avait besoin d'elle. Pourtant, elle avait besoin de renouer d'abord avec la seule activité qui pourrait bercer son chagrin et, peut-être, lui procurer un peu de paix.

Larkin la découvrit dans le salon, assise au piano. Sa tête était penchée, ses doigts volaient sur les touches. Pour autant qu'il sache, elle jouait une étude de Chopin particulièrement ardue.

Les notes s'élevaient, pures, envoûtantes, parlant de beauté, de tristesse et d'espoir. Fermant les yeux, il se laissa emporter par la musique, surpris qu'une femme qui avait connu tant de chagrins puisse jouer avec autant d'abandon.

Les yeux humides, il s'adossa au mur pour écouter ce qu'elle ne pouvait ou ne voulait pas dire. À la fin du morceau, elle referma le livre de partitions et éclata en sanglots.

Il s'approcha, incapable de supporter sa tristesse.

— Ne pleure pas, mon amour, murmura-t-il. Je t'en supplie, ne pleure pas.

Elle releva brusquement la tête et s'essuya les yeux tout en essayant de reprendre contenance.

— Tu pars, dit-elle.

— Non, répondit-il simplement. Je ne peux pas. J'arpentais la propriété en attendant que tu te réveilles.

En évitant de la toucher, il s'assit à côté d'elle.

Elle se redressa, lèvres tremblantes.

— J'ai joué pour toi, dit-elle.

Elle portait un vieux jean et un T-shirt dont la couleur

or rivalisait avec l'ambre de ses yeux. Disparue la riche héritière. Aujourd'hui, il y avait juste… Winnie. Il aimait les deux, mais c'était celle-ci qui avait attiré son regard la première.

Il passa un bras autour de ses épaules et frémit de bonheur en sentant qu'elle le prenait par la taille et posait la tête sur son épaule.

— Pourquoi ne m'as-tu jamais parlé de tes talents de pianiste ?

— Treize ans de leçons particulières et musique en matière secondaire à la fac. Je détestais. Après la mort de mes parents, poussée par le remords, j'ai continué à jouer parce que c'était leur souhait. Et puis, un jour, je me suis aperçue que j'aimais la musique. Il fallait juste que je dépasse ma rébellion enfantine pour comprendre le cadeau qu'ils m'avaient fait.

Il l'embrassa dans le cou.

— Tu es extraordinaire, Winnie. Et je t'aime. Épouse-moi.

Elle fit un tel bond qu'elle faillit renverser son tabouret. Puis elle le regarda d'un air de reproche.

— Ce n'est pas drôle.

Il embrassa son petit nez.

— Je suis tout à fait sérieux, Winnie. Et pendant que j'y suis, si Esteban n'a plus personne pour l'accueillir, prenons-le avec nous. J'aimerais l'adopter.

Les larmes de Winnie jaillirent, intarissables, chacune d'elles l'emplissant de regret pour le mal qu'il lui avait fait. Il ne comprenait pas comment il avait pu se montrer si cruel, si insensible, si sot, en affirmant qu'il n'avait besoin de personne.

Elle posa une main sur son front.

— Tu n'as pas dormi de la nuit. Tu délires.

— Je ne me suis jamais senti plus sain d'esprit.

— Tu hais les responsabilités et tu veux mener une vie libre et sans attaches. C'est ton droit, Larkin. Je le pense sincèrement.

— Je n'arrive pas à croire que tu aies accepté de coucher avec moi. J'ai été ignoble…

D'une main, Winnie lui ferma la bouche.

— Je ne t'ai pas raconté mon histoire pour que tu t'apitoies sur mon sort.

— Ne te sens-tu pas triste pour moi ? demanda-t-il.

— Eh bien, je…

Elle ouvrit la bouche, la referma.

— Non, finit-elle par répondre.

— Écoute, nous avons tous les deux traversé des épreuves, mais nous nous en sommes plutôt bien sortis.

Elle scrutait son regard, comme si elle espérait y découvrir enfin la vérité. Il prit son visage dans ses mains.

— Je t'aime, Winifred Bellamy. J'aime ton amour de la vie, ton inébranlable courage. J'aime faire l'amour avec toi. J'aime le lien que tu as créé avec les miens. Désormais, tu fais partie de la famille. Wolff Mountain te réclame. Je te réclame. Dis que tu vas m'épouser, Winnie. Nous pouvons attendre six mois ou un an, si tu préfères, mais je ne changerai pas d'idée.

— Et si j'acceptais juste pour entrer dans votre tribu ?

— Alors, c'est oui ?

— Peut-être.

— Je crois que j'arriverai à m'en contenter. Mais je veux savoir, Winnie : est-ce que tu m'aimes ?

Il attendit sa réponse avec angoisse. Finalement, elle sourit à travers ses larmes.

— Tu sais bien que je t'aime, misérable !

Il l'embrassa, longuement, tendrement, espérant lui

dire, grâce à son baiser, ce qu'il était trop maladroit pour exprimer avec des mots.

Cependant, en sentant les seins de Winnie se coller à son torse, il craignit de perdre son sang-froid.

— Il ne faut pas, murmura-t-il. C'est l'heure du dîner.

Elle eut un rire espiègle qui lui alla droit au cœur.

— Depuis quand vous souciez-vous des convenances, Larkin Wolff ?

Elle le prit par la main, et il la suivit sans résistance jusqu'à sa chambre dont elle referma la porte.

Alors, ôtant son T-shirt, elle le poussa vers le lit.

— Me pardonneras-tu jamais mes discours creux ? demanda-t-il, la gorge serrée.

— Mais oui, bien sûr.

Le soulagement coula sur lui comme une pluie de printemps.

— Je ne savais pas, dit-il encore.

— Tu ne savais pas quoi ? demanda-t-elle en s'allongeant contre lui.

— Je ne comprenais pas ce qu'avaient trouvé Devlyn, Annalise et mes cousins. Je me croyais différent. Plus malheureux. Plus désespéré. Je crois que, au fond, je ne pensais pas y avoir droit.

Elle lui caressa le front, les joues, et il soupira de bonheur.

— Et qu'ont-ils trouvé, mon merveilleux loup solitaire ? demanda-t-elle, un mystérieux sourire aux lèvres.

— L'amour, Winnie. L'amour éternel…

Épilogue

À demi dissimulé derrière une colonne de marbre, Vincent Wolff contemplait la salle de bal bondée. Des couples passaient en tourbillonnant devant lui, de beaux hommes, de belles femmes, éclatants de couleurs. Il y avait des connaissances, des amis proches, et beaucoup de parents.

Afin d'accueillir une famille en constante expansion au cours des dix-huit derniers mois, Victor et lui avaient fait adjoindre une aile supplémentaire à Wolff Castle.

Et ce soir, on inaugurait la magnifique salle de bal pleine de lumières, de rires, de musique et du parfum de dizaines de bouquets de roses blanches et d'arums.

Ce soir avait lieu le mariage de son fils Larkin et de Winnie. Les débuts de leur amour avaient été si précipités qu'ils avaient opté pour de longues fiançailles.

Bien que Victor ait pressenti depuis le début que Winnie ferait une parfaite épouse pour son fils, il s'était souvent demandé si ce jour viendrait jamais. Mais le visage radieux de Larkin descendant l'allée centrale de l'église, sa ravissante épouse au bras, avait calmé ses craintes. Ce garçon avait enfin trouvé l'amour.

Il ne souhaitait pas participer aux festivités. Il savait qu'il n'avait pas été un bon père. Si ses enfants étaient devenus des personnes équilibrées, ce n'était pas de son fait. Et les cicatrices de leurs années d'enfance resteraient à jamais marquées dans leur chair.

Après la naissance de Devlyn, son épouse bien-aimée avait changé du tout au tout et, peu à peu, elle avait perdu contact avec la réalité. Malheureusement, il n'avait pas mesuré la gravité de son état avant qu'il ne soit trop tard.

Bien qu'ayant sa petite idée sur l'origine des problèmes de sa femme, il l'avait gardée pour lui. À présent, la vérité resterait à jamais enfouie. Il serait bien inutile de l'exhumer. La vie continuait. Il payait toujours pour ses fautes, et soulager son cœur ne les rachèterait pas.

Certains secrets méritaient d'être emportés dans la tombe…

Retrouvez prochainement,
dans votre collection

PASSIONS

Une famille pour Connor, de Marie Ferrarella - N°1088

Connor vient à Houston avec une mission : retrouver la personne qui ne cesse d'attaquer sa famille. Afin de se faire aider, il engage Brianna, une collectrice d'informations. Son attirance pour elle est instantanée et inexplicable, la vie de la mère célibataire étant aux antipodes de celle de Connor qui fuit tout type d'engagement. Il est pourtant bouleversé par Brianna, au point de remettre en question son désir de liberté…

Attirée par le play-boy, de Sophia Singh Sasson

Rani, architecte d'intérieur, ne laissera plus jamais un homme compromettre sa carrière ou son indépendance ! Une résolution difficile à tenir quand elle découvre que son nouveau client n'est autre qu'Arjun Singh, élu play-boy le plus sexy d'Inde. Elle est fascinée par son charme irrésistible et leur relation devient vite sensuelle. Mais leur liaison ne doit surtout pas être révélée, Arjun étant promis à une autre femme par sa famille…

Une brûlante liaison, de Cynthia St. Aubin - N°1089

SÉRIE : LES HÉRITIERS KANE 3/3

Marlowe Kane se rend à la distillerie 4 Thieves pour effectuer un audit. Sa rencontre avec le propriétaire, Law, fait tout de suite des étincelles ! Une tempête la contraint à rester sur place… et à partager le lit de Law, qui lui fait découvrir des plaisirs insoupçonnés. Le lendemain, Marlowe part, bien décidée à oublier cette liaison forcément éphémère : un souhait impossible, d'autant plus lorsqu'elle apprend qu'elle est enceinte de lui…

Sentiments inattendus, de Shirley Jump

Pour Viviane, brillante avocate, fonder une famille n'a jamais fait partie de ses projets. Jusqu'à ce que sa nièce Ellie, âgée de trois mois, soit abandonnée dans une auberge à Stone Gap, la veille de Noël. Viviane est tout de suite projetée dans un rôle de maman sans y être préparée ! Heureusement, Nick, le chef cuisinier de l'auberge, s'occupe d'Ellie à merveille. Bientôt Viviane éprouve des sentiments inattendus pour lui, bouleversant ses certitudes…

Une vengeance si parfaite, de Katherine Garbera - N°1090

SÉRIE : SCANDALEUSES IMAGES 1/3

Maintenant que Dante Russo, propriétaire d'une fabrique de bière, est célèbre, il doit à tout prix améliorer son image publique. Entre en scène l'attachée de presse Olive Hayes – la femme qui l'a cruellement rejeté à l'université ! Aujourd'hui, les rôles se sont inversés et Olive ne cache pas son attirance pour l'homme qu'il est devenu. Dante y voit l'occasion rêvée de se venger, mais il ne doit pas se laisser emporter par son désir…

L'espoir de Noël, de Jo McNally

Amanda, décoratrice d'intérieur, a été embauchée par Blake afin de restaurer son château en ruine. Elle est ravie de ce beau projet mais, lorsqu'elle s'installe dans les lieux pendant les travaux, la cohabitation avec Blake la trouble au plus haut point… Amanda a perdu confiance en les hommes et souhaite avant tout se protéger, cependant elle ne peut nier les doux sentiments qu'elle commence à éprouver pour lui et qui l'emplissent d'espoir…

Indomptable passion, d'Yvonne Lindsay - N°1091

SÉRIE : PETITS SECRETS, GRAND AMOUR 3/4

En découvrant l'identité de la personne qui a racheté l'entreprise de son père, Sally sent une colère noire la gagner. Son nouveau patron n'est autre que Kirk Tanner, l'homme entre les draps duquel elle a laissé libre cours à son désir, lors d'une nuit de passion. Contrairement à elle, Kirk ne semble absolument pas surpris de la compter parmi ses employés. Aussi Sally s'interroge-t-elle. Lui a-t-il menti ou, pire, a-t-il orchestré leur rencontre ?

Enceinte d'un inconnu, d'Andrea Laurence

SÉRIE : PETITS SECRETS, GRAND AMOUR 4/4

Lorsqu'elle reconnaît le tatouage sur la main de Jonah Flynn, Emma peine à reprendre ses esprits. Le motif, une moitié de cœur, correspond à celui qu'elle-même porte sur la peau. Ainsi, le patron de FlynnSoft, l'entreprise où elle mène une expertise comptable, n'est autre que son amant d'une nuit ! Alors qu'Emma croyait ne jamais revoir cet homme, voilà qu'ils sont désormais liés irrémédiablement. Non seulement par cette marque, mais plus encore par l'enfant qui grandit en elle…

Trop proche de son ennemi, de Heidi Betts - N°1092

SÉRIE : SÉDUCTION ET TALONS HAUTS 1/2

Lily Zaccaro, styliste new-yorkaise, découvre que ses modèles sont copiés par une maison de couture à Los Angeles. Furieuse contre Nigel Statham, le directeur d'Ashdown Abbey, et résolue à découvrir comment il a obtenu ses croquis, elle se fait embaucher incognito chez son rival. Mais, une fois devenue l'assistante de Nigel, Lily est vite déstabilisée par les sensations que son séduisant patron fait naître en elle…

Une mariée en fuite, de Heidi Betts

SÉRIE : SÉDUCTION ET TALONS HAUTS 2/2

Juliet Zaccaro, créatrice d'accessoires de mode, découvre le jour de son mariage qu'elle est enceinte. Or le bonheur qu'elle éprouve cède vite la place à la panique. Car le père de son bébé n'est pas son futur mari. Bouleversée, elle s'enfuit dans un blanc nuage de tulle… mais ne tarde pas à être retrouvée par Reid McCormack, le détective privé embauché par sa sœur Lily. De tous les hommes, il est précisément celui que Juliet a toutes les raisons d'éviter…